suhrkamp taschenbuch 5061

AF185534

Warschau 1911: Keila – die bereits mehrere Stationen in Bordellen hinter sich hat – findet in Jarmy, dem Ex-Häftling, ihre große Liebe. Das junge Ehepaar sehnt sich nach einem Leben außerhalb des jüdischen Gettos, in dem der Alltag von Armut und der Angst vor Pogromen geprägt ist. Dieser Traum scheint plötzlich zum Greifen nahe: Max, ein alter Bekannter, will in Amerika das große Geld machen – das Paar soll ihm dabei helfen. Keila soll junge Mädchen für die Bordelle in der Neuen Welt anwerben. Max selbst fühlt sich zu Jarmy hingezogen, dem er schon früher näherkam. Es entfaltet sich eine verhängnisvolle Dreiecksbeziehung. Da tritt der schüchterne und unerfahrene Bunem in ihr Leben, der sich auf ein Leben als Rabbiner vorbereitet. Für Keila, die er glühend verehrt, ist er bereit, mit allen Konventionen des Schtetls zu brechen. Werden die beiden in Amerika ihr Glück finden?

Lebensnah und bis in die Nebenfiguren hinein präzise ausgestaltet, schildert Singer das Leben zwischen Hoffnung und Elend im Schtetl und die kaum weniger miserablen Umstände, in denen sich die Auswanderer zu Beginn des vergangenen Jahrhunderts in New York zurechtfinden mussten.

ISAAC BASHEVIS SINGER, 1902 in Polen geboren, emigrierte 1935 in die USA. 1978 wurde ihm der Nobelpreis für Literatur verliehen. Er starb am 24. Juli 1991 in Miami.

Christa Krüger übersetzte Louis Begleys Werke sowie unter anderem Romane von Penelope Fitzgerald und David Guterson. 2009 wurde sie mit dem C. H. Beck Übersetzerpreis ausgezeichnet.

Isaac Bashevis Singer

JARMY UND KEILA

Roman

Aus dem amerikanischen Englisch
von Christa Krüger

Mit einem Nachwort von
Jan Schwarz

Suhrkamp

Titel des jiddischen Originaltextes, erschienen
in Fortsetzungen von 1976 bis 1977 in *Forverts:*
Jarme un Kayle

Erste Auflage 2020
suhrkamp taschenbuch 5061
© 2017, 2018 by The Isaac Bashevis Singer Literary Trust
Translated from the English language: *Yarmy and Keila*
© der deutschen Ausgabe:
Jüdischer Verlag im Suhrkamp Verlag Berlin 2019
Suhrkamp Taschenbuch Verlag
Alle Rechte vorbehalten, insbesondere das
des öffentlichen Vortrags sowie der Übertragung durch Rundfunk
und Fernsehen, auch einzelner Teile.
Kein Teil des Werkes darf in irgendeiner Form
(durch Fotografie, Mikrofilm oder andere Verfahren)
ohne schriftliche Genehmigung des Verlages reproduziert
oder unter Verwendung elektronischer Systeme verarbeitet,
vervielfältigt oder verbreitet werden.
Umschlaggestaltung: Rothfos & Gabler, Hamburg
Umschlagfoto: akg-images/Paul Almasy
Druck und Bindung: CPI – Ebner & Spiegel, Ulm
Printed in Germany
ISBN 978-3-518-47061-9

JARMY UND KEILA

ERSTER TEIL

ERSTES KAPITEL

1.

In Wirklichkeit hieß er Jeremia Eliezer Holtzman, aber am Krochmalna-Platz, wo man nicht genug Geduld für lange Namen hatte, nannte man ihn nur Jarmy und hängte ihm den Spitznamen Stachel an. Seine Frau Keila Leah Kupermintz wurde wegen ihrer feuerroten Haare die Rote Keila genannt. »Stachel« kam von den stacheligen Kletten, mit denen die Jungen in Warschau am neunten Aw Passanten bewarfen. Verfing sich so eine Klette in einem Bart oder im Haar eines Mädchens, konnte man sie nur schwer wieder lösen. Jarmy Stachel stichelte gern bei seinen Kumpanen und den Frauen, mit denen er sich einließ.

Mit zweiunddreißig hatte Jarmy Stachel im Pawiak-Gefängnis schon vier Strafen wegen Diebstahl abgesessen (er war ein Meistertaschendieb). Auch wegen Mädchenhandel war er mehrere Male eingebuchtet worden. Die Rote Keila war neunundzwanzig und hatte bereits drei Bordelle von innen gesehen – eins in der Krochmalna, eins in der Smoczà, eines in der Tamka-Straße. Ihr erster Lude war Itsche Einauge persönlich gewesen. Jarmy war im Ganoventreff in der

Krochmalna-Straße auf Keila gestoßen. Nachdem er einen Tag und eine Nacht lang mit ihr zusammen gewesen war, nahm er sie mit zu einem Rabbi im Revier, in die Stavsky-straße, und heiratete sie. Anders als andere Rabbiner fragte dieser aus der Stavskystraße nicht nach, warum Paare, die zu ihm kamen, heiraten oder sich scheiden lassen wollten. Er nahm einfach die drei Rubel Gebühren und füllte die nötigen Papiere aus.

Es war 1911, sechs Jahre nach der Revolution. Die Streiks und die Bombenleger hatten das Ihre getan und dem Zaren Nikolaus eine Verfassung abgezwungen, aber die erste Duma hatte sich schon wieder aufgelöst und die zweite und dritte waren gewählt. In Russland wie in Kongresspolen stritten sich die Parteien. Die Schwarzhunderter in Russland hetzten zu Pogromen auf, und die Nationaldemokraten in Polen verlangten den Boykott jüdischer Waren. Junge Juden gingen zu Hunderttausenden heimlich über die Grenze nach Galizien und Preußen und schlugen sich weiter übers Meer nach Amerika durch, um dort ihr Glück zu suchen. In jiddischen Zeitungen hatten die Politiker den Balkan schon seit Jahren mit einem Pulverfass verglichen. Sie sagten Krieg voraus, nicht nur zwischen Serbien, Bulgarien, Montenegro und der Türkei, sondern sogar zwischen Russland und Deutschland. Dr. Herzl war tot, aber die Zionisten hielten trotzdem ihren jährlichen Kongress ab. Sozialisten schrieben in ihren Aufrufen, der Zionismus sei eine eitle Fantasterei, und die jüdischen Arbeiter sollten lieber zu Hause für den Sozialismus kämpfen, statt von einem Land zu träumen, das zur Hälfte eine Wüste und außerdem von Arabern bewohnt sei. Der

Sultan Abdülhamid würde ihnen niemals ein verbrieftes Recht auf Einwanderung geben.

Aber im Ganovennest in der Krochmalna Nummer 6 lasen sie keine Zeitungen und kümmerten sich nicht um Politik. Wohl erinnerten sie sich an den Anschlag der Sozialisten auf die Unterwelt, als die Rebellen in die Bordelle stürzten, die Huren verprügelten, das Bettzeug auseinanderrissen, Augen grün und blau schlugen und Rippen brachen. Aber das war lange her. Eine Menge Randalierer waren nach Sibirien verbannt, etliche in der Zitadelle erhängt worden, und eine ganze Reihe von ihnen hatte den »Blutigen Mittwoch« nicht überlebt.

Jarmy konnte die jiddische Zeitung lesen. Er stammte aus Piaski, der Stadt der Diebe. Eine Weile hatte er an einer Jeschiwa in Lublin gelernt. Wenn einer aus seiner Bande den Eltern schreiben oder einen Brief nach Brasilien schicken musste, kam er zu Jarmy, der den Brief auf Jiddisch und die Adresse auf Russisch abfasste. Jarmy kaufte sich die Zeitung jeden Morgen, las aber nur die Fortsetzungsromane »Die blutbesudelte Frau«, »Die betrogene Dame« und andere solche Geschichten. Oft las er Keila daraus vor oder beschrieb ihr, was inzwischen passiert war. Keilas grüne Augen leuchteten, wenn sie die Einfälle des Autors hörte. Sie sagte dann:

»Fabelhaft, was die Schreiber sich ausmalen. Die können Berge versetzen.«

»Alles Quatsch, die sitzen da mit dem Stift in der Hand, diese Traumtänzer, und bauen Luftschlösser. Die können gar nix, nicht mal einer Katze einen Knoten in den Schwanz machen.«

»Das kommt davon, dass sie diese Tora studieren«, sagte

Keila. »Vergraben sich in den dicken Gemaras und wetzen ihren Verstand ...«

»Stimmt. Haskele Glasbruch war gut im Studieren. Wenn einer kam und ihn um Rat fragte, hat er sich die Stirn gerieben wie ein Rebbe«, sagte Jarmy. »Hat alle die Russkis in Polen an der Nase rumgeführt. Seine Finger waren so lang, dass er einmal sogar dem Polizeichef eine goldene Uhr geklaut hat.«

»Haben sie ihn erwischt?«, fragte Keila.

»Er hat sie von sich aus zurückgegeben. Hat gesagt: ›Eure Exzellenz, bitte sehr, hier ist Ihre Uhr‹. Den Bonzen hätte fast der Schlag getroffen.«

Jarmy und Keila schliefen nicht nur gern miteinander, sondern schwatzten auch mit Freude zusammen. Sie blieben in ihrer Wohnung in der Krochmalna-Straße 8 halbe Nächte lang wach und redeten. Die Rote Keila hatte Millionen Geschichten auf Lager, und Jarmy zehnmal so viel. Keila war vor zwanzig Jahren aus der Provinz in die Stadt gebracht worden und hatte sich seitdem nicht aus Warschau hinausbewegt. Weiter als bis Praga oder Pelcowizna war sie nicht gekommen. Jarmy Stachel dagegen war viel gereist. Eine Weile hatte er auf Bahnfahrten dümmliche Mitreisende beim Würfeln und anderen Glücksspielen abgezockt. Eine Zeit lang hatte er in Mława Leute, die nach Amerika wollten, über die Grenze geschmuggelt. Auch hatte er Konterbanden nach Preußen und weiter nach Russland verschoben. Beinahe wäre er mit einer Schiffsladung Prostituierter in Brasilien gelandet. Er steckte mit allen Mädchenhändlern und Safeknackern Polens unter einer Decke. In seinem Kalender hatte sich die Daten aller Jahrmärkte in Russland notiert.

Keila himmelte ihn an: »Jarmele, ich bin die glücklichste

Frau auf der Welt! Nur um eines bitte ich Gott – dass mein Glück nicht vergeht. Ich stecke immer was in die Almosenbüchse und bete, dass du mir gesund bleibst.«

»Keila, dich würde ich nicht hergeben, und wenn jemand mir dein Gewicht in Gold bieten wollte«, antwortete Jarmy.

»So eine Liebe wie unsere hat die Welt noch nicht gesehen«, wisperte Keila.

Wohl wahr; allerdings hatte das Paar eine Abmachung: Falls Jarmy der Sinn nach einer anderen Frau stand oder Keila Lust auf einen Mann hatte, sollten sie sich keinen Zwang antun, sondern ihren Wünschen folgen. Jedoch unter einer Bedingung: nichts geheim halten und sofort danach dem anderen alles, was passiert war, genau beschreiben. Beide hielten sich strikt an die Abmachung.

In ihren zweieinhalb Ehejahren war Jarmy nur selten fremdgegangen und nur, wenn er außerhalb der Stadt zu tun hatte. Und in dieser Woche hatte Keila zum ersten Mal mit Itsche Einauge im Hospital an der Czysta-Straße geschlafen, wo er liegen musste, nachdem ihn ein Ganove fast erdolcht hätte. Itsche Einauge hatte die Strippen gezogen, um ein Zimmer für sich allein zu ergattern. Als Keila ihn am Krankenbett besuchte und ihm einen Käsekuchen mitbrachte, verlangte Itsche, verwundet, verpflastert und verbunden wie er war, sie solle ihn um der alten Zeiten willen tun lassen, was er nötig habe.

Trotz Krankheit und Fieber zerrte er sie in sein Bett und brauchte für das Ganze kaum länger als eine Minute, denn außen an der Tür wartete schon eine Krankenschwester, die nur noch ein paar Worte mit dem Pförtner wechselte. Als Keila Jarmy in der Nacht erzählte, was geschehen war, überschüttete er sie mit Küssen und sagte begeistert:

»Keilachen, das war eine gute Tat. Mein Glückwunsch.«

»Hinterher hab ich die ganze Nacht geheult«, sagte sie.

»Warum denn? Du bist doch nicht scheinheilig und tugendsam, und bin ich etwa selbstgerecht?«

»Ach Jarmele, für dich wollte ich rein sein, aber er hat mich mit einem Ruck ins Bett gerissen, und eh ich mich wehren konnte, war's schon passiert. Dann hab ich ihm ins Gesicht gespuckt.«

»Dazu hattest du kein Recht. Itsche Einauge könnte dein Vater sein.«

»Bist du denn nicht eifersüchtig?«

»Ganz und gar nicht.«

Jarmy drängte Keila, ihm alles genau zu beschreiben – bis ins Einzelne. Er hakte immer wieder nach. Es erregte ihn heftig, er war wie gebannt, ganz außer sich. Und wahr ist, dass Keila genauso reagierte, als Jarmy ihr seine Abenteuer mit einer Köchin in Kaliz und der Frau eines Zimmermanns in Lodz gestand.

In dieser Nacht sprach Jarmy darüber, dass Itsche Einauge nachgelassen habe. Er sei nicht mehr der Alte, und wenn er das Krankenhaus verlasse, sollten sie ihn einladen, ein paar Tage oder Wochen bei ihnen zu wohnen, bis er sich erholt habe, und es wäre eine Ehre, wenn er die Einladung annehme.

»Er war dein Erster, vergiss das nicht«, sagte Jarmy.

»Jarmele, das habe ich schon vergessen, alle habe ich vergessen. Ich bin wieder als Jungfrau zu dir gekommen.«

»Eine beglaubigte Jungfrau mit Dokumenten zum Beweis … Sei nicht blöd, dann kannst du absahnen …«

Am nächsten Sabbat nach dem Essen wanderten Jarmy und Keila wieder ins Hospital zu Itsche. Jarmy hatte für den

Patienten eine Schachtel Pralinen, eine Dose Kaviar und auch noch Blumen gekauft. Als die beiden mit den Geschenken die Straße entlanggingen, folgten ihnen Blicke aus allen Fenstern und von jedem Balkon. Keila war mittelgroß mit hohem Busen, schmaler Taille und rundlichen Hüften, sie hatte schlanke Fesseln und kräftige Waden. Eigentlich waren Keilas Hüften knabenhaft schmal, aber sie polsterte ihre Figur mit Kissen aus. Die Sonne schien auf ihr krauses rotes Haar, so dass die Locken wie Feuerzungen leuchteten. Jarmy war größer als sie und immer noch schlank wie ein Junge. Er hatte eingefallene Wangen, große schwarze Augen, die etwas ungleich erschienen, und eine Nase, die manchmal gerade aussah und manchmal gebogen wie ein Vogelschnabel wirkte. Sein vorspringendes Kinn hatte eine Kerbe.

Mann und Frau bewegten sich anmutig wie Tänzer. Jarmy trug einen neuen Anzug, eine geblümte Krawatte mit einer Perlennadel, braune Schuhe und eine Melone. Keila hatte ein gelbes Kleid mit Seitenschlitzen angezogen, gelbe Schuhe mit goldenen Schnallen und dünnen hohen Absätzen und einen mit Kirschen und Blumen dekorierten Hut. Um den Hals trug sie ein Medaillon an einer Kette. An ihren Ohrläppchen baumelten Perlenohrringe. Beide Handgelenke waren mit Armbändern bedeckt. Alle wussten, wohin das Paar ging – zum einäugigen Itsche, der Keilas Erster gewesen war und der sie später an Heiml Holzklotz aus der Potocka weitergereicht hatte. Damals hatte Itsche Einauge etwas mit der Dicken Reitzele angefangen, die aber erst mit ihm zusammenleben wollte, wenn er die Rote Keila in ein anderes Revier abgeschoben hätte.

2.

Als Jarmy und Keila diesmal ins Hospital kamen, war Itsche Einauges Zimmer voll mit seinen Komplizen. Obwohl es verboten war, den Patienten schwer verdauliches Essen mitzubringen, hatten sie für Itsche gehackte Leber mit Hühnerfett, Tscholent, Pudding, Gefilte Fisch, Knisches, dazu Wein, Wodka und Kognak im Gepäck. Eine Puffmutter hatte dem Patienten ein Dutzend Rosen überreicht.

Alle waren da – Schmul Schmand, der Lange Leibusch, Mordkele Feuerbrand, Shaya Schläger und die Dicke Reitzele, die jetzt mit einem Lastwagenfahrer zusammenlebte, der fünfzehn Jahre jünger war als sie. Sogar ein Polizist aus dem 7. Bezirk machte einen Krankenbesuch bei Itsche, der mit der Polizei auf gutem Fuß stand. Die suchte jetzt nach Berele Fettwanst, dem Ganoven, der Itsche das Messer in den Hals gerammt hatte. Dass Itsche den Anschlag überlebt hatte, galt als Wunder vom Himmel. Nicht nur die Polizei, auch Itsches Kumpel kämmten ganz Warschau auf der Suche nach Berele Fettwanst durch. Er war schon so gut wie tot, denn es war beschlossene Sache, dass er umgelegt würde, sobald man ihn hatte.

Der einäugige Itsche (er war blind auf einem Auge, und über die linke Wange zog sich eine schartige Narbe) lag jetzt mit verbundenem Hals im Bett. Er war ein schwergewichtiger Kerl mit riesigen Pranken, die einem Ochsen die Kehle zudrücken konnten, mit einer breiten Nase, einem dichten schwarz-grauen Haarschopf; das eine Auge war von einer schwarzen Augenklappe bedeckt, das andere hatte den strengen entschlossenen Blick des geborenen Anführers. Was wären die Krochmalna-Straße, der Platz und das Ganovennest in Nummer 6 ohne Itsche? Er hatte überall seine Hand im Spiel. Allerdings gehörte er bereits zur älteren Generation, und inzwischen war eine neue Sorte von Taschendieben, Erpressern, Zuhältern und Schiebern herangewachsen, Ganoven, die bereit waren, für ein paar Groschen zu töten und ihre Freiheit zu riskieren. Aber noch war die ältere Generation stark genug, diese Neuen von den Fleischtöpfen fernzuhalten.

Es ging das Gerücht, Itsche habe im Hospital unter seinem Kissen oder unter der Matratze eine Pistole versteckt. Er hatte viele Freunde, aber auch eine gute Portion Feinde. Die Wahrheit war, dass Itsche sich mit allerhand Aktivitäten zwar viel Geld verschafft, aber in all den Jahren nichts auf die hohe Kante gelegt hatte. Er war sehr freigiebig und bereit, jedem zu helfen. Er spendete sogar Synagogen, Waisenhäusern und Talmud-Tora-Schulen Geld. Wenn ein guter Ganovenbruder ins Gefängnis ging, schickte Itsche ihm Päckchen und unterstützte seine Frau.

Als Jarmy und Keila im Türrahmen standen, machten die anderen ihnen Platz. Itsche hob eine Hand zur Begrüßung. Er hatte die Rote Keila gegen die Dicke Reitzele eingetauscht, aber den Tausch später bereut. Als die Rote Keila Jarmy Stachel heiratete, schickte ihr Itsche fünfzig Rubel und ein Hochzeitsgeschenk. Es kam selten vor, dass eine Frau, die schon in drei Bordellen gearbeitet hatte, noch heiratete, und dazu einen gebildeten Mann, einen Halbintellektuellen wie Jarmy Stachel. Es war ein Omen für alle Warschauer Huren, nicht die Hoffnung aufzugeben, ein Zeichen, dass die Liebe noch immer die Welt regierte, auch wenn man bis zum Kinn im Sumpf versank. Manchmal kam es vor, dass ein Zuhälter sich in eine Hure verliebte und sie aus dem Bordell herausholte, doch dann ging er mit ihr nach Amerika oder sogar Südafrika, und man sah die beiden nie wieder. Aber Jarmy Stachel und die Rote Keila waren in der Krochmalna-Straße geblieben. Sie kamen jeden Tag zum Karten- oder Dominospiel oder um den neusten Klatsch zu hören in das Ganovenquartier. Jarmy Stachel war kein ganz ehrbarer Bürger geworden. Illegale Aktivitäten reizten ihn immer noch, und die Bande traute ihm und Keila unbedingt.

Nach dem, was Itsche Einauge der Roten Keila angetan hatte, als sie ihn im Spital besuchte, hatte er Angst, Jarmy sei nun sein Feind. Keila hatte ihm schwören müssen, nichts zu verraten. Er fürchtete sogar, Keila würde nicht mehr viel von ihm halten, nachdem er sich so schwach gezeigt und an der Frau eines Freundes vergriffen hatte. Als er aber sah, dass das Paar ihm Geschenke brachte, fiel Itsche ein Stein vom Herzen, wie man so sagt.

Er roch an den Blumen, bat Keila, die Pralinenschachtel zu öffnen, und wollte eine Praline kosten – alles, um zu zeigen, wie sehr er ihren Besuch zu schätzen wusste. Er forderte das Paar auf, sich zu ihm auf die Bettkante zu setzen, und die anderen machten ihnen Platz.

Schon seit Monaten hatte die Bande im Ganovenquartier Pläne geschmiedet, die sie selbst für Fantastereien hielt, für Luftschlösser sozusagen. Jarmy Stachel hatte ihnen von einer Gang in Amerika erzählt, die sich die Schwarze Hand nannte – Teil der Mafia, die wer weiß wie lange in Italien agiert hatte und dann ins reiche Amerika ausgewandert war. Die Schwarze Hand, das waren keine schlichten Diebe … sie schickten Drohbriefe an amerikanische Millionäre: »Soundso viel Geld her oder eine Kugel in die Birne.« Als Unterschrift eine schwarze Hand. Gelegentlich kidnappte die Gang einen Reichen und verlangte Lösegeld für die sichere Rückkehr des Opfers. Jarmy Stachel hatte diese Artikel in der Warschauer jiddischen Zeitung gelesen, die sie von einer Zeitung in New York übernommen hatte.

Jarmy trug sich noch mit einem anderen Plan – einen Tunnel zum Kellergewölbe einer Bank zu graben und den Tresorraum leer zu räumen –, auch diesen Einfall hatte er aus der Zeitung. Itsche Einauge, der ein praktischer Mensch war, sagte von Anfang an, das sei ein Hirngespinst, ohne Hand und Fuß. Warschau sei nicht New York oder Chicago. Wenn man hier anfing, einen Tunnel zu graben, erfuhren es die Russen noch in derselben Minute. Außerdem seien die harten Typen in Warschau Großmäuler, die ihren Miezen gleich alles ausplaudern würden, und Frauen hätten nicht nur lange Haare, sondern auch lange Zungen und könnten kein Geheimnis für sich behalten.

Und auch noch einen dritten Plan machten sie: einen Postzug aufhalten und ausrauben. Das war kein aus Amerika eingeführtes Projekt – es war schon hier in Polen durchgeführt worden, in der Zeit, als die Sozialisten zu einer Organisation mit Namen Proletariat gehört hatten. Säckeweise Dukaten wurden damals gestohlen – das ließ sich doch wiederholen, oder? Wenn man einen eisernen Barren quer über die Gleise legte, musste der Zug anhalten. Der Postwagen wurde von höchstens zwei oder drei Männern bewacht. Wenn man den Zug nachts in einem Wald anhielt, würde die Polizei nicht so schnell davon erfahren. Mit zwei, drei Wachmännern war leicht fertig zu werden, und wenn man kein Blutvergießen wollte, konnte man sie fesseln und knebeln.

Aber Itsche hatte etwas dagegen. Die Zeiten für so einen Handstreich seien vorbei. Die Sozialisten waren eine politische Partei gewesen. Sie hatten Mut gehabt, hatten versucht, den Zaren abzusetzen. In ihrer Bande waren lauter Söhne reicher Männer, Offiziere, sogar Generäle. Trotzdem waren viele von ihnen erwischt und gehenkt worden. Die Brüder aus der Krochmalna- und aus der Smocza-Straße hatten weder genug Waffen, noch konnten sie Bomben bauen. Nu, und wo wollten sie sich hinterher mit ihren Dukatensäcken verstecken? Und wie das Geld aufteilen? Er, Itsche Einauge, habe lange genug im Kittchen gesessen. Er wolle sein letztes Stündlein nicht im Knast und nicht am Galgen baumelnd erleben. Deshalb zerschlug er die Pläne einen nach dem anderen. Er war mit den wöchentlichen Schutzgeldern zufrieden, die er von den Bordellen und von den Kaufleuten erpresste, die zahlten, damit ihnen nicht die Läden angezündet oder das Mehl, die Kurzwaren und Textilien mit Wagenschmiere übergossen wurden. Am Ende redeten die Gauner auf dem Platz und in der Bierhalle von Nummer 17 offen über die großartigen Pläne.

Jetzt, im Hospital, drehte sich die Unterhaltung wieder darum, dass man etwas tun müsse, was ganz Warschau auf den Kopf stellte und außerdem einen Riesenreibach einbringe, aber wieder stellte Itsche sich taub. Haskele Glasbruch war tot. Seit den Unruhen von 1905 wimmelte es in Warschau von Polizisten, Geheimagenten und schlichten Spitzeln. Jeder Hausmeister hatte der Polizei noch die geringste Kleinigkeit zu melden. Wenn drei Schuster zusammen ein Bier trinken wollten, wurde es der Staatsmacht hinterbracht.

Itsche sagte: »Kinder, heutzutage könnt ihr keinem trauen. Wie meine Mutter selig zu sagen pflegte: ›Aus Schnee kann man keinen Käse machen‹.«

Nach einer Weile verzogen sich die anderen, und nur Jarmy Stachel und die Rote Keila blieben. Dann traf es sich, dass Keila auf den Ort musste, den selbst der Zar allein aufsucht, und Jarmy sagte:

»Itschele, Keila hat mir alles erzählt. Du musst dich nicht schämen. Schließlich sind wir beide Männer und keine Kinder. Du hattest sie vor mir. Du bist für sie wie ein Vater. Wenn es dir nur zusagt.«

Itsche war einen Moment sprachlos.

»Wenn man so lange im Bett liegt, kocht das Blut. Ich hatte ihr gesagt, sie soll den Mund halten.«

»Zwischen uns soll es keine Geheimnisse geben, das hatten wir uns geschworen.«

»Nu, du bist ein wahrer Bruder. Komm, geben wir uns die Hand drauf.«

Und Itsche Einauge quetschte Jarmys Hand mit so viel Kraft, dass der fast vor Schmerz stöhnte.

»Mann bist du stark! Die Pestilenz soll dich fressen«, sagte Jarmy als Kompliment.

»Manchmal ist mir, als wär mein Ende nah.«

»Itsche, wenn du entlassen wirst, komm zu uns. Wir nehmen dich auf wie einen Vater.«

»Was? Womit hab ich das verdient? Jarmele, du wirst es noch weit bringen. Vergiss nicht, dass irgendwann mal ein Itsche auf dieser Welt war.«

Als Jarmy und Keila sich auf den Weg zum jüdischen Ganovenquartier zwischen Eisenstraße und Gnojna machten, wurde es schon langsam dunkel. Der Platz und die Häuser auf ihrem Weg sahen aus, als würde hier nur Gesindel wohnen, aber in Wirklichkeit war die Gegend voller frommer Juden, achtbarer Matronen, Synagogen, chassidischer Lehrhäuser, Chederim, sogar Jeshiwot. In den Lehrhäusern wurde der Sabbat gefeiert, und wenn man an den Toren vorbeikam, hörte man Juden die Lieder zum Ausgang des Sabbat singen. Frauen saßen an offenen Fenstern und rezitierten »Got fun Avrom«.

Jarmy und Keila kamen beide aus anständigen Familien. Jarmys Onkel in Mysoka war zwar ein Dieb gewesen, aber sein Vater ein frommer Jude, ein achtbarer Mützenmacher. Er hatte Jarmy in den Cheder und dann sogar in eine Jeschiwa nach Lublin geschickt. Keilas Vater war der Synagogendiener in der Synagoge der Schneider in ihrer Heimatstadt gewesen. Am Sabbat – besonders am letzten Abend, bevor die ersten drei Sterne am Himmel zu sehen waren – wurden Keila und Jarmy immer schweigsam und trübsinnig. Beider Väter und Keilas Mutter lagen schon auf dem Friedhof. Ganz gleich, wie tief Keila im Sumpf versank, sie versäumte nie, Kerzen zum Gedenken an ihre Eltern anzuzünden. Irgendwo hatte sie einen Bruder und zwei Schwestern, die nichts mehr von ihr wissen wollten, denn sie waren ehrbare Leute. Jarmy hatte eine alte

Mutter und einen Bruder. Aus der Gosse, wie man so sagt, stammten weder Jarmy noch Keila. Keila gab gern damit an, dass ihr Großvater in einer Gemara gelesen habe, die lang und breit wie ein ganzer Tisch war. Manchmal, wenn Jarmy auf der Straße einen Chederschüler mit einem heiligen Buch unter dem Arm traf, hielt er ihn an und stellte ihm Fragen zum Pentateuch. Er wusste sogar noch die erste Seite der mittleren Ordnung der Mishna auswendig. Er hielt sich für einen Ketzer und sagte oft, es gebe keinen Gott, aber Keila glaubte an Gott, Dämonen, böse Geister und den bösen Blick.

Als das Paar nun zur Nummer 8 kam, hingen schon drei Sterne über den Blechdächern. Der Mond schwamm zwischen den Wolken, und Keila sagte:

»Eine gute Woche wünsche ich dir, Jarmele.«

»Eine gute Woche, ein gutes Jahr!«

»Möge es eine Woche mit Glück sein«, sagte Keila.

»So Gott will.«

Glück konnten Jarmy und Keila brauchen. Seit ihrer Heirat hatte Keila keinen Groschen verdient. Womit auch? Seit Jarmys letzter Transaktion war ebenfalls schon viel Zeit vergangen. Früher hatte er keine Angst vor Risiken gehabt, für einen möglichen Profit hatte er alles aufs Spiel gesetzt. Aber seit seiner Hochzeit mit der Roten Keila war er fast zum Feigling geworden und hatte Angst, seine Freiheit zu riskieren. Er wusste ganz genau, dass Keila nichts anderes übrigbliebe, als wieder ins Bordell zu gehen, falls er im Kittchen landete. Er hatte sich an pünktliches Essen und frühe Schlafenszeiten gewöhnt, an sauberes Bettzeug, saubere Hemden, saubere Unterhosen und hausgemachte Mahlzeiten wie damals in Wysoka. Wenn er sich nur vorstellte, wieder hinter Gittern zu sitzen, von Wächtern geprügelt zu werden, im Gefängnis klebriges Brot und fettige Suppe essen zu müssen, wurde ihm eiskalt. Jarmy empfand jetzt sogar Mitleid mit seinen Opfern – meist Halbverarmte, die sich für jedes Kleidungsstück, jedes Hemd, für die paar kümmerlichen Rubel krumm gearbeitet hatten. Gelegentlich redete er mit seinen Kumpanen im Ganovennest darüber, und sie lachten ihn aus:

»Jarmy, du bist ein sentimentaler Weichling geworden.«

»Ich bin kein Heiliger«, verteidigte er sich. »Aber wenn schon Schweinefleisch, dann richtig, so dass es dir vom Munde trieft …«

Er musste dringend ein Ding drehen, das ordentlich Geld brachte. Er träumte von allen möglichen wunderbaren Fischzügen und lebte inzwischen von seinem restlichen Bargeld. Keilas Notgroschen hatte er so gut wie verschleudert. Er wahrte den Schein, wie man so sagt, und gab oft mehr aus, als er sich leisten konnte, zum Beispiel für die teuren Geschenke, die er Itsche Einauge an diesem Tag ins Hospital mitgebracht hatte. Aber seine engen Freunde wussten, dass all das eine Täuschung war.

An diesem Sabbatabend war ein Theaterbesuch geplant. Gespielt wurde ein Stück aus Amerika, »Uncle Sam«, und Jarmy hatte Plätze in den vorderen Reihen für einen Rubel pro Karte gekauft. Aber vorher mussten sie zu Hause noch schnell eine Kleinigkeit essen, die letzte Sabbat-Mahlzeit, den Abschied von Königin Sabbat, wie sie genannt wurde. Ein Brotrest vom Sabbat wurde aufgetischt, dazu gab es einen Fischschwanz, einen halben Hering mit Heringsmilch und eine Schüssel Dickmilch, die Keila als gute Hausfrau am Freitag selbst im Eisschrank bereitgestellt hatte.

Jarmy sagte immer, Keila hätte auch für den Zaren persönlich kochen können. Sie wusste genau, wo man im Janasz-Basar die Schnäppchen finden konnte. Statt perfekte Eier für eine Kopeke das Stück zu kaufen, erwarb sie Knick- oder Kalkeier, die fast nichts kosteten. Statt teurer Filets für zwanzig Kopeken das Pfund, nahm Keila Hühner- und Gänseköpfe, Schenkel, Innereien und Mägen, die ganz billig waren, und kochte daraus Ragouts und Suppen, die – in Jarmys Worten – Mahlzeiten für Königinnen waren. Nun ja, aber wenn man von Bargeld lebte, konnte man ein Vermögen verputzen. Jarmy und Keila überlegten ernsthaft, nach Nordamerika oder Buenos Aires auszuwandern, aber das hätte sehr viel Geld gekostet. Ohne einen Penny dort anzukommen, hieß außerdem, dass man sofort vierzehn Stunden pro Tag in einer Fabrik Hosen bügeln musste. In diesem Jahr herrschte auch in New York eine Depression. Briefe trafen ein, die von langanhaltenden Streiks sprachen und von Arbeitern, die hungerten und in Mülltonnen nach Essensresten suchten. Nach Buenos Aires kam man am besten mit lebender Ware, nicht mit leeren Händen.

Jarmy wusste, was niedere Arbeit ist. Sein Vater hatte ihn zu einem Schneider in die Lehre gegeben, aber statt das Handwerk zu lernen, musste er dort Nachttöpfe leeren und das Baby hüten. Nicht einmal Brot hatten sie ihm gegeben. Obwohl der jüngste Erlass aus St. Petersburg eine Verkürzung der Arbeitswoche vorschrieb, malochten die Arbeiter immer noch vom Morgengrauen bis zur Abenddämmerung, hatten nur Lumpen statt Kleider, wohnten in Kellern und keuchten sich die Lungen und das Leben aus dem Leib.

Jarmy und Keila aßen schnell, damit sie rechtzeitig ins

Theater aufbrechen konnten und ohne Kutsche oder Pferdebahn auskamen. Aber als sie aus dem Haustor traten, war es
schon zu spät für den Fußweg in die Abazhna-Straße. In der
Kutsche lehnten sie sich zurück, und Jarmy sagte:

»Die vierzig Kopeken machen den Kohl auch nicht fett. Es
ist sowieso schon alles beim Teufel ...«

»Von vierzig Kopeken kann man einen ganzen Tag leben«,
belehrte ihn Keila.

Am Sabbat war der Platz mehr oder weniger verlassen. Die
Läden waren geschlossen. Die Berufsverbrecher, die Pflaster-
maler und die ehrlichen Verkäufer von Kichererbsen, Limonade, Kartoffelplätzchen, scharfen Limabohnen und gerös-
teten Kastanien – alle ruhten am Sabbat. Am Freitagabend
kamen nicht mal die Huren heraus, um sich vor den Toren
Kunden zu holen. Aber sowie die Lampen wieder angingen
und die Juden den Sabbat ausklingen ließen, war der Platz
so dicht besetzt mit Menschen wie ein Mohnbrötchen mit
Mohnkörnern. Aus der Menge stieg ein Brausen auf. Durch
die offenen Fenster tönte Grammophonmusik: Duette aus
amerikanischen Operetten, Solos von Kantoren, Melodien
aus dem »Gebetsschal«. Ein suggestiver populärer Schlager
sagte:

Ein Geheimnis soll es sein,
nicht groß, nur klein,
ein Doktor weiß, was er tut,
wie gut!

Jarmy drängte den Kutscher, schneller zu fahren, weil er
nicht ankommen wollte, wenn der erste Akt schon halb vor-

bei war, aber die Menge ließ sie nicht durch. Außerdem brach der unvermeidliche Großbrand aus, und die Feuerwehr kam scheppernd und klingelnd, gefolgt von einem Krankenwagen. Aus einem Parterrefenster schossen Rauch und Flammen. Der Vorreiter, der vor dem klappernden Löschfahrzeug ritt, um vor falschem Alarm zu warnen, musste den galoppierenden Pferden mit der Peitsche einen Weg durch die Menschenmenge verschaffen. Es war jedes Mal ein Wunder, dass in dem Getümmel keine Menschen zertrampelt wurden. In den anderen Straßen kam man auch nicht schneller voran.

Die Droschke fuhr durch die Gnojna-Straße, querte die Graniczna, erreichte die Królewska und dann die Próżna und schließlich die Abazhna-Straße. Auf der Królewska fuhr sie ein Stück am Sächsischen Garten entlang, und Jarmy und Keila sogen den Duft der Kastanien ein, deren Äste über das Eisengeländer ragten. Juden in Kaftanen und ihre Frauen mit Perücken und Hüten, die den Park nicht betreten durften, aber auch frische Luft brauchten, saßen außen auf dem Zementsockel, in den das Geländer eingelassen war.

Gott sei Dank hatte das Stück ebenfalls mit Verspätung angefangen, und Jarmy und Keila fanden ihre Plätze, ehe der Vorhang sich hob. In derselben Reihe saßen einige Paare, die sie aus dem Ganovenquartier kannten. Sogleich bot einer der Männer Jarmy einen Beutel Knabbernüsse an, und eine Nutte schenkte Keila mit Mohnsamen bestreute Schokoladenwaffeln. Aber was sie jetzt auf der Bühne sahen, war so spannend, so vielfältig und farbenfroh, dass sie ganz vergaßen, sich für die Erfrischungen zu bedanken. Der Vorhang öffnete sich, und man blickte in den Salon eines New Yorker Millionärs, komplett mit vergoldetem Klavier, schicken Möbeln, Teppichen, Kronleuchtern und Kandelabern. Der Millionär mit Zylinder und Gehrock stellte seiner Frau eine frisch eingetroffene Immigrantin aus Polen vor – eine Dame, die einen Hut mit Straußenfedern und ein Gewand mit Schleppe trug. Die Immigrantin, jung, hübsch und unerfahren, war offensichtlich gerade erst mit dem Schiff angekommen. Der Millionär hieß Sam, und seine Frau war Bessie.

Sam zu Bessie:

»Bessie, Liebste, das ist meine Nichte Zirele aus Pinchev. Es war der letzte Wunsch meiner verblichenen Schwester Beile Gittel – möge sie Frieden im Paradies finden –, dass ich ihre einzige Tochter Zirele nach Amerika hole, um sie hier, wo ich sie im Auge behalten kann, aufzuziehen, als wäre sie mein eigen Fleisch und Blut. Da Gott uns nicht mit Kindern gesegnet hat, wird Zirele wie unsere Tochter sein. Von diesem Tag an bist du, Bessie, ihre Mutter und ich bin ihr Vater. Wir werden sie an der feinsten Universität einschreiben, sie wie eine Prinzessin kleiden und mit einem hübschen, gebildeten jungen Mann verheiraten, und in hundert Jahren oder noch später wird sie unser Vermögen erben, denn niemand lebt ewig, nicht einmal hier in dem Land, das Columbus entdeckt hat.«

Kaum hatte Sam seinen Text zu Ende aufgesagt, brach im Theater ein gewaltiger Applaus los, und Sam, Zirele und Bessie verbeugten sich tief vor dem Publikum. Als alles wieder still war, hob Bessie ihr Lorgnon und musterte Zirele noch einmal von Kopf bis Fuß.

»Sam, mein lieber Gatte, diese Rechnung hast du ohne den Wirt gemacht. Niemals lasse ich so eine Bestie wie deine unbeleckte Zirele in mein Haus! Wie sieht sie denn aus, sie ist ja ganz zerlumpt, schau sie dir doch an. Sie spricht nicht mal Englisch, bloß Jiddisch, diesen verfluchten Jargon. Nur über meine Leiche wird diese polnische Schlampe meine Tochter. Wenn du weißt, was gut für dich ist, Sam, dann schickst du sie auf der Stelle dahin zurück, wo sie hergekommen ist, oder mein Bruder, der Richter, wird euch beide in euren Schweinestall deportieren lassen, und du bist dann wieder das, was du vor dreißig Jahren warst – ein Schuster-lehrling in Pinchev, ein Armer ohne ein Hemd zum Wech-seln.«

Das Publikum schimpfte und zischte laut und wütend.

Jemand brüllte: »Alte Zicke!«

Und warf eine faule Kartoffel auf die amerikanische Dame.

3.

Zwischen dem ersten und zweiten Akt blieb Keila auf ihrem Platz sitzen, während Jarmy zum Rauchen hinausging. Jemand rief ihn beim Namen – eine piepsige Männerstimme, die ihm bekannt vorkam. Durch die Menge drängte sich ein haar- und bartloser kleiner Mensch in einem karierten Anzug, mit gelben Schuhen und einer golddurchwirkten Krawatte. Im breiten Krawattenknoten steckten drei Perlen, die aussahen wie die Vokalzeichen in der hebräischen Schrift. Der Mann stützte sich auf einen Stock mit goldenem Knauf. Wie die Stimme kam Jarmy auch das Gesicht bekannt vor, aber einordnen konnte er beide noch nicht.

»Wer würde denn einen Stock mit ins Theater nehmen?«, fragte er sich. »Warum hat er ihn nicht in der Garderobe abgegeben?«

Im selben Moment merkte er, dass der andere hinkte, und prompt fiel ihm ein, wer es war: der Lahme Max. Jarmy starrte ihn erstaunt an. Das war der Mann, mit dem er drei Monate im Arsenal-Gefängnis an der Długa-Straße abgesessen hatte, allerdings schon vor vier oder fünf Jahren. Er, Jarmy, hatte wegen Diebstahls gesessen und der Lahme Max, weil er versucht hatte, in der Landauer Bank einen gefälschten Hundert-Rubel-Schein umzutauschen. Damals hatte der Lahme Max blondes Haar und einen Schnurrbart gehabt, den er wie ein Paar Schläfenlocken drehte und mit Wachs in Form hielt. Obwohl er gut zehn Jahre älter als Jarmy war, waren die beiden in der Zelle so dicke Freunde geworden, dass Max sogar versucht hatte, ihn zu einer homosexuellen Beziehung zu überreden. Um die Zeit war Jarmy dann vom Arsenal in das Gefängnis an der Mokotow-Straße überstellt worden, und danach hatte er den Lahmen Max nicht mehr gesehen. Nach seiner Entlassung hatte er gehört, der Lahme Max sei ins Ausland gegangen, zweifellos nach Amerika. Wer den Ozean überquert hatte, galt als tot und wurde schnell vergessen. Aber da stand der Lahme Max dicht neben ihm und sprach mit einer piepsigen, halb vorwurfsvollen Stimme:

»Jarmy, du bist es! Du erkennst mich nicht, hä? Max, Max Levites bin ich, die Pest wünsch ich ihm an den Hals, dem Sohn deines Vaters!«

»Ja, ich erkenn dich«, erwiderte Jarmy. »Was ist mit deinem Haar passiert? Hast du es einem Perückenmacher verkauft?«

»Ich hab schon vergessen, dass ich mal Haare hatte«, sagte Max mit einem Lächeln, das einige wenige spitze Zähne freilegte. »Wenn man lange genug lebt, sieht man schließlich alles, sage ich immer. Verflucht soll ich sein, wenn ich nicht gerade heute an dich gedacht habe. ›Was wohl mit Jarmy ist?‹, habe ich mich gefragt. Ich dachte, sie hätten dir im Mokotow die Lunge aus dem Leib geprügelt, und du wärst längst eine Leiche. Aber wie heißt das Sprichwort? ›Stacheln welken nicht.‹ Gut siehst du aus, du Nichtsnutz, du Hurensohn, komm, geben wir uns die Hand.«

Max streckte ein schmales Händchen mit dünnen Fingern und langen, glänzenden Nägeln aus. An einem Finger trug er einen Ring mit einem riesigen Diamanten und einen Siegelring an einem anderen.

»Reich geworden ist er«, dachte Jarmy.

Laut sagte er:

»Wohin hat's dich denn verschlagen, hat dich der Teufel geholt? Verschwunden wie ein Stein im Wasser. Nach Amerika wärst du gegangen, hat es geheißen.«

»Amerika, eh? Alles ist Amerika. New York ist Amerika und Buenos Aires ist Amerika und Brasilien ist auch Amerika. In New York musst du Geld machen, damit du leben kannst, und in Brasilien ›machst du Amerika‹. Hast du von so einem Land schon mal gehört? Wenn hier Nacht ist, ist dort Tag, und wenn hier Winter ist, hast du dort Sommer.«

»Wo warst du? In Brasilien?«

»In Brasilien, in Argentinien, Uruguay, in New York, Chicago, sogar in Kalifornien. Überall ist es besser als hier bei den Russkis … Wo wohnst du? Immer noch in der Krochmalna? Ich bin mit der Droschke durchgefahren, und der Gestank war zum Ersticken. Rinnsteine voller Jauche. Als ich vorbeifuhr, hat ein Mädchen einen Eimer mit Dreckbrühe aus dem Fenster gekippt. Um ein Haar hätte sie mich getroffen.«

»Du bist wohl 'n feiner Pinkel geworden, wie?«

»Was machst du? Immer noch klauen?«, antwortete Max mit einer Frage.

»Nein, Rabbi bin ich geworden.«

»Nu, so geht's auf der Welt. Ganz wie die heiligen Bücher sagen – erinnerst du dich noch an das gute Buch?«

»Ja, ich weiß noch: Zwei Berge begegnen sich nicht, wohl aber zwei Menschen.«

»Ich glaub's nicht, er weiß es noch! Und wie gefällt dir das Stück, hä? Amerikanischer Kitsch. In Amerika haben die Leute darüber gelacht. Ein Kritiker dort hat es verrissen. ›Die reinste Klamotte‹ hat er es genannt. Zufällig war ich bei der Premiere in New York. Immer wenn ich nach New York komme, gehe ich schnurstracks ins Theater. Ich bin Jude geblieben, kein Goi geworden. Jiddische Wörter höre ich liebend gerne. Kauf ich mir die Zeitungen in Warschau, da sehe ich, dasselbe Stück wird hier auch gespielt. Denke ich: Na gut, schau ich mir's nochmal an. Drüben haben sie über den Mist gelacht, aber hier lecken sie sich die Lippen. Bist du allein im Theater?«

»Ich bin mit meiner Frau hier«, sagte Jarmy nach einigem Zögern.

»Verheiratet, was? Na ja, mein Glückwunsch. Wer ist sie? Eine von uns?«

»Keine Rebbizin.«

»Wo hast du sie gefunden? Im Puff?«

»Im Bethaus nicht.«

»Nu, immer noch derselbe alte Jarmy – einer von meinen Jungen. Glaub mir, es hat sich ausgezahlt, wieder nach Warschau zu kommen. Ich hab hier nichts am Laufen, aber weil ich schon in Paris war, dachte ich mir: ›Schau ich mal in Warschau vorbei.‹ Ist doch immer noch die alte Heimat, wie man so sagt. Wir kommen alle aus demselben Ritualbad … Ich hab hier auch Familie, in Warschau, in Radom und in den kleinen Städten um Lublin. Verheiratet ist verheiratet, jedes Ding hat seine Zeit. Du kannst tausend Weiber haben. Du legst sie flach, dann schickst du sie weg. Plötzlich hängt sich eine an dich, und du wirst sie nicht mehr los. Ist es nicht so?«

»Wie steht's mit dir?«, fragte Jarmy.

»Ich hab schon alles gehabt. Nicht eine, nicht zwei, nicht drei, sondern ganze vier. So lange die Sache gut steht, ist alles hübsch und fein. Aber sobald sie ihre Zähne und Klauen zeigen, schieb ich sie ab, direkt in die Hölle. Du musst wissen, wie man Schluss macht, sonst steckst du übel in der Klemme. Mit Küssen und Säuseln fängt es an, aber ehe du dich versiehst, wollen sie dich bei lebendigem Leib auffressen, wie diese Spinne, die ihren eigenen Mann verschlingt. Du bist also mit deiner Frau hier im Theater?«

»Ja, mit der Frau.«

»Komm, stell mich vor. Ich will sie dir nicht ausspannen, Gott behüte. Ich gebe dir sogar ein Hochzeitsgeschenk.«

»Ich brauche kein Geschenk.«

»Jetzt klingeln sie schon. Wo sitzt ihr? Ich bin in der ersten Reihe, ganz vorne. Nachher heben wir einen zusammen, du alter Schürzenjäger. Ah, als ich dich gesehen habe, da war's wie ein Feiertag für mich. Warum, weiß ich selber nicht. Nach dem zweiten Akt warte ich auf dich. Bring deine Frau mit.«

Die Menge strömte zum Eingang, und der Lahme Max humpelte auf seinen verkrüppelten Beinen voraus. Er rief irgendwas über die Schulter zurück, was Jarmy nicht verstand. Jarmy zog ein letztes Mal an seiner Zigarette und warf dann die brennende Kippe hinter sich, unter Missachtung der

Schilder, keine brennenden Rauchwaren auf den Boden zu werfen. Ob er den Lahmen Max gern oder ungern wiedersah, war ihm nicht klar. Der Mann war offenbar zu Geld gekommen. Jarmy schämte sich vor Max, weil er keines hatte. Sicher, es stand ihm nicht auf die Stirn geschrieben, dass er pleite war, aber Leute wie Max konnte man kaum hinters Licht führen. Und wer war die Schlampe, die er aus alten Zeiten kannte? »Vielleicht wäre es besser, hier zu verschwinden und ihn zu versetzen?«, überlegte Jarmy.

Er machte sich schnell klar, dass er damit nicht durchkäme. Max wusste, wo der Ganoventreff war, und würde ihn dort finden. Es gab schon kein Zurück mehr.

Jarmy erreichte die siebte Reihe und seinen Platz neben Keila. Aber der Platz war besetzt, eine ältere Frau mit halb grau, halb blau gefärbtem Haar und einem Hut mit Straußenfedern saß da, so sehr ins Gespräch mit Keila vertieft, dass die beiden ihn gar nicht kommen sahen. Plötzlich blickte die Frau mit den Straußenfedern auf und rief: »Da ist er!«

Sie erhob sich, und ihr Hut mit all seinen Federn begann zu beben, als wollte er gleich davonfliegen. Die dicke Rougeschicht auf ihren Wangen konnte Runzeln und Falten nur notdürftig überdecken.

Sie sagte: »Jarmy, wie? Ich weiß, ich weiß alles. Ich kenne deine Frau schon länger als du. Die Welt ist klein, wie? Gesundheit, das ist das wichtigste. Keila ist wie eine Tochter für mich. Sie wird dir alles erzählen. Lasst uns in Kontakt bleiben! Komisches Stück, wie? Amerikanische Ware …«

Die Frau quetschte sich durch die Reihe zum Mittelgang. Hier war es nicht üblich, aufzustehen, um jemanden durchzulassen. Ein schwerer Parfümduft zusammen mit etwas Altem, Fauligem stieg Jarmy in die Nase. Fremde Knie pressten sich gegen seine.

Als er saß, sagte Keila: »Oh, Jarmy, kaum warst du weg, hat sie mich gesehen und kam schleunigst rüber. Sie fing an, mich abzuküssen, und ich konnte mich ums Verrecken nicht besinnen, wer sie war. Sie will nachher mit uns etwas essen gehen.«

»Wer ist das denn?«

»Eine aus der Potocka.«

»Deine Ex-Madam?«

»Ihre Schwägerin.«

Jarmy zögerte einen Moment.

»Ich bin auch über jemanden gestolpert; Keila, du kannst nirgendwo hingehen, ohne dass dich einer anspricht. Wir müssen ein für alle Mal weg aus Warschau«, sagte er in anderem Ton.

»Wen hast du denn getroffen?«, fragte Keila.

»Ich habe im Arsenal mit ihm in einer Zelle gesessen. Schon lange her, sechs Jahre vielleicht. Er ist nach Amerika gegangen oder weiß der Teufel, wohin. Plötzlich taucht er wieder auf.«

»Wer ist es?«

»Der Lahme Max.«

»Der Lahme Max ist in Warschau?«

»Was ist das? Du kennst ihn?«

»Er ist immer zu uns in die Potocka gekommen. Ja, ich kenne ihn«, sagte Keila, und die Worte blieben ihr im Hals stecken.

Jarmy erstarrte.

»Dein Lude?«

»Das nicht. Aber er kam gern, um Unsinn zu machen. Er ist ein Clown, ein Quatschkopf. Er hat nicht aufgehört, bis wir fast gestorben sind vor Lachen.«

»Hast du's mit ihm getrieben?«, fragte Jarmy mit zittriger Stimme.

»Nein. Ja. Vielleicht –«, stotterte Keila. »Warum fragst du mich so aus? Du weißt, was ich bin. Du hast selbst gesagt, was gewesen ist, das ist vorbei, und es macht dir nichts mehr aus.«

»Nein, nein, pssst.«

Der Vorhang ging auf. Jarmy spürte einen Kloß im Hals. Seine Ohren brannten.

»Was ist los mit mir?« fragte er sich.

Scham über seine jämmerliche Lage und über die Frau, die er geheiratet hatte, überkam ihn. »Ich muss weg von hier. Ans Ende der Welt will ich fliehen«, beschloss er. »Ach, ich muss sie sehr lieben, dass ich so eifersüchtig sein kann«, sagte er sich.

Er erinnerte sich an einen Witz, den ihm jemand erzählt hatte: Ein Mann hatte gewettet, er könne einen Pott Scheiße essen. Mittendrin fing er an zu spucken und zu würgen. Gefragt, warum, sagte er:

»Ich hab ein Haar drin gefunden …«

4.

Den ganzen zweiten Akt über sagte Keila kein Wort. Auf der Bühne hatte Onkel Sam seiner Nichte Zirele als Mitgift einen Scheck über fünfzigtausend Dollar – so viel wie hunderttausend Rubel – gegeben, und Zirele hatte einen reichen jungen Mann namens Leslie geheiratet. Aber sie war nicht glücklich. Leslie trieb sich mit anderen Frauen herum und ging gern ins Kabarett, auf Bälle und Partys, während Zirele lieber in ihrem wunderschönen Haus oder im Garten blieb, Bücher las oder gute Werke tat. Sie schickte auch Geld und Bürgschaften an ihre Verwandten in Pinchev. Es kam schließlich so weit, dass die beiden jungen Eheleute sich völlig auseinanderlebten. Zur selben Zeit wurde Onkel Sams Frau Bessie krank, und kein Arzt konnte ihr helfen. Die Krankheit veränderte Bessie. Sie erkannte, wie eitel ihr falscher Stolz all die Jahre gewesen war, und Zirele wuchs ihr ans Herz. Bald verband die ehemaligen Feindinnen wahre Freundschaft. An diesem Punkt fiel der Vorhang, und Keila, die den ganzen Akt über angespannt und gedankenverloren dagesessen hatte, sagte:

»Du wirst sehen – wenn Bessie gestorben ist, lässt Zirele sich von Leslie scheiden und heiratet ihren Onkel.«

»Ja, sieht so aus«, stimmte Jarmy zu. »Ich geh noch eine rauchen.«

»Jarmy, ich möchte diesem Lahmen Max nicht begegnen«, sagte Keila.

»Warum nicht? Beißen wird er dich nicht.«

»Jarmy, ich möchte all das vergessen. Ich möchte einen einzigen Mann und einen einzigen Gott haben. Alles, was war, möchte ich ausradieren, als wäre es nie gewesen. Jarmele, lass uns weit weg gehen, irgendwohin, wo uns keiner kennt, so dass wir ganz neu anfangen können.«

»Kann sie Gedanken lesen oder was?«, fragte sich Jarmy. Laut sagte er: »Was immer wir machen möchten, kostet Geld. Keine Knete haben ist wie keine Hände haben. Ich komm gleich wieder.«

Jarmy hatte auch keine große Lust, den Lahmen Max wiederzusehen, aber der stand schon mit einer Zigarre im Mund an der Garderobe und wartete offensichtlich auf ihn. Als er Jarmy sah, blitzten seine Augen, er nahm die Zigarre aus dem Mund und fragte:

»Wo sind eure Plätze? Ich möchte deine Frau kennenlernen.«

»Du kennst sie, und sie kennt dich«, sagte Jarmy.

»Ach wirklich? Wer ist sie? Wie heißt sie?«

»Keila. Die Rote Keila. Im Potocka-Puff hast du mit ihr rumgemacht«, zischte Jarmy. Einen Augenblick lang wurde Max' Gesicht ernst und starr vor Staunen.

Gleich darauf glitzerte Spott in seinen Augen, die länglich wie zwei Pflaumen waren: »Ach, das ist die Geschichte. Wenn das so ist, kann ich dir gleich doppelt gratulieren. Wir sind so gut wie Schwäger, brennen soll dein dreckiges Gedärm!«

»Solche Schwäger hab ich tausend Stück, du alter Lustmolch.«

»Ja, stimmt. Was sagt man dazu – die Rote Keila … Kann sein, du denkst, ich will dich foppen, aber irgendwie hab ich gerade an sie gedacht. Die Jahre gingen dahin, und ich hatte sie ganz vergessen. Und dann bin ich in einer Nacht plötzlich aufgewacht, und mein erster Gedanke war: ›Was wohl aus der Roten Keila geworden ist, das wüsste ich doch gern.‹ Vielleicht habe ich sogar von ihr geträumt. Ich muss nur die Augen zumachen, und gleich träume ich. Die Toten kommen zurück, und ich bin wieder auf dem Platz in Warschau, in der Potocka, in der Shuletz und was weiß ich wo noch. Wie ist denn alles gekommen, he? Schließlich war sie mal eins von Itsche Einauges Pferdchen. Sie hatte vielleicht ein Mundwerk! Wenn sie jemanden runterputzte, konntest du dich totlachen. Wenn sie einen dreimal verfluchte, kam der kaum mit heiler Haut davon. Da fällt mir ein, irgendjemand hat mal erwähnt, dass sie die Syphilis hatte und gestorben ist. Nu, das war ein Fehler, ein Fehler. In meinem Kopf geht alles drunter und drüber … nicht Keila, sondern Bella war's! Jetzt weiß ich's wieder genau – Bella Beilik, so hat sie geheißen.«

»Bella Beilik ist schon im Jenseits. Vor drei Jahren ist die abgekratzt, im Spital an der Swiętokrzyska.«

»Das muss es gewesen sein! Ich hab Keila mit Bella verwechselt. Hast du so was schon mal gehört? Komm, bring mich zu ihr. Ich kann nicht warten bis nach dem dritten Akt. Dich hab ich damals noch gar nicht gekannt, aber die

Rote Keila hat schon die Puppen tanzen lassen. Wie alt mag sie sein?«

»Neunundzwanzig.«

»Mehr nicht? … Nu, soll sein.«

»Wenn sie älter ist, kann man's auch nicht mehr ändern …«

»Frauen werden nicht älter, immer nur jünger. Was treibst du jetzt eigentlich so? Das ist wirklich ein Wink des Schicksals. Wen habe ich sonst in Warschau, außer dir und Keila? Komm!«

Der Lahme Max hastete davon, und sein Stock mit dem goldenen Knauf flog vor ihm her wie durch Zauberei.

»Ein Krüppel ist er und hüpft wie ein Floh«, dachte Jarmy.

Keila war aufgestanden, wahrscheinlich, um zur Toilette zu gehen, und schon war Max bei ihr. Jarmy sah, wie er einen Arm um sie legte und sie küsste.

»Wie kommt es, dass ich nicht auf Itsche Einauge eifersüchtig bin, aber auf ihn?«, fragte er sich. Hass überflutete ihn, Hass auf Max, auf Keila und auf sich selbst.

Die beiden umarmten einander und wiegten sich, als wäre er ihr lange vermisster Bruder. Nach einer Weile stellte sich Jarmy dazu. »Diesen Kelch werde ich wohl bis zur bitteren Neige leeren müssen«, sagte er sich.

Er hörte Max rufen:

»Keila, jünger bist du geworden! Soll mich der Schlag treffen, wenn ich lüge. Wie ist das möglich? Mir scheint, Jarmy bekommt dir gut. Wir haben zusammen im Arsenal-Knast gesessen und sind wie Brüder. Dass er eines Tages dein Mann sein würde! Wirklich, das ist eine Geschichte für die Zeitung. Da ist er. Wir müssen feiern, wie Gott uns befohlen hat. Noch heute Nacht… Ich kann nichts für Amerika – geht alles auf mich. Wie sagen die Chassidim? – ›Schröpft die Reichen …‹ Dass ich diese Reise gemacht habe, zeigt, dass es einen Gott geben muss. Ich bin zweiter Klasse gefahren und dachte: ›Was mache ich denn in Warschau? Außer zum Grab meiner Eltern gehen?‹ Ihr kennt ja den Spruch: Aus den Augen, aus dem Sinn. Man entfremdet sich, man vergisst. Ich habe sogar geschwankt, ob ich ins Theater gehen soll. Ein altes Stück, ich weiß, wie es ausgeht. Aber irgendwas hat mir gesagt, ich soll hingehen. Ich komme rein, und wen sehe ich? Jarmy Langfinger. Ich hatte schon daran gedacht, die Wagendeichsel umzudrehen und schleunigst nach Hause zu fahren, das schwöre ich. Ich habe Verwandte hier in der Nähe, aber irgendwie habe ich Angst, sie zu besuchen. Die Leute werden vor der Zeit alt. Sie lassen sich lange Bärte wachsen und sehen alle aus wie Heilige. Heute ist der Bart schwarz, morgen schon weiß. Hey, Jarmy, du magst doch Champagner.«

»Heute nicht.«

»Heute trinken wir Champagner! Wohin können wir gehen? Wisst Ihr ein nettes, gemütliches Lokal in der Nähe, wo ich unter Brüdern bin?«

»Eliezers Kneipe ist gemütlich.«

»An der Krochmalna?«

»Da gehe ich nicht hin«, sagte Keila.

»Warum nicht?«, fragte Jarmy.

»Das weißt du doch.«

»Nein, weiß ich nicht.«

»Was für ein Lokal ist das?«, fragte Max. »Ich habe schon vergessen, wo es ist.«

»In Nummer 17.«

»Ja, ja, ja. Wir nehmen eine Droschke und fahren direkt hin. Wen immer man da treffen kann, den möchte ich treffen. Wie geht es Itsche Einauge?«

»Itsche Einauge ist im Spital«, antwortete Keila.

»Was fehlt ihm?«

»Jemand hat ihn niedergestochen.«

»Wer? Oi, oi, oi, was ist das für eine Welt. In Amerika sind die harten Kerle alle Gojim. Ein paar Juden gibt es auch, aber die halten sich bedeckt. Drüben machst du keine Bewegung ohne Pistole. Ein Messer kommt denen altmodisch vor. Sowie die Gangster einen Streit anfangen, greifen sie nach ihren Knarren. Peng, peng! Und du bist nicht mehr der Boss. Wenn Krieg unter den Mafiosi ausbricht, vergeht kein Tag ohne ein paar Leichen. In Argentinien gibt es Messerstechereien nur aus einem Grund: Eifersucht. Der Spanier ist heißblütig. Ein Blick auf seine Frau, und du bist deines Lebens nicht mehr sicher. Das heißt solange die Liebe noch lodert. Kühlt sie sich ab, schicken sie ihre Dulcineas auf die Straße, da verkaufen sie sich für einen Peso. So nennt man das spanische Geld. Das Klima macht die Frauen vor der Zeit alt. Es ist zu heiß. Du gehst auf die Straße und siehst einen Baum voller Orangen. Die Hitze lässt das Blut in den Adern kochen. Das der Frauen auch. Der Spanier lässt seine Tochter nicht ohne einen Aufpasser aus dem Haus. Geht sie allein aus, kommt sie mit einem dicken Bauch zurück. Übrigens: Wenn du ein Bordell besitzt, kannst du ein Vermögen machen. Da drüben ist es keine Schande, zu einer Hure zu gehen. Alle gehen. Am Samstag sind die Häuser rappelvoll. Das Problem ist, dass die Nutten nicht lange frisch bleiben. Nach ein paar Jahren sind sie ausgebrannt, und du musst neue beschaffen. Dort drüben hättest du dich nicht so gut gehalten wie hier, Keila, meine Süße. Du bleibst ein paar Jahre, und dann kannst du dich zur Ruhe setzen.«

»Nicht für einen Sack Gold würde ich dahin gehen.«

»Ich rede von den Nutten, nicht von den Madams. Die Ware hinbringen ist das eine, die Ware sein ist was anderes.«

»Ich möchte ein menschliches Wesen sein, keine Ware.«

»Darüber reden wir noch. Wisst ihr was? Nehmen wir gleich jetzt eine Droschke. Der dritte Akt taugt nicht viel. Sie lässt sich von dem Scharlatan scheiden, Bessie gibt den Löffel ab, und Zirele heiratet den Onkel. Nichtjuden dürfen das nicht, aber unter Juden ist's erlaubt. Mit einem Onkel ist's koscher, aber mit einer Tante ist's tref. Was ist der Unterschied? Moses hat's so gewollt.«

»Ich möchte bis zum Ende bleiben«, sagte Keila.

»Na gut, sie klingeln auch schon. Wir sehen uns nachher.«

Max hastete zur ersten Reihe, und Jarmy sagte:

»Wie heißt der Spruch? Der Taube hörte, was der Stumme zum Blinden sagte: ›Sieh mal, wie der Krüppel rennt‹.«

»Jarmele, ich möchte nicht mit ihm in die Kneipe gehen.«

»Wie? Ich auch nicht, aber er klebt an mir wie Nisse. Vielleicht hat er einen Deal für uns auf Lager.«

»Was für einen Deal? Ich möchte, dass du bei mir bleibst und nicht, Gott behüte, in die Hände von Gojim fällst.«

»Was soll ich denn machen? Hausmeister werden?«

»Du musst gar nichts machen. Wir ziehen irgendwohin, und ich gehe arbeiten.«

»Was willst du arbeiten? Gänse hüten?«

»Für dich würde ich auch Dienstmädchen werden.«

»Unsinn. Wir haben uns schon daran gewöhnt, leicht und

schnell an Geld zu kommen. Ich bin kein Schmarotzer, aber wenn er mir das Fahrgeld für Argentinien leiht, zahl ich's ihm mit Zinsen zurück.«

»Jarmy, von dem würde ich keinen Groschen nehmen.«

»So wie du dich ihm in die Arme geworfen hast, dachte ich, er hat dir wer weiß wie gefehlt.«

»Ich hab mich ihm in die Arme geworfen? Er hat sich von hinten an mich rangeschlichen wie ein Räuber. Und mich dann fast umgerissen. Jarmele, in den Sumpf will ich nicht wieder fallen!«, sagte Keila alarmiert.

»Komm, reg dich nicht auf, ich zwing dich zu nichts. Ah, der dritte Akt fängt an.«

5.

Auf dem Rückweg fuhr die Droschke am Alexanderplatz und an der gewaltigen Alexander-Newski-Kathedrale vorbei, die die Russen errichtet hatten. Dann bog sie in die Senatorenstraße ein, passierte den Bankplatz und die Żabia-Straße vor dem Eisernen Tor. Jedes Mal, wenn sie in eine neue Straße kamen, hüpfte der Lahme Max auf seinem Sitz und zeigte mit dem Finger, um deutlich zu machen, dass er sich erinnerte und wieder erinnerte. Zu seiner Zeit hatte die Gang geplant, eine Bank am Bankplatz auszurauben, aber daraus war nichts geworden. Das war keine Bank, sondern eine Festung. In Amerika machte man kein solches Theater um Banken. Dort war eine Bank wie ein Laden. Im Wiener Salon vor dem Eisernen Tor leuchteten jetzt alle Lampen. Dort wurde eine Hochzeit gefeiert. Die Krochmalna-Straße lag im Halbdunkel, aber Eliezers Kneipe war offen und gerammelt voll mit Stammkunden. Als sie eintraten, wehten ihnen Bier- und Wodkadunst und der Geruch von Knoblauch, Gänsebraten und gehackter Leber mit Zwiebeln entgegen. Es war noch früh, aber die Bäckereien in der Nachbarschaft schoben schon Bagels in den Ofen, und der Duft von Frischgebackenem hing in der Luft.

Alle waren da – Schmuel Schmand, Fettkloß Reitzele, Noah Schaufel, Shaya Schläger, Rickele Tank, Mordkele Feuerbrand, alle, die am Morgen schon einen Krankenbesuch bei Itsche Einauge gemacht hatten. Sie erkannten Max, und das Küssen, Rückenklopfen, Reden wollte kein Ende nehmen. Stühle wurden an den Stammtisch gestellt und Platz geschaffen für Jarmy, die Rote Keila und den Lahmen Max. Nun begann der Wirt Eliezer mit seiner blauen Schürze und bis zu den Ellbogen aufgekrempelten Ärmeln, Bier in Krügen und alle möglichen Köstlichkeiten aufzufahren, Mohnkuchen, Gänsebrust, Leberwurst und heiße Frankfurter mit Sauerkraut und Senf. Der Lahme Max hatte im Voraus Bescheid gesagt, dass alles auf seine Rechnung ginge.

Schmuel Schmand – groß, heiser, mit einem gewaltigen Bierbauch und einer bunten Weste, an der eine Uhrkette aus Silberrubeln baumelte, fragte: »Jarmy, wo hast du ihn gefunden?«

»Im Theater.«

»Nu, diese Nacht werden wir nicht schlafen. Kinder, heute ist ein Feiertag!«

Und er schlug mit der Faust auf den Eichentisch, dass alle Krüge und Teller tanzten.

»Wer möchte eine Zigarre?«, fragte der Lahme Max und begann, sie zu verteilen.

Schmuel Schmand, Zigarrenraucher seit Jahren, warf spöttische Blicke auf die Kumpane, die noch nie eine Zigarre angerührt hatten, jetzt aber gierig zugriffen, nur weil es sie umsonst gab. Sie wussten buchstäblich nicht, wie man die

Rauchware anzündet. Er streckte zwei Finger aus, wählte wohlüberlegt, rollte die Zigarre zwischen den Fingern, hob sie sich an die Nase und sagte:

»Teufel, wenn das keine echte Havanna ist! Max, ich kann's gar nicht glauben!«

»Bloß Tabak, kein Gold.«

»Du musst ja in eine Goldgrube gefallen sein«, bemerkte der Lange Leibusch.

»Amerika ist ein reiches Land. Du musst nur wissen, wo die Leiche begraben liegt«, antwortete Max.

Jarmy hatte Keila zugeflüstert, sie solle sich nicht betrinken. Solange sie nüchtern blieb, benahm sie sich anständig. In letzter Zeit war das Pendel schon zu weit zur anderen Seite ausgeschlagen. Sie hatte sich in eine Art Hypochondrie gesteigert und zitterte bloß noch vor Angst, dass ihm, Jarmy, etwas zustoßen könnte. Wenn er, Gott behüte, nur nicht krank wurde oder falsch beschuldigt. Nur nachts im Bett wurde sie wieder so leidenschaftlich wie früher. Er, Jarmy, konnte jetzt dem Essen und Trinken auch nicht widerstehen. Der Schabbes war karg gewesen, und Keilas Abendbrot hatte kaum einen hohlen Zahn gefüllt. Das Spiel mit dem amerikanischen Reichtum hatte in Jarmy Hunger, einen Drang, etwas zu tun, geweckt. Er sah mit Sorge zu, wie Keila ein Glas Wodka nach dem anderen kippte und Branntwein mit Bier mischte. Alle tranken, alle aßen, alle redeten gleichzeitig, jeder wollte die anderen übertönen. Die Dicke Reitzele, für deren Hinterteil zwei Stühle nötig waren, versuchte zum Spaß, eine Zigarre zu rauchen, was ein gewaltiges Gelächter, Gebrüll und Applaus auslöste. Andere Kunden stürzten zum großen Tisch, und Max, hochrot und beschwipst, schrie, jeder solle essen, trinken und lustig sein, alles auf seine Kosten.

Eliezer meinte, halb im Scherz, Max müsse so viel blechen, dass sein Geld am Ende nicht mehr für die Rückreise nach Amerika reichen werde, und Max zückte eine Brieftasche, aus der russische Fünfundzwanzig-, Fünfzig- und sogar Hundert-Rubel-Banknoten quollen. Er drückte Eliezer zwei Hundert-Rubel-Scheine mit dem Bild der Zarin Katharina in die Hand.

»Hier ist ein Vorschuss ... Mach dir nicht ins Hemd! ...«

Der Alkohol trieb Keila das Blut ins Gesicht, und ihre Augen wurden grün wie Stachelbeeren. Sie lachte, klatschte in die Hände. Nach einer Weile fing sie an, alle Männer zu küssen, auch solche, die von anderen Tischen herüberkamen.

Sie rief laut: »Max, nimm mich mit nach Amerika!«

»Heute Nacht?«

»Maxie, komm, tanz mit mir! ...«

Auch wenn Jarmy selbst leicht beschwipst war, schämte er sich doch für Keila. Sie griff sich den Lahmen Max und machte Anstalten, ihn zum Tanzboden zu zerren. Sein Stock war ihm entglitten, und Keila hielt mit einer Hand Max in der Senkrechten, und mit der anderen las sie den Stock vom Boden auf. Sie bückte sich, ihr Kleid rutschte hoch und enthüllte spitzenbesetzte Unterhosen. Sie zerrte an Max und kreischte wie eine Verrückte. Jarmy versuchte, sie mit Worten und Gesten daran zu erinnern, dass Max ein Krüppel war, der nicht tanzen konnte, aber Keila schrie:

»Keine Sorge, Jarmy, entjungfern wird er mich nicht!«

Und sie fing an zu kichern, Max zu schütteln und seine Glatze zu küssen.

»Besoffen wie Lot«, bemerkte Shmuel Schmand.

»Immer noch dieselbe Rote Keila«, knurrte Reitzele.

»Ein Jammer, dass Itsche im Hospital ist«, brummte der Lange Leibusch.

»Sie hat immer noch eine eiserne Gesundheit!«, sagte Rivkele Tank mit der Erfahrung einer Madam, die zwei Bordelle leitete.

Prostituierte, die in Haustoren herumlungerten und versuchten, Freier aufzugabeln, hörten von der Schlemmerei in Eliezers Kneipe und machten sich schleunigst auf den Weg. In ihren orangeroten Schuhen, lila Jacken, grünen und gelben Strümpfen, mit Rouge auf den Wangen, blauen Augenlidern und schwarz geränderten Augen standen sie in Gruppen im Torweg und konnten sich nicht halten vor Lachen:

»Mamele, oh, Mamele, ich kann nicht mehr! Seht euch diese Keila an … lass doch den Kerl los! Oh, Mamele, ich platze …«

Die Zuhälter, die aufpassen sollten, dass ihre Flittchen nicht trödelten, sondern anschafften, kamen in eng geschnittenen Jacken, knappen Hosen, Schirmmützen und hochhackigen Stiefeln angerannt und holten die Huren wieder auf die Straße. Sie schlugen die Mädchen und rissen sie an den Haaren.

Eine dicke Hure brummte: »He, du Mistkerl, lass mich los.«

Eine Kleine fiel mit dem Gesicht auf den mit Sägemehl bestreuten Fußboden, und ein langer Bursche trat sie mit den Stiefelspitzen und spie auf sie.

Eliezer kam angerannt.

»Was soll der Krawall? Haut ab! Das hier ist eine Taverne und kein Schweinestall.«

»Gleich geht hier das Hauen und Stechen los!«, stieß die Dicke Reitzele rülpsend hervor.

Ein älticher Nachtwächter, der auf die Läden aufpasste, hörte den Rabatz und kam, um nachzusehen, was los war. Obwohl Sommer war, trug er eine Baumwolljacke und eine Wollmütze. Er klopfte mit seinem Stock auf den Boden, wedelte mit einem Schlüssel und rief etwas, das in der weißen Mähne seines Bartes unterging.

Keila ließ Max los und rannte dem Alten mit ausgestreckten Armen entgegen.

»Opa, komm tanzen!«

Sie packte ihn an den Schultern, und er rang mit ihr, während sie um ihn herumhüpfte und versuchte, ihn hochzuheben. Die Huren konnten sich nicht halten vor Lachen und sanken einander in die Arme. Jarmy versuchte, den alten Mann loszueisen, und Keila schrie:

»Jarmy, dreckiger Dieb, nimm deine syphilitischen Finger weg. Der ist mein Großvater, nicht deiner! Du Tunte!«

Jetzt drehte Jarmy durch und versetzte Keila einen Fausthieb auf die Nase. Sie krümmte sich und ging zu Boden, mit dem Gesicht nach oben. Sie zuckte und zappelte, ihr Kleid verschob sich, und sie brach in eine wilde Litanei aus:

»Mörder, Schuft, Lump! Die Pest in deine säuischen Knochen! Karbunkel auf deine Zunge!«

»Keila, die Worte wirst du noch bereuen!«, sagte Jarmy und wedelte mit dem Zeigefinger.

»Was denn bereuen? Du hältst mich wie ein Tier im Käfig.

Nicht mal nix zu fressen gibst du mir … alles, was ich habe, ist Gefasel von Liebe, Liebe, Liebe! Ich geh mit Max nach Buenos Aires und fang ein neues Leben an. Wenn du ein Heiliger sein willst, such dir ein braves Mädchen. Ich war eine Hure und bin schon wieder eine. So ist es doch, Maxie, oder?«

»Wenn du das sagst –«

»Kannst du noch einen Freier für mich in Buenos Aires auftreiben?«

»Mehr als einen, aber –«

»Hast du gehört, Jarmy? Ich bin immer noch Sünden wert …«

Keila brach in Lachen aus, fing an zu husten und verschluckte sich an ihren Worten.

Schmuel Schmand sagte: »Keila, saufen kannst du nicht.«

»Ich hab schon vergessen, was saufen ist. Er erlaubt nicht, dass wir einen Tropfen Wodka im Haus haben. Er besitzt ja keinen einzigen Groschen. Alles, was er kann, der Schwindler, ist vom guten Leben faseln. Ich brauche einen Mann, nicht so einen Chassid, der hinterm Ofen hockt.«

»Hebt sie hoch!«, kommandierte Schmuel Schmand.

Der Lange Leibusch und Noah Schaufel standen auf und gingen auf die Rote Keila zu, aber sie kreischte:

»Tot umfallen sollt ihr! Ich brauche keinen, der mich trägt. Ich bin nicht Jesus. Er hat mir das Blut ausgesaugt, aber tot bin ich noch nicht. Ich werd der Welt zeigen, was die Rote Keila kann! Maxie, wo wohnst du? Nimm mich mit zu dir!«

»Keila, halt endlich die Klappe …«

»Mit Schiff, nicht mit Syph, wollen wir fahren …«

Lautes Gelächter. Alle kannten »Syph« als Abkürzung für Syphilis.

Jarmy wurde bleich. »Keila, zwischen uns ist alles aus. Gott soll mein Zeuge sein.«

ZWEITES KAPITEL

1.

Jarmy hatte seinen Schwur gebrochen. Als Keila wieder nüchtern war, weinte sie bitterlich, küsste ihm die Füße und schwor beim Andenken ihrer toten Mutter, wenn er ihr nicht verziehe, würde sie auf der Stelle zur Bahnstrecke nach Kalisz gehen und sich auf die Gleise legen. Sie raufte sich die Haare und rannte mit dem Kopf gegen die Wand. Ihr Gesicht war tränenverschmiert und dick verschwollen. Als Jarmy sie schließlich wieder in sein Bett ließ, zeigte sie ihm, dass er noch immer nicht alle ihre Künste kannte. Jarmy fragte sie, von wem sie all diese Tricks gelernt habe, und Keila nannte Namen von Luden, Dieben und einem Hellseher, der im Haus einen schwarzen Spiegel hatte, auf dem Bilder von gestorbenen Ehemännern und Liebhabern erschienen und Tote sich voller Verlangen nach der Vereinigung mit ihren noch lebenden Lieben spiegelten. Keila redete so wild und erzählte so schreckliche Geschichten, dass Jarmy immer wieder Schauer über den Rücken liefen. Wie hatte er nur diese Frau von sich weisen können? Er beschloss, zum Rabbi zu gehen und sich von seinem Gelübde lossprechen zu lassen.

Jarmy war dem Lahmen Max mehrere Male begegnet, und auch wenn Max anfangs behauptet hatte, er sei ganz spontan nach Polen gereist – um die alten Straßen und Städte und seine alten Kumpel wiederzusehen –, kam doch nach und nach heraus, dass er Pläne hatte, die Ausgaben, die ihm entstanden waren, wieder hereinzuholen und bei der Gelegenheit vielleicht auch noch einen ordentlichen Reibach zu machen. In Buenos Aires, Rio de Janeiro und überall in Südamerika waren Frauen knapp und mussten aus Europa importiert werden. Die Zeitungen schrieben, wie Mädchenhändler in Autos herumkurvten, Mädchen entführten, vergewaltigten und in Fesseln an ferne Orte verschifften. Aber das waren Märchen, behauptete Max, wüste Träume von Zeitungsschreibern. Erwachsene Frauen könne man doch nicht entführen, oder? Wie wollte man sie denn gegen ihren Willen über Grenzen schaffen und auf Schiffe schleppen? … Blödsinn, Quatsch … dummes Zeug! Die Weiber mussten doch ganz offensichtlich freiwillig gehen. Ein geschickter Zuhälter konnte Mädchen verführen, so viele er wollte. Manche warteten nur darauf, sozusagen verführt zu werden. Die Zeiten hätten sich geändert. Frauen hätten den gleichen Appetit wie Männer. Sie wollten keine Nullen heiraten, schwanger werden, Gören aufziehen und ihre besten Jahre mit Babywindeln, Kinderhüten und Schnullern vergeuden. Man musste nur wissen, wie man mit ihnen zu reden hatte.

Max machte Jarmy einen Vorschlag. Er wollte, dass die Rote Keila mitspielte. Ihr Mundwerk war nicht von schlechten Eltern. In Amerika würde sie Geld scheffeln können.

Jarmy versuchte einzuwenden, dass er Keila für sich haben wollte, aber Max hielt dagegen:

»Hilfe, Jarmy, du redest wie ein Trottel. Du kannst niemanden für dich allein haben. Sogar eine Rebbizin heiratet wieder, sobald ihr Ehemann, der Rabbi, die Augen für immer schließt. Die Rote Keila als Heimchen am Herd halten und Socken stopfen lassen, das kannst du so wenig, wie den Wind auf dem Feld ins Geschirr spannen ...«

Allmählich rückte Max mit seinem Plan heraus.

In einer amerikanischen Zeitung hatte er gelesen, wie eine Frau durch einen Trick zu Geld gekommen war: Sie hatte reiche Männer gesucht, geheiratet, sich nach der Hochzeit mit Diebstahl oder Betrug das Vermögen angeeignet und die Männer dann verlassen. Dutzende solcher Trottel hatte die Frau in ihre Netze gelockt und war unermesslich reich geworden. Was in Amerika ging, war auch in Polen möglich, behauptete Max. Viele Juden hatten Vermögen angehäuft. Eine Frau von Keilas Reiz und Redegewalt könne dem weisesten Weisen den Kopf verdrehen. Max und Jarmy würden ein paar Dutzend Mädchen beschwatzen und auf die Reise nach Amerika vorbereiten, und Keila könnte inzwischen leicht hunderttausend Rubel oder mehr abräumen. Mit einer solchen Summe könnten sie zu dritt die fabelhaftesten Bordelle in Argentinien, Brasilien, Bolivien und Uruguay einrichten und leben wie die Könige. Womöglich konnten sie, Jarmy und Max, sogar noch reiche Witwen heiraten, bevor sie ihre Fracht übers Meer schickten.

Max sagte: »Jarmele, das Gold liegt auf der Straße. Du musst nur wissen, wie man's aufklaubt. Ich bin reich wie Midas. Wenn ich wollte, könnte ich einen Palast kaufen und leben wie ein Prinz. Aber das tut nur alten Leuten gut, nicht Typen in meinem Alter. Ich kann mich nicht entspannen.

Ich hab Ameisen im Hintern. Wenn ich nicht dauernd beschäftigt bin, werde ich träge und fange an zu träumen. Jarmele, du bist aus dem gleichen Stoff. Nach einem Blick auf dich im Theater wusste ich, wir werden Partner. Deine Keila ist ein Schatz ... oha!«

»Was willst du – einen Dreier?«

»Muss nicht sein ... ausgehungert bin ich nicht, Gott behüte. Ich bin auf dem Schiff von Rio nach London erster Klasse gereist, und wenn ich dir erzählte, was ich in diesen zwei Wochen auf See getrieben habe, würdest du mich das übelste Großmaul nennen. Bruder, du brauchst keinen Vorwand mehr, wenn du zu ihnen gehst. Du kommst sofort zur Sache: ›Schauen Sie, Sie gefallen mir. Ich habe eine Kabine für mich allein. Ich hab Sie gesehen, und um mich war's geschehen.‹ Wie heißt es in den ›Sprüchen der Väter‹: ›Spare mit deinen Worten bei der Frau.‹ Ja ist ja, und nein ist nein. Wie es anderen geht, weiß ich nicht, aber bei mir war es immer ›Ja‹. Dass ich keine Schönheit bin, brauche ich dir nicht zu sagen. Ich bin kurz, kahl und verkrüppelt. Kannst du das verstehen?«

»Ja, das kann ich«, erwiderte Jarmy.

»Wie kommt das, was glaubst du? Haben sie Mitleid mit mir?«

»Ich glaube, es ist alles zusammen.«

»Was denn alles?«

»Dein Mundwerk. Du kannst einen Stein zur Sünde überreden ...«

»Ja, ja, es ist eine Art – wie nennt man es? Magnetismus. Wenn ein Magnet eine Nadel anziehen kann, wird doch ein Mann eine scharfe Dame magnetisieren können, oder? Man muss nur die richtigen Worte finden. Wir drei könnten es mit der ganzen Welt aufnehmen.«

Max redete erst im Ganoventreff in Nummer 6 bei einem Kaffee und Käsekuchen mit Jarmy, dann im Café Lurs und noch später bei Samodin am Theaterplatz. In der Nacht im Bett erzählte Jarmy alles der Roten Keila.

Zuerst hatte Keila Einwände:

»Nein, hundert Mal nein!«

Sie wolle keine anderen mehr. Sie wolle nur einen Gott und einen Jarmy. Aber Jarmy hielt dagegen:

»Wie lange können wir hier in der Krochmalna Nummer 8 sitzen und jeden Groschen dreimal umdrehen? Irgendwann wird man sogar die Knödel leid. Auch Birnenkompott wird langweilig. Warschau ist eine kleine Stadt. Immer wieder die Krochmalna-Straße und immer wieder die Smocza. Die Stawka, die Niska. Es steht mir bis hier … Amerika ist eine neue Welt. Schon mancher hat Polen als armer Schlucker verlassen und ist in Amerika Millionär geworden. Man muss nur die ersten paar Tausender ergattern, danach geht alles wie geschmiert …«

»Und was verlangt er von uns?«, fragte Keila.

»Zusammenarbeit mit ihm, Partnerschaft. Er bringt das Geld auf. Er will, dass du dich herausputzt wie eine Prinzessin. Wir sollen in ein Hotel ziehen.«

»Jarmele, er wird noch was anderes verlangen. Er hat mich mit seinen Augen verschlungen …«

»Partnerschaft ist Partnerschaft.«

»O Jarmele, ich hab Angst.«

»Wenn du Angst hast, sag dein Gebet auf.«

»Halt mich ganz fest! Mit beiden Händen! So!«

Keila klammerte sich mit so viel Kraft an Jarmy, dass er Angst um seine Rippen hatte. Mit ihren spitzen Knien bohrte sie sich beinahe in seine Innereien. Ihr Mund presste sich so fest auf seinen, als wollte sie aufhören zu atmen. Lange Zeit lagen beide ganz still da, als lauschten sie ihrer eigenen Leidenschaft, dann sagte Keila:

»Jarmele, vielleicht sollten wir lieber sterben?«

»Warum denn ausgerechnet das?«

»Ich wollte schon immer für jemanden sterben.«

»Dazu bleibt immer noch Zeit. Der Todesengel läuft nicht weg.«

»Ich möchte jung sterben, nicht als Alte.«

»Solche wie du bleiben jung.«

»Ich wünsch mir, dass du mich tötest, dann würd ich dir die Hand küssen, bis mir der Atem stillsteht.«

»Bevor du stirbst, musst du erst einmal leben.«

Lange Zeit lagen sie da, ohne ihrer Lust nachzugeben. Erst im Morgengrauen schliefen sie ein, und um neun Uhr schrak Jarmy aus einem Traum auf. Eine Sekunde lang wusste er noch, was er geträumt hatte, aber gleich danach hatte er fast alles vergessen. Er erinnerte sich nur noch an blutüberströmte Gesichter, wüstes Geschrei, aufgeplatzte Därme, Ströme von Blut. War das ein Pogrom, ein Überfall von Mördern, ein Satansspiel? ... Vielleicht alles auf einmal.

»Warum vergisst man einen Traum so schnell?«, fragte er sich.

Er hatte nur wenige Stunden geschlafen, war aber vollkommen ausgeruht. Er warf einen Blick auf Keila. Sie lag nur halb zugedeckt mit entblößten Brüsten und roten Nippeln. Sie lachte im Schlaf. Ein Auge stand einen Spalt offen.

»Guter Gott! Sie hat bei Hunderten von Männern gelegen, und doch ist sie noch immer frisch wie eine Rose. Wie kann das sein?«, fragte sich Jarmy.

Nackt ging er ans Fenster. Über dem Hof zeigte sich ein blauer Streifen Morgenhimmel. Schräge Sonnenstrahlen trafen die Mauer. Fensterflügel öffneten sich. Obwohl es noch so früh war, hängten Mädchen schon Bettzeug zum Lüften hinaus. Ein Händler rief frische Brötchen aus, ein zweiter pries Heringe an. Bald würden die Jongleure, die Bettler, die Moritatensänger und auch die Blinden und Amputierten aus dem Russisch-Japanischen Krieg auftreten. In einer Ecke des Hofs wohnte ein Schächter – nicht einer, der schächtete, wie das Gesetz es befahl, und ein Zertifikat vom Gemeinderat hatte, sondern einer, der schwarz schlachtete, gegen geringes Entgelt in einem Keller arbeitete und Polizisten bestechen musste, damit sie ihn nicht verhafteten. Auch ein chassidisches Lehrhaus war dort, in dem der Gottesdienst schon begonnen hatte. Jarmy hörte den Schofar. Waren sie schon im Monat Elul? Der Sommer war erstaunlich schnell vergangen.

Jarmy hörte einen Hornstoß. Ein Tremolo, einen klagenden Ton. Er erinnerte sich, was man in seiner Heimatstadt über das Blasen des Schofars sagte: Es sollte dem Satan Angst machen, so dass er glaubte, der Messias sei gekommen und habe die Juden erlöst. Der Schofar ermahnte die Juden auch, Buße zu tun.

»Vielleicht gilt das auch für mich?«, fragte sich Jarmy.

Da der Sommer so schnell verflogen war, ging womöglich das ganze Leben genauso schnell vorbei? Genau genommen spielte er mit dem Gedanken nur. Er war noch nicht bereit, sich einen Bart und Schläfenlocken wachsen zu lassen, eine

Frau zu heiraten, die eine Perücke trug, und das Haus mit Bälgern zu füllen wie die frommen Juden. Und überhaupt, warum bereuen, wenn es keinen Gott gab?

Keila öffnete ein Auge.

»Jarmy, wie spät ist es?«

»Schlaf weiter, es ist noch früh.«

»Na dann ...«

Und sie schlief sofort weiter.

2.

Dann kamen die Dinge schnell in Gang. Der Lahme Max hatte Berta Stein kennengelernt (oder genau genommen eine alte Bekanntschaft mit ihr erneuert), allgemein bekannt als Bertha Bastard. Bertha stammte aus der Krochmalna-Straße, war aber in die Ptasia umgezogen. Früher einmal hatte sie in der Wronia-Straße ein Bordell für Wohlhabende betrieben, aber dieses Geschäft schon vor längerer Zeit aufgegeben; stattdessen vermietete sie möblierte Zimmer in einer Pension. Bertha war alles auf einmal – Zimmerwirtin und Stellenvermittlerin, die vermögende Familien mit Dienstboten versorgte, und außerdem Kupplerin: Ausgewählten Kunden, die aus Rücksicht auf Ehegattin und Familie nur im Verborgenen sündigen konnten, verhalf sie zu Nebenfrauen.

Bertha hatte zwei Töchter aus erster Ehe. Sie schickte die Mädchen auf ein Internat, damit sie nichts von den Affären ihrer Mutter bemerkten. Ihr erster Ehemann war gestorben, und der zweite hatte sich von ihr scheiden lassen. Lange hatte sie einen Liebhaber gehabt, den Kutscher Hatzkele, aber irgendwann hatte sie ihn abserviert und gegen einen Schwindler eingetauscht, worauf Hatzkele ihr einen Dolch in die Brust gestoßen hatte. Für dieses Verbrechen hatte er drei Jahre im Mokotow-Gefängnis gesessen, anschließend dann das Weite gesucht und Ehefrau und fünf Kinder Gottes Barmherzigkeit überlassen. Berthas gegenwärtiger Liebhaber Hertz Kalaschnik war der Verwalter des Hauses, in dem sie ein ganzes Stockwerk für ihre möblierten Zimmer gemietet hatte. Hertz Kalaschnik besorgte falsche Pässe, gefälschte Geburtsurkunden und andere Dokumente, je nach Bedarf.

Wie Schmuel Schmand hatte er gute Beziehungen zur Polizei, bis hinauf zum stellvertretenden Polizeichef, und er war allen gefällig, die seine Preise bezahlen konnten. Hertz Kalaschnik hatte eine Ehefrau, einen Sohn, der Medizin studierte, und einen anderen, älteren, der sich 1905 den Revolutionären angeschlossen und während einer Demonstration vor dem Rathaus einen Bauchschuss erwischt hatte. Nachdem er zwei Jahre im Pawiak-Gefängnis gesessen hatte, wurde er zum Büßer, einer der Uman-Chassidim, der »toten Chassidim«, wie diejenigen genannt wurden, die nach Uman zum Grab des Rabbi Nachman von Brazlaw pilgerten, der vor über hundert Jahren gestorben war.

Jarmy Stachel, die Rote Keila, der Lahme Max und Bertha Bastard trafen sich zum Mittagessen in dem Restaurant in der Krochmalna Nr. 2. Dieses Lokal war nicht nur in der Krochmalna, sondern auch in den Nachbarstraßen berühmt. Das Essen war koscher, aber die Kundschaft bestand in der Hauptsache aus Dieben, Fälschern und Zuhältern. Auch die Obstgroßhändler aus der Mirowska-Straße und die Verkäufer aus dem Janasz-Basar und der Gościnny-Markthalle kehrten dort ein. Abends wurde im großen Speisesaal Musik gemacht. Das Restaurant war berühmt für seine Gerichte aus Kutteln, Kalbsfüßen, Lungen und Lebern. Alle Wetten über das Fassungsvermögen von Essern oder Biertrinkern wurden in diesem Lokal abgeschlossen. Hier hatte Mosche Magen eine halbe Gans mit zwanzig Brötchen vertilgt und das Ganze mit fünfzehn Humpen Bier hinuntergespült. Hier hatte einer namens Leibele Krüppel versucht, Mosche Magen nachzueifern, und mitten im Mahl hatte ihn der Schlag getroffen.

Das Restaurant hatte einen separaten Spielsalon, Black Jack, Euchre, andere Kartenspiele und Domino wurden dort gespielt. Hier verlor Haim Rassel beim Siebzehnundvier seine Frau, und als der Gewinner kam, um sich seinen Preis zu holen, fand er beide Eheleute tot in ihrer Wohnung vor, sie hatten den Gashahn aufgedreht.

Bertha war schon über fünfzig, vielleicht schon in den Sechzigern, sah aber nicht älter als vierzig aus. Sie hatte volles schwarzes Haar (echt oder gefärbt), eine schnabelartige Nase und runde schwarze Eulenaugen. Da Hatzkeles Überfall ihr eine Narbe eingetragen hatte, hüllte sie sich immer in hochgeschlossene schwarze Kleider mit langen Ärmeln. Bertha redete gern und hasste es, unterbrochen zu werden. Max hatte im Restaurant ein Separee reserviert, was ihn zusätzlich zu Essen und Getränken fünfzehn Rubel kostete. Die Wände waren mit weinroten Tapeten ausgekleidet. Auf dem Steinboden lag ein Teppich.

Zuerst blieb Bertha ganz allgemein. Die Zeiten würden sich ändern. Heute sei es nicht mehr so wie gestern. Nicht nur aufgeklärte Menschen, sondern sogar Juden, die noch in die Synagoge gingen, wohlhabende Chassidim, seien nicht mehr so fanatisch wie früher. Die jüngere Generation sei generell an Bildung interessiert. Der Vater gehe noch zum Hof des Rabbis, aber seine Töchter schicke er ins Gymnasium. Der Sohn diskutiere im Studierhaus und wiege sich im Gebet, aber die Mutter habe ihre Perücke abgenommen, einen Hut aufgesetzt, spreche Polnisch oder Deutsch, und flaniere über die Promenade, sobald sie am Sommerferienort angekommen sei. Töchter chassidischer Familien verliebten sich in Studenten, Handlungsreisende und – was nicht hätte passieren dürfen – in Offiziere.

Bertha prahlte mit ihrem Wissen: Wenn sie alle Geheimnisse ausplaudern wollte, die sie kenne, würden wer weiß wie viele Familien auseinanderbrechen. Aber Geheimnisse werde sie niemals verraten, sondern immer mit ins Grab nehmen, wie man so sage.

Die Lage in Polen sei so, dass die Inflation die Armen ärmer und die Reichen reicher mache, sagte Bertha. Und mit dem Reichtum wuchs der Appetit. Was sollte ein Mann mit einer Frau, die seit Jahren kränkelte und ihn nicht mehr in ihre Nähe ließ? Manche Ehefrauen wurden so fett und aufgedunsen, dass einem bei ihrem Anblick schlecht werde. Sie lebten nicht für ihre Männer, sondern für Söhne, Töchter, Enkel.

In Warschau lebten auch reiche Witwen, die nicht wieder heiraten wollten, weil sie hässlich und verblüht waren und wussten, dass die Männer, die ihnen den Hof machten, nur auf ihr Geld aus waren. Nahmen sie einen Mann ins Haus, wurde er der Herr und konnte alles verschwenden und verprassen. Aber wenn so eine Witwe einen anständigen Mann finden und mit ihm jedes Jahr an einen Ort reisen konnte, wo keiner sie kannte, dann war sie zufrieden. Womöglich entstand im Lauf der Zeit sogar echte Liebe zwischen den beiden. Wer es wissen wollte, wusste, dass sie, Bertha, alles Mögliche zur Verfügung stellen konnte: eine möblierte Wohnung für Monate oder gar Jahre oder eine Gesellschafterin für einen Invaliden, der Tag und Nacht beaufsichtigt werden musste, oder jemanden, der eine Abtreibung durchführen konnte, oder eine Frau, die nicht nur kochen, sondern auch ihren Dienstherrn schweigend ins Theater oder in die Oper begleiten konnte, während seine Ehefrau in Karlsbad oder Franzensbad einen passenden Heiratskandidaten für die Tochter suchte; auch eine lebenslange Mätresse könne sie vermitteln. Ganz generell konnte man für Geld alles haben, man musste nur wissen, wann, wie und wer mit wem. Mann und Frau sind wie Schlüssel und Schloss, sagte Bertha. Wenn sie zueinander passten, lief alles bestens. Wenn nicht – klappte gar nichts.

Allmählich wurde Bertha konkreter. Für Fremde würde sie so etwas nicht machen, aber Max war schließlich ein alter Freund. Sie kenne ihn schon seit zehn oder zwölf Jahren. Und Freundschaft bedeutete ihr mehr als Geld. Auch der Freund eines Freundes sei für sie kostbar. Max – der böse Blick möge ihn verschonen – sei ungeheuer reich, aber auch noch jung, in der Blüte des Lebens, kenntnisreich, klug, weltgewandt, und er wisse, was er wolle. Sie, Bertha, kenne einen Mann, der nicht mehr jung sei, mindestens in den Sechzigern, wenn nicht gar über siebzig, einen millionenschweren Mann. Er selbst wusste nicht, wie viel er wert war. Seine Frau war eine Hexe, eine Xanthippe, und seine vier Töchter glichen ihr. Der Mann stammte aus Kiew. Er war ein Kaufherr der ersten Gilde, und Juden von seinem Rang waren nicht an einen Standort gebunden, sondern konnten sich überall in Russland niederlassen. Er hatte sogar schon eine Audienz beim Zaren gehabt. Die Familie, oder die hungrige Meute, war jetzt in Kiew, aber seine Geschäftsverbindungen waren in Lodz, Warschau und im Ausland. Wenn er nach Warschau kam, wurde er in den Palast des Generalgouverneurs eingeladen. Er und Skolan waren enge Freunde. Sie, Bertha, kenne den Mann schon seit Jahren. Er hatte ihr all seine Sorgen anvertraut.

Er hatte eine wie für den Zaren ausgestattete Wohnung in ihrer Pension. Die Miete schickte er ihr per Post, immer, ob er die Wohnung benutzte oder nicht. Jahrelang hatte er sich dort eine Geliebte gehalten, eine Sofia Michailowna, die er angebetet hatte, so wie sie ihn auch. Er, Sergei Davidowitsch, war alles andere als ansehnlich. Aber gut aussehen musste ein Mann nicht, es reichte, wenn er besser aussah als ein Affe. Allerdings musste er gescheit sein, ein Herz haben, eine Frau lieben und großzügig Geld für sie ausgeben können. All diese guten Eigenschaften und mehr noch besaß Sergei Davidowitsch. Er hätte schon bis an sein Ende mit dieser Sofia Michailowna leben können, die zwanzig Jahre jünger und bildhübsch war und fließend Russisch, Polnisch und Jiddisch sprach – alles, was man verlangen konnte. Aber plötzlich legte sie sich mit einem angeblichen Katarrh nieder, und ehe eine Woche um war, hatte sie ihr Leben ausgehaucht. Als das geschah, hielt sich Sergei Davidowitsch zufällig in Karlsbad auf, da er an einer Leberkrankheit litt und die Heilquellen dort aufsuchte. Als Sofia Bertha die Erlaubnis gab, Sergei Davidowitsch zu berichten, dass sie krank war, machte er sich auf den Weg nach Warschau, aber bevor er ankam, lag Sofia bereits im Jüdischen Krankenhaus an der Czysta-Straße.

»Liebe Freunde, ich möchte euch nicht weiter langweilen«, sagte Bertha, »aber der Mann versank in Melancholie. Schlimmer noch, er war einfach erschüttert, zerstört. Die Geschichte zieht sich schon seit zwei Jahren hin, und ich habe versucht, ihn zu trösten und eine Frau für ihn zu finden, die ihm hilft, wieder er selbst zu werden, denn was die Erde zudeckt, muss man vergessen, aber keine konnte ihn zufriedenstellen. Keine war so hübsch, so klug, so liebenswürdig wie Sofia. Ich hatte wirklich Angst, er würde sich umbringen. Er hatte Sofia Michailowna in seinem Testament ein Vermögen zugedacht, aber sie hinterließ keine Angehörigen außer einem Ehemann, einem Lumpen, der nie in die Scheidung eingewilligt und ihr das Leben schwer gemacht hatte. Es wäre eine schwere Sünde, wenn das Geld diesem Kerl zufiele. Ebenso wäre es eine Sünde, wenn seine Frau, diese Hexe, und ihre Töchter ihn beerbten.

Letzte Woche nun ist Max plötzlich aus dem Nichts wieder aufgetaucht – nach so vielen Jahren –, und als er mir von Keila und seinen Plänen erzählt hat, kam mir auf einmal die Idee, dass Keila womöglich Wunder wirken und diesen Mann wieder auf die Beine bringen könnte. In solchen Fällen weiß man nie, was passieren wird.«

Lange Zeit sagte niemand etwas. Keilas Gesicht war so tiefrot, wie es nur selten vorkommt, etwa wenn man viel zu viel getrunken hat oder einfach vom Schlag getroffen wird. Ihr rotes Haar war im Vergleich dazu blass. Ihre Wangen, Stirn und Hals vom Ausschnitt bis zum Haaransatz waren wie blutübergossen. Jarmy erbleichte und schauderte. Dem Lahmen Max fiel die Kinnlade herunter.

Bertha legte eine Hand auf den Tisch.

»Wenn du noch so rot werden kannst, Mädchen, dann bist du noch nicht ganz verdorben.«

»Ich bin ein Mensch, kein Tier«, erwiderte Keila mit erstickter Stimme, und im selben Augenblick rann ihr der Schweiß übers Gesicht, als hätte eine unsichtbare Hand sie mit einem Eimer Wasser übergossen. Dicke Tropfen, wahre Bäche flossen an ihr hinab.

Jarmy fragte: »Keila, was hast du denn?«

Und Keila murmelte:

»Nichts, nichts.«

3.

Alles fügte sich wie in den Romanen, die Jarmy in der Zeitung las. Am Morgen ging er zum Telefonieren in den Delikatessenladen hinunter, und Bertha erzählte ihm, dass Sergei Davidowitsch in Warschau war und auf Keila wartete. Sie solle eine Droschke nehmen und auf der Stelle zu ihm kommen.

»Warum eine Droschke?«, fragte Jarmy. »Von hier zum Haus von Bertha sind es doch nur zwei Schritte.«

»Schärf ihr ein, sie soll machen, was ich sage. Wegen vierzig Kopeken wollen wir das Ganze nicht rückgängig machen.«

Als Jarmy zurückkam und Keila erklärte, Sergei Davidowitsch warte auf sie und sie müsse sofort mit einer Droschke zu ihm fahren, begann Keila zu zittern und zu stottern, ganz so, als wäre sie eine reine Jungfrau und nicht eine Hure, die sich schon in jedem Dreck gesuhlt hatte. Sie verlangte nicht mehr und nicht weniger, als dass Jarmy in der Droschke mit ihr fahren und auf einer Bank am Platz vor dem eisernen Tor warten sollte, bis sie wiederkam.

Jarmy sagte: »Keila, hör auf zu zittern. Der Alte hat seine

Männlichkeit längst verloren. Der bringt allenfalls einen Kuss zustande. Alles ist unter Kontrolle.«

»Was machst du inzwischen?«, fragte Keila.

»Ich bin mit der Königin von Saba verabredet.«

»Hat Bertha dich auch verkuppelt?«

»Ja, Keilachen, mit einer pockennarbigen Witwe von fünfzig Jahren.«

»Jarmely, weißt du was? Du wirst sehen, dieser Max ist unser Todesengel.«

»Na und? Der Todesengel ist für Menschen, nicht für Hunde«, sagte Jarmy. »Bevor du ins Gras beißt, musst du aber noch ein Weilchen spielen. Ich will nur eins von dir – die ganze Wahrheit.«

»Jarmely, ich hab dir auf ein heiliges Buch geschworen, dass ich nichts vor dir verbergen will.«

»Das ist alles.«

»Was soll ich denn anziehen, das rote Kleid oder das gelbe?«

»Das gelbe. Beeil dich.«

Jarmy hatte sich schon fein gemacht. Er hatte irgendwo ein Hemd mit goldenen Punkten und eine Krawatte mit dem gleichen Muster gekauft. Offensichtlich war auch er nervös, denn er rauchte seine Zigarette hastig.

Nach einer Weile traten Jarmy und Keila aus dem Haus. Ein Federrupfer vom koscheren Fleischmarkt trieb eine Herde Puten in den Hof. Er hantierte geschickt mit einer langen Rute, so dass die Vögel nicht seitwärts wegliefen. Keila sagte:

»Zum Schlachten, was?«

»Ja, Keilachen«, antwortete Jarmy. »Puten müssen geschlachtet werden. Gott will es so.«

Eine leere Droschke kam, und Jarmy half Keila beim Einsteigen. Die Lümmel auf dem Platz beobachteten, dass Keila eine Droschke nahm, obwohl sie kein Gepäck trug. Jarmy stieg auch ein, setzte sich aber nicht, sondern blieb auf dem Trittbrett stehen. An der Ecke Gnojna-Straße sprang er leichtfüßig ab. Die Witwe wohne in der Grzybowska-Straße, erklärte er Keila.

Die Droschke bog links ab, und Keila erinnerte sich an die Zeit, als sie zum ersten Mal mit Zeinvel Bohnenstange in Pesah Prises Bordell gegangen war. Damals war sie kaum fünfzehn gewesen und so verängstigt, dass Zeinvel sie zu jedem neuen Freier zwingen musste. Später war sie so abgehärtet, dass sie geläufiger als die anderen Huren schmutzige Reden führen, Sprüche klopfen und Witze reißen konnte. Männer schlugen sich um sie. Sie zahlten ihr den doppelten Preis, aber sie war bei all ihrer Frechheit doch scheu geblieben. Wie konnte irgendeiner außer Gott das verstehen? In den zweieinhalb Jahren mit Jarmy hatte sie ihre alte Lebensweise irgendwie vergessen. Sie und Jarmy sprachen nur von ihrer Liebe. Sie hätte gern ein Kind mit Jarmy gehabt, aber zuerst zerrte Itsche Einauge sie in den Sumpf zurück, und jetzt hatte das Schicksal diesen widerwärtigen Lahmen Max ausgekotzt.

Es war ein sonniger Tag kurz vor Rosch Haschana, dem Beginn des neuen Jahres, wenn im Himmel in drei Bücher eingeschrieben wird, wer das Jahr überleben wird und wer nicht.

»Dies wird sehr wahrscheinlich mein letztes Rosch Haschana sein«, sagte sich Keila. »Lieber Gott, mach, dass der alte Raubvogel wenigstens eine Flasche Wodka hat«, betete sie lautlos.

Die Beschämung und Demütigung all der vergangenen Jahre hätte sie ohne den Alkohol nicht aushalten können. Wenn sie betrunken war, wurde sie ein anderer Mensch, eine andere Keila. Als Jarmy in ihr Leben trat, konnte sie schon keinen Augenblick mehr nüchtern sein. Morgens kippte sie als Erstes, noch vor dem Frühstück, ein halbes Glas Aquavit hinunter. Dr. Krummerman, zu dem sie jeden Monat zu ihrer Kontrolluntersuchung ging und sich die Bescheinigung holte, dass sie frei von Bakterien im Blut war, hatte sie gewarnt, dass sie sich die Eingeweide verätzen werde. Jarmy hatte ihr den bitteren Tropfen mit Wut und gutem Zureden abgewöhnt. Aber jetzt brauchte sie einen Schluck, sonst würde sie kein einziges Wort mit diesem reichen Sergei Davidowitsch wechseln können.

»Vater im Himmel, mach, dass er nicht Russisch mit mir redet!«

Auch wenn Keila zu ihrer Zeit wer weiß wie viele polnische Gojim und russische Soldaten als Kunden hatte, war sie in deren Sprachen doch nicht über ein paar schmutzige Wörter und hässliche Flüche hinausgekommen.

Die Droschke hielt an einem Tor, und dort wartete Bertha persönlich. Sie musterte Keila von Kopf bis Fuß. Keila wurde so nervös, dass sie vergaß, dem Kutscher die silberne Vierzig-Kopeken-Münze in die Hand zu drücken, die sie die ganze Zeit fest in der Faust gehalten hatte, und Bertha musste sie daran erinnern.

Sie traten durchs Tor, und Bertha sagte:

»Keila, bevor du nach oben gehst, möchte ich dir was erklären. Erstens: Denk daran, dass dieser Mann nicht zu den Dreckskerlen gehört, die du gewohnt bist. Sergei Davidowitsch ist ein vornehmer Mensch, ein Kaufherr der ersten Gilde. Er hat die ganze Welt bereist und hochwichtige Häuser besucht. Mit ihm musst du sozusagen gefiltert durch ein seidenes Tuch sprechen. Du musst ihm zuhören, darfst ihn nicht unterbrechen.«

»Spricht er russisch?«, fragte Keila und spürte, wie ihre Kehle staubtrocken wurde.

»Er spricht russisch, er spricht jiddisch, polnisch, deutsch – alles, was du hören und woran du dich erinnern möchtest. Du kannst jiddisch mit ihm reden. Die Mameloschn versteht jeder. Zweitens: Du musst wissen, dass er nicht besonders gut hört. Taub ist er nicht, aber wenn das Alter sich einschleicht, ist man nicht mehr, was man mal war. Sofia Michailowna hat gewusst, wie man mit ihm sprechen muss – nicht zu leise und nicht zu laut, denn Gebrüll verwirrt ihn. Drittens: Er hat Probleme mit den Augen. Glaukom heißt die Krankheit. Blind ist er nicht, aber manchmal sieht er nichts. Er hat eine Brille, aber die hilft nicht immer.

Ich will dir nicht raten, mit ihm über weltliche Dinge oder Zeitungsnachrichten zu reden, weil du das nicht kannst, aber sei freundlich mit ihm. Hör ihm zu. Er redet gern, erzählt gern Geschichten. Bestimmt wird er dir von Sofia Michailowna erzählen. Er spricht die ganze Zeit von ihr. Unterbrich ihn nicht. Zeig ihm, dass du Mitgefühl für ihn hast, wie man so sagt. Verstehst du?«

»Ja.«

»Wenn er dich küsst oder tätschelt, sei nett zu ihm. Ich glaube nicht, dass er es gleich beim ersten Mal tut, aber ein Mann ist ein Mann, selbst wenn er schon auf dem Totenbett liegt. Sag ihm nicht, wer du bist und wo du gearbeitet hast,

Erzähl ihm, du wärst eine Weißnäherin vom Lande. Eigentlich bist du ja auch ein Landmädchen.«

»Ja, ja.«

»Falls ein Wunder passiert und er verlangt, dass du mit ihm ins Bett gehst, tu zuerst schüchtern, lass ihn glauben, dass du so etwas nicht gewohnt bist. Aber sei nicht zu spröde. Für lange Diskussionen hat er keine Kraft. Sofia Michailowna – möge sie Fürsprache für mich einlegen – hat mir erzählt, dass er, so krank er auch war, seine Manneskraft nicht verloren hatte. Aber das ist zwei Jahre her. Seitdem ist er nicht mehr derselbe. Wahrscheinlich fragt er dich nach deinem Namen, und Keila ist kein schöner Name. Weißt du, woran er mich erinnert? An einen Nachttopf. Warum Eltern ihren Kindern solche Namen geben, habe ich noch nie verstanden – Keila, Jenta, Jochna, Schprintza, Gela, Greena, Pescha. Das sind Namen von vor hundert Jahren. Sag ihm, du heißt Sonja. In Russland heißt jedes zweite Mädchen Sonja. Wie hieß dein Vater?«

»Mein Vater?«, wiederholte Keila die Frage.

»Ja, dein Vater. Wenn du einen Vater hattest, wird er ja wohl einen Namen gehabt haben.«

»Ja.«

»Und? Wie hieß er?«

In ihrer Aufregung hatte Keila tatsächlich den Namen ihres Vaters vergessen.

Bertha wartete einen Moment.

»Wie hat er geheißen? Oder lebt er noch?«

»Nein, Vater ist gestorben.«

»Gestorben, ja? Und wie ist sein Name gewesen?«

»Hab ich vergessen.«

»Vergessen? Ich glaub's nicht. Lohnt sich's, Kinder in die Welt zu setzen?«

»Ich bin so nervös, dass …«

»Wie hieß denn dein Großvater?«

»Einer von ihnen hieß Salman.«

»Salman klingt gut. Erzähl ihm, dein Vater hieß Salman. Dann wird er dich Sonja Salmanowa nennen. Das ist Sitte bei den Russen, sogar bei russischen Juden, jeden beim Vaternamen zu nennen.«

»Jetzt ist mir mein Vatername wieder eingefallen«, sagte Keila, als wollte sie zeigen, dass sie wieder bei Verstand war.

»Und?«

»Baruch Joyne.«

»Baruch Joyne ist auf Russisch schwer auszusprechen. Lass es bei Salman. Deinen Pass wird er sich schon nicht ansehen. Du hast doch sicher einen gelben Pass, oder?«

»Ja.«

»Wenn du später nach Buenos Aires gehen willst, kannst du den gelben Pass nicht brauchen. Mit dem lassen sie dich nicht aufs Schiff. Wir werden dir einen neuen Pass besorgen, aber das hat noch Zeit. Komm.«

Bertha nahm Keila am Arm und spürte, wie sie zitterte. Bertha blieb stehen.

»Zittere doch nicht, Mädchen. Du schlotterst ja wie ein Schlachtopfer. Sergei Davidowitsch ist ein kultivierter Mensch. Er tut dir kein Leid an, Gotte behüte, nur Gutes tut er. Sergei Davidowitsch hat mich all die Jahre geliebt. Als die Tragödie mit Sofia passierte und ich ihm die furchtbare Nachricht brachte und mit ihm ins Spital ging, damit er sie im Leichenschauhaus sehen konnte, klammerte er sich an mich, als wäre ich seine Tochter. Sie waren nicht verheiratet, aber er hat Schiwe für sie gesessen. Arme Juden kamen für ein Quorum zusammen, und er verteilte Handzettel mit Gebeten, während er trauerte und das Kaddisch sagte wie für eine Ehefrau. Er saß auf einem niedrigen Schemel und starrte in ein heiliges Buch.

Ich stattete ihm einen Kondolenzbesuch ab, wie man es nennt, und eines Abends hat er zu mir gesagt: ›Berthalein, mein Liebes, nur du kannst mich in meinem Kummer trösten.‹ Und dann hat er mir erzählt, dass er, schon bevor er Sofia Michailowna kennengelernt hat, in mich verliebt war. Für Sofia habe er sich damals entschieden, weil er mich nicht bekommen konnte.

Ich sagte ihm: ›Sergei Davidowitsch, ich liebe Sie auch. Wie einen Freund, wie einen Vater, wie einen Bruder. Aber mein Herz gehört Hertz Kalaschnik.‹ Sergei hat verstanden und nie wieder davon angefangen. Komm.«

4.

Bertha öffnete die Tür zu einem großen Zimmer mit zwei Fenstern, vor denen schwere Vorhänge hingen; auf dem Fußboden lag ein Teppich. Keila dachte: »Ein richtiger Salon!«

An den Wänden hingen Porträts und Landschaftsbilder, und im Zimmer verteilt standen ein Schrank, Sessel, ein Sofa, eine Kommode mit Glastüren. Draußen schien die Sonne, aber hier drinnen war es nachtdunkel. In einer Ecke saß in einem roten Sessel mit Armlehnen und roten Fransen ein zwergenhafter Mann mit weißem Ziegenbart und einem kahlen Schädel, der fast ohne Hals aus breiten Schultern herauswuchs; der Zwerg trug einen geblümten Morgenrock. Die kurzen Beine in Pantoffeln ruhten auf einer mit Plüsch bezogenen Fußbank. Aus seinem Mund ragte ein Zigarrenstummel. Auf einem Beistelltisch vor ihm lag eine halbe Orange.

»Eine Missgeburt!«, schoss es Keila durch den Kopf.

Bertha hielt Keilas Arm fest und zerrte oder führte sie weiter. Als Bertha näher kam, sagte sie laut:

»Sergei Davidowitsch, hier ist Ihr Mädchen. Sie ist ein klein wenig schüchtern, aber das wird sich bald geben.«

Sergei Davidowitsch legte seine Zigarre mit zittrigen Fingern in einen Aschenbecher neben der Orange und hielt sich dann eine Hand ans Ohr. Mit der anderen zog er aus der Tasche seines Morgenrocks ein goldgefasstes Pincenez an einem schwarzen Band. Durch die dicken Brillengläser wirkten seine Augen groß und vorquellend wie Kälberaugen.

Er sagte ein paar Worte auf Russisch, ging dann aber schnell zu Jiddisch über:

»Nu, nu, setz dich. Ich bin nicht ganz auf dem Damm, ein Katarrh, eine Erkältung, was soll sein. Bertha Moissejewna, wo hast du sie gefunden? Ein Püppchen. Eine Schönheit. So jung, so jung… Wie alt, hä? Hier irgendwo hatten wir Erfrischungen hingestellt, aber – Zoschka, das Dienstmädchen, ist runtergegangen, wollte einkaufen oder so. Das Telefon hat geklingelt, und ich dachte, dass – aber als ich hinkam, hat niemand geantwortet –«

»Was? Wenn jemand etwas von Ihnen will, wird er wieder anrufen«, sagte Bertha. »Sonja Salmanowa – Sonja heißt das Mädchen –, wenn du etwas möchtest oder Gospodin Sergei Davidowitsch etwas braucht, findest du alles in der Küche: einen Gasherd, einen Teekessel, Tee, Zucker, Zitrone, Kekse. Ich habe Zoschka runtergeschickt, die Medizin zu holen. Auf dem Weg kann sie auch gleich vom Markt weitergehen zur Post. Wünschen Sie Tee?«, fragte sie den alten Mann.

»Tee? Nein.«

»Im Teekessel ist Wasser. Man muss nur das Gas anzünden. Ich gehe jetzt in meine Wohnung und lasse euch beide allein. Meine Tür ist gleich linker Hand. Wenn du mich brauchst, kannst du klopfen und mich holen«, sagte Bertha zu Keila.

»Nicht klingeln, sondern klopfen. Die Toilette ist in der Küche. Vergiss nicht zu spülen.«

»Vielen Dank.«

»Sei nicht so verschreckt. Hier will dich keiner beißen!«, murmelte Bertha.

Bevor sie ging, zwinkerte sie Keila zu.

Sowie Bertha weg war, sagte Sergei Davidowitsch:

»Näher, komm näher. Fühl dich zu Hause, zu Hause. Mir ging's nicht so gut, aber jetzt es ist schon besser. Viel besser. Was hat sie gesagt, wie heißt du?«

Keila wollte es ihm sagen, aber ihr fiel der Name nicht mehr ein, den Bertha ihr gerade gegeben hatte. Sie war noch nie in einer so luxuriösen Wohnung gewesen. Sie entdeckte immer wieder neue Dinge. Auf einem Kissen stand ein Telefon und gleich daneben – eine Flasche Wein oder Brandy. In einer Vitrine mit Glastüren sah sie eine silberne Dose und eine Art Turm aus Silber mit eingeritzten hebräischen Lettern und Bücher mit Lederrücken und goldenen Schriftzügen.

»Er muss ein Rechtsanwalt sein«, dachte sich Keila.

Er redete jiddisch mit ihr, aber irgendwie verstand sie seine Sprache nicht. War er vielleicht ein Litwak? Vor ein paar Jahren, in ihrer Zeit im Bordell an der Tamka-Straße, hatte ein Offizier sie mitgenommen, und sie hatte die Nacht mit ihm verbracht. Aber damals war sie sturzbetrunken gewesen und hatte nichts mehr wahrgenommen. Sie erinnerte sich nur an Marmortreppen und an einen Mann, der russisch mit ihr sprach. Er hatte ihr ein Glas Wodka auf den Kopf gestellt und versucht, es mit einem Revolver abzuschießen.

Er befahl ihr, sich nackt auszuziehen und ein Bad mit ihm zu nehmen. Früh am nächsten Morgen lieferte er sie wieder dort ab, wo er sie hergeholt hatte, und Keila erfuhr später, dass die Puffmutter 25 Rubel für die Nacht von ihm verlangt hatte. Aber hier war es anders. Der alte Mann behandelte sie wie seinesgleichen. Er bat sie, Platz zu nehmen, aber irgendwie wagte sie nicht, sich in den Korbsessel zu setzen. Sie konnte kaum die Tränen zurückhalten, Scham überwältigte sie so wie nie zuvor. Sie hätte gern nach der Flasche gegriffen und einen tiefen Schluck genommen, um sich Mut anzutrinken, aber sie konnte sich nicht dazu überwinden. Am liebsten hätte sie den Ort fluchtartig verlassen, aber was würde Bertha dazu sagen? Und was würde der Lahme Max von ihr halten? Und Jarmy? Und gar dieser gebildete Mensch?

Das Telefon klingelte, und Sergei Davidowitsch erhob sich langsam und nahm den Hörer ab. Er sprach russisch und warf ab und zu ein jiddisches Wort ein.

»So krank und so klug und gebildet!«, dachte Keila voller Verwunderung.

Etwas in ihr weinte. Es war, als wäre all ihre Arroganz, die Liederlichkeit, ihre erwachsene Lüsternheit wie durch Zauberei von ihr abgefallen und sie hätte sich zurückverwandelt in ein hilfloses Kind, eine ratlose Waise in der großen Stadt, während dieser alte Mann, dessen Leben an einem seidenen Faden hing, so kultiviert, so weise, so wissend erschien. Er lächelte sogar das eine oder andere Mal.

»Kann sein, er redet oder lacht über mich«, dachte sie.

Dann sagte er »*Do swidanija*« und legte den Hörer auf die Gabel.

Er setzte sich nicht wieder in seinen Sessel, sondern ging in die Küche. Nach einer Weile hörte Keila, dass er die Spülung bediente. Als er sich so lange auf der Toilette aufhielt, hatte Keila beschlossen, den Korken aus der Flasche auf dem Tisch zu ziehen und einen großen Schluck zu nehmen. Der Brandy war ein süßer Likör. Nach einer Weile nahm sie noch einen Schluck.

»Ich bin sowieso schon so gut wie verloren«, redete sie sich heraus.

Nach einer Minute hatte sie einiges von ihrer üblichen Bestimmtheit und Entschlusskraft wiedergewonnen und fasste Mut.

»Hier ist doch nichts, wovor ich Angst haben müsste. Schlimmer, als es schon ist, kann es sowieso nicht mehr kommen«, tröstete sie sich.

Die beiden tiefen Schlucke hatten sie wiederhergestellt. Ihr fiel sogar wieder ein, dass sie sich jetzt Sonja nennen sollte und dass ihr Vater nicht Baruch Joyne hieß, sondern Salman wie ihr Großvater.

Als Sergei Davidowitsch aus der Küchentür trat, lief Keila ihm entgegen, nahm seinen Arm und führte ihn zu seinem Sessel. Vorsichtig ließ er sich nieder und ächzte dabei wie jemand, der eine schwere Last abstellt.

»Danke. Wie war nochmal der Name?«

»Sonja. Mein Vater hieß Salman.«

»Salman, ja? Sonja Salmanowa. Solange man jung ist, glaubt man, Jugend hält ewig. Aber wenn das Alter sich einschleicht, verlassen dich nach und nach die Kräfte. Jeden Tag befällt mich ein neues Leiden. Setz dich doch, setz dich. So ist es gut. Ein Stuhl ist zum Sitzen da. Einmal im Leben hatte ich eine wunderbare Freundin, Sofia hieß sie. Sofia Michailowna. Ich war sicher, dass ich die Welt lange, lange vor ihr verlassen würde, denn ich war so viel älter als sie. Aber das

Schicksal hat es anders gewollt. Sie war auch eine Freundin von Bertha Moissejewna. Diese beiden Frauen haben mich am Leben gehalten. Ich bin Opfer einer unglücklichen Ehe, habe einmal einen falschen Schritt getan, und schon war es zu spät – für immer. Als ich abreiste, ging es ihr gut, und als ich wiederkam, war sie schon tot. So geht es eben. Möchtest du was trinken? Ich habe hier einen Likör, etwas für Frauen. Ich wage es nicht, Alkohol zu trinken. Mein Magen, meine Leber, meine Blase … Das Rauchen hat der Doktor mir auch verboten, aber ich rauche zwei Zigarren pro Tag. Was kann das jetzt noch schaden? Der Leib ist wie ein Kleidungsstück. Stark, stark. Aber auf einmal fängt er an, überall am Saum einzureißen. Man flickt einen Riss, und schon stellen sich drei neue ein. Gieß dir was ein. Hier ist die Flasche und ein Glas.«

Erst jetzt sah Keila, dass das Glas dem glich, das ihr Großvater immer für den Segensspruch benutzt hatte. Sie füllte es bis zum Rand. Sie wusste ganz genau, dass man vor dem Trinken ein bestimmtes Wort sagte, ein jüdisches Wort aus dem Gebetbuch, aber sie hatte das Wort vergessen. Heftige Zuneigung für den alten Mann überkam sie, der so offen mit ihr redete, ihr sein Herz ausschüttete und sie mit Likör bewirtete. Sie fürchtete, dass in der Flasche nicht mehr genug für ein zweites Glas übrigblieb, aber sie schaffte es, das Glas zu füllen, ohne die Flasche ganz zu leeren. Sie sagte auf Polnisch:

»*Na zdrowie.*«

Und trank das Glas in einem Zug leer. Sie machte sogar eine Geste, als wolle sie es gegen die Wand werfen, so wie die Soldaten und Offiziere. Nach einigem Überlegen setzte sie es aber wieder auf den Tisch.

»*Na zdrowie, l'chaim*!« sagte der alte Mann.

Ah, das war das Wort, nach dem sie gesucht hatte – *l'chaim*. Es hatte ihr auf der Zunge gelegen. Was sie dann im nächsten Moment tat, überraschte sie selbst.

Sie stürzte zu Sergei Davidowitsch, nahm sein Gesicht in ihre beiden Hände und begann, seinen rasierten Schädel einmal, zweimal, viele Male zu küssen, nicht unbeteiligt, sondern angespannt und heftig, als habe sie Angst, er würde sie abwehren. Sie meinte, das Gesicht des alten Mannes erhitze sich in ihren Händen, oder vielleicht war das nur die Hitze, die sie selbst ausstrahlte. Nach dem Schädel küsste sie ihm Stirn, Nase, Mund und den weißen Ziegenbart. Er erwiderte die Küsse nicht, konnte nicht stillhalten und versuchte etwas zu sagen, obwohl sie ihm den Mund mit ihren Lippen verschloss.

Das Ganze dauerte nicht länger als eine Minute, dann riss sie sich zitternd los und trat zurück. Sergeis Brille war ihm von der Nase gerutscht und baumelte am schwarzen Band. Sein Gesicht war bleich geworden und hatte rote Flecken. Sein Bart hing krumm und struppig. Unter seinen buschigen weißen Brauen hervor musterte er sie und versuchte offensichtlich, wieder zu Atem zu kommen. Dann murmelte er:

»Nu ja, soll sein … Womit hab ich das verdient?«

Keila wollte ihm antworten, aber wieder war sie um Worte verlegen. Sie stieß hervor:

»Sie sind ein guter Mensch.«

Und war selbst erstaunt über das, was sie da sagte.

5.

Als Jarmy Keila erzählte, Bertha habe eine Witwe für ihn gefunden, log er nicht. Sie wohnte in der Grzybowska-Straße, gegenüber vom Haus des jüdischen Gemeinderats. Bertha hatte Jarmy ein Foto der Frau gezeigt: Sie hatte eine breite Nase und ein Doppelkinn, anscheinend auch Pockennarben. Jarmy hatte schon von ihr gehört. Ihr Ehemann Notele Hernie war reich geworden, indem er potenziellen Wehrpflichtigen Leistenbrüche verpasst und sie so vor dem Wehrdienst bewahrt hatte. Nachdem er von einem solchen Rekruten denunziert worden war, hatte Notele im Pawiak-Gefängnis seine Seele ausgehaucht und seiner Frau Bronja ein Vermögen hinterlassen.

Nach Noteles Hinscheiden hatte Bronja noch zwei Mal geheiratet und war beide Male geschieden. Bertha vertraute sie an, dass sie nicht noch einmal heiraten wollte. Dreimal unter dem Hochzeitsbaldachin war genug. Nun suchte Bronja einen Liebhaber. Sie redete offen mit Bertha:

»In meine Kartoffelnase und meine Pockennarben wird sich kein Mensch verlieben.«

Bronja war bereit, für Liebe zu zahlen, ganz wie ein Mann.

Der Lahme Max hatte Bronja besucht, aber Bertha anschließend erklärt, dieser Frau könne er sich nicht nähern, nicht für einen Berg Gold. Bronja wollte ihn ebenso wenig. Er sei nicht nur ein Krüppel, er sei auch zu klein. Bertha zeigte Bronja ein Foto von Jarmy, und kaum hatte die einen kurzen Blick darauf geworfen, rief sie laut:

»Das ist der Mann für mich!«

Jarmy ließ sich überreden. Warum sollte er wie ein Trauerkloß zu Hause sitzen, während Keila sich mit Sergei Davidowitsch abgab? Jarmy sagte sich, nachdem er nun drei Jahre mit ein und derselben Frau gelebt habe, sei es Zeit für eine Veränderung. Max bestärkte ihn darin. Die ganze Idee von der Treue zwischen Mann und Frau war keinen Heller wert. Max hatte irgendwo gelesen, dass Männer wie Frauen sich insgeheim wünschten, betrogen zu werden. Aber auf dem Weg in die Grzybowska-Straße spürte Jarmy Keilas unheilige Macht über ihn. Er hatte Angst, dass er bei Bronja impotent würde. Früher hatte er leichtes Spiel bei Frauen gehabt, aber das war vorbei, verloren oder vergessen. Er nahm sich keine Droschke, sondern ging zu Fuß und blieb immer wieder nach wenigen Schritten stehen. In der Żabia sah er sich Schaufenster mit Damenhüten an. Draußen war noch Sommer, aber schon waren Filz-, Samt- und Pelzhüte für den kommenden Winter ausgestellt. Ein Geschäft war auf Hüte für Damen in Trauer spezialisiert – sie waren mit Krepp dekoriert und mit schwarzen Schleiern behangen. Hier und da erblickte Jarmy in einem der Fenster eine Hutmacherin. Die Welt war voller junger Mädchen, aber er war auf dem Weg zu einem steinalten pockennarbigen Monstrum.

»Ich mache einfach die Augen zu und rede mir ein, es sei Keila«, sagte er sich zum Trost.

Wenn er die Absicht hatte, ein Gigolo, ein Verführer von Berufs wegen zu werden, konnte er keine Liebe erwarten. Er musste so tun als ob – wie ein Schauspieler. In jüngeren Jahren hatte er das gekonnt, aber irgendwie waren ihm die Spielchen der Vergangenheit abhandengekommen. Jetzt beneidete er Keila. Frauen konnten viel leichter täuschen. Sie konnte es mit hundert Männern treiben und trotzdem innerlich eiskalt bleiben.

Bronja wohnte in einem eleganten Gebäude. Jarmy stieg die Marmortreppen zu ihrer Wohnung hinauf. Jetzt hätte er keck und verspielt sein müssen, aber er war verbittert.

»Keila hatte recht«, dachte er, »Max ist der Todesengel. Der böse Geist hat ihn hergebracht, damit er alles in Dreck und Schlamm verkehrt und uns beide dann ins Verderben stürzt.«

Jarmy spürte buchstäblich zwei Seelen in seiner Brust miteinander streiten. Die eine behauptete:

»Was brauchst du diese Komplikationen? Lieber trocken Brot essen, als sich mit so einer Vogelscheuche einlassen. Geh zu Keila, zerr sie heim und komm diesem Max nie mehr unter die Augen. Er will dich nur in den Dreck ziehen, geh ihm nicht ins Netz.«

Die andere, sein böser Geist, hielt dagegen:

»Was willst du denn machen? Im Schlachthaus Hühner rupfen? Körbe mit Kohlen in die Häuser schleppen? Äpfel verkaufen?«

In den letzten Jahren hatte Jarmy den Geschmack an illegalen Geschäften irgendwie verloren. Er war verweichlicht, ängstlich. Er war wie gespalten in zwei Personen. Die eine wollte, dass er floh, die andere dirigierte seine Füße zu Bron-jas Tür. Bronja war über und über geschminkt und gepudert, trug einen Morgenrock und Pantoffeln. Offenbar war sie beim Friseur gewesen, hatte sich vielleicht die Haare färben lassen.

Sie musterte ihn von oben bis unten, zögerte einen Moment, trat dann zur Seite.

»Jarmy, wie? Komm rein.«

Sie führte ihn durch einen langen Flur und in ein Zimmer mit weinroter Tapete und einem Teppich in der gleichen Farbe. Auf einer Kommode stand ein Grammophon mit einem riesigen Schalltrichter. An der Wand hing ein Porträt von Notele Hernie mit seinem runden Gesicht und dem rund ge-schnittenen Bart. Seine Augen lächelten, als wäre er lebendig. Er schien zu Jarmy zu sagen:

»So geht's einem Mann, wenn er vier Ellen tief in der Erde liegt ...«

Auf einem üppig mit Kissen bestückten Sofa saß eine in Seide und Spitzen gehüllte Puppe. Auf dem Tisch standen Flaschen mit Wein und Likör und eine Schüssel mit Keksen. Die Fenster hatten Vorhänge, und obwohl heller Mittag war, brannten die Gaslampen. Bronja nahm die Puppe vom Sofa und bedeutete Jarmy, er solle sich auf ihren Platz setzen. Sie selbst setzte sich in einen Sessel mit rotem Bezug und roten Fransen.

Sie lächelte, entblößte dabei eine Reihe falscher Zähne und fragte mit männlich tiefer Stimme:

»Bertha hat dich geschickt, wie?«

»Ja, Bertha.«

»Ich kenne sie, kenne sie sehr gut. Mein Gatte, möge er

Fürbitte für mich einlegen, und Hertz Kalaschnik waren wie gute Brüder. Er war mehr als einmal hier. Wir haben zusammen Sechsundsechzig gespielt. Dann hat Hertz Kalaschnik sich verzockt und ist den Gojim in die Hände gefallen. Die Kaution hat Notele für ihn bezahlt. Jetzt ist Hertz Kalaschnik ein echter Bonze, und Bertha spielt die feine Dame. Aber heiraten kann er sie nicht. Er hat schon eine Frau.«

»Ja, ich weiß.«

»Man sagt, er hat auch noch 'ne andere«, fügte Bronja hinzu.

»Reicht Bertha ihm nicht?«, fragte Jarmy.

»So sind die Männer eben. Sie haben große Augen, aber wenn sie Nägel mit Köpfen machen sollen, taugen sie nichts. Trinken wir darauf. Was möchtest du – Schnaps? Likör?«

»Einen Schnaps, bitte.«

Bronja schenkte zwei Gläser voll. Jarmy fiel auf, dass ihre Hand groß wie eine Männerhand war. Er kippte den Branntwein in einem Zug hinunter, spürte, wie er ihm im Hals kratzte und im Magen brannte.

»Noch einen?«

»Warum nicht?«

»Betrink dich nicht. Wenn ein Mann trinkt, will er sofort ins Bett.«

»Nicht allein«, sagte Jarmy, unsicher, ob er das sagen wollte.

»Keila weiß, wo du bist? Bertha hat mir alles erzählt.«

»Ich bin kein Rebbe und sie keine Rebbezin«, antwortete Jarmy, verblüfft über seine eigenen Worte.

»Ich möchte, dass alles ruhig abläuft. Mäuschenstill. Keiner soll mir mit Ansprüchen kommen.«

»Keine Ansprüche.«

»Iss etwas.«

Jarmy stürzte das zweite Glas hinunter und kaute einen Keks dazu. Er wollte keck sein und Witze reißen, aber ihm fiel nichts ein. Keila konnte sich Mut antrinken, aber ihn, Jarmy, machte Alkohol nur bitter und bedrückt. Bronja sah ihn von der Seite an, und ihre Schlitzaugen glitzerten vor Spott.

»Sie sieht aus wie ein Ferkel«, fand Jarmy. Und er hatte nicht die mindeste Lust, sich diesem fetten Geschöpf zu nähern.

»Ich hätte nicht kommen sollen! ...«

Er schämte sich, aber nicht so sehr, weil er bei ihr war, sondern vielmehr, weil sie es Bertha weitererzählen würde, die es zu Max weitertragen würde. Jarmy überkam Angst, dass er von nun an auch bei Keila impotent würde. Keila erzählte oft von Männern, die in Bordelle gingen, nicht konnten, wie sie wollten, und dann die zehn Kopeken zurückverlangten, die sie im Voraus bezahlt hatten. Andere wollten geschlagen, angespuckt, an den Haaren gerissen oder ausgepeitscht werden.

Jarmy saß nun still da und starrte die Flasche an, als überlegte er: »Soll ich versuchen, ihr noch ein Glas abzuschwatzen, oder lieber nicht? ...« Nein, das würde so wenig nützen wie einen Leichnam zu schröpfen ...

Laut fragte er: »Wo ist die Toilette?«

»Draußen im Korridor.«

Er ging in den Korridor, warf einen Blick auf die Wohnungstür, öffnete sie leise und begann, wie ein verschrecktes Kind treppab zu rasen. Die Scham lief mit. Er nahm zwei Stufen auf einmal.

»Na ja, ich bin erledigt!«, schrie etwas in ihm.

Er lief schnell zum Tor hinaus und hastete die Graniczna-Straße entlang. Seine Beine fühlten sich seltsam leicht an.

Beim Laufen beschloss er, dass er mit Max nichts mehr zu tun haben wollte. Zum Teufel jagen wollte er ihn, und wenn er nicht wegbliebe, würde er mit Jarmys Messer Bekanntschaft schließen.

Jetzt drängte es Jarmy, auch Keila aus dem Sumpf zu ziehen.

»Ich werde sie nach Amerika bringen und ein anständiges Leben beginnen.«

Ein Spruch aus dem Cheder kam ihm wieder in den Sinn:

»Ich bin nackt von meiner Mutter Leibe gekommen, nackt werde ich wieder dahinfahren.«

Aber wer hatte das gesagt? Moses? Jakob?

Plötzlich ergriff ihn heftiges Verlangen nach Keila. Er musste sie haben, jetzt auf der Stelle. Schnell war er wieder in der Straße und ging durchs Tor zu Berthas Haus.

»Mach, dass ich auf der Treppe nicht Bertha begegne«, betete er zu Gott oder dem sonst für solche Dinge Zuständigen. Schön, aber wo wohnte Sergei Davidowitsch?

Jarmy wollte die Tür eintreten, und wenn er Keila und den alten Mann im Bett fände, beide erwürgen. Das war Liebe, wahre Liebe, und eine Frau, die man so sehr liebte, konnte man nicht hergeben, auch nicht für eine Million Rubel.

Ein Mädchen mit einem dreieckigen Gesicht und Sommersprossen kam aus einem der oberen Stockwerke herunter. Jarmy hielt sie an. Er wollte fragen, wo der alte Mann wohnte, aber plötzlich war ihm der Name entfallen.

»Wo wohnt der alte Mann, der Russisch spricht? Er ist krank … kommt aus Russland.«

»Hä? Weiß ich nicht.«

»Du wohnst nicht hier?«

»Ich arbeite hier. Ich weiß nichts.«

»Ein reicher Mann.«

»Frag jemand anderen.«

Jarmy hätte die dumme Pute am liebsten gepackt und an den Haaren gerissen, aber er beherrschte sich. Sie würde nur ein Geschrei anstimmen, und ihn würde man dafür noch ins Gefängnis stecken. Er machte ihr Platz, um sie vorbeizulassen, aber nur knapp, so dass sie ihn streifen musste.

»Ich bin betrunken, sturzbetrunken«, sagte Jarmy sich zu seiner Rechtfertigung.

6.

Der Lahme Max oder Leon Gempner, wie er in seinem neuesten Pass hieß, saß in seinem Zimmer im Hotel Krakowski
und las die jiddische Zeitung. Aus einem Grund, den er nicht
verstand und den kein Doktor ihm erklären konnte, war ihm
immer zu heiß. Im Sommer schlief er nackt und ohne Decken. Im Winter ließ er oft Tag und Nacht das Oberlicht offen. Sein lahmes Bein schmerzte immer, und sowie er allein
war, zog er Schuhe und Strümpfe aus. Jetzt rauchte er eine
Zigarette, nahm ein paar Züge und begann dann ein Selbst-
gespräch, wobei er die Worte ausspie wie Kichererbsen. Ob
er diese Angewohnheit seit seiner Kinderzeit hatte oder erst
seit seinen Aufenthalten in den Gefängnissen in Warschau,
Radom und Buenos Aires, wusste er nicht. Er redete nicht
nur mit sich selbst, er zwinkerte, zischte, grinste auch, und
manchmal schnappte er mit den Kiefern wie ein Hund, der
eine Fliege aus der Luft fängt. Max las gerade im Fortsetzungsroman, wie der Immigrant und Verführer Zbigniew Koczinski eine Leiter an das Fenster des Schlosses von Graf Leopold
Kurowicz anlegt und Fräulein Helena entführt. Max lachte

leise. Tricks, Augenwischerei, lächerlicher Unfug. Das war gerade so wahrscheinlich, wie wenn Pessach auf den heutigen Tag fiele. Die Schmierfinken schrieben auf Teufel komm raus, nichts als Luftschlösser. Ein Spruch fiel ihm ein: »Denn das Lachen der Narren ist wie das Krachen der Dornen unter Töpfen.«

Manchmal konnte Max es selbst kaum glauben, aber er hatte tatsächlich einst die Gemara mitsamt den Zusätzen im Piasker Bethaus studiert. Ein Rabbi hatte ihn geprüft. Stellen aus der Gemara hafteten ihm noch im Gedächtnis. Wann hatte er all das hinter sich gelassen? Vor fünfzehn Jahren erst, aber ihm kam es vor wie eine Ewigkeit. In diesen fünfzehn Jahren hatte er nicht ein Leben, sondern hundert durchschritten. Wenn er versuchte, alles aufzuschreiben, was ihm widerfahren war, würde niemand ihm glauben. Dieselben Dummköpfe, die diese Zeitungsmachwerke lasen, als seien sie das Evangelium, würden ihn für einen Lügner halten. Konnte man es denn in Worte fassen? Er hatte Schwestern, Brüder und Kinder, die er nie gesehen hatte. Er hatte Ehefrauen in Polen, Argentinien und Kanada verlassen. Er war schon in Mexiko, Bolivien, Uruguay und Trinidad gewesen, hatte in den Kasinos von Monte Carlo, Mar del Plata, Zapata gespielt. Außer Jiddisch sprach Max Polnisch, Russisch, Deutsch, Spanisch, Portugiesisch und Englisch. In einem Zug von Kiew nach Odessa hatte ihn eine Generalsgattin in ein separates Abteil der ersten Klasse geführt und sich ihm hingegeben. Auf einem Schiff von London nach Brasilien hatte er Affären mit einer Französin, einer Deutschen, einer Italienerin und einer Schwarzen gehabt, an deren Namen und Herkunft er sich nicht mehr erinnerte.

Seltsam, denn obwohl er alle diese Frauen erobert hatte, zog es ihn nur zu Männern hin. In den Gefängnissen, in denen er Strafen abgesessen hatte, war ihm immer ein Homosexueller zu Willen gewesen. An diesem Samstagabend im jiddischen Theater, hatte er, Max, den Eindruck erweckt, als sei er Jarmy rein zufällig über den Weg gelaufen, aber tatsächlich hatte er sich all die Jahre nach ihm gesehnt und war jetzt gekommen, um Ausschau nach ihm zu halten.

»Ts, ts, ts, ich bin vielleicht ein Früchtchen! ... und wenn schon! Was in meinem benebelten Hirn vor sich geht, kann nicht mal Gott klären, wenn's ihn denn gibt ...«

Max drückte seine Zigarette aus, rieb ein Streichholz an seiner Schuhsohle, bis es brannte, und steckte sich sofort eine neue an. Er trug einen goldenen Revolver, hatte drei Pässe, einen im Koffer und zwei in den Brusttaschen seines Anzugs. Er hatte einen Sack voll Medikamente gegen Kopfweh, Bauchweh, Verstopfung, Blähung und eine ganze Sammlung Schlaftabletten.

Vor etwa fünf Jahren hatte ein Arzt ihn gewarnt, er sei todkrank, müsse ein enthaltsames Leben führen, das Rauchen ganz und die Frauen weitgehend aufgeben. Er hatte ihm Elektrotherapie, Hydrotherapie, Einreibungen mit Alkohol verschrieben. Er hatte ihm eingeschärft, wenn er sein Tempo nicht drossle, könne er von jetzt auf gleich tot umfallen.

Max lachte: Ein enthaltsames Leben! Tempo drosseln! Wie konnte er langsamer leben, wenn sein Hirn sich 24 Stunden pro Tag wie eine Maschine drehte? Wenn er schon mal einschlief, überfielen ihn unbeschreibliche Albträume. Er hob sich in die Lüfte wie ein Adler, wälzte sich in Gräbern, wurde in einer Riesenschaukel auf und nieder geschleudert.

Dämonen trieben ihn durch Wüsten, durch die Gehenna, legten ihn auf Nagelbretter, brennende Kohlen, begruben ihn in Schneehaufen, Erdlöchern, Höhlen. Er wurde erschossen, gehenkt, ausgepeitscht, zum Spießrutenlaufen durch Spaliere von Kosaken gezwungen, die ihn mit Gewehrkolben schlugen, mit Bajonetten aufspießten. Entsetzliche Monster erschienen ihm – halb menschlich, halb tierisch – mit langen Nasen, Schweinsrüsseln, glühenden Augen – halb männlich, halb weiblich, mit Penissen und Zitzen, Bärten und Schweineschwänzen. Sie kreischten mit schrillen Stimmen, bellten wie Hunde, brüllten wie Löwen, grunzten wie Wildschweine. Er versank in Kot-, Schleim-, Abfallhaufen. Er hörte Klagen, Jammern, sinnlose Worte, die er nicht verstehen und nicht erinnern konnte. Der Arzt nannte seinen Zustand Neurasthenie, aber was war Neurasthenie?

Wenn er wach war, ging es ihm genauso wie im Schlaf – ständig musste er wie besessen intrigieren, fantasieren, fabulieren. Er war voller Widersprüche, rational und verrückt zugleich, mitfühlend und brutal, fromm, abergläubisch und gotteslästerlich, tollkühn und feige. Er warf mit Geld um sich und führte zugleich Buch über jeden Groschen, den er ausgab.

Er setzte seine Freiheit aufs Spiel, brachte sich in große Gefahren und fürchtete sich zugleich vor dem bösen Blick, davor, dass jemand ihm mit einem leeren Gefäß begegnete oder eine schwarze Katze seinen Weg kreuzte. Zum Schutz trug er Amulette aus Elfenbein und mit einem Gegenzauber versehene Bernsteinsplitter. Bei jeder Gelegenheit suchte er Hellseher und Wahrsager auf, Astrologen stellten ihm Horoskope und Medien riefen für ihn Tote, zeigten Bilder in schwarzen Spiegeln und brachten Grüße aus dem Jenseits. In einer Warschauer jiddischen Zeitung hatte er schon eine Anzeige von einem gewissen Schiller-Skolnik gefunden, der verloren gegangene Verwandte, Gegenstände, Ehefrauen und Ehemänner wiederfand sowie Zauber oder Heilmittel gegen Impotenz, Arthritis, Rheumatismus und chronischen Schluckauf anbot und Patienten mit Magnetismus, Hypnose, Hand- und Gesichterlesen behandelte.

»Ein Schwindler, ein Scharlatan«, sagte sich Max. Aber trotzdem schnitt er sich die Anzeige aus der Zeitung aus. Wer weiß? Womöglich war gerade dieser Mann im Besitz der geheimen Kräfte. Hatte es einst Magier gegeben, gab es vielleicht auch heute noch welche, warum nicht?

Max öffnete eine Schublade und zog ein Album mit Fotos von allen Frauen und Männern heraus, mit denen er sich eingelassen hatte. Das Album enthielt auch Liebesbriefe, Verlobungsdokumente und Eheverträge, Beweisstücke, die ihn belasteten und die er besser nicht aufgehoben hätte, aber sie waren die einzigen Andenken an seine Abenteuer, die er besaß. Zum tausendsten Mal zählte er seine Opfer, starrte ihre Gesichter an, sprach mit ihnen. Max mochte Frauen und verachtete sie zugleich. Alle hatten sie ihn enttäuscht. Im Schlaf träumte er von Männern. Er nutzte sein Verlangen nach Männern aus, um Frauen zu befriedigen. Er gab seinen Frauen Männernamen, suchte sich flachbrüstige aus, verlangte von ihnen, dass sie ihre Schamhaare schoren. Oft überredete er sie, sich anderen Männern hinzugeben.

Ein Hotelangestellter klopfte an Max' Zimmertür und sagte, er werde am Telefon verlangt.

Max erhob sich träge, warf sich einen Bademantel über

und ging zum Telefon im Flur. Am Apparat war Bertha. Sie ließ ihn wissen, dass Jarmy zu der pockennarbigen Witwe Bronja gegangen war. Max' Laune besserte sich sofort.

»Bertha, siehst du, es funktioniert genauso, wie wir uns gedacht haben.«

»Max, du kannst Berge versetzen.«

»Ich? Alles ist dein Verdienst. Hättest du dich nicht mit Wolf Kalaschnik zusammengetan, hätten wir zwei die Welt auf den Kopf stellen können.«

»Max, hüte deine Zunge!«

»Bertha, ich brauche noch ein paar Reisepässe.«

»Noch mehr? Wie viele brauchst du – hundert?«

Und Bertha lachte.

»Sie hat eine Stimme wie ein Mann«, dachte Max.

Laut sagte er: »Wenn Jitro[1] sieben Namen hatte, brauche ich sieben mal sieben Pässe.«

---

[1] Jitro, Jethro, der Schwiegervater von Moses, hatte sieben Namen, die seine sieben Tugenden bezeichneten.

DRITTES KAPITEL

1.

Mitten in der Nacht begann die Henne zu krähen, die Keila als Opfergabe für den Vorabend von Jom Kippur gekauft hatte. Jarmy wollte mit dieser Opferzeremonie, die er für Aberglauben und Unfug hielt, nichts zu tun haben. Die Eheleute wachten innerhalb einer Sekunde gleichzeitig auf. Keila fragte:

»Jarmy, hast du das gehört?«

»Ja, habe ich.«

»Jarmy, das ist ein schlechtes Vorzeichen.«

»Warum denn ausgerechnet das?«

»Wenn eine Henne kräht, bedeutet das, jemand lebt kein Jahr mehr.«

»Du meinst, die Henne lebt nicht mehr so lange?«

»Jarmy, mach keine Witze. Der Rest des Jahres ist mir egal, aber Jom Kippur ist für mich ein Feiertag. Egal, was ich im übrigen Jahr gewesen bin, an Jom Kippur habe ich immer eine Henne geopfert und in der Synagoge eine dicke Kerze angezündet. Der Schammes hat sie Jahrzeitkerze genannt.«

»Was hast du in der Tamka-Straße gemacht, wenn ein Freier kam?«

»An Jom Kippur bin ich enthaltsam geblieben, auch wenn der Zar persönlich gekommen wäre. Wir hatten zwei gojische Mädchen, die haben alle Kunden übernommen. Abends, wenn es dunkel war, haben wir uns vor die Synagoge gestellt, um den Schofar zu hören.«

»Reiner Unsinn. Es gibt keinen Gott«, sagte Jarmy.

»Sag das nicht, Jarmele. Falls ich sterbe, sollst du einen Juden anheuern, der das Totengebet für mich sagt.«

»Was ist denn mit dir los? Du bist stark wie Eisen.«

»Jarmele, niemand weiß, was morgen mit ihm ist. Sie werden mich in Praga hinter dem Zaun verscharren, aber ich möchte, dass du einen Stein auf mein Grab setzt. Meinen und meinen Vatersnamen sollst du daraufschreiben lassen. Ich habe Geld dafür beiseitegelegt.«

»Also hast du was auf der hohen Kante, wie? Wer hat dir Geld gegeben, Sergei Davidowitsch?«

»Ich hab es einfach. Er hat es mir nicht gegeben. Es ist für eine Grabstelle und für die Kleider, in denen man begraben wird, und für alles. Ich möchte nicht in fremden Leichentüchern liegen.«

»Noch liegst du nicht. Bis du dran bist, fließt noch viel Wasser die Weichsel runter.«

Eine ganze Weile waren Mann und Frau still. Dann krähte das Huhn wieder.

»Jarmy, hörst du das? Oh, ich hab Angst.«

»Ich hör es, ja ich hör's. Die haben dir einen Hahn angedreht statt einer Henne. Das ist alles.«

»Nein, Jarmele, es ist eine Henne. Sie hat keinen Kamm.

Wenn wir sie morgen schlachten, wirst du sehen, dass sie ein Ei im Bauch hat.«

»Woher willst du das wissen?«

»Beim Kaufen hab ich das Ei gefühlt.«

»Blödsinn. Bei uns hat man immer gesagt: ›Ein Fimmel ist schlimmer als eine Krankheit.‹ Da war mal ein Mädchen, das ging nachts mit bloßem Kopf draußen herum. Eine Fledermaus landete in seinen Haaren, und alle sagten, das Mädchen würde das Jahresende nicht erleben. Es nahm sich die Prophezeiung so zu Herzen, dass es nichts mehr aß. Es hat nur noch gejammert und geklagt, und daran ist es gestorben, nicht an der Fledermaus.«

Mann und Frau verstummten und horchten, aber die Henne war still. Jarmy räusperte sich und begann zu murmeln.

»Jarmele, was ist denn?«

Jarmy zögerte.

»Keila, da du an Gott glaubst, schwör mir bitte, dass der alte Mann nicht –«

Und Jarmy benutzte ein übles Wort.

»Jarmele, was hast du? Ich schwöre bei meiner toten Mutter, mehr als ein Kuss war nicht. Er kann kaum noch Luft holen. Sein Leben hängt an einem Faden.«

»Ich möchte, dass du auf den Pentateuch schwörst.«

»Hast du denn einen Pentateuch hier? Ich würde auf eine Tora vor schwarzen Kerzen schwören.«

»Ich möchte, dass du beim Jom Kippur schwörst.«

Keila schüttelte sich.

»Warum quälst du mich? Ich hab dir geschworen, dass ich dir die Wahrheit sage und nichts zurückhalte. Als Itsche Einauge mich mit Gewalt genommen hat, habe ich es dir sofort erzählt.«

»Itsche Einauge ist krank. Er war wie ein Vater zu mir. Er hat mir Päckchen in den Knast geschickt. Aber dieser alte Mistkerl ist ein Fremder. Da wir verheiratet sind, will ich nicht, dass jeder Schweinehund dich befummelt.«

»Du hast mir doch gesagt, ich soll mich frei bei ihm fühlen. Du hast es so gedeichselt, dass Max schon meint, ich gehöre ihm. Ich will weder ihn noch den alten Mann. Du selbst hast mal gesagt, du wärst bereit, mit mir von Brot und Wasser zu leben.«

»Nicht mal Brot und Wasser sind umsonst. Und was ist mit der Miete? Du sagst immer, wir brauchen nichts, aber wenn wir spazieren gehen, schaust du dir jede Dame an und sagst: ›Was für ein hübsches Kleid! So elegante Schuhe! So schöne Ohrringe!‹ Wenn du an einem Schaufenster vorbeikommst und siehst, wie die Mannequins den neuesten Schick vorführen, klebst du dermaßen an der Scheibe, dass man dich nicht losreißen kann. Du möchtest dich selbst gern in der neuesten Mode zeigen.«

»Eine Lüge! Ich schau ja nur, mehr nicht!«

»Wir können nicht ewig in diesem Loch hocken. Wir zahlen sechzehn Rubel Miete im Monat, und die Wände wimmeln von Wanzen. Ich höre die Mäuse herumhuschen. Wenn im dritten Stock der Boden gewischt wird, läuft das Wasser durch unsere Decke wie durch eine Regenrinne.«

»Ich will gern als Dienstmädchen arbeiten.«

»Das will ich nicht. Du hast mir selbst erzählt, was passiert ist, als der Arbeitsvermittler dich in Dienst gegeben hat. Der Chef und sein Sohn sind beide um dich rumgeschlichen.«

»Jetzt wird keiner mehr um mich rumschleichen ...«

»Und wie sie schleichen werden!«

Keila setzte sich so heftig auf, dass die Bretter unter der Strohmatratze knackten.

»Warum stichelst du so? Du hast mich selbst zu diesem alten Mann in der Ptasia geschickt. Seit der Lahme Max aufgetaucht ist, überlegt ihr zwei immer nur, wie ihr mich verkaufen könnt. Ich kann nicht rumhängen und warten, dass der alte Mann stirbt. Das ist zu viel für mich. Ich kann ihn nicht dauernd daran erinnern, dass er mich zu seiner Erbin macht.«

»Du hast selbst gesagt, dass er dir das Erbe von sich aus angeboten hat.«

»Du weißt, wie alte Leute sind. Manchmal heißt es ja, manchmal nein. Ab und zu redet er, als würde er schon auf dem Brett zur Totenwaschung liegen, und dann wieder erzählt er, dass er in ein Heilbad gehen und mich mitnehmen will.«

»Hast du mit ihm im Bett gelegen?«

»Auf dem Bett, nicht im Bett.«

»Versucht hat er's, wie?«

»Ja, nein. Ein Kuss, ein Klaps. Er hat mein Haar angefasst und gesagt: ›goldenes Haar wie die Krone einer Königin‹.«

»Was noch?«

»Sonst nichts.«

»Was hat Max dir getan?«

»Wann? Nichts. Der redet viel, wenn der Tag lang ist. Er hat gesagt, du bist mit allem einverstanden, ihr zwei hättet einen Vertrag unterschrieben. Er redet Jiddisch, aber manchmal klingt er wie ein Anwalt. Eins musst du wissen: Wenn wir mit ihm in diese fernen Länder gehen und er die Reise zahlt, dann macht ihn das zum Boss. Ich bin für ihn ein Stück Fleisch zum Verhökern. Das weißt du ganz genau, aber du stellst dich dumm. Er wird dein Partner, und ich bin die Ware, das ist doch klar, warum sollen wir uns was vormachen? Schau, draußen ist schon Tag.«

»Ja, ja.«

»Der Himmel ist blutrot. Da oben ist auch Jom-Kippur-Abend.«

»Kann sein, oder auch nicht.«

»Ich möchte das Opfer bringen und die Henne schächten lassen. Wenn eine Henne kräht, muss sie sofort getötet werden.«

»Die Schächter schlafen noch. Ich versuch's auch noch eine Weile.«

Jarmy drehte das Gesicht zur Wand.

Keila blieb sitzen und vergrub beide Hände in ihren Haaren. Sie war mit einem bitteren Geschmack im Mund aufgewacht und spürte einen Druck auf der Brust. Es hatte Zeiten gegeben, da sie Gott zehn Mal am Tag dankte, dass er ihr Jarmy geschickt hatte, um sie aus der Gosse zu retten, aber Jarmy war nicht mehr er selbst, seit Max aufgetaucht war. Er sprach mit ihr, als wäre er nicht ihr Ehemann, sondern ihr Zuhälter oder ein Kuppler. Er redete dauernd von den Freuden, die sie in fernen Ländern finden würden, wo man Gold haufenweise schaufeln konnte. Angeblich war er eifersüchtig auf Max, aber gleichzeitig riet er ihr immer wieder, ihm, Max, ihre Brüste zu zeigen. Er und Max rissen dauernd Witze über Dreier im Bett. Hatte er keine Lust mehr auf sie oder war er so geldgierig? Selbst wenn sie nur

Schlechtes über Max sagte, rühmte Jarmy ihn weiter, weil er so gescheit, so reich und so belesen in jüdischen Fragen sei. Ab und an zwinkerten sie einander zu und lächelten wissend. Die Sache mit Sergei Davidowitsch war für sie, Keila, eine Tragödie. Jedes Mal, wenn sie zu ihm ging, hatte sie Herzklopfen wie ein Einbrecher. Diese drei – Bertha, Max und Jarmy – waren imstande, ihn zu vergiften. Sie erwähnten oft, dass seine Tage gezählt seien. Wenn es passierte, schoben sie womöglich ihr die ganze Schuld in die Schuhe. Keila fing an zu zittern. Ihre sieben guten Jahre waren vorüber. Diese beiden wollten sie in den Sumpf zurückzerren.

Nach einer Weile legte sie sich wieder hin, und die Träume überfielen sie schon, ehe sie eingeschlafen war. Sie lag nackt zwischen Sergei Davidowitsch und Max. Davidowitsch war nicht mehr alt, sein Bart schwarz statt weiß. Beide Männer sogen an ihren Brüsten, befingerten ihr Haar. Jarmy kam mit weißer Schürze und Kochmütze aus der Küche; er trug ein Tablett mit Essen für alle drei. Plötzlich sah Keila, dass die Schürze blutbespritzt war.

Ist er Schächter oder Schlachter geworden? Ist er nicht mehr mein Ehemann? Wann habe ich mich von ihm scheiden lassen?

Plötzlich brach Jarmy in wieherndes Lachen aus. Er ließ das Tablett fallen, es ging krachend zu Boden, und Keila wachte auf.

Der Himmel draußen glühte wie ein Feuerstrom. Ein Floß voller glühender Kohlen glitt über den Himmel, und brennende Brocken fielen herunter.

»Oh, das muss die Gehenna sein«, dachte Keila. Sie sah

ganz deutlich ein Nagelbrett und Riesen mit Feuerwehrhelmen. Sie hörte einen unterdrückten Schrei. Noch nie hatte sie so etwas erlebt, und sie verstand, dass ihr Ende nahe war.

2.

Keila traf die Vorbereitungen für Jom Kippur ganz so wie früher zu Hause. Nachdem sie die Henne hatte schlachten lassen, servierte sie Jarmy Frühstück mit Sabbat-Brot und Honig und Grütze mit Pflaumenkompott. Zum Mittagessen kochte sie dann Klöße und garte Fleisch. Während all der Jahre in den Bordellen war Keila nichts lieber gewesen als Kochen und Küchenarbeit. Sie kaufte gern Lebensmittel, weichte das Fleisch ein und salzte es, schöpfte das Fett von der Brühe ab, sogar Abwaschen machte ihr Spaß. Jarmy und Max wollten immer zum Essen ausgehen, entweder in das Ganovennest oder das Lokal an der Ecke Gnojne-Straße, aber Keila kochte das Mittag- und das Abendessen lieber selbst. Das Feuer im Ofen und der aus den Töpfen aufsteigende Dampf verbreiteten Wärme und Gemütlichkeit.

Jarmy verhöhnte alles Jüdische, selbst als er beim Festessen am Vorabend des Feiertags saß. Warum sich jetzt mit Essen vollstopfen, wenn er sowieso nicht fasten würde? Er sagte ganz offen, es gebe keinen Gott auf einem goldenen Thron, der für jeden Menschen ein gutes oder ein schlechtes Jahr aufschreibe. Während das Kol Nidre gesungen wurde, ging Jarmy zu einem Treffen mit Max in einem Café in einem nichtjüdischen Viertel, aber Keila ging zur Synagoge in der Krochmalna-Straße 23. Eintreten durfte sie nicht, aber sie stand mit den Huren vor der Tür und hörte den Kantor singen, begleitet vom Klagen der Männer und Weinen der Frauen. Als Jarmy spätabends nach Hause kam, wollte er mit Keila schlafen, aber sie ließ es nicht zu. Jom Kippur gehörte Gott.

Am nächsten Morgen war Jarmy früh auf, seifte und rasierte seinen Bart und rauchte eine Zigarette – lauter schwere Sünden. Er frühstückte allein und sagte, er gehe zu Itsche Einauge, der aus dem Hospital entlassen worden war, aber Keila wusste, dass er sich mit Max treffen würde. Vor dem Abend würde er nicht wieder zu Hause sein. Keila hatte am Abend vor dem Feiertag viel gegessen und elf Mal Wasser getrunken, um den Durst zu stillen, aber trotzdem stand sie hungrig und durstig auf.

Sie mochte nicht mehr zur Synagoge gehen. Warum draußen bei den Huren stehen und zuhören, wie sie schnatterten? Vielleicht hätte sie sich einen Platz in einer Frauen-Synagoge kaufen können, in einer Straße, wo man sie nicht kannte, aber sie hatte kein Kleid für einen so feierlichen Anlass, und wie man betete, wusste sie auch nicht. Sie besaß nicht einmal ein Gebetbuch.

»Nu ja, ich hab sowieso nur noch ein paar Jahre«, sagte sie sich grübelnd.

An den hohen Feiertagen, Rosch Haschana und Jom Kippur, fühlte sie sich Gott und den Menschen so fern wie nie sonst. Warum sollte sie ins Buch der Lebenden eingetragen werden? Sie setzte sich nieder und versank ganz und gar in Erinnerungen. Es kam vor, dass sie tage-, sogar wochen-lang vergaß, dass sie irgendwo Brüder und Schwestern hatte. Lebten ihre Tante Tilla und der Onkel Baruch Getzel wo-möglich noch? Ihr Heimatort schien so weit weg zu sein und sie selbst so alt, als wäre alles, was sie erlebt hatte, nur ein Traum oder Teil eines anderen Lebens gewesen. Aber längst vergessene Dinge, Gesichter und Stimmen tauchten wieder auf. Nein, sie war nicht aus einem Stein entsprungen. Sie war ein Abkömmling von Generationen, die gelitten, Gott gedient und Kinder großgezogen hatte. Auf dem Friedhof la-gen ihre Großväter und Großmütter, und auf den Gräbern standen Grabmale mit eingemeißelten Schriftzeichen. Be-stimmt schämten sich die Vorfahren in dieser Welt und im Jenseits für sie, Keila, konnten aber die Erinnerung an sie nicht ganz auslöschen. Hatte Gott nicht auch sie geschaffen? Hatte er ihr nicht Hände, Füße, einen Bauch, Brüste gege-ben und einen Kopf zum Denken? Ohne Gott hätte sie keine Minute lang sitzen und atmen können.

Keila legte sich zu Bett und schlief ein. Sie wachte auf, und der Wecker, den Jarmy im Jahr zuvor gekauft hatte, zeigte ihr, dass sie drei Stunden geschlafen hatte. Diesmal hatte sie ent-weder nichts geträumt, oder sie erinnerte sich an nichts.

Aus dem chassidischen Lehrhaus gegenüber drangen Stim-men. Juden beteten zu Gott, flehten ihn um Geld zum Leben an, um Gesundheit, Freude an ihren Kindern und die Kraft zum Torastudium. Auch Christen gingen zur Kirche, bekreu-zigten sich und beteten zu Jesus, aber wie konnte der jüdi-sche Herrgott, der doch der wahre Gott war, den Nichtjuden Leben, Ehe und Schweinefleisch gestatten? Warum schickte er kein Feuer vom Himmel, das sie alle verbrannte? Nu, und wann würde der Messias kommen? Wann die Toten auferstehen? Keila hätte gern mit jemandem gesprochen, der die heiligen Bücher kannte. Jarmy hatte sie einst studiert, aber er verhöhnte alles Jüdische.

Keila streckte sich auf dem Bett aus und dämmerte noch einmal ein. Sie schrak hoch. Jemand beugte sich über sie – Max. Sie hatte so tief geschlafen, dass sie Jom Kippur vergessen hatte. Max hatte sich herausgeputzt, trug einen karierten Anzug, einen steifen Kragen, Krawatte, Hut. In der Hand hielt er einen Stock mit silbernem Knauf. Er roch nach Parfüm und hatte eine Fahne. Er riss sie an den Haaren, zog sie an sich und rief:

»Schönen Feiertag, Keila!«

»Wo ist Jarmy? Was willst du?«

»Eine kleine Feiertagssünde!«

»Was? Nein!«

»Ja!«

Und er warf sich auf sie. Seltsam, in all den Jahren zuvor hatte noch nie jemand versucht, sie zu vergewaltigen. Warum auch? Sie war willig genug gewesen. Jetzt versuchte sie, zu schreien, aber er hielt ihr den Mund zu. Anscheinend hatte der lange Schlaf sie geschwächt. Oder das Fasten? Wie zerschlagen war sie aufgewacht, kraftlos. Max, klein und verkrüppelt wie er war, zeigte eine wütende Energie.

Keila kämpfte mit ihm, aber irgendwie ohne Widerstandskraft. Sie hatte Angst, dass er ihr das Kleid zerriss oder sie zu hart schlug. Beweglich wie ein Akrobat oder ein Dämon war er auf sie gesprungen. Mit einer Hand schlug er sie, mit der anderen riss er sie an den Haaren. Er setzte brutale Gewalt ein, zwängte ihr mit den Knien die Beine auseinander, zerrte ihr den Schlüpfer vom Leib und bekam seinen Willen. Nein, das war nicht allein seine Stärke, sondern auch ihre Schwäche, ihr Drang, so tief zu sinken, dass sie aus eigener Kraft nie wieder hochkam.

»Du bist sowieso verloren«, sagte ihr eine innere Stimme.

Sie rührte sich nicht und ließ ihn gewähren, bereit, den Tod oder jede beliebige Strafe für ihre Sünde hinzunehmen. Er sagte irgendwas, aber sie antwortete nicht. Sie hatte die Augen geschlossen und sich der Dunkelheit und Empfindungslosigkeit überlassen, als wäre sie schon tot und begraben. Max schien zu ahnen, was in ihr vorging, denn er schrie:

»Versuch nicht, mich auszutricksen! Umgebracht hab ich dich nicht!«

Zum Schluss schlug er sie noch einmal und stieg dann aus dem Bett. Mit seinem Stock stocherte er in ihrem Bettzeug herum, als suche er etwas, und murmelte vor sich hin:

»Gewalt hab ich dir angetan, was? Die heilige Sarah in Person. Eine fromme Rebbizin. Scheiße mit Goldrand.«

Wieder fing er an, sie zu schlagen und an den Haaren zu reißen, aber sie war entschlossen, ihm nicht ins Gesicht zu sehen und kein einziges Wort zu sagen.

»Von heute an wirst du mich lieben, solange noch ein Tropfen Blut in dir ist. Wenn ich dir sage, lebe, dann wirst du leben, und wenn ich sage, kratz ab, wirst du abkratzen. Du hast jetzt zwei Ehemänner, mich und Jarmy. Mach die Augen auf«, kommandierte er, »oder ich schlitz dir den Bauch auf.«

Ihre Lider zuckten, als wollten sie sich öffnen, aber sie kniff sie fest zusammen. Er beugte sich über sie, küsste ihr die Stirn, die Nase, die geschlossenen Augen, die Lippen.

Er nahm eine ihrer Locken, wickelte sie sich um den Finger und tat so, als wolle er sie mit den Wurzeln ausreißen. Er sagte:

»Wenn du tot bist, schicken wir nach dem Leichenwagen und begraben dich, wie es sich gehört. Wenn du leben und Freude haben willst, musst du tun, was wir dir befehlen. Du Luder! Schlampe! Schlunze, Hure!«

Und er spie ihr ins Gesicht. Der Speichel brannte auf ihrer Wange.

Er riss die Tür auf, so dass sie quietschte, und sagte:

»Schönen Feiertag. Bis morgen!«

Und knallte sie so heftig zu, dass die Fensterläden rappelten.

3.

Max wachte um fünf Uhr morgens auf, wie üblich angespannt und angstvoll. Jemand klingelte an seiner Tür. Die Polizei? Hatte ihn jemand denunziert? Er zog den Revolver unter seinem Kissen hervor und fragte, wer da sei, aber niemand antwortete. Der Flur war leer.

Nur seine Fantasie … Max stand da mit dem Revolver in der zittrigen Hand und starrte. Seine Tür hatte gar keine Klingel! Die Türen im Flur erinnerten ihn an ein Gefängnis.

»Alles nur meine zerrütteten Nerven …«

Keine Nacht verging, ohne dass er verwirrt oder in einem Albtraum gefangen aus dem Schlaf aufschrak: Jemand klopfte ihm auf die Schulter, rief seinen Namen. Manchmal weckte ihn ein Kettenrasseln, ein Trompetenstoß oder der Widerhall eines Schusses. Seine Angst war immer mit Lust versetzt. Er wollte eine Frau, einen Mann oder vielleicht ein Geschöpf, das nicht von dieser Welt war, eine Lilith, wie sie Jeschiwa-Studenten in ihren Träumen heimsuchte und in den Ehebruch trieb.

Max trat ans Fenster, schob den Vorhang zur Seite und

warf einen Blick auf den neuen, über Warschau heraufziehenden Tag. Die Sterne am Himmel verblassten. Vögel zwitscherten. Arbeiter, die mit dem Tageslicht zugleich in den Fabriken ankommen mussten, standen schon mit ihren Henkelmännern und Werkzeugkästen an den Straßenbahnhaltestellen.

So hatte Gott die Welt erschaffen – einige sollten sich für ihr Brot krumm arbeiten müssen und andere sollten Tausende verschwenden dürfen, sinnierte Max. Trotz Dumas, Verfassungen und Revolutionen würde sich daran nichts ändern.

Seit seiner Kindheit war Max überzeugt, dass er jung sterben werde. Oft wunderte er sich, dass er schon so lange lebte. Diese Vorahnung verstärkte seinen Drang, mehr und immer mehr an sich zu raffen, bevor alles für immer vorbei war. Er gierte nach mehr Sünden, mehr Abenteuern, Erfolgen von einer Großartigkeit, die die Welt zum Lachen und Weinen bringen, über die in Zeitungen und Geschichtsbüchern berichtet würde. Vielleicht den Zaren umbringen? Oder einen Palast niederbrennen? Oder eine Bombe in die Residenz von Generalgouverneur Skalon werfen? Kein Tag verging, ohne dass Max in der Zeitung etwas über Rasputin las. Konnte er, Max, nicht ein zweiter Rasputin werden?

Nach einer Weile legte er sich wieder ins Bett, versuchte aber nicht, noch einmal einzuschlafen. Er zündete die Nachtlampe an und begann, Rechnungen zusammenzustellen – wie viel Geld er besaß, wie lange es reichen würde, wie viel er für das Hotel bezahlen musste, wie viel er für Jarmy, Keila, Bertha und den Transport einer Ladung Frauen nach Südamerika brauchte. Dann überwältigte ihn die Müdigkeit, und er schlief ein.

Jemand klopfte an der Tür, diesmal wirklich. Offenbar wurde er am Telefon verlangt. Schnell zog er Bademantel und Pantoffeln an und ging zum Telefon im Flur. Am Apparat war Bertha.

»Hab ich dich geweckt, Maxi? Es ist neun Uhr.«

»Mich geweckt? Ich bin immer wach, wie Gott, der Hüter Israels, der niemals schläft noch schlummert.«

»Wie war dein Jom Kippur?«

»Der polnische Schinken ist köstlich. Ich habe Keila besucht.«

»Wie auch immer, mögest ein gutes Jahr verdient haben.«

»Danach frage ich nicht mehr.«

»So was soll man nicht sagen. Ich habe was mit dir zu bereden, also hör mir zu.«

»Ich bin nicht taub.«

»Sergei Davidowitsch ist plötzlich krank geworden.«

»Ist er denn je gesund gewesen?«

»Mach keine Witze. Er kann nicht mehr sprechen. Ich wollte, dass er sich schont, aber er ist doch in die Synagoge gegangen. Sie haben ihn heimgetragen. Ein Schlaganfall oder wer weiß was.«

»Hast du einen Arzt geholt?«

»Bis jetzt habe ich noch niemanden geholt.«

»Hast du ihn durchsucht?«

»Max, er trägt sein Vermögen nicht in der Tasche.«

»Schade. Was ist mit dem Testament?«

»Sein Testament liegt irgendwo in einem Safe. Aber wo? Womöglich in Russland. Als Sofia Michailowna gestorben war, hat er von einer Testamentsänderung geredet, aber ob er was geändert hat, weiß ich nicht. Hat er nichts geändert, wartet womöglich ein Goldregen auf Sofias Ehemann, diesen arroganten Windhund. Sergeis Ehefrau ist auch nicht besser. Ein hinterhältiges Biest.«

»Dein Kalaschnik soll ein Testament abfassen und dafür sorgen, dass der Alte unterschreibt, willig oder unter Zwang.«

»Er kann keinen Stift mehr halten.«

»Steckt ihm den Stift zwischen die Finger. Du und Kalaschnik, ihr könnt ihm die Hand führen und die Unterschrift irgendwie zustande bringen. Aber wartet nicht zu lange damit.«

»Wem soll er das Ganze vererben? Ein Testament kann man nur vor Zeugen abfassen. Seine Schreckschraube in Russland hat ein ganzes Heer von Anwälten. Sie werden Prozesse führen und wer weiß was. Ich möchte nicht vor Gericht gezerrt werden. Ich bin keine Heilige, aber sie lassen dich einen Eid auf die Tora schwören, und das kann nicht gut ausgehen.«

»Was für ein Blödsinn! Was ist denn eine Tora? Eine Kuhhaut, aus der Pergament gemacht wurde. Der Schreiber ist ein armer Wicht. Moses ist so wahrhaft in den Himmel gefahren wie ich zum Mond. Wer nicht wagt, der nicht gewinnt. Du hättest ihm den Zaster früher abnehmen müssen.«

»Seine Mätresse wollte ich nicht werden.«

»Dafür wirst du im Himmel mit Fleisch vom Schwanz des Leviathan[1] belohnt.«

»Maxie, bleiben wir lieber bei unserem ersten Plan. Wir behaupten einfach, dass er den größten Teil seines Vermö-

---

1 Leviathan: das Seeungeheuer, das nur Gott vernichten kann und dessen Fleisch er den Gerechten im Paradies als Speise gibt.

gens an Keila überschrieben hat. Das soll sie beschwören. Sie ist jung, hübsch. Ihr werden sie glauben. Am Ende landet die Sore sowieso bei uns.«

»Weiß Jarmy schon, dass der alte Knacker krank ist?«

»Bis jetzt weiß niemand nichts. Nur du und Gott.«

»Und Hertz?«

»Der hält den Mund. Maxie, zieh dich an und komm sofort her. Ich mache dir Frühstück. Du bist ein Mann und hast keine Gefühle, aber ich habe auf nichts mehr Appetit, seit ich gesehen habe, was minutenschnell aus einem Menschen werden kann. Warum soll ich mich mühen, wenn alles auseinanderfällt? Antworte mir.«

»Wenn ich das wüsste, würde ich den Rabbi von Jehupez[2] absetzen und an seine Stelle treten. Der ganze Unfug ist ein Satansspiel.«

»Kommst du?«

»Hab ich eine Wahl? Du liebst Hertz Kalaschnik, und ich liebe dich. So schlicht und einfach ist das.«

»Lügner, Schwindler … ich bin doch schon eine alte Schachtel.«

»Du hast mehr Feuer als zehn junge Dinger.«

»Komm!«

Bertha legte den Hörer auf und Max ging wieder in sein Zimmer.

»Na, der Tag verspricht ja so allerhand«, sagte er laut.

Er liebte Komplikationen, Nüsse, die schwer zu knacken waren, und er ließ sich gern um Rat bitten. Für die Fahrt

2 Jehupez ist ein fiktiver, von Scholem Alechem erfundener Ort, an dem der Milchmann Tewje seine Milch verkauft.

auf einer glatten breiten Straße brauchte man keinen Trick. Irgendeine Lösung gab es für jedes Dilemma, man musste nur den Kopf oben behalten.

Max wusch sich am Waschtisch und kleidete sich an. An manchen Tagen bereute er, nach Warschau gekommen zu sein, aber irgendwie hielt ihn die Stadt fest. Das Jiddisch war nicht wie in Buenos Aires und New York mit englischen und spanischen Worten untermischt, sondern die reine Muttersprache, die Mameloschn. Nicht weit von hier, mit Bahn oder Ochsenkarren in wenigen Stunden erreichbar, wohnten seine Ex-Ehefrauen, dort waren seine Kinder aufgewachsen. Hier in Warschau hatte er Freundinnen verlassen, aber nicht vergessen, so wenig, wie sie ihn vergessen hatten. Konnte man diese Dinge überhaupt vergessen? Solche Erinnerungen nahm man sogar mit ins Grab.

Max fand Bertha nicht besonders anziehend, aber er weckte gern begehrliche Wünsche bei anderen. Und dann konnte man das Aroma eines Körpers ja auch nicht einschätzen, bevor man es gekostet hatte. Hier in Polen hörte man Wörter, die in Amerika schon in Vergessenheit geraten waren. Hier wurde ein Scherz, eine beißende Bemerkung noch verstanden. Auch waren die Frauen ehrlicher und nahmen einen Mann ernster. Nur eines war zu knapp in Polen: das Geld.

4.

Alle hatten sich eingefunden – Bertha, Hertz Kalaschnik, Max, Jarmy, die Rote Keila. Zuerst verhandelten sie in Berthas Wohnung. Hertz hatte schon ein Testament verfasst, das Keila Lea Kuppermintz die Hälfte von Sergei Davidowitsch Kaufmanns Nachlass zusprach. Die Gang hatte Keila als Erbin ausgewählt, weil sie nie im Gefängnis gesessen und keine Vorstrafen hatte. Außerdem würde ein reicher alter Mann eher einer jungen Geliebten eine Menge Geld vermachen als einer verblühten Kupplerin.

Dieser Letzte Wille bestimmte Hertz Kalaschnik, Bertha Stein und Leon Gempner (Max) zu Testamentsvollstreckern. Hertz Kalaschnik hatte Verbindungen zu einem Notar, der sich alle gesetzeswidrigen Transaktionen mit einem Anteil am Gewinn belohnen ließ. Man brauchte nur eine Unterschrift, die Handschriftenfachleute nicht als Fälschung beweisen konnten, und Zeugen. Hertz und Bertha hatten alles arrangiert. Eine Zeugin würde das Dienstmädchen Zoschka sein, der zweite Zeuge wäre der Hausmeister in dem Gebäude in der Ptasia-Straße, dessen Verwalter Kalaschnik war. Der

Hausmeister, ein Angestellter Kalaschniks, unterzeichnete jedes Dokument, das sein Chef ihm vorlegte.

Als alles entschieden war und Bertha ein Frühstück mit frischen Bagels, Butterbrötchen, Hüttenkäse, Heringen und Kaffee mit Sahne serviert hatte, gingen alle fünf in Sergei Davidowitschs Wohnung hinauf. Zoschka öffnete die Tür zum Schlafzimmer. Das Fenster war mit einem Rollladen und einem Vorhang abgedunkelt. Sergei Davidowitsch lag leichenblass und mit geschlossenen Augen auf dem Bett. Er atmete nur noch schwach. Hertz Kalaschnik hatte ein Tintenfass, einen Stift, das Testament und eine Schreibunterlage mitgebracht.

Als Keila den Sterbenskranken sah, rang sie die Hände und wollte anfangen zu weinen, aber Jarmy brachte sie wortlos und ärgerlich zum Schweigen. Alles lief wie geplant. Hertz Kalaschnik legte die Schreibunterlage auf die Bettdecke und breitete das Testament darauf aus. Als er die schlaffe Hand des Kranken unter der Bettdecke hervorzerrte, kam Bewegung in Sergei Davidowitschs Gesicht, und sein Mund zuckte, vielleicht wollte er etwas sagen oder aufschreien, aber Hertz steckte ihm schnell und geschickt einen Stift zwischen Daumen und Zeigefinger und begann, den Stift übers Papier zu führen, während er eine echte Unterschrift von Sergei Davidowitsch auf einem Dokument genau studierte und Buchstaben für Buchstaben abmalte. Mehrmals zuckte der Kranke, aber Hertz hielt seine Hand so fest im Griff, dass das Zucken sie nicht erreichte. Die Spannung war groß, aber trotzdem verpasste Max Bertha einen Kniff in die Speckrolle ihrer Taille.

Endlich nickte Hertz Kalaschnik, um anzuzeigen, dass die Unterschrift gut geworden war, echt und nicht gefälscht aussah. Max verglich beide Signaturen mit Kennerblick und rief Kalaschnik zu:

»Goldrichtig. Du verdienst eine Medaille!«

Und Max schnalzte mit der Zunge so laut wie ein Flintenschuss. Im Zungenschnalzen, Ohrenwackeln, Melodien-durch-die-Nase-Schnauben wie eine Trompete und Stimme-Verstellen war er ein Fachmann. Als Keila noch im Bordell an der Tamka-Straße war, hatte Max die Huren mit seinen Kunststücken zum Staunen und zum Lachen gebracht.

Herz Kalaschnik – groß und schlank, mit grauen Schläfen, schmalem Gesicht und gestutztem Bart – führte sich auf wie ein Beamter, ein Mitglied der Obrigkeit statt der Unterwelt. Er trug eine Melone, eine schwarze Krawatte und zeigte sich außer Haus selten ohne Aktenmappe. In der Brusttasche seiner Jacke steckten Stifte und ein Kneifer mit dicken Gläsern zum Lesen. Das Zimmer, in dem sein Schreibtisch stand, nannte er »Büro«, und er hielt dort Sprechstunden wie ein Doktor. Als Hertz Kalaschnik seine Aktenmappe öffnete und das Testament hineinsteckte, rief Max:

»Keila, du bist eine reiche Frau. Mein Glückwunsch!«

»Was passiert jetzt mit diesem Mann?«, fragte Keila.

»Gräm dich nicht. Mariniert und sauer eingelegt wird er nicht«, sagte Max.

Als Keila in der Nacht bei Jarmy im Bett lag, erzählte er ihr, dass man Sergei Davidowitsch ins Hospital an der Czysta-Straße gebracht hatte. Bertha habe Frau Kaufmann, Sergei Davidowitschs Frau, telegrafiert, dass ihr Gatte gelähmt sei, und prompt sei ein Telegramm aus Kiew mit der Nachricht gekommen, sie sei auf dem Weg nach Warschau.

Jarmy beteuerte: »Keilachen, es ist nicht, wie du sagst. Max ist nicht der Todesengel, sondern der Prophet Eliah. Er bringt uns Glück. Wir werden mit ihm Reisen machen. Er führt uns in fremde Länder. Wir werden uns die Erbschaft des Alten teilen. Max hat eine seltene Gabe – alles, was er anfasst, wird zu Gold. Gebildet ist er auch. Ein echter Rechtsanwalt.«

»Jarmele, red nicht von ihm.«

»Warum zitterst du denn so? Er ist ein Mensch, kein Teufel.«

»Jarmele, das geht nicht gut aus, das sagt mir mein Herz.«

Keila hatte Jarmy nicht erzählt, was Max ihr angetan hatte, aber alle Anzeichen sagten ihr, dass er es ohnehin wusste. Früher hatte Jarmy sie nie an einem Feiertag allein gelassen. An Jom Kippur vor einem Jahr hatte er sie in eine Synagoge in einer feineren Umgebung geführt. Aber in diesem Jahr war er in der Nacht vor Jom Kippur spät zurückgekommen und hatte nach Schnaps gerochen. Nach dem, was Max ihr angetan hatte, spürte Keila keine Lust auf Jarmy, aber er war über sie hergefallen wie ein Fremder und ein Betrunkener. Jedes Mal, wenn sie etwas sagen wollte, hielt er ihr den Mund zu. Keila begriff: Jarmy hatte sie mit Absicht allein gelassen, damit Max sie nehmen konnte. Er hatte Max ja schon seinen »Schwager« genannt. Keila konnte weder lesen noch schreiben, aber ihren Jarmy kannte sie, durchschaute alle seine offenkundigen und versteckten Tricks. Ab und zu tat er eifersüchtig und schlug sie, sie hätte einen fremden Mann angelächelt, behauptete er dann, aber gleichzeitig gab er zu, dass er kein ehrbares Mädchen lieben konnte. Er begehrte nur Frauen, die schon von vielen Tellern gegessen hatten, wie das polnische Sprichwort sagt. Er hatte ihr gestanden, dass er im Arsenal-Gefängnis eine homosexuelle Beziehung mit Max gehabt hatte. Keila hatte sich eingeredet, Jarmy könne ein recht-schaffener Bürger werden, Arbeit finden und sie aus dem Sumpf ziehen, aber auf Arbeitssuche war er nie gegangen, nicht im mindesten. Die Pläne, die er jetzt mit Max schmie-dete – dass sie Mädchen verführen und über den Ozean ver-schiffen wollten; dass die beiden sie, Keila, zu Davidowitsch schickten, und dass Max sie an Jom Kippur vergewaltigte – das konnte nur eines bedeuten: Jarmy wollte Zuhälter wer-den und sie, Keila, ins Bordell zurücktreiben. Keila hatte so-gar den Verdacht, dass Sergei Davidowitsch gar nicht von selbst krank geworden war, sondern dass Bertha ihn vergif-tet hatte. Das gefälschte Testament, das sie, Keila, zur angeb-lichen Erbin des Alten machte, konnte sie an den Galgen bringen. Sie hörte Jarmy flüstern:

»Keilale, Max ist einfach verrückt nach dir. Wir haben lange diskutiert. Ich will mich mit ihm vereinen.«

»Was meinst du damit?«

»Er will, dass wir drei eins sind.«

Jarmy sprach und zitterte dabei. Nach und nach erklärte er Keila, er habe ein Bündnis mit Max geschlossen, derge-stalt, dass sie, Jarmy, Keila und Max, wie Bruder und Schwes-ter würden, wie Mann und Frau, eine Seele und ein Leib. Von nun an werde sie, Keila, zwei Ehemänner haben, Jarmy und Max. Wenn Männer zwei Frauen haben konnten, warum sollten dann Frauen nicht zwei Männer haben? Es gebe ein Land – noch weiter weg als China –, in dem Frauen etliche Männer hätten. Das sei eine Kalendergeschichte. Zuzeiten waren diese Männer Brüder, zu anderen Zeiten nicht einmal miteinander verwandt. Wenn ein Kind geboren wurde, gal-ten die Männer allesamt als Kindesväter.

»Max ist kein Fremder mehr für uns«, sagte Jarmy. »Wir werden in einer Wohnung zusammenleben. Alle drei in einem Bett schlafen, zusammen essen, zusammen trinken, zusammen ins Theater gehen.«

Wenn Sergei Davidowitsch abkratzte und ihnen Keilas Erbe in den Schoß fiel, würden sie alle drei reich. Er, Jarmy, und Max würden vielleicht die dummen Trinen heiraten, die sie nach Südamerika verschifften, aber nur, um die Kontrolleure auf dem Schiff und die Zollbeamten an der Nase rumzuführen.

Jarmy sagte: »Was zitterst du denn so? Du wirst nicht verkauft wie die Katze im Sack. Wir beide lieben dich. In Brasilien wollen wir einen Salon eröffnen, und du wirst die Hausherrin sein. Wichtige Leute werden kommen, und wir haben die hübschesten Mädchen auf der Welt zu bieten. Hundert Rubel pro Nacht werden die Gäste für sie zahlen. An der Tür wird ein Lakai stehen. Pelzmäntel, Diamanten, alles, was dein Herz begehrt, sollst du haben. Marzipan werden wir essen und Champagner trinken. Was bist du so still?«

»Als wir geheiratet haben, hast du gesagt, du würdest einen Laden eröffnen.«

»Was denn für einen Laden? Die größten Kaufleute gehen pleite. In Lodz herrscht Notstand. Jeden Montag und Dienstag streiken die Fabrikarbeiter. In Russland sind die Eisenbahnarbeiter in Streik getreten und die Schiffer an der Wolga auch. Das ist ein Fluss. Sie wollen den Zaren wieder absetzen. Wir müssen weg von hier.«

»Woher willst du wissen, dass es dort besser ist?«

»Dort gibt es keinen Krieg. Es ist zu heiß. Die Ärmsten leben von Bananen. Das Klima ist so, dass alle Männer in die

Bordelle müssen, auch die verheirateten. Die Hitze bringt das Blut zum Wallen. Dort brauchen die Huren keine gelben Pässe. Ein Bordell nennt man dort ein Etablissement.«

»Woher weißt du das? Von Max?«

»Das habe ich schon vor Max gewusst. Stand in den Zeitungen. Zehn Männer kommen dort auf eine Frau, und wenn sie auf der Straße eine sehen, ziehen sie den Hut.«

Es wurde still, man hörte nur eine Maus unter dem Fußboden scharren. Als das Paar endlich einschlief, dämmerte es schon, und als Keila die Augen aufschlug, hörte sie Hammerschläge. Sukkot war nahe, und wie jedes Jahr schlugen die Hausbewohner Nägel in Bretter und passten Türen ein. Ein Jude mit weißem Bart und langen Schläfenlocken zog Bretter hinter sich her, während seine Frau, die eine Haube trug, ihm mit einer Säge folgte. Ein Wagen mit Silbertannenzweigen kam durchs Tor. Die Bauern in den Dörfern wussten, dass Sukkot war, aber sie, Keila, hatte sich auf Sünden eingelassen, von denen man sogar unter Gojim nur selten hört.

VIERTES KAPITEL

1.

Früh am Abend vor Sukkot ging Jarmy zu einem Treffen mit
Max. Der Plan war, Bertha zu treffen und vielleicht von ihr
etwas über Sergei Davidowitschs Zustand im Krankenhaus
zu erfahren. Keila war allein zu Hause. Der Tag war sonnig,
und sie ging in den Hof hinunter. Vom Tor bis zu dem Stall,
wo der Kutscher Lazar sein Pferd hatte, stand der Hof voller
Laubhütten. Nur eine Sukka war gerade, der Rest krumm und
schief, zusammengeschustert aus alten Brettern in allen möglichen Größen. In einer Hütte hatte der Eigentümer ein Nu-
delbrett, ein Brett, auf dem Fleisch eingesalzen wurde, und
Latten von einer Kiste zusammengenagelt. Die Türen hingen
schief. In anderen Sukkes hatte man die Eingänge mit Decken oder Laken verhängt und sich die Türen gespart. Im Inneren hatten Cheder- und Lehrhaus-Studenten Papierlaternen und Girlanden aufgehängt und hier und da einen Apfel,
eine Birne, ein Büschel Weintrauben hingelegt, alles zu Ehren
des Feiertags. In den Haushalten kochten die Frauen schon
die Feiertagsmahlzeiten vor. Es roch nach Fleisch, Fisch, Ka-
rottengemüse, Pflaumenkompott. So karg die Leute sonst leb-

ten, so üppig war das vorbereitete Festessen, das sie zu den Männern hinaustrugen, mitsamt dem besten Geschirr und Besteck und einem sauberen Tischtuch, um die Nachbarn zu beeindrucken. Die Frauen bedauerten, dass das Laubhüttenfest für sie eine Zeit des Mangels war – alle guten Dinge fielen den Männern zu. Na ja, aber wenn die Frauen am Abend herauskamen, um die Kerzen in den Laubhütten zu segnen, dann trugen sie ihre schönsten Kleider und allen Schmuck, den sie noch nicht verkauft oder verpfändet hatten.

Obwohl Keila so viele Jahre von der Sünde gelebt hatte und sich von Gott und den Menschen verlassen fühlte, erinnerte sie sich noch gut an die jüdischen Bräuche. Ihr Vater war Gemeindediener gewesen. Er stand immer im Morgengrauen auf und schlug mit einem Holzhammer gegen die Fensterläden, um die Hausbewohner für das Morgengebet zu wecken. Ihre Mutter, Aufseherin im Badhaus, trug immer eine Haube. Sie kam aus einer Stadt voller Juden.

Freilich, sie, Keila, war schon früh auf die schiefe Bahn geraten. Als Neunjährige sah sie auf dem Marktplatz zu, wie ein Hengst eine Stute bestieg, und der Anblick hatte sofort ein Begehren in ihr geweckt, das nie gestillt worden war. Schon als Zwölfjährige hatte sie sich mit wüsten Kerlen und sogar nichtjüdischen Jungen eingelassen. Aber sie hatte nie vergessen, woher sie kam. Ihre Ehe mit Jarmy war das Größte in ihrem ganzen Leben gewesen, aber der Lahme Max hatte alles verdorben. Nicht genug damit, dass er seine verbotenen Gelüste befriedigen musste, er versuchte auch, Gott zu verhöhnen. Aber wie konnte ein Winzling, ein Nichts, Krieg gegen den Allmächtigen führen?

Keilas Großmutter Jochna Gita sagte immer: »Gott wartet lange, aber er straft genau.«

Kein Tag verging, ohne dass jemand auf der Straße zusammenbrach. Der Leichenwagen fuhr ein um den anderen Tag in den Hof. Nicht nur Alte, auch junge Menschen hauchten ihre Seele aus. Oft drangen aus dem chassidischen Lehrhaus die Klagen von Frauen, die vor dem Toraschrein für kranke Verwandte beteten. Keila drängte es, den Feiertag zu heiligen. Der Kutscher Lazar hätte Jarmy erlaubt, in seiner Sukka zu sitzen, die zwischen Pferdestall und Abtritt stand, aber Jarmy war nicht besser als Max. Er betete nicht, er sprach nicht den Segen am Schabbes. Keila konnte ihn nur mit Mühe dazu bewegen, eine Mesusa am Türpfosten zu dulden.

Jarmys Ankündigung, dass sie von nun an zwei Ehemänner haben sollte, hatte Keila in Panik versetzt. Sie hatte den Feiertag Jom Kippur nicht geheiligt, und sie ahnte, dass sie das Jahresende nicht erleben würde. In der vergangenen Nacht hatten Albträume sie heimgesucht. Tote, in Leichentücher gehüllte Frauen mit gelben Gesichtern waren ihr erschienen. Sie hatten gekreischt und sie angespien, zu ihr gesprochen und ihr harte Strafen angedroht. Sie wurde mit Blut und Eiter überschüttet. Ihr Großvater erschien mit seinem weißen Gebetsschal, trug einen weißen Umhang mit Kapuze und einen weißen Bart, der ihm bis zu den Knien reichte. Sogar im Schlaf musste Keila mutmaßen, dass der Bart im Grab nachgewachsen war, denn zu Lebzeiten des Großvaters war er so lang nicht gewesen. Er hob seine knochige Faust drohend gegen sie und blies in einen langen gewundenen Schofar. Er schrie sie an:

»Eine Hure bist du! Eines unnatürlichen Todes sollst du sterben!«

Und aus dem Schofar schossen Flammen und Rauch.

Keila wurde gewöhnlich hungrig und durstig und mit der Lust auf eine Zigarette wach, aber diesmal stand sie mit schweren Gliedern auf, ihr Magen war aufgebläht und ihre Zunge belegt. Sie hatte ihrem Großvater im Paradies Schande gemacht, und er war gekommen, um Rache zu üben.

»Ist heute mein letzter Tag? Kann man morgen, am Feiertag, eine Beerdigung abhalten?«

Nein, nicht am ersten Tag. Eine der alten Frauen im Hof würde Kleider herleihen müssen, in denen sie, Keila, beerdigt werden konnte.

Längst vergessene Geschichten fielen ihr wieder ein: von Dämonen und bösen Geistern, die hinter dem Sarg des Sünders herjagten; vom Todesengel Duma, der zur Leiche kam, um zu hören, ob sie einen Bibelvers aufsagte, und wenn er nichts hörte, das Grab mit einer Feuerrute spaltete; von zerstörerischen Engeln, die den Leichnam Jahrhunderte lang durch Dornenbüsche, Gräben, Sümpfe und Morast schleiften, bevor er in die Gehenna eingelassen wurde, wo andere zerstörerische Engel ihn auf ein Nagelbett legten, an der Zunge und den Brüsten aufhängten, aus dem Feuer in den Schnee und wieder zurück rollten.

Offenbar war jemand in der Nachbarschaft todkrank, denn plötzlich schwärmten Frauen weinend, klagend, händeringend ans Hoftor, eilten dann jammernd in das chassidische Lehrhaus, um vor der Toraschriftrolle ihr Herz auszuschütten.

Keila sah zu. Oft hatte sie sich sehnlichst gewünscht, dieses heilige Haus zu betreten, hatte aber nicht gewagt, ihre besudelten Füße über die Schwelle zu heben. Lange stand sie im Hof und schaute zu, wie ein älterer Jude, ein Färber, ein rotes Kleid auf einem Tisch schwarz färbte. Er tauchte das Gewand in einen Eimer mit schwarzer Farbe und rieb es mit einer Bürste. Beim Arbeiten knurrte und ächzte er. Er warf unter buschigen Brauen finstere Blicke auf Keila und spuckte dann und wann seitwärts aus.

Nach einer Weile stellte sich Keila neben den Raum, in dem der Schächter Getzel seine Arbeit tat. Frauen und Mädchen kamen mit Hennen, Hähnen, Enten, Gänsen hierher. Getzel stand über einer Wanne voller Blut.

Das Geschrei des Federviehs hörte sich für Keila an wie menschliche Stimmen. Federn flogen durch die Luft.

»Gott im Himmel, ich will nicht mehr leben!«, schrie eine innere Stimme in Keila auf. Von dem Gestank wurde ihr übel. In ihrem Mund sammelte sich bitterer Geschmack. Lichtblitze zuckten ihr vor den Augen. Sie wollte würgen, konnte es aber nicht.

Die Frauen, die für den kranken Menschen gebetet hatten, kamen wieder heraus. Ihre tränenglänzenden Augen spiegelten den Triumph derer, die wissen, dass ihre Gebete erhört wurden. Kaum waren die Frauen zum Tor hinaus, begann Keila, gellend zu schreien, und hastete zum Eingang des Lehrhauses. Sie wollte auch beten – für Sergei Davidowitsch, für sich selbst.

Sie riss die Tür zum Toraschrein auf und brach in ein Lamento aus, das sie selbst überraschte. Jemand hatte nach dem Gebet schon den Vorhang geschlossen, aber Keila zog ihn schnell wieder auf und starrte auf die in Samt gehüllten Torarollen, an denen ein Zeigestab lehnte. Eine Tora hatte sogar eine silberne Krone. Das Holz des Toraschreins hatte innen die Farbe von rotem Wein. Ein schwerer Duft von Wachs und Nelken stieg ihr in die Nase. Sie ergriff eine Torarolle mit beiden Händen, hob sie sich ans Gesicht und brach in ein wildes Klagen aus. Sie spürte, wie die Hülle mit dem goldgestickten Davidstern heiß und feucht wurde. Sie schrie wie ein verwundetes Tier und klammerte sich an die Torarolle. Sie stammelte Worte, die sie selbst nicht verstand.

Die Männer, die an den Tischen lernten, hielten inne und horchten. Von Zeit zu Zeit seufzte einer von ihnen. Jemand trat hinter sie und sagte:

»Genug jetzt, Frau. Zu viel ist verboten! Gott ist barmherzig. Er wird eine vollständige Heilung schicken.«

Es war der Schammes. Halb schob er sie, halb führte er sie zur Tür. In diesem kurzen Augenblick sah Keila durch einen Tränenschleier hindurch die Regale mit den Büchern, die Tische mit den aufgeschlagenen Gemaras, die jungen Männer mit ihren Schläfenlocken, die Kanzel des Vorlesers, die Lesepulte, die Bänke – alles genau so wie in dem Lehrhaus, in dem ihr Vater Gemeindediener gewesen war. Sogar die Gerüche waren die gleichen. Als Kind war Keila freitags mit dem Vater ins Lehrhaus gegangen und hatte ihm geholfen, den Boden zu sprengen und zu fegen. An Simchat Tora trug sie ein Fähnchen, auf dessen Stab ein Apfel und eine Kerze gesteckt waren, und sah den Männern beim Tanzen zu.

Im nächsten Moment war Keila wieder draußen im Hof. Sie wollte in ihre Wohnung gehen, aber ihre Füße lenkten sie wie aus eigenem Willen auf die Straße hinaus. Sie schrie und lief mit ausgestreckten Armen, ohne zu wissen, wohin. Ihre Augen waren tränenblind. Leute blieben stehen und starrten sie an. Sie trat durch das Tor zum Haus Nummer 10 und merkte erst jetzt, wohin sie unterwegs war – zum Rabbi, dem frommen Juden, den sie jedes Jahr aufsuchte, um der Toten an deren Sterbetag zu gedenken. Ihre Mutter war in einem Schaltjahr im zweiten Adar gestorben (so wird der siebte Monat eines Schaltjahres genannt), und Keila wusste nie, wann sie die Kerze in der Synagoge anzünden sollte. Der Rabbi musste es ihr jedes Jahr von Neuem erklären.

Jetzt rannte sie die Treppen hinauf und stieß mit einem Mädchen zusammen, das einen Eimer mit Abfall hinuntertrug. Das Mädchen kreischte und beschimpfte sie. Keila öffnete eine Tür, die in eine Küche führte, und war gleich danach im Arbeitszimmer des Rabbis, das mit seinen Regalen voller heiliger Bücher und dem Toraschrein wie ein Bethaus aussah, eines für den Rabbi allein, einen schmalen dünnen Mann in einem samtenen Kaftan mit Schärpe, einer Kippa über der hohen Stirn und einem roten Bart. Er stand an einem Lesepult und starrte in ein offenes Buch. Keila rief:

»Geheiligter Rabbi!«

Und brach wieder in lautes Klagen aus.

2.

Der Rabbi, Reb Menachem Mendel aus Tomaszow, schaute in eine Sukkot-Gemara, denn er hatte die Gewohnheit, an jedem Feiertag ein Lehrbuch zu studieren, das sich mit den Gesetzen dieses Feiertags befasste: Eine Sukka durfte nicht höher als zwanzig Ellen sein. Sie sollte nicht mehr Sonne als Schatten haben und brauchte mindestens drei Wände. Reb Menachem Mendel trank schwachen Tee aus einem Glas, ließ ihn über ein Stück Zucker auf seiner Zunge laufen und zog ab und zu an seiner Pfeife. Der Monat Tischri war voller Feiertage: Rosch Haschana, Jom Kippur, Sukkot, Haschana Rabba, Schemini Atzeret, Simchat Tora. Zwischen Rosch Haschana und Jom Kippur lagen die Ehrfurchtsvollen Tage. Außer der guten Tat, in der Sukka zu sitzen, bot der Feiertag auch das Privileg des Etrog-Segens. Am Fensterrahmen lehnte der Palmwedel mit den Myrten- und den Weidenzweigen. Daneben stand die Schachtel mit dem in Flachs gewickelten Etrog. In diesem Jahr hatte Menachem Mendel endlich den Etrog erhalten, den er sich so sehr gewünscht hatte: eine vollkommene Frucht mit Warzen und Grübchen.

Aus der Küche wehte der Geruch der Speisen herein, die die Rebbezin für das Fest am Abend vorbereitet hatte. Reb Menachem Mendel erinnerte sich, dass geschrieben stand: »Gott liebt die Kinder Israels, deshalb erhöhte er für sie die Tora und die guten Taten.«

Die Sonne schien durch die Fenster und ließ das Gold in Reb Menachem Mendels Bart aufscheinen. Seine blauen Augen richteten sich auf Raschis[1] Kommentare und die Tosefta[2]. Er hatte sich den Wilnaer Talmud, der voller Kommentare war, auf Abzahlung gekauft. Seit fast zweitausend Jahren waren die Juden im Exil, und schon vor viertausend Jahren hatte Moses auf dem Berg Sinai die Gesetzestafeln empfangen, aber noch immer studierten, erweiterten, verbesserten die Juden die Tora.

Von Zeit zu Zeit zupfte Reb Memachem Mendel an einer Schläfenlocke. Welche Ehre, Jude zu sein und die Tora zu studieren! Nie vergaß er den Lobpreis im Psalm:

»Ich freue mich über dein Wort wie einer, der eine große Beute erhascht.«

Aber wenn er dastand und studierte, öffnete sich ständig die Tür, und ratsuchende Frauen kamen herein – meist ging es um Hühner: eine Klaue in einem Bauch, ein gebrochener Flügel, Flecken an den Eingeweiden. Auch Fragen zu Tellern und Bestecken legten sie ihm vor. Milch war in die Brühe getropft und so weiter.

---

1 Raschi: **Rabbi Sch**lomo ben **Jit**zak, 1050-1105, maßgeblicher Talmud-Kommentator, ein Bibelexeget, der auch christliche Exegeten beeinflusst hat.

2 Tosefta, »Ergänzung«, d. i. eine Ergänzung zur Mischna, der Hauptsammlung mündlicher Überlieferungen.

Reb Menachem Mendel behielt im Sinn, dass es keine Kleinigkeit war, ein Huhn oder eine Schüssel für tref zu erklären – die Ratsuchenden waren meist arme Leute, die für ihre paar Groschen hart arbeiteten, also mühte er sich ständig um eine positive Lösung. Der Kommentar von Siftei Kohen[3] und David Schmuel Halevis »Ture Sahaw« erlaubten manchmal, ein Gericht koscher zu nennen, wenn die strittige Frage am Vorabend eines Sabbats oder Feiertags auftrat oder wenn ein Verbot womöglich ernsthafte Schäden zur Folge hatte.

Der Sukkot-Abend war warm. Das Fenster stand offen, und von draußen drangen die Rufe der Verkäufer und Marktschreier herein, auch das Poltern der Droschken und Lastwagen. Manchmal stritten Kaufleute mit ihren Konkurrenten. Junge Leute riefen laut. Mädchen lachten lüstern. Reb Menachem Mendel dankte dem Allmächtigen jeden Tag, dass sein Platz unter denen war, die die Tora studierten, und nicht beim Gesindel auf der Straße.

Die Klagen von Frauen kannte er. Da er ein Rabbi in einem Wohnviertel war und nicht einer Synagoge zugeordnet, kamen die Leute von der Straße mit all ihren Tragödien und Unglücksfällen zu ihm. Manchmal hätte er am liebsten aufgeschrien wie der Patriarch Jakob:

»Bin ich doch nicht Gott ... «

Aber an wen sonst sollten sich all diese gequälten, trostsuchenden Seelen wenden?

3 Siftei Kohen (1621-1662); David Schmuel Halevi (um 1586-1667), »Ture Sahaw« (Schilde von Gold) ist sein bekanntestes Werk – beide Rabbiner galten als Autoritäten in Fragen der Halacha, der Gesetze jüdischer Lebensführung.

Als er Keilas angstvolles Weinen hörte, sagte Reb Mendel, ohne sie anzusehen:

»Nicht weinen. Es ist der Abend vor einem Feiertag. Der Allmächtige wird für eine vollständige Heilung sorgen.«

Und auf der Stelle sagte er ein Gebet für den Kranken und noch eines, dass er, Menachem Mendel, Sohn von Tema Bluma, Gott behüte, nicht überschwemmt werden möge von Klagen gegen den Allmächtigen, der so viel Leid über die Welt gebracht hatte.

»Wehe uns, es ist an der Zeit, dass der Messias kommt!«, mahnte er den Allmächtigen wortlos. »Denn das Wasser steht uns schon bis zum Hals...«

Die Frau an der Tür brach aufs Neue in Tränen aus, und Reb Menachem Mendel wartete, bis sie sich wieder fasste. Er sagte:

»Zu Ehren des Feiertags wird sich der Kranke erholen.«

»Rabbi, krank ist keiner«, keuchte Keila.

»Wie? Was denn dann?«

Reb Mendel warf einen erstaunten Blick zur Seite und sah eine junge Frau, eine Jungfer oder vielleicht eine junge Ehefrau. Schnell wendete er den Blick wieder ab.

»Was ist es?«

»Rabbi, ich möchte eine gute Tat tun!«, stieß Keila weinend hervor.

»Eine gute Tat? Wenn du das willst, warum weinst du? Es fehlt nicht an Gelegenheiten, gute Taten zu tun, Gott sei gelobt.«

»Rabbi, was soll ich tun?«

»Frag den Allmächtigen. Gib eine Spende. Mit ein paar Groschen kannst du einen Menschen am Leben erhalten.

Die Not ist groß. Es gibt Juden in dieser Straße, die den Feiertag nicht begehen können.«

»Rabbi, ich habe gesündigt. Ich möchte eine große gute Tat tun...«

»Wenn man gesündigt hat, muss man Buße tun.«

»Was ist das?«

»Du musst bereuen, was du getan hast, und entschlossen sein, nie wieder zu sündigen. Der Allmächtige ist ein barmherziger Gott. Wenn du von ganzem Herzen bereust, vergibt Er.«

»Oh, Rabbi!«

Und Keila schluchzte keuchend und würgte, als hätte sie sich verschluckt.

Nach einer Weile stieß sie hervor:

»Was soll ich tun?«

»Was bist du? Eine Jungfer? Eine verheiratete Frau?«, fragte Reb Menachem Mendel.

»Eine von der Straße.«

Reb Mendel schwieg lange. Er strich sich den Bart und dachte nach. Er hörte, wie die junge Frau an der Tür mit den Tränen kämpfte. Schließlich sagte er:

»Reue hilft immer. Auch der übelste Schuft darf auf Barmherzigkeit hoffen, wenn er sieht, dass er gegen das Gebot des Allmächtigen verstoßen hat, und wenn er bereut, dann nimmt der Himmel seine Reue an. Es ist nicht leicht. Du musst Buße tun, fasten, Almosen spenden, beten und Psalmen sagen. Kannst du beten?«

»Nein, das kann ich nicht. Mein Vater war ein frommer Jude, ein Schammes, aber ich bin vom rechten Pfad abgekommen und –«

Ihr versagte die Stimme. Reb Menachem Mendel zog die Brauen hoch.

»Für Reue ist es nie zu spät. Auch wenn du, Gott behüte, schon auf dem Totenbett liegst, kannst du noch bereuen. Aber besser ist es, die Dinge früher in Ordnung zu bringen. Wenn du dich gegen den Allmächtigen stellst, bist du mit Mängeln behaftet, deine Seele ist besudelt, und wenn ein Kleidungsstück besudelt ist, muss es gewaschen, gereinigt werden –«

»Ja, ja, Rabbi!«

»Du weinst. Das zeigt, dass du deine Missetaten von ganzem Herzen und mit ganzer Seele bereust. Fang gleich heute an, dich zu bessern, gleich jetzt.«

»Rabbi, was soll ich tun?«

»Sie meint es ernst«, dachte Reb Menachem Mendel. »Eine arme Seele, die sich verderblichen Leidenschaften hingab...«

Laut sagte er:

»Gerade habe ich an etwas gedacht. Hier im Hof wohnt ein Schneider, Reb Schmerl, der jetzt krank ist, mögest du davon verschont bleiben. Er ist ein Witwer und arm. Jedes Jahr hat er in meiner Sukka gesessen. Sie wollten ihn ins Hospital bringen, aber er war dagegen, weil er fürchtet, dass das Essen dort nicht koscher ist. Ich habe ihm gesagt, er solle gehen, denn ein Leben zu retten ist wichtiger als fast alle Gebote, aber er war starrköpfig. Ein frommer Jude, aber das Gesetz kennt er nicht. Jedenfalls liegt er da ganz allein und hat niemanden, der sich um ihn kümmert. Meine Frau und meine Tochter bringen ihm, was immer sie können, aber am Vorabend des Feiertages sind die Frauen sehr beschäftigt. Geh du hin und hilf ihm, so gut du kannst. Kranke zu besuchen ist eine große gute Tat. Es heißt, es sei eine der guten Taten, die auf Erden Früchte tragen und im Jenseits belohnt werden.«

»Wo wohnt der Mann, Rabbi?«

»Hier im Hof, oben unterm Dach. Jeder kennt ihn – Reb Schmerl, den Schneider.«

»Rabbi, ich möchte Euch etwas geben!«

»Mir? Gott behüte. Ich bin nicht reich, aber die Leute in der Straße bezahlen mich wöchentlich. Wir haben es geschafft, einen Feiertag zu begehen, Gott sei gepriesen.«

»Ehrwürdiger Rabbi, ich möchte Euch die Füße küssen!«

Keila warf sich zu Boden. Mit ganz ungewöhnlicher Hast griff sie nach Menachem Mendels Fuß und begann, seinen Pantoffel zu küssen. Reb Menachem Mendel zitterte. Er riss sich los, starrte zur Tür, als wolle er die Flucht ergreifen, und rief:

»Was tust du? Das ist nicht jüdisch! Wir Juden sind die Sklaven des Allmächtigen, nicht Sklaven von Sklaven … Steh auf! Steh auf!«

»Du Heiliger, tritt mich mit Füßen! Spei mich an!«

»Nein, nein, nein! So geht das nicht! Steh augenblicklich auf!«, befahl Reb Menachem Mendel.

In seiner Not lehnte er sich gegen das Stehpult, und die Sukkot-Gemara fiel herunter, mitsamt Schreibfeder, Tinte und Pfeife. Den Krach hörte man in der Küche, und die Rebbezin stürzte ins Zimmer. Sie war dünn und blass, hatte ein schmales Gesicht, eine blonde Perücke, und sie trug ein langes weites Gewand, das bis auf die Schuhspitzen reichte. Hinter ihr kam Zirele, die Tochter, ein schlankes Mädchen mit braunem Haar und rosigen Wangen. Keila war wie geblendet vom ihrem Anblick. Sie trug eine rosa Bluse und ein engeres Kleid als ihre Mutter. Nach einer Weile kam auch Bunem, Reb Menachem Mendels unverheirateter Sohn. Er war größer als die anderen. Keila war aufgestanden und breitete die Arme aus, als wollte sie alle umfangen. Die Rebbezin fragte:

»Was geht hier vor? Wer hat die Tinte verschüttet?«

»Mama, das ist die Rote Keila!«, rief Zirele.

»Wer ist die Rote Keila? Was ist das für ein Durcheinander hier?«

Zirele zog die Mutter zu sich und flüsterte ihr etwas ins Ohr. Bunem hörte auf, die heruntergefallenen Gegenstände aufzusammeln. Keila versuchte, sich zu bücken und ihm zu helfen, aber Bunem hinderte sie daran, wie um ihre Höflichkeit abzufangen.

Die Rebbezin wurde ärgerlich.

»Was soll das?«, fragte sie. »Es ist der Vorabend eines Feiertages. Ich habe ein Krachen gehört und dachte, du wärst gefallen, Gott behüte«, sagte sie zu Reb Menachem Mendel gewandt. »Der Boden wurde gerade geputzt, und schon wieder ist alles schmutzig ... «

Die Rebbezin funkelte die Rote Keila mit ihren großen grauen Augen an. Sie verzog das Gesicht vor Abscheu. Nicht zum ersten Mal hatte sie Huren im Haus. Sie kamen alle mit derselben Frage: Wann sollten sie die Gedenktage ihrer Toten begehen? Aber immer standen sie in Schals gehüllt demütig an der Türschwelle, während der Rabbi in seinem Kalender nachsah und ihnen Antwort auf die Frage gab.

Diese rothaarige Hure stand ganz zerzaust in einem kurzen Kleid und mit roten Flecken im Gesicht direkt neben Reb Menachem Mendel. Offenbar hatte es ihr die Sprache verschlagen, sie bewegte die Lippen und versuchte, etwas zu murmeln, aber kein Ton kam heraus.

Reb Menachem Mendel sagte: »Sei nicht ärgerlich, Scheba. Sie ist eine brave jüdische Tochter. Sie möchte Buße tun. Reue hilft immer.«

»Heilige Rebbezin, vergebt mir«, rief Keila. Sie fing wieder an zu weinen. Ihr Gesicht verzerrte sich, und ihre Augen flossen über von Tränen, groß wie Mondbohnen. Aus ihrem Mund kam ein angstvoller Ton wie der einer Maus in den Klauen einer Katze. Zirele wich zurück. Reb Menachem Mendel taumelte. Bunem trat auf ihn zu, um ihn zu stützen und vor dem Fallen zu bewahren. Die Rebbezin sagte:

»Reue ist sicherlich gut, aber man muss nicht das Haus zertrümmern.«

Und auch sie begann zu wanken, so dass Zirele sie am Arm festhalten musste.

3.

Auf dem Weg nach draußen fragte Keila Bunem, an welchem Aufgang der Schneider Schmerl wohne. Die Rebbezin und Zirele waren beim Rabbi in seiner Studierstube geblieben, aber Bunem hatte sich wieder in die Küche zurückgezogen, wo er in ein Buch starrte. Jetzt stand er auf und sagte:

»Ich zeige es Ihnen.«

Er ging mit Keila die Treppen zum Tor hinunter. Sie hatte sich die Tränen aus dem Gesicht gewischt und konnte ihn jetzt besser sehen – groß, schlank, weißes Gesicht und blonde gestutzte Schläfenlocken. Er hatte blaue Augen und war gekleidet wie ein Chassid, trug einen geschlitzten Kaftan und eine Tuchmütze, aber außerdem eine schwarze Krawatte. Er hatte es so eilig, ihr Schmerls Aufgang zu zeigen, dass er darüber vergessen hatte, das Buch wegzulegen. Keila sah lateinische Buchstaben auf dem Einband.

Als er mit ihr die Treppe hinunterging, sagte der junge Mann:

»Dieser Schmerl ist ein Idiot. Er hat Typhus. Sie wollten ihn ins jüdische Hospital bringen, aber er hatte Angst, dass das Essen dort nicht streng koscher ist. Hier wird niemand bei ihm wachen, und sein Fanatismus kann ihn umbringen. Ein Haufen Idioten, diese Fanatiker.«

»Typhus?«, wiederholte Keila.

»Ja, Typhus. Man kann sich leicht infizieren, seien Sie vorsichtig.«

Der junge Mann sprach jiddisch, aber Keila verstand nicht alles, was er sagte. Wörter wie »Fanatiker«, »Idioten« oder »infizieren« hatte sie noch nie gehört. In den Bordellen sagte man, eine Syphilis oder Gonorrhoe erwischen, aber hier draußen wurde das polnische Wort »zarazić«, »infizieren«, benutzt.

»Was für ein lieber höflicher Junge, der Augapfel seiner Mutter«, dachte Keila. »Und so gebildet. Könnt ich doch der Retter seines kleinsten Fingernagels sein...«

Wieder wollten ihr die Tränen kommen. Hätte sie sich nicht mit Zuhältern eingelassen, wäre sie vielleicht auch eine Mutter geworden und hätte Kinder wie ihn und seine Schwester großziehen können.

Dieser Hof war wie der in Nummer 8 voller Sukkes, aber hier wirkten sie stabiler und weniger zusammengestoppelt. Keila fragte den jungen Mann:

»Wie heißt Ihr?«

»Bunem.«

»Bunem, ach was? Ich hatte einen Vetter mit Namen Bunem. Was macht Ihr? Studiert Ihr in der Synagoge?«

»Im Lehrhaus. Zu Hause.«

»Ist das ein polnisches Buch?«

»Ein russisches.«

»Könnt Ihr Russisch?«

»Von allein kann man nichts. Man muss alles lernen.«

»Möchtet Ihr ein Rabbi werden?«

»Nein. Wozu? Es gibt schon zu viele Rabbiner. Jeder dritte Jude ist Rabbi. Ich möchte etwas für mich und für die Gesellschaft Sinnvolles tun.«

»Was möchtet Ihr werden?«

»Ach, das weiß ich selbst noch nicht. Die Russen erlauben Juden keine Ausbildung. Jüdische Kinder dürfen nicht aufs Gymnasium und erst recht nicht auf die Universität. Ich würde gern studieren, aber dazu muss man ins Ausland. Ich habe mal daran gedacht, nach Palästina zu gehen.«

»Wo ist das? In Amerika?«

»Palästina ist das Land Israel. Es gibt dort jetzt jüdische Siedlungen. Juden bearbeiten den Boden, pflügen, säen, bauen Wein an. Dort führt man ein normales Leben, hängt nicht in der Luft so wie hier ...«

»Er weiß wohl nicht, wer ich bin, Er spricht mit mir wie mit seinesgleichen«, dachte Keila. »Oh, ich könnte ihn küssen, überall ...«

Ein ganz ungewohntes Gefühl von Minderwertigkeit überkam sie. Es war, als hätte sie bis jetzt nicht gewusst, wie tief sie gesunken war. Wieder konnte sie kaum die Tränen zurückhalten. Im Hof angekommen, fragte der junge Mann:

»Welcher Beschäftigung gehen Sie nach?«

Keila verstand nicht recht, was das Wort bedeutete. Er redete so seltsam. Nach einer Weile fragte er nach:

»Was machen Sie?«

Ein Kloß steckte in Keilas Hals, und ihre Augen schwammen wieder in Tränen. Sie zögerte einen Moment, platzte dann heraus:

»Ich lebe in Schande!«

Und sie hastete durch die Tür, die Bunem ihr gezeigt hatte. Sie rannte treppauf, als hätte sie Angst, dass der junge Mann ihr folgen könnte. In allen Stockwerken standen die Türen offen. Heraus drang der Geruch von Brühen, Geschmortem, frisch gebackenen Keksen, Farfel und Karotten. Die Frauen kochten für den Feiertag, und die Männer arbeiteten weiter, hämmerten, sägten, feilten, ließen Maschinen laufen. Mit dem Essensgeruch vermischte sich der Gestank von Leim, Leder, Maschinenöl. Je weiter Keila nach oben stieg, desto ärmlicher kamen ihr die Türen, die Zimmer, die Möbel vor. Wiegen knarrten. Kleinkinder schrien, und ihre Mütter beruhigten sie mit Schlafliedern und ärgerlichen Worten: »Schlaf! Liu-liu-liu! Ah … ah … ah«. Eine ungeduldige Mutter versuchte es sogar mit einem Fluch:

»Schlaf, du Balg. Ausgelöscht sein soll die Erinnerung an dich!«

Diesen Ausdruck hatte Keila schon lange nicht mehr gehört. In dem Teil des Gebäudes, in dem sie und Jarmy wohnte, lebten auch andere Paare – Pförtner, Hühnerschwenker, Gänsehändler.

»Die Leute hier haben ein Zuhause und kennen sich aus mit Schabbes und Feiertagen«, sagte sich Keila.

Aus Versehen trat sie einer Katze auf den Schwanz, und das Tier jaulte auf und lief weg. Kurz danach kam Keila im Dachgeschoss an. Die Türen der Dachkammern standen offen, bis auf eine, die zur Kammer von Schmerl dem Schneider, vermutete Keila. Sie wollte ihr Haar in Ordnung bringen, hatte aber die Tasche mit dem Kamm nicht bei sich.

»Was ist heute los mit mir?«, fragte sie sich.

Eine heftige Liebe zum Sohn des Rabbis, zu Bunem, der so vertrauensvoll mit ihr gesprochen hatte, überschwemmte sie. Seine männliche Stimme klang ihr noch in den Ohren. Sie schämte sich, weil sie ihn im Hof hatte stehen lassen, ohne ihm zu danken. In wenigen Minuten hatte er ihr Dinge erzählt, von denen sie noch nie gehört hatte. Und sein Vater, der fromme Jude, hatte ihr Hoffnung gemacht. Es war nie zu spät, zu Gott zurückzukehren. Sie musste nur mildtätig sein und fasten.

Keila stieß die Tür auf. Gestank stieg ihr in die Nase. Die Dachkammer war eng, hatte eine schräge Decke und hoch oben eine staubige, verschmierte Luke. An der Wand hingen halbfertige Kaftane, Hosen, Westen, Spenzer. Aus manchen quoll Watte heraus, aus anderen Futterstoff. In einem Bett mit verschmutztem Bettzeug lag ein kleiner Mann mit Kippa. Er hatte glühende Wangen, platt gedrückte Schläfenlocken und einen zerrauften Bart, der aussah wie fauliges Stroh. Seine gelben Augen richteten sich auf Keila. Er trug ein Hemd mit Blutflecken, als habe er Nasenbluten gehabt. Auf einem eisernen Ofen mit einem zur Decke reichenden Rohr standen Töpfe mit Essensresten, Schüsseln, Teller, Gläser. Die Stube stank nach Kot und Urin. Der kleine Mann schrie:

»Was willst du? Mach die Tür zu!«

»Hundeelend, aber kreischt, als ginge es ihm gut«, dachte Keila.

Laut sagte sie: »Sind Sie der Schneider Schmerl?«

»Was willst du?«

»Der Rabbi, dieser fromme Jude, hat gesagt, Sie sind krank und brauchen Pflege.«

»Was? Alle haben sie mich vergessen. Lassen mich hier liegen, ohne ein Löffelchen warmes Wasser. Ich sterbe hier, und kein Hahn kräht danach.«

»Ich helfe.«

»Wie kannst du mir helfen? Die Nachbarn sind alle übel. Der Vermieter will mich rauswerfen und die Wohnung an einen Schuster vermieten. Der Gerichtsvollzieher ist gekommen und hat eine Liste von meiner Habe gemacht. Wenn der Rabbi und die Rebbezin nicht wären, hätte ich schon längst den Geist aufgegeben. Wer bist du? Du kommst mir bekannt vor. Bist du eine von der Straße?«

Keila gab keine Antwort.

»Eine von denen, stimmt doch, oder? Ja, ich kenne dich. Raus hier, auf der Stelle! Hure! Schlampe!«

Der Kranke brüllte mit kräftiger Stimme. Er setzte sich hastig auf, und Keila zog sich zur Tür zurück.

»Der fromme Jude hat mich geschickt. Er weiß, was ich bin. Ich möchte wieder eine jüdische Tochter werden.«

»Hä? Solche wie du plündern das Haus aus… Keiner traut sich zu sein, wo du bist!«

»Der Rabbi hat mich geschickt –!«

»Raus, du Hure!«

Mit diesen Worten schlug der Kranke die Decken zur Seite, sprang aus dem Bett, im Hemd, unter dem krumme, dicht mit gelben Haaren bewachsene Beine hervorkamen. Er brüllte Worte, die Keila nicht verstand. Er stieß und schob sie rückwärts, riss die Tür auf und warf sie mit solcher Wucht hinaus, dass sie hintenüberfiel, und knallte die Tür zu.

»Er hat mir die Knochen gebrochen«, murmelte Keila.

Den Krach hatten offenbar Nachbarn gehört, denn Männer, Frauen und Kinder kamen angelaufen. Keila lag längelang da, mit den Beinen auf dem Boden und dem Kopf auf der Treppe. Sie hoben sie auf und setzten sie hin. Sie hörte jemanden sagen:

»Er hat 42 Grad Fieber.«

»Das muss die Krise sein«, warf eine Frau ein.

»Sieh mal, das ist die Rote Keila«, rief ein junger Mann.

Jemand brachte einen Krug Wasser und gab Keila etwas zu trinken. Gefragt, was sie hier zu tun habe, antwortete sie, der Rabbi habe sie geschickt, sich um den Kranken zu kümmern.

»Ich möchte wieder eine jüdische Tochter sein«, erklärte sie. Sie wurde auf die Füße gestellt, und man tastete ihre Arme und Beine ab, um zu prüfen, ob etwas gebrochen war. Sie sollte den Kopf beugen.

»Oh, ein Wunder vom Himmel«, sagte die Frau.

Plötzlich tauchte Bunem auf, der Sohn des Rabbis.

»Was ist denn hier los?«, fragte er.

»Leute, das ist der Sohn des Rabbis. Er ist Zeuge, dass der heilige Jude mich hierhergeschickt hat. Sagt es ihnen! Sagt es doch!«, schrie Keila.

Ihre Stimme brach, sie konnte nur noch heulen. Sie begann sich zu winden und zu würgen.

Bunem sagte: »Das stimmt, Vater hat sie hierhergeschickt, sie sollte eine gute Tat tun und dem Schneider Schmerl helfen. Was ist passiert?«

»Wenn er mich jetzt nicht umgebracht hat, dann werd ich schon ewig leben«, sagte Keila in einem Singsang. »Wie ein Mörder ist er auf mich losgegangen!«

Jetzt redeten alle Nachbarn auf einmal. Die Frau, die vom Fieber des Patienten gewusst hatte, wiederholte:

»Das muss die Krise sein.«

»Er muss sofort ins Hospital gebracht werden«, sagte Bunem zu allen und keinem.

»Das muss ein Polizist organisieren.«

4.

Ein Nachbar lief hinaus, um einen Polizisten zu finden, der den Krankenwagen mit dem Notarzt rufen konnte, aber er kam nicht zurück. Die anderen Nachbarn gingen wieder in ihre Wohnungen und machten die Türen zu, als wollten sie zeigen, dass die Sache für sie erledigt war. Bunem stand auf dem Treppenabsatz zwischen den Stockwerken und wartete.

Keila klagte:

»Ich muss Gott danken, dass er mich nicht auf der Stelle umgebracht hat. Wie kann ein Kranker solche Kraft haben? Es muss das Fieber gewesen sein. Was mache ich denn jetzt? Ich hab schon gedacht, jetzt hätten meine Sorgen ein Ende. Gott hat geholfen, und ich habe geheiratet. Mein Ehemann heißt Jarmy. Vielleicht kennt Ihr ihn. Jetzt ist so ein Höllenhund aus Buenos Aires gekommen und will mich wieder in die Gosse zerren. Meinen Mann hat er auch schon durcheinandergebracht.«

»Was will er denn?«, fragte Bunem.

»Dass ich beiden gehören soll. So was hört man nicht mal von Schweineschlachtern.«

»Was ist er? Ein Zuhälter?«

»Sie wollten mich an einen alten Mann aus Russland verschachern. Der ist krank geworden und wurde in ein Spital gebracht. Sie haben sein Testament gefälscht. Vielleicht wollen sie ihn auch vergiften – wer weiß? Ich bin, was ich bin, aber wer einen Menschen umbringt, den straft Gott. Jom Kippur ist für mich ein heiliger Tag. Aber dieser Max ist gekommen und über mich hergefallen wie ein Tier. Und Jarmy stört das nicht, sagt er jetzt. Sie wollen mich übers Meer irgendwohin lotsen und zur Puffmutter machen.«

»Fliehen Sie wie vor einem Feuer!«

»Wie denn? Ich habe einen gelben Pass. Mit so einem Pass darf man nicht reisen. Wenn ein Polizist mich damit sieht, bringt er mich sofort ins Gefängnis.«

»Fliehen Sie nach Amerika. Dort ist eine neue Welt.«

»Mit meinem Pass lassen die mich nicht an Bord.«

»Sie brauchen keinen Pass. Wenn Sie sich über die Grenze schmuggeln können, lässt man Sie ohne Pass an Bord. Man braucht nur Geld für die Überfahrt. Haben Sie etwas Geld?«

»Ich habe 300 Rubel. Das weiß keiner, auch Jarmy nicht. Ich habe gespart, damit genug Geld für eine Grabstelle und Leichentücher da ist, falls ich sterbe … ich will ja nicht nackt im Grab liegen.«

»Noch sterben Sie nicht. Sie sind jung und frisch.«

»Niemand weiß, was morgen mit ihm ist. Der Leichenwagen kommt jeden Tag vorbei. Junge Leute fallen um, und ehe man sich versieht, ist alles vorbei. Was kostet die Überfahrt nach Amerika?«

»Fünfzig Rubel, oder höchstens hundert.«

»Ach, ich dachte, ich wäre schon auf dem Weg zur Rettung! Alle haben mich beneidet. Nicht eine unter tausend von unserer Sorte heiratet. Und jetzt ist dieser Lahme Max gekommen – so wird er genannt –, und ich bin wieder auf der Straße. Sie wollen mir etwas in den Arm ritzen, zum Zeichen, dass ich ihnen gehöre. So was geht nie mehr ab. Mit dem Zeichen auf meiner Haut kann ich kein jüdisches Begräbnis haben.«

»Warum reden Sie ständig von Begräbnissen? Sie fangen doch erst an zu leben.«

»Wo soll ich hin? Was soll ich tun? Wenn sie herausfinden, dass ich beim Rabbi war und ihm alles verraten habe, brechen sie mir die Rippen. Wo kauft man eine Fahrkarte für das Schiff? Wo ist die Grenze? Wo liegt das Schiff? Wenn man ins Wasser fällt und von den Fischen gefressen wird, kann man nicht wieder auferstehen.«

Bunem lächelte.

»Woher wissen Sie all das?«

»Oh, ich weiß es. Ich bin ein Mensch, kein Tier. Als ich noch in der Tamka-Straße war, kam mal ein gebildeter Mann – kein Kunde, sondern ein Händler, der Hemden, Westen, Unterhosen, Strümpfe verkaufte, alles auf Kredit. Der konnte schreiben und schrieb für die Mädchen Briefe. Er hat uns von der Gehenna, dem Paradies und so erzählt. Steht alles in den heiligen Büchern geschrieben.«

»Nicht alles, was da steht, ist wahr.«

»Was weiß denn ich? Wenn du nicht lesen und schreiben kannst, bist du blind. Schon dass Ihr Euch die Zeit genommen habt, mit mir zu sprechen, das ist, als hättet Ihr mir eine Krone aufgesetzt. Die Nachbarn horchen schon. Jedes Mal geht eine andere Tür auf. Sie werden über Euch klatschen wollen, aber ...«

»Sollen sie doch klatschen. Ich habe vor niemandem Angst.«

»Mein Held, ich müsste Euch die Füße küssen! Ich bin eine gefallene Frau, geringer als der Staub der Erde. Der Händler, der in der Tamka-Straße für uns Briefe geschrieben hat, sagte, in alten Zeiten wurden Frauen wie ich gesteinigt. Man hat ihnen die Münder aufgerissen und heißes Blei reingegossen, das ihnen die Därme verbrannte. Ich möchte irgendwo anders übernachten, damit ich nicht zu den beiden zurückgehen muss, aber wer würde mich denn aufnehmen? Man muss sich überall ausweisen, und wenn ich den gelben Pass vorzeige, werde ich abgewiesen.«

Lange Zeit sprach keiner von beiden. Dann sagte Bunem:
»Vielleicht habe ich eine Lösung.«

»Wie sieht die aus?«

Bunem antwortete nicht gleich.

»Vater weiß es nicht, aber ich möchte Maler werden und habe einen Lehrer. Wie? Nein, nicht Wände anstreichen, sondern Porträts machen, Bilder von Bäumen, Feldern, Vögeln, von der Natur. Wenn die Maler eine Frau malen, brauchen sie ein Modell. Man muss den Menschen wieder und wieder ansehen. Wir sind eine Gruppe junger Maler, und wir sind eine freundliche Bande. Sie könnten unser Modell sein. Wir würden Sie malen.«

»Mich malen, wie denn?«

»Ein Bild von Ihnen machen. Bezahlen fürs Modellstehen können wir Sie nicht, wir haben kein Geld, aber einen Schlafplatz für Sie. Im Atelier steht eine Couch.«

»Wo ist das?«

»Twarda-Straße 1.«

»Oh, Euch hat Gott mir geschickt! Wenn die Polizei das mit dem alten Mann rausfindet, landen wir alle im Kittchen. Sergei Davidowitsch heißt der Alte, er ist ein reicher Mann. Und mit all den Großen auf Du und Du. Wie im Sprichwort: ›Die kleinen Diebe hängt man, die großen lässt man laufen.‹ Wie kann ich dahin kommen, wo sie die Porträts machen?«

»Auf der Straße darf man uns nicht zusammen sehen. Ich gehe zur Twarda 1 voraus und warte am Tor auf Sie. Kennen Sie den Weg?«

»Das kann man wohl sagen. Ich war eine Zeit lang in der Potocka, nicht weit von der Bonga, und bin jeden Tag dort vorbeigekommen. Vielleicht sollte ich schnell ein paar Sachen holen – Kleid, Jacke, Nachthemd? Auch eine Decke einpacken? Nein, damit wäre das Bündel zu dick.«

»Vielleicht nehmen Sie lieber eine Droschke?«

»Allein eine Droschke nehmen? Wenn die Flegel auf dem Platz das sehen, dass ich allein ohne Jarmy eine Droschke nehme, zerreißen sie sich das Maul. Ich gehe zu Fuß.«

»Wie viel Zeit brauchen Sie? Es ist der Vorabend von Sukkot, und ich muss in der Laubhütte zu Abend essen und all das.«

»Ich brauche nur eine Minute: Ich nehme einfach, was mir in die Hände kommt. Ihr und Euer Vater, Ihr seid Engel, keine Menschen. Ich wünschte, ich wär Euer Opfertier, dass Ihr mich mit den Füßen treten und in meinem Blut baden wolltet.«

»Juden baden nicht im Blut anderer. Wir Juden baden im eigenen Blut.«

»Ich weiß schon gar nicht mehr, was ich sage. Habt Ihr einen Schlüssel zu diesem Ort mit den Porträts?«

»Ja, ich habe einen.«

»Habt Ihr dort auch eine Sukka?«

»Eine Sukka? Nein. Wir essen nicht in Sukkes.«

»Warum nicht?«

»Ach, an solche Sachen glauben wir nicht«, sagte Bunem zögernd.

»Weil Ihr nicht an Gott glaubt?«

»An Gott glauben wir, aber nicht daran, dass Gott uns geboten hat, in einer Sukka zu essen.«

»Was hat er geboten?«

»Er gebietet gar nichts. Er schweigt.«

»Euer Vater, der fromme Heilige, hat gesagt, dass Gott vergibt.«

»Mein Vater ist nie oben im Himmel gewesen.«

»Ist Gott oben im Himmel?«

»Kann sein, kann auch nicht sein.«

»Ich will gehen. Wartet hier auf mich. Ich danke Euch tausend Mal. Ich werde Euch nie vergessen, bis sie mir die Scherben auf die Augen legen...«

5.

Auf dem Weg zur Twarda-Straße ging Bunem nicht, er rannte. Seine eigenen Gedanken liefen ihm nach.

»Was stimmt mit mir nicht? Warum lasse ich mich mit so einer Person ein?«

Im Haus würden sie ihn suchen und nicht finden können. Was sollte er Kliatchko und den anderen Malern erzählen? Und was Solcha? Wenn diese Zuhälter merkten, was er getan hatte, war sein Leben in Gefahr.

»Vater hat recht: Ich bin verrückt. Ich bin ein gewissenloser Abenteurer«, sagte sich Bunem.

Vielleicht war es immer noch Zeit, sich aus der Sache herauszuwinden? Vielleicht sollte er gar nicht erst zur Twarda-Straße gehen? Aber diese gedemütigte und niedergedrückte Frau umsonst warten zu lassen, wäre der Gipfel der Grausamkeit. Bunem hatte gelesen, dass für den Philosophen Schopenhauer Mitgefühl die Grundlage der Ethik war – nicht die Vernunft, wie Spinoza behauptete, sondern Mitleid mit allem, was lebte und litt.

»Ja, das ist es. Das ist der Grund, warum ich weder Sozialist noch Anarchist sein kann«, dachte er. »Ich kann nicht Mitleid empfinden und gleichzeitig Bomben werfen, die unschuldige Menschen zerreißen könnten. So gesehen ist wirklich jeder unschuldig.«

Er kam zum Hoftor der Twarda 1 und suchte sich einen Platz zum Warten. Er zog seine Nickeluhr aus der Tasche – der Uhrmacher Meir Joel Schwarzstein hatte sie ihm vor zwei Jahren zur Belohnung geschenkt, weil er fünfzig Seiten aus der Gemara auswendig hersagen konnte. Auf dem Deckblatt war eingraviert: »Für hervorragende Leistung beim Lernen.«

Bunem stand da und starrte vor sich hin. Juden gingen vorbei mit Palmzweigen und Etrogs, die sie im letzten Moment, am Vorabend des Feiertags gekauft hatten – Ladenhütern, nachdem die Reichen sich die schönsten Exemplare ausgesucht hatten. Die Leute eilten heim mit ihren Funden, die von weit her, aus Korfu, eingeführt worden waren. Im Hof der Twarda 1 war ein Basar, und Frauen boten Datteln und Äpfel, Birnen, Pflaumen und Trauben feil sowie Fleisch und Gemüse. Hinter dem Tor wurden Weißbrote und Korinthenkuchen verkauft. Mitten auf dem Markt standen Sukkes, und man arbeitete an den Silbertannenästen und schmückte die Laubhütten mit Papierlaternen, Girlanden und anderen zum Sukkot gehörenden Gegenständen. Wie seltsam, dass ein Volk, das schon seit zweitausend Jahren im Exil lebte, Vertreibungen, Inquisitionen, Kreuzigungen überlebt hatte und dessen Lebensraum auch im zwanzigsten Jahrhundert auf den Ansiedlungsrayon[1] beschränkt war, immer noch dermaßen er-

1 Der Ansiedlungsrayon war das Gebiet im europäischen Westen

geben einem Gott anhing, von dessen Existenz nicht die mindeste Spur zu finden war, und dass dieses Volk immer noch einem Gesetz folgte, das wer weiß wann von wer weiß wem in einem heiligen Buch niedergeschrieben worden war. Nun ja, aber andererseits existierte tatsächlich eine gewisse Kraft, ganz gleich, ob sie Gott, Natur, das Absolute oder wie auch immer genannt wurde. Nichts hatte sich selbst erschaffen. Aber wie war es entstanden? Durch die Evolution? Was war die Evolution? Und wer hatte die Evolution evolviert?

Bunem war noch keine zwanzig. Er war gerade erst neunzehn geworden, aber manchmal kam er sich wie ein alter Mann vor, weil ihm schon so viel durch den Kopf gegangen war. Er hatte angefangen zu philosophieren und Fragen zu stellen, noch bevor er in den Cheder ging. Seine Mutter hatte er mit Fragen gequält. Sowie er Lesen gelernt hatte und etwas Hebräisch verstand, stöberte er auf der Suche nach Antworten in philosophischen Werken, in chassidischen Büchern, in Texten der Kabbala. Mit zwölf Jahren hatte er schon nichtreligiöse Bücher, populäre Schriften und Broschüren mit Themen aus den Naturwissenschaften, der Geschichte, Geographie, Astronomie und Biologie gelesen.

Als er vierzehn war, erfasste ihn eine dermaßen heftige

des Russischen Kaiserreiches, auf das zwischen dem Ende des 18. und Anfang des 20. Jahrhunderts das Wohn- und Arbeitsrecht der jüdischen Bevölkerung beschränkt war.

Es erstreckte sich von der Ostsee bis zum Schwarzen Meer und umfasste mehr als eine Million Quadratkilometer. Ende des 19. Jahrhunderts lebten beinahe fünf Millionen Juden dort, die knapp zwölf Prozent der Bevölkerung ausmachten.

Leidenschaft für das weibliche Geschlecht, dass das Blut in seinen Adern buchstäblich brodelte. Er las die jiddischen Autoren, die hebräischen Autoren, Übersetzungen aus anderen Sprachen. Ob er schlief oder wachte, ständig schwirrte ihm der Kopf vor Fantasiebildern, die ihn beschämten und erschreckten. Der böse Geist oder wer immer über solche Triebe herrschte, sparte nicht einmal Bunems Mutter und Schwester aus. Einige Zeit später begann Bunem dann mit dem Malen, versuchte zu schreiben, wollte als Externer einen Schulabschluss machen, plante, an einer Universität im Ausland zu studieren.

Er hatte den Bildhauer Abraham Kliatchko kennengelernt, der sein Lehrer geworden war und ihm einen Platz in seinem Atelier eingeräumt hatte. Heimlich und ohne dass seine Eltern es erfuhren, hatte Bunem sich in der Wałowa-Straße einen Anzug und einen Hut gekauft, die er im Atelier aufbewahrte und anzog, wenn er mit Solcha ins Theater oder in eine Bibliothek ging. Er führte ein konspiratives Leben, so wie die Nihilisten, Narodniki oder Sozialisten, die er aus Büchern kannte. Aber etwas Konkretes hatte sich aus all seinen Anstrengungen und Mühen nicht ergeben – weder in der Malerei noch der Schriftstellerei, nicht einmal in der Liebe. Solcha hielt sich zwar für eine Anarchistin und verkündete die freie Liebe, aber nur in der Theorie. Bunem spielte häufig mit dem Gedanken, zu einer Hure zu gehen. In der Krochmalna waren sie leicht zu finden. Aber er konnte sich nie entschließen, es wirklich zu tun. Abraham Kliatchko hatte ihm eine Broschüre gegeben, in der die Gefahren von Geschlechtskrankheiten beschrieben wurden. Auf den Straßen konnte man Leute mit abgefaulten Nasen herumlaufen sehen, und ein Gamaschenmacher, der an chronischer Gonorrhoe litt, hatte sich das Leben genommen.

Bunem wartete schon seit einer dreiviertel Stunde am Tor, aber Keila war immer noch nicht da. Womöglich hatte sie sich die Sache anders überlegt, vermutete er. Frauen ihrer Art ließen sich ganz und gar von ihren Stimmungen leiten. In gewisser Weise bestätigten sie damit Spinozas Ethik, die Bunem in der Übersetzung von Dr. Rubin gelesen hatte.

»Ich warte noch fünf Minuten«, beschloss er.

Er holte seine Uhr heraus und entschied, er würde gehen, falls Keila immer noch nicht aufgetaucht war, wenn der große Zeiger die Ziffer 3 erreichte. Er blickte auf und sah Keila. Sie war bepackt mit Korb und Bündel, wie bei einem Umzug. Sie sah bleich und verschwitzt aus, kam zu ihm und fragte:

»Wartet Ihr schon lange?«

»Na ja, macht nichts.«

»Ich musste ein Kleid holen, Unterwäsche und dies und das.«

»Ja, das verstehe ich.«

Sie traten in einen weiten Hof, der wie ein Basar war, voller Läden, Buden, Pferde und Wagen. Waren aller Art wurden hier verkauft: Grütze, Bohnen, Obst, Käse, Eier, sogar Möbel, Schuhe und Kurzwaren. Der Eingang zum Atelier lag am Ende des Hofs. Bunem und Keila stiegen die fünf Treppen hoch. Er schloss eine Tür auf, und Keila sah einen großen Raum voller Figuren, manche aus Ton, andere aus Gips, fast alle waren nackte Frauen mit bloßen Brüsten. Hier und da stand eine in einen Sack gehüllte Statue. Keila sagte:

»Oh, das ist ja so voll mit Jesussen wie ein christlicher Friedhof.«

»Das sind Skulpturen, keine Jesusse. Kommen Sie. Da ist noch ein anderes Zimmer.«

Er führte sie in ein Gelass, in dem Büchsen mit Terpentin standen. Auf einer Couch lagen Leinwände, Papier, Paletten mit Farbresten, Pinsel, Bücher, Lappen.

Bunem sagte:

»Hier ist es. Nachts können Sie sich ein Bett richten. Irgendwo müssten ein Kissen und eine Decke sein. Heute, vor dem Feiertag, wird wahrscheinlich niemand kommen. Sie können hier schlafen.«

»Alleine? Da hab ich Angst.«

»Vor wem haben Sie Angst?«

»Vor den Jesussen.«

»Tonfiguren können Ihnen nichts tun.«

»Ich habe Angst allein. Wie in einer Kirche ist es hier.«

»Ich muss fort. Wenn Sie Angst haben, sollten Sie wieder zu Ihrem Jarmy gehen.«

»Der kommt wahrscheinlich zurück, und wenn er sieht, dass ich weg bin und ein paar Sachen mitgenommen habe, wird er wütend. Wenn der Lahme Max mit ihm kommt, ist die Hölle los. Wo sind die anderen? Ihr habt mir vorhin erzählt, da wären – jetzt habe ich die Namen schon wieder vergessen –«

»Bildhauer, Maler. Die wohnen hier nicht, sie arbeiten hier nur. Vielleicht kommen sie morgen.«

»Was soll ich ihnen dann sagen? Die werden denken, ich will hier was klauen.«

»Sagen Sie, dass ich Sie hierhergebracht habe und dass Sie ein Modell sein möchten.«

»Das kann ich mir nicht merken. Was ist ein Modell? Wartet, ich hab eine Flasche Wodka mitgebracht. Ich habe Angst, ich habe Euch ganz umsonst mit reingeritten. Ich muss was trinken, oder –«

Keila knotete das Bündel auf und holte eine dreiviertelvolle Flasche Wodka heraus.

»Ein Glas sehe ich hier nicht. Ich trinke aus der Flasche.«

Sie setzte die Flasche an den Mund, und man hörte es gurgeln und gluckern. Ihr Gesicht lief rot an, die Augen schienen größer zu werden und blitzten.

Sie trank und hielt den Blick auf Bunem gerichtet.

Er sagte:

»Nicht so viel. Sonst verbrennen Sie sich die Därme.«

Keilas Augen lachten.

»In mir ist sowieso schon alles ausgebrannt. Komm, ich muss dich küssen.«

Sie schleuderte die Flasche weg wie Bauern in einer Kneipe, sprang nach vorn, nahm ihn in die Arme und drückte ihn mit aller Kraft an sich. Er wurde rot vor Scham und gleich darauf blass vor Lust. Teils entzog er sich, teils zog er sie an sich. Sie küsste ihn mit Leidenschaft, und der Wodkageruch berauschte ihn. Er wusste selbst nicht mehr, ob er sie auf das Sofa niedergeworfen hatte oder ob sie gefallen war und ihn mitgerissen hatte. Was zu tun war, wusste er auch nicht recht, und sie half ihm. Dabei rief sie laut:

»Mein Kind! Mein Großer! Nimm mich! Bring mich um! Mach mit mir, was du willst. Mein Gott! Bruder! Vater! Ich liebe dich. Ich will für dich sterben!«

Sie rief Gott an und plapperte Obszönes. Sie hob die Beine mit der Gelenkigkeit einer Akrobatin, wie die Mädchen, die in den Höfen Kunststücke vorführen, Purzelbäume schlagen,

Feuer schlucken, ein Fass auf den Fußsohlen balancieren und sich mit nacktem Rücken auf einem Nagelbrett ausstrecken. In einem Augenblick war er ein hilfloser Jeschiwa-Schüler, im nächsten wurde er selbst zum Schlangenmenschen und konnte sich drehen und wenden und seine eigenen Gelenke und die seiner Partnerin verrenken. Aus seinem Mund quoll ein Kauderwelsch aus Koseworten, Beteuerungen, Übertreibungen, das sogar ihn selbst verblüffte. Keilas Lustschreie waren so laut, dass er fürchtete, die Nachbarn würden sie hören und angelaufen kommen. Er hatte nicht einmal die Tür abgeschlossen. Freuden, die er sich seit Monaten und Jahren erträumt hatte, wurden jetzt innerhalb von Minuten wahr. In all seiner Leidenschaft war ihm aber klar, dass er sich bei dieser Hure die Syphilis holen konnte.

»Und wenn schon, ich bin ohnehin verloren«, dachte er.

Die Lust zu lachen überkam ihn.

»Wenn Vater das wüsste! Und Mutter! Und Zirele! Und Solcha! Ich bin schon wie der Häretiker Elischa ben Abuja[2]!«

Er hatte sie bereits besessen, aber begehrte sie weiter. Plötzlich kam eine Kraft über ihn, wie er sie sich selbst nie zugetraut hätte.

Keila umschlang ihn und schmiegte sich an ihn:

»Verlass mich nicht! Mein Tier! Mein Herrscher! Ich liebe dich, liebe dich, liebe dich! Spuck mich an! Bring mich um! Erwürg mich. Reiß mich in Stücke!«

---

2 Elischa ben Abuja (geb. vor 70), genannt »der Andere«, »der Abtrünnige«, ein Theoretiker und Häretiker, dessen Namen man nicht aussprechen wollte.

Er riss sich los und kam auf die Füße. Sie lag entblößt da, und er warf ihr ihre Unterhose zu.

»Bin ich jetzt glücklich?«, fragte er sich. »Bin ich unglücklich?«

Alles war zu schnell, zu abrupt passiert, und mit einer Hure, die sich bereits an jeden Trunkenbold, jeden Ausgestoßenen, jeden Aussätzigen verkauft hatte.

Die Uhr, die man ihm geschenkt hatte, weil er fünfzig Seiten aus der Gemara auswendig wusste, war auf den Boden gefallen und stehengeblieben. Bunem hob sie auf und hörte sich sagen:

»Du bist zu meinem Vater gekommen, um eine gute Tat zu tun.«

Keilas Augen funkelten vor Trunkenheit und Mutwillen:

»Dies ist die größte gute Tat für mich!«

Und sie streckte wieder die Arme nach ihm aus.

6.

Ist das Liebe? Wahnsinn?

In der Nacht war Bunem mit seinem Vater zum Sochacze-wer Bethaus gegangen, der Vater im Satinkaftan und Pelzhut, Bunem in einem seidenen Kaftan und einer Samtkappe. Aber er war nicht nur im Geist, sondern irgendwie auch leiblich noch immer im Atelier bei Keila. Als Vater und Sohn die Straße überquerten, wurden sie beinahe überfahren. Im Bethaus redeten die Jugendlichen mit Bunem, aber er hörte nicht, was sie sagten.

Wie jedes Jahr sprach Reb Menachem Mendel den Segen in der Sukka, ließ die Rebbezin und Zirele und auch die jüngeren Kinder einen Schluck aus dem Becher trinken. Bunem sagte den Segensspruch über seinen eigenen Becher, aber so leise, dass ihn niemand hörte und die anderen am Tisch nicht »Amen« sagen konnten.

Reb Menachem Mendel ärgerte sich über Bunem und machte kein Hehl daraus. Er wendete demonstrativ die Augen von ihm ab. Bunem saß unglücklich da. Er schöpfte einen Löffel Brühe und vergaß, ihn zum Mund zu führen. Blendende Lichtstreifen aus den Kerzenflammen trafen seine Augen, er stieß mit dem Kopf gegen eine Papierlaterne, die zu Ehren des Sukkot in der Laubhütte hing.

Gewöhnlich ging Bunem spät zu Bett, besonders am Sukkot, wenn der Vater in der Laubhütte schlief und Bunem der einzige erwachsene Mann im Haus war. Aber heute machte er sich sein Bett früh. Er legte den Kopf auf das Kissen, und in seinem Hirn wirbelten die Gedanken wild durcheinander. Er durchlebte alles noch einmal: wie Keila laut klagend und tränenüberströmt in das Arbeitszimmer seines Vaters einbrach, wie sie ihn nach dem Weg zur Wohnung des Schneiders Schmerl fragte, wie sie sich auf der Treppe unterhielten, wie er sich mit ihr am Tor traf, wie sie sich im Atelier betrank, wie sie ihm wüste Namen und Koseworte gab, wie sie ihn küsste und schrie, wie sie verlangte, dass er sie anspeien, beißen, würgen sollte. Er hatte nicht ein Mal, sondern wieder und wieder bei ihr gelegen und zwischen einem und dem nächsten Mal hatte sie ihn bedrängt, er solle mit ihr nach Amerika gehen, sie zu seiner Geliebten, seiner Ehefrau machen, ein Kind mit ihr haben oder sich einfach mit ihr zusammen in der Weichsel ertränken! Wie viel wirres Zeug hatte sie in diesen wenigen Stunden geredet! Ewige Treue hatte sie ihm geschworen, und er hatte geloben sollen, dass er sie nie verlassen würde. Schamlos prahlte sie mit den Freiern, die sie begehrt hatten und einen höheren Preis bezahlten, um sie zu besitzen; mit den Luden, die sich ihretwegen zerstritten hatten; mit dem Neid der anderen Huren, die ihr die Kleider zerrissen hatten; mit den zärtlichen Worten, die der alte Millionär Sergei Davidowitsch ihr gab, und mit dem, was er ihr versprochen hatte. Diese Prahlerei fand Bunem abstoßend, aber bald erregten ihre Worte in ihm neue Lust auf ihr Fleisch. Jetzt faselte sie von ihren verstorbenen Eltern, ihrer Angst vor Krankheit, von Gottes Strafe, Dämonen, Dibbuks und Kobolden, und gleich danach spie sie Obszönitäten aus, die einen Kosaken hätten erröten lassen. Als er ihr schließlich den Schlüssel gab und sich verabschiedete, lief sie ihm durchs ganze Treppenhaus nach, weinte hysterisch und drohte ihm, sie würde sich aus dem Fenster stürzen, wenn er nicht morgen wiederkäme.

Wie hatte nur so vieles in so kurzer Zeit über ihn hereinbrechen können, fragte sich Bunem. Er war zerrissen und ruhelos wie noch nie in seinem Leben. Halb wollte er sich die Erinnerung an diese Frau aus dem Gedächtnis reißen, halb sehnte er sich nach ihr. Konnte das Liebe sein? War es möglich, dass man sich in eine Hure verliebte, die jeder für ein paar Kopeken haben konnte? Wenn ja, dann war alles, was in den Romanen stand, eine einzige Lüge.

Nein, das Gefühl war nichts als Lust von der niedersten Sorte, entschied Bunem. Mag sein, aber hielten sich nicht Könige, Fürsten und Millionäre Huren und überschütteten sie mit Geld? Hatte nicht der große Jean-Jacques Rousseau mit solchen Frauen gelebt und ihnen gestattet, die Kinder im Stich zu lassen, die sie ihm geboren hatten?

Jedes Mal, wenn Bunem kurz vor dem Einschlafen war, schien ihn irgendetwas aufzuschrecken, so dass er wieder ganz wach wurde. Konnte er sie am Morgen im Atelier besuchen? Für den jetzt zu Ende gehenden Tag hatte er sich ein paar dumme Lügen ausgedacht, um zu entschuldigen, dass er das Haus vor dem Feiertag verließ und gerade noch rechtzeitig zum Kerzenanzünden wiederkam. Konnte er dasselbe am kommenden Tag wieder versuchen? Ausgeschlossen! Seine Mutter und Zirele neigten zu Hysterie. Alle paar Tage litt Zirele an Krämpfen, ihre Augenlider begannen zu flattern, und sie wurde ohnmächtig. Seit sie mit diesem Mordechai Zorah verlobt war, ließ sie keinen mehr zur Ruhe kommen. Mutter war ihretwegen so angegriffen, elend und reizbar, dass der Bader ihr Schlaftabletten verschreiben musste. Jetzt lag sie im Schlafzimmer und hüstelte oder seufzte hin und wieder. Sie war zu klug, um sich von Bunems halbherzigen Ausreden täuschen zu lassen. Sie würde es – Gott behüte – nicht ertragen, wenn er sich mit der Hure Keila einließ. Und was war mit Solcha? Hatte er ihr nicht Liebe und Treue geschworen....

»Ich muss schlafen! Frieden haben, im Nirwana versinken«, beschloss Bunem. »Mir vorstellen, ein Fakir zu sein, der gerade lebendig begraben wurde. Ich muss meine ganze Willenskraft einsetzen, um meine Atmung, meinen Puls zu verlangsamen und mich ganz Brahma anheimgeben oder Krishna oder wie immer sie ihre Götzen nennen.

Du bist frei von allen Gefühlen, Bunem, wieder vereint mit Mutter Erde, dem Universum, dem Absoluten. Deren Ziele sind deine Ziele. Kein Schmerz kann dich mehr erreichen, denn du bist eins mit dem Universum ...«

Er dämmerte ein. Dann schrak er auf, wie von einer spitzen Nadel gestochen.

»Ich muss ins Atelier und nachsehen, was sie dort tut«, sagte er sich. »Schließlich habe ich sie zu den Golems aus Lehm gebracht, vor denen sie sich so fürchtet, dass sie womöglich vor lauter Angst stirbt. Kliatchko kommt wahrscheinlich morgen und findet sie tot. Ich werde das Tor aufmachen. Irgendeinen Vorwand finde ich schon, und wenn nicht, ist es auch egal. Verrückt ist sowieso alles, aber vielleicht ist Verrücktheit der Kern des Daseins? Die Allmacht selbst mag verrückt sein und die Welten, die sie geschaffen hat, sind womöglich Früchte ihres Wahnsinns. Nicht das Wort war am Anfang, sondern der Wahn. Wie kommt es, dass noch kein Philosoph daran gedacht hat? ...«

Er schlief ein und träumte von Keila. Er öffnete die Augen, und der Morgen graute. Er ging zum Fenster und blickte hinaus. Die Straße war leer, vor den Schaufenstern waren alle Rollläden heruntergelassen. Eine Katze lief quer über die Fahrbahn. Die Vögel zwitscherten schon. Bunem zog sich schnell an. Er musste sich aus dem Haus stehlen, bevor seine Mutter und Zirele aufwachten. Die Tür öffnete er vorsichtig, damit sie nicht knarrte, und er stieg die Treppe hinunter. Das Hoftor war noch verschlossen, und durch einen Spalt in der Sukka konnte Bunem einen Blick auf seinen Vater erhaschen. Er lag ausgestreckt auf einer Pritsche, neben ihm stand eine Kupferkanne mit dem Wasser für die Morgenwaschung. Bunem konnte sich nicht erinnern, ob er seinen Vater je hatte schlafen sehen. Er studierte immer bis tief in die Nacht und stand vor den anderen in seinem Haushalt wieder auf. Aber hier lag er mit geschlossenen Augen in seinem Ritualgewand, auf dem Kopf eine Kippa. Sein Gesicht sah friedlich aus wie das eines schlafenden Kindes. Durch die Tannenzweige fielen die ersten Sonnenstrahlen und zeichneten ein rötliches Muster auf seine hohe Stirn. Seine Frau machte ihm oft Vorwürfe, weil er nicht wie andere ein Gemeinderabbiner in einer großen Stadt geworden war, sondern ein Nachbarschaftsberater in einer Armeleutestraße, aber der Rabbi antwortete ihr stets:

»Was macht es für einen Unterschied, wo du wohnst? Am Berg Sinai standen die Seelen aller Juden.«

Bunem ging schnell durch die Krochmalna und kam zur Gnojna. Diese Straße war breiter und offener als die Krochmalna, man konnte viel von dem Himmel sehen, der sich jetzt über den Zinndächern, den hohen Schornsteinen und gekrümmten Regenrinnen rötete. Ein Hausmeister kehrte mit einem langen Besen Pferdemist beiseite, er ruhte sich, auf seinen Besenstiel gestützt, einen Moment aus und sah Bunem nach, als frage er sich, wohin ein junger Chassid an einem Feiertag so früh und so eilig gehen mochte.

An der Grzybow fuhr eine Straßenbahn vorbei, ohne Passagiere, da Fahren an einem Feiertag verboten war und in dieser Gegend kaum Gojim wohnten. Der Fahrer und der Schaffner standen beisammen und unterhielten sich. Das Tor zur Twarda 1 war offen, und Bunem hastete mit solchem Tempo hindurch, als fürchte er, dass das Tor ihm vor der Nase zugeschlagen würde. Gestern hatte Hochbetrieb im Basar auf dem Hof geherrscht, aber heute breitete sich festliche Ruhe aus. Bunem betrat das Treppenhaus, das zu seinem Atelier führte.

»Ich will nicht rennen«, nahm er sich vor, »ich will nicht schweißgebadet oben ankommen.«

Aber sehr bald nahm er zwei Stufen auf einmal und lief, so schnell er konnte.

»Und wenn sie nun nicht mehr da ist?«

Womöglich war sie mit dem Schlüssel weggegangen … Vielleicht hatte sie sogar seinen Anzug gestohlen, dachte er und schämte sich seiner zwanghaften Ideen.

Er klopfte, aber niemand antwortete. War sie fort? Hatte sie sich erhängt? Am Ende hatte sie sich irgendeinen Rüpel von der Straße geholt, der jetzt mit ihr auf der Couch lag?

»Alles ist möglich, alles ist möglich«, redete er sich ein, um seinen hässlichen Verdacht zu rechtfertigen.

Er drückte gegen die Tür, und sie öffnete sich. Eilig durchquerte er das Atelier, und in der Tür, die zum Alkoven führte, stand Keila, vollständig angekleidet und mit dem Korb und dem Bündel, die sie am Tag zuvor getragen hatte, als sie sich am Tor getroffen hatten. Sie sah blass und zerzaust aus. Offenbar hatte sie ihn nicht kommen hören, denn sie schrie auf, als sie ihn sah.

Er fragte:

»Wo willst du hin? Warum bist du so früh schon angezogen? Was ist los mit dir?«

Keila sah ihn verwirrt an.

»Ich weiß nicht. Ich gehe, wohin mich die Füße tragen. Eine Nacht wie diese wünsch ich meinen schlimmsten Feinden nicht.«

»Hast du nicht geschlafen?«

»Kein Auge hab ich zugemacht. Wenn ich letzte Nacht nicht vor Angst gestorben bin, kann ich schon ewig leben.«

»Ich hab auch nicht geschlafen. Hab mir die ganze Nacht Sorgen um dich gemacht.«

»Was? Ich wollte das Gas anzünden, aber ich hatte keine Streichhölzer, konnte nicht mal eine Zigarette rauchen. Ich hab am Fenster gesessen, und der Mond schien über meinem Kopf. Ich dachte, ich wär schon im Himmel. Ich musste, wohin sogar der Zar zu Fuß geht, aber als ich in das große Zimmer kam und die Figuren gesehen hab, bin ich umgekehrt.

Die sind mir so lebendig vorgekommen. Mir war auf einmal eiskalt, wie im schlimmsten Frost...«

»Stell dein Gepäck ab. Die Nacht war nicht kalt. Mein Vater schläft in der Sukka.«

»Der fromme Jude? Oh, ich hab an ihn gedacht. Weil ich nicht schlafen konnte, ist mir lauter dummes Zeug durch den Kopf gegangen. Bunem, ich kann nicht mehr zu Jarmy zurück, aber allein sein kann ich auch nicht. Solche Gedanken haben mich überfallen, als wär ich schon meschugge. Ich hab gedacht, du würdest nicht wiederkommen und ich hätte alles nur geträumt.«

»Keila, ich liebe dich«, hörte er sich sagen.

»Bunemi, die ganze Nacht habe ich mir nur Sorgen um dich gemacht, ich konnte dich so deutlich vor mir sehen, als wärst du wirklich da. Ich hab deine Stimme gehört. Nimm mich. Ich gehör dir schon ganz und gar.«

Und Keila ließ Korb und Bündel fallen.

FÜNFTES KAPITEL

1.

Zwei Tage lang hatte es geschneit. Dann war der Frost gekommen. Der Frost reinigte die Straße, hüllte die Kloaken und die Misthaufen ein, polsterte die Balkone mit flaumigen Decken und Kissen, weißte die rostigen Dächer, füllte die Schlaglöcher im Straßenpflaster und auf den Gehwegen. Auf den Fenstern von Reb Menachem Mendels Wohnung blühten Eisblumen. Ihr Anblick inspirierte den Rabbi in jedem Jahr zum gleichen Kommentar:

»Das sind Spiegelbilder der Dattel- und Feigenbäume, die im Land Israel wachsen.«

Reb Menachem Mendels Geldmittel waren kümmerlich, aber die Rebbezin sparte nicht an Kohlen, um das Haus am Sabbat zu heizen, da keiner in der Familie Kälte aushalten konnte. Der Kachelofen im Arbeitszimmer glühte beinahe. Draußen schien die Sonne. Die Fliesen warfen das Licht in Regenbogenfarben zurück, und Lichtquadrate erschienen auf den goldgelben Wänden, deren Anstrich hier und da abblätterte, so dass Putz oder alte Farbschichten zum Vorschein kamen. Die Löwen über dem Toraschrein mit ihren goldenen

Mähnen und roten Zungen, die die beiden Gesetzestafeln mit den Zehn Geboten stützten, sahen an diesem Morgen lebendiger aus als sonst. Auch im Glas der Bücherschränke und in den Rücken der heiligen Bücher, deren vergoldete Titelbuchstaben erhalten geblieben waren, spiegelte sich die Sonne.

Wie üblich war Reb Menachem Mendel seit Tagesanbruch wach. Er stand schon am Lesepult und notierte sich auf einem Schnipsel Papier einen Kommentar als Erwiderung auf eine scharfsinnige Frage, die Tosafisten[1] Raschi vorgelegt hatten.

Zirele, demnächst eine Braut, bereitete ihm jeden Abend den Samowar vor, so dass Menachem Mendel ihn am Morgen nur noch mit einem Streichholz anzünden musste.

Reb Menachem Mendel studierte und trank schwachen Tee, ein Glas nach dem anderen. Der heiße Tee wärmte ihn von innen und half ihm, vor der Stunde der Gebete wach zu bleiben. Der frühe Morgen war die beste Zeit, sein Pensum zu studieren. Später kamen dann die Frauen mit Fragen, und gelegentlich ging es um einen Rechtsstreit, eine Heirat oder gar eine Scheidung. Die Familie – Scheba und die Kinder – stand etwas später auf als er.

Bunem war heute schon früher als sonst auf, und Reb Menachem Mendel musterte ihn misstrauisch. Dieser Junge blieb nicht auf dem rechten Pfad. Er fragte zu viel, kürzte sich offensichtlich den Bart und hatte keine nennenswerten Schläfenlocken mehr. Er sagte offen, dass er sich nicht wie seine Schwester Zirele auf eine arrangierte Ehe einlassen, sondern auf ein Mädchen warten werde, das ihm gefalle. Dieser

---

1 Tosafisten: Verfasser von Kommentarsammlungen zum Talmud, von Zusätzen und Diskussionen in der Nachfolge Raschis.

schlaksige Junge mit dem blassen Gesicht, den eingefallenen Wangen und den großen blauen Augen war der Feind im Haus geworden, widerspenstig und rebellisch, ein fremdes Wesen. Freilich, er war ein kluger Torastudent. Als er noch jünger war, hätte man ihn für ein Wunderkind halten können. Aber das Torastudium musste Hand in Hand mit Gottesfurcht gehen, und der Junge führte sich auf wie ein Gottloser. Er las verbotene Bücher, malte Bilder, veröffentlichte sogar Schund in einer Zeitung. Die Zeiten der Diskussionen mit seinem Sohn waren vorbei. Bunem hatte Zirele, seine ältere Schwester, auch schon verdorben; sie wollte das Eheversprechen brechen, das sie an Mordechai Zorah band. Reb Menachem Mendel betete tagtäglich, dass Bunem nicht auch seinen jüngeren Bruder Schlomele – Gott behüte – dem jüdischen Leben entfremden möge.

So wie Reb Menachem Mendel an Bunem verzweifelte, gab sich Bunem seinerseits keine Mühe mehr, den Vater davon zu überzeugen, dass er tief im Mittelalter steckengeblieben war und eine Generation von Ignoranten und Schmarotzern großzog. Um den Schein zu wahren, legte Bunem noch die Gebetsriemen an und murmelte die Segenssprüche. Manche Abschnitte übersprang er. Er ging auf und ab.

»Was für ein Unsinn, sich schwarze Kapseln auf Stirn und Arme zu schnüren und die Hand mit Lederriemen zu umwickeln«, murrte er.

Bunem sprach zwar noch die Worte der Gebete, hielt sie aber für sinnlos. Wie konnte man Gott dafür danken, dass man nicht als Frau, Sklave oder Christ geboren war? Welchen Sinn hatte es, zwei Mal am Tag zu sagen: »Gott ist gut und voller Barmherzigkeit gegen alle seine Geschöpfe?«, während die Welt ein einziges Schlachthaus war und Gottes angeblich auserwähltes Volk von Generation zu Generation in Pogromen dezimiert wurde? Und wo war seine Barmherzigkeit, wenn es um hungrige Wölfe ging und um die Lämmer, die von ihnen gerissen wurden?

Bunem erhob sich für das Achtzehnbittengebet und schlich sich kurz danach hinaus. Inzwischen war Zirele aufgestanden und hatte Morgenrock und Pantoffeln angezogen. Zirele war nur eineinhalb Jahre älter als Bunem, bemutterte ihn aber häufig. Sie hätte seine Ansichten vielleicht geteilt, aber wie konnte ein Mädchen den Eltern widersprechen? Die Eltern hatten sie dem Sohn eines Melamed, eines Lehrers, versprochen, und dieser Sohn war ein Schwächling, ein Taugenichts, ein Träumer, der nie eine Familie würde ernähren können. Er konnte nichts, nur über der Gemara schockeln und beim Beten gestikulieren. Zirele war kleiner als Bunem und ähnelte dem Vater mehr als der Mutter. Sie hatte dunkelbraunes Haar, rote Wangen, blaue Augen. Bunems Gesicht war geprägt von Strenge, Entschlossenheit und einer Traurigkeit, für die es Trost weder gab noch geben konnte. Zirele war wie ihr Vater: liebenswürdig, bereit, Menschen zu glauben, und halbwegs fromm. Entweder lachte sie, oder sie weinte. Sie ließ sich von den kitschigen Fortsetzungsromanen in der Zeitung anregen, und obwohl sie wusste, dass alles nur erfunden war, konnte sie doch stundenlang über die Protagonisten und deren Schicksal schwatzen. Sie sang auch gern alle möglichen Volkslieder und Schlager aus dem jiddischen Theater.

Bruder und Schwester standen einander teils nahe, teils fern. Zwischen ihnen war eine Trennwand, ganz ähnlich wie zwischen ihren Eltern.

Bunem hatte schon als Kind Antworten auf die ewigen Fragen nach Leben und Tod und Zeit und Ewigkeit gesucht. Irgendwo hatte er den Satz »Die Umwertung aller Werte« gefunden und sich gesagt, das sei sein Ziel: nicht auf allgemein anerkannte Wahrheiten oder Autoritäten zu bauen, sondern alles aus eigener Sicht zu betrachten und eigene Schlüsse zu ziehen. Früh fand er Widersprüche in der Heiligen Schrift und den anderen heiligen Büchern. Er wuchs mit der Überzeugung auf, dass ihn alle betrogen hatten: seine Eltern, die Lehrer im Cheder, die heiligen Bücher im Bücherschrank, alle. Später begriff er, dass auch die anderen Bücher voller Rhetorik waren, eine Anhäufung leerer Wörter ohne Inhalt. Was meinten all diese Autoren zum Beispiel mit den Begriffen Moralität, Pflicht, Kultur, Evolution, Fortschritt, Geschichte? Warum benutzten sie so oft Ausdrücke wie: Streben, Ideal, Verantwortung, Problem, Eitelkeit, System, Lohn, Stellung, Lehre, Klasse, Überzeugung? Und was bedeuteten Wörter wie: Substanz, Absolutes, Existenz, Monade, Zeitgeist, Attribut, Formulierungen wie: Grundlegung der Ethik, Kategorischer Imperativ?

Er ging zur Bresler-Bibliothek und blätterte in Büchern. Solcha nahm ihn mit zur Theatertruppe Ha-Zamir und ins polnische Theater. Er hörte eine lange Rede von Peretz über Emanzipation, Autonomie, jüdische Kultur, die jüdische Renaissance. Aber was sollte er, Bunem, eigentlich tun?

Seine Mutter litt an Schlaflosigkeit. Oft schlief sie erst bei Tagesanbruch ein, und Zirele machte Frühstück für Bunem: Butterbrot, eine Scheibe Käse, ein Stück Hering, ein Glas Malzkaffee.

Bunem aß, und Zirele fragte ihn:

»Was sagst du zu diesem Zbigniew Koczinski? Was für ein Scharlatan! Weh der armen Helena, wenn sie in seine Klauen fällt. Dieser Graf, ihr Mann, ist doch ein Vollidiot, oder?«

»Wer sich verliebt hat, kann nicht logisch denken«, erwidere Bunem, nur um irgendwas zu sagen.

»Oh, wie wahr! Woher weißt du das, Bunem? Hast du dich verliebt, oder hast du es in einem Buch gelesen?«

»In einem Buch.«

»Was für ein Buch? In der letzten Zeit hast du dich wie benommen durch die Tage geschleppt. Du siehst auch ganz ausgezehrt aus. Wohin gehst du so früh? Draußen ist es eiskalt. Zieh eine Jacke über. Hast du die langen Unterhosen an?«

»Ja. Nein.«

»Willst du dich erkälten oder was?«

»Ich will mich nicht erkälten.«

»Gestern stand in der Zeitung, dass Frauen in Paris angefangen haben, lange Hosen zu tragen. Drei Mannequins in langen Hosen gingen spazieren, und Tausende liefen hinterher. Die Menge wurde so dicht, dass die Polizei die Leute auseinandertreiben musste. Komisch was? Frauen in Hosen?«

Und Zirele lachte Tränen.

2.

Als Bunem die Tür zum Atelier öffnete, stand Abraham Kliatchko bereits vor einer Tonfigur und formte deren Nase mit einem Modellierholz. Abraham Kliatchko, ein ehemaliger Jeschiwa-Student, war gut zwölf Jahre älter als Bunem. Er hatte schon eine Frau und zwei Kinder. Bekannt war er auch. Fotos seiner Skulpturen erschienen nicht nur in den jiddischen Zeitungen (wo fast alle Bilder schwarz herauskamen), sondern auch in der polnischen Presse. Seine Spezialität waren Grabsteine für die Toten wohlhabender und assimilierter Juden. Der jüdische Gemeinderat erlaubte es nicht, Bildnisse menschlicher Gestalten auf den Friedhöfen aufzustellen, denn das hätte gegen die Zehn Gebote verstoßen, aber Kliatchko umging das Verbot, indem er Rehe, Löwen, Adler, die segnenden Hände von Priestern und nur angedeutete menschliche Gesichter auf seine Grabsteine meißelte.

Abraham Kliatchko, der Sohn eines Chassid aus Sochaczew, hatte Bunems Talent zum Malen entdeckt. Kliatchko – klein, krumm, fast bucklig – hatte dichtes schwarzes Haar, eine breite Nase und große schwarze Augen, die Warmherzigkeit und Hoffnung ausstrahlten. Er hatte Bunem nicht nur Platz zum Malen in seinem Atelier eingeräumt, er hatte ihn auch mit Solcha bekannt gemacht, die einmal für ihn Modell gestanden hatte.

Abraham Kliatchko plauderte gern mit Bunem über die Erläuterungen in der Gemara, die sie beide auswendig kannten. Beide hatten eine Zeit lang mit dem Ziel studiert, Rabbiner zu werden,

Als Bunem jetzt hereinkam, fragte Abraham ohne einleitenden Gruß:

»Was hat Mordechai[1] Neues zu sagen?«

Bunem lachte. Abraham hatte auf die Eröffnung des Kapitels »Lehrer der Erkenntnis« angespielt, das zum Schulchan Aruch[2] gehört und Anweisungen über das richtige Wässern und Salzen von Fleisch gibt.

Nur wer das Rabbinat angestrebt hat, versteht solche Anspielungen.

Bunem erwiderte:

»Nichts Neues.«

»Ich fürchte, der Schulchan Aruch wird die ganze moderne Zivilisation überdauern. Alles, was wir Kultur nennen. Wenn

1 Rabbi Mordechai Jaffe (1530-1612), Kritiker des Schulchan Aruch, weil dieses Kompendium keine Quellen oder Gründe für die zitierten Entscheidungen angab und weil die Entscheidungen an den Bräuchen der sephardischen Juden orientiert waren, die aschkenasischen Gewohnheiten jedoch nicht berücksichtigten.

2 Schulchan Aruch, »gedeckter Tisch«, von Josef Karo (1488-1575) verfasstes Kompendium jüdischer Religionsgesetze

Shakespeare und Heine und Max Nordau längst vergessen sind, wird immer noch ein junger Mann in irgendeinem Lehrhaus sitzen und diese Textstelle befragen ...«

»Der Triumph Israels, wie?«, entgegnete Bunem. »Wenn die Erde mit einem Kometen zusammenstößt, wie die Zeitung gestern vorhergesagt hat, wird auch seine Frage verschwinden.«

»Aber womöglich existiert sie noch auf dem Mars weiter«, sagte Abraham Kliatchko.

»Kann sein, kann auch nicht sein.«

»Solcha hat mich gestern angerufen, sie kommt etwas zu spät.«

»Warum eigens anrufen? Sie kommt doch sowieso immer zu spät«, sagte Bunem.

»Ein liebes Mädchen. Worauf wartest du, Bunem? Dass sie dir jemand wegschnappt?«

»Soll er doch.«

»Bist du dir etwa zu gut für sie? Wenn ich Junggeselle wäre und wenn sie mich wollte, würde ich noch heute mit ihr unter dem Hochzeitsbaldachin stehen.«

»Sie würde nicht mit dir und nicht mit mir unter der Chuppa stehen«, erwiderte Bunem. »Bei jeder Gelegenheit erklärt sie, die Institution Ehe sei abgestanden, altmodisch, falsch, heuchlerisch. Recht hat sie. Die Ehe ist eine einzige Lüge.«

»Freie Liebe, wie? Und wie hältst du's mit Kindern? Wenn ich komme, sind meine kleinen Mädchen so selig, als hätten sie's kaum erwarten können, mich wiederzusehen. Kinder brauchen einen Vater, nicht Bakunins kluges Gerede. Die Institution Ehe wird alle Moden überleben.«

»Dass eine Lüge zählebig ist, ist kein Beweis für ihre Wahrheit.«

»Doch, das ist der Beweis. Die Zeit ist die beste Richterin in der Geschichte, der Wissenschaft, der Kunst. Sogar in gesellschaftlichen Dingen.«

Die Tür ging auf, und Solcha kam herein, ein junges Mädchen in einem grünen Mantel und einem grünen Barett auf kurzgeschnittenem braunem Haar. Sie war klein, ihr Körper voll entwickelt mit hohem Busen und breiten Hüften, aber ihr Gesicht fast noch kindlich, mit großen dunklen Augen unter Brauen, die über der schmalen Nase zusammenwuchsen.

In der einen Hand hielt sie eine Mappe und mehrere Bücher in der anderen. Über den kleinen Schuhen trug sie Stulpen, die bis zu den Knien reichten. Sie sah immer noch aus wie eine Schülerin, war aber schon seit zwei Jahren nicht mehr im Gymnasium. Sie zeichnete, schrieb Gedichte auf Polnisch, studierte Biologie an der Wszechnica, einer Volkshochschule, für die man keinen Gymnasialabschluss brauchte.

Solcha war auch bei den Anarchisten aktiv geworden, obwohl sie dafür ins Gefängnis kommen oder sogar hingerichtet werden konnte. Noch im Türrahmen fing sie an zu reden und zu lächeln, und in beiden Wangen zeigten sich Grübchen.

Sie sagte auf Polnisch:

»Scheußlich kalt ist es! Das Thermometer über der Apotheke vor dem Eisernen Tor zeigt 16 Grad unter null. Die Schlitten sind schon draußen. Guten Morgen, Abraham, guten Morgen, Bunem. Der Frost ist beißend, und die Sonne scheint. Ein herrlicher Tag, und an allen Pferden bimmeln Glöckchen. Sie klingen mir noch in den Ohren. Manchmal denke ich, ich hätte am liebsten immer Winter. Wenn's schneit, sieht Warschau so elegant aus. Natürlich nur morgens, bevor der Schnee zertrampelt ist.«

»Vor einer Weile hast du gesagt, du hättest am liebsten ewigen Frühling«, warf Kliatchko ein.

»Das hab ich gesagt? Mag sein. Warum können wir nicht gleichzeitig Winter und Frühling haben? Wenn Gott wirklich so allmächtig ist, wie die Rabbiner und Priester behaupten, dann müsste er es doch schaffen können, dass Chanukka und Pessach auf einen Tag fallen, dass alle Menschen teils Mann, teils Frau sind und dass Warschau London oder Paris ist. Einmal habe ich geträumt, Warschau wäre in Amerika. Ich verließ den Sächsischen Garten und kam prompt in New York heraus. Hohe Gebäude, fast so hoch wie der Himmel. Alle redeten Englisch.«

»Woher wusstest du, dass es Englisch war?«, fragte Bunem. »Womöglich war's Türkisch«?

»Ach, so viel Englisch verstehe ich, dass ich den Unterschied höre. Im Traum weiß man alles. Bunem, du bist heute so besonders boshaft. Wenn du mich wirklich malen willst, dann ist jetzt der Tag. Ich habe mir frei genommen. Der Tag gehört dir.«

»Warum kann er nicht auch mir gehören?«, fragte Abraham Kliatchko. »Er kann dich zeichnen oder malen, und ich modelliere deinen Kopf.«

»Ja, ihr könnte beide meinen Kopf haben und unter euch aufteilen. Aber so Modell stehen, wie ihr es möchtet, will ich heute nicht, dazu ist es mir zu kalt. Ist das Atelier nicht geheizt?«

»Doch, aber die Kälte kommt durchs Dach.«

»Wenn ich Glaser wäre und eine Leiter hätte, würde ich aufs Dach steigen und die Scheiben neu verkitten. Aber ich bin so schwer, dass das Dach unter mir zusammenbrechen würde. Im Warschauer Kurier hat gestern gestanden, dass die Damen in Paris alle schlank sein wollen. Aber hier in Warschau wollen sie alle fett sein. Mama schimpft dauernd, weil ich nicht zunehme. Zum Glück kann ich weder zu- noch abnehmen. Mein Leib ist wie ein Stein: immer gleich, egal ob ich esse oder faste.«

»Ein seltener Leib«, sagte Bunem. »Wenn ich so einen Leib hätte, würde ich ihn der Wissenschaft spenden, damit bestimmt werden kann, wie er ohne Nahrung überlebt. Das würde vielleicht das Problem der hungernden Massen lösen und die Notwendigkeit einer sozialen Revolution beenden.«

»Oh, heute ist ihm wirklich eine Laus über die Leber gelaufen«, rief Solcha. »Solche Lösungen brauchen die Massen nicht. Es gibt genug Nahrung für alle. In Brasilien werfen die Eigentümer von Kaffeeplantagen tausendsäckeweise Kaffee ins Meer, damit der Kaffeepreis nicht sinkt. Das hat im Warschauer Kurier gestanden.«

»Da steht alles drin, aber wenn deine Leute zusammenkommen, spucken sie auf den Kurier und nennen die Reporter ›Zeitungsschmierer‹.«

»Das sind sie ja auch – Zeitungsschmierer –, aber manchmal vergessen sie sich und bringen eine Nachricht, die ihnen die Maske vom Gesicht reißt. Karl Marx, dieser Verräter, hat von kapitalistischen Widersprüchen geredet, aber in Wirklichkeit hat er sich selbst mehr widersprochen als all die Kapitalisten. Hier, ihr zwei, ich habe euch was zu essen mitgebracht. Mama hat mir eine halbe selbstgebackene Babka mitgegeben, die ist in meiner Mappe. Ich koche schnell Tee.«

Sie erledigte alles in Eile. Sie warf Mantel und Barett ab und stürmte in das andere Zimmer, den Alkoven, in dem auch Spülbecken und Gasbrenner standen.

Abraham Kliatchko machte kein Geheimnis daraus, dass er sich in Solcha verliebt hatte. Henoch Adler und Morris Karbinski, die beiden anderen Maler, die sich das Atelier mit ihm teilten (zusammen zahlten sie nur ein Drittel der Miete), behaupteten ebenfalls halb im Ernst, halb im Scherz, dass sie in Solcha verliebt seien.

Solcha küsste alle, wie man es von einer Frau erwartete, die bürgerliche Konventionen über Bord geworfen hatte und freie Liebe predigte. Aber sie war noch Jungfrau. Sie erklärte Bunem wieder und wieder, sie werde sich einem Mann nur dann hingeben, wenn er den Mut habe, mit ihr zu leben und bereit sei, Vater ihres Kindes zu sein, falls sie schwanger würde. Freie Liebe, ja, aber keine Techtelmechtel. Solcha zitierte Bakunins Revolutionären Katechismus und seine Ansichten über freie Ehe. Solange die Gesellschaft Mutter und Kinder nicht ernähren könne, bleibe dies die Pflicht der Eltern.

Henoch Adler und Morris Karbinski, die beiden anderen Maler, waren an diesem Tag nicht im Atelier. Abraham modellierte, Bunem zeichnete, und wie üblich debattierten sie über Zionismus, Sozialismus, Anarchismus, das Ziel der Kunst, das Los der Juden in Russland und die Rolle der Frauen in der modernen Gesellschaft.

Abraham Kliatchko konnte, während er die Institution Ehe vehement verteidigte, eine Büste formen, die wie Solcha aussah. Bunem machte eine Zeichnung nach der anderen, aber keine hatte die mindeste Ähnlichkeit mit Solcha. Er zerriss die Blätter und fing wieder von vorn an. Seit langem schon wollte er die Malerei aufgeben. Kein Gemälde, und wäre es noch so genial, konnte den Tumult im menschlichen Hirn, die Komplikationen im Leben wiedergeben. Wie hätte ein Bild beschreiben können, was ihm, Bunem, in den letzten Wochen zugestoßen war?

Aber auf die Zeiten im Atelier verzichten konnte Bunem auch nicht. Erstens wollte er Abraham Kliatchko nicht enttäuschen, und zweitens traf er Solcha dort. Sogar Keila hatte er noch einmal an diesen Ort gebracht.

Thema der Unterhaltung waren nun – wie schon unzählige Male – Polygamie und Monogamie, und Bunem stritt mit Solcha:

»Wenn du schon dauernd davon redest, sämtliche Prinzipien aufzugeben, was ist dann mit dem schlimmsten, mit der größten Lüge von allen, der Monogamie? Die ganze Idee, dass ein Mann nur eine einzige Frau lieben kann, haben die Christen der Menschheit aufgebürdet. Wie kommt es, dass weder Bakunin noch Kropotkin den Mumm hatten, gegen diese falsche Vorstellung zu protestieren?«

»Ach, schon wieder das abgedroschene Thema!«, rief Abraham Kliatchko, während er eine neue Schicht Ton auf die Büste auftrug.

Solcha nahm die Zigarette aus dem Mund.

»Ehe du etwas eine Lüge nennst, musst du wissen, dass es eine ist. Die Monogamie gab es schon Jahrtausende vor dem Christentum. Bis heute sind viele Tierarten monogam, zum Beispiel Tauben und andere Vögel. Stell dir vor, alle Männer wären polygam – woher würdest du die Frauen für sie alle nehmen? In Wahrheit ist die Polygamie die übelste Form der Ausbeutung. Wenn ein Scheich oder ein Kalif zehn Frauen haben kann, bleibt für die Beduinen nicht mal eine.«

»Warum nicht die Institution Ehe ganz und gar abschaffen? Warum sollen Männer und Frauen nicht ohne staatliche Kontrolle zusammenleben?«

»Genau das wollen wir«, rief Solcha.

»Und was ist mit den Kindern?«, fragte Kliatchko. »Bakunin und Nietzsche und sonst wer können sagen, was sie wollen, aber Kinder brauchen einen Vater. Wenn ich komme, warten meine beiden Kinder schon an der Tür und kommen angelaufen: ›Papa ist da! Papa ist da!‹ Wie könnte ich wissen, welche Kinder meine sind, wenn meine Mirele mit zwanzig Männern leben würde?«

»Ach, nimm ihn nicht ernst, Kliatchko, nimm ihn einfach nicht ernst«, rief Solcha. »An einem Tag ist er der schlimmste Reaktionär und redet wie Pobedonoszew, Stolypin und andere Tyrannen; am nächsten Tag ist er dann revolutionärer als alle anderen. Bakunin hat in seinem Revolutionären Katechismus klar festgehalten, dass erwachsene Männer und Frauen das Recht haben, zusammenzukommen und sich zu trennen, wenn sie es so beschließen. Die Vereinigung von Mann und Frau muss frei sein. In der Ehe müssen beide Partner völlige Freiheit genießen und –«

»Wenn Freiheit, warum dann Ehe?«, fragte Bunem.

»Weil die meisten Männer und Frauen – auch ich – neue Generationen in die Welt setzen möchten und nicht das Ende der Menschheit einläuten wollen, wie die dekadenten und degenerierten Kapitalisten in allen Ländern predigen. In Wahrheit wollen alle diese Endzeitpropheten Privilegien für sich.

Mütter und Väter sollen Töchter haben, aufziehen, nähren, kleiden, mit allem Nötigen versorgen, so dass sie, diese gewieften Don Juans, später zugreifen und sie ausbeuten können. Wenn ein solches Mädchen schwanger wird, ergreift der großartige Liebhaber die Flucht, und das ist sein Beitrag zur Revolution. So ist es doch, oder etwa nicht?«

»Du predigst doch die freie Liebe, nicht ich!«

»Für mich ist freie Liebe eine Beziehung zwischen zwei Menschen, die – wenn sie einander lieben – ohne priesterlichen Segen zusammenkommen, und wenn die Liebe aufhört, geht jeder seiner Wege, auch das ohne Zutun der Geistlichkeit oder staatlicher Autoritäten. Wird ein Kind geboren, tragen beide Partner die Verantwortung für die Erziehung, und beide tun für das Kind, was sie können. So hat Bakunin es verstanden.«

»Nur leider hat die Natur Bakunin nicht gelesen und folgt ihren eigenen Gesetzen und Launen.«

»Welchen Launen? Dass ein Partner die ganze Last tragen und der andere nur das Vergnügen haben soll?«

»Was ist mit dem Mann, der ehrlich zwei, drei oder gar fünf Frauen liebt? In den Romanen, die ich gelesen habe, ist Liebe nur zwischen einem Mann und einer Frau möglich. Aber ist das nicht eine von den Lügen, die du abschaffen möchtest? Kann es nicht sein, dass ein Mann mehr als eine Frau wahnsinnig liebt? Was hatte Bakunin für so einen vorzuschlagen? Dass er nach Sibirien verbannt wird?«, fragte Bunem.

»Ach, er ist einfach kindisch«, rief Kliatchko. »Ein begabter Junge, aber eben nur ein Junge. Er meint, dass der Mensch alles haben muss, was sein Herz begehrt. Aber alle Kultur beruht darauf, dass der Mensch seine Begierden zügeln muss, oder die Gesellschaft an seiner Stelle, wenn er selbst nicht dazu in der Lage ist. Die Zehn Gebote beruhen auf diesem Grundsatz, so wie das gesamte Modell der Gerechtigkeit unter Menschen.«

Bunem und Solcha setzten beide zu einer Entgegnung an, aber in diesem Moment hörte man, dass jemand leise an der Eingangstür klopfte. Die drei, Kliatchko, Bunem und Solcha, sahen einander an. Wenn Abraham Kliatchko hier arbeitete, war die Tür zum Atelier niemals abgeschlossen oder von innen verriegelt, und Fremde kamen selten. Henoch Adler und Morris Karbinski, die Maler, die sich das Atelier mit Kliatchko teilten, hatten beide Schlüssel.

Abraham Kliatchko rief:

»Herein!«, und dann auf Polnisch: »*Prosze!*«

Aber kein Laut kam von draußen, so als ob die Person, die geklopft hatte, überlegte, was sie als Nächstes tun solle.

Solcha sprang anmutig von dem hohen Stuhl herab, auf dem sie Modell gesessen hatte, und lief zur Tür, um nachzusehen, wer dort stand. Im selben Augenblick öffnete sich die Tür knarrend, und Bunem sah eine Frau mit Kopftuch, einem blassen Gesicht und einer geröteten Stupsnase. Solcha kannte die Frau, denn sie schlug die Hände zusammen und rief einen polnischen Namen.

Nach einer Weile machte Solcha den beiden Männern ein Zeichen, und statt die Frau ins Atelier einzuladen, ging sie hinaus und sprach im Flur mit ihr.

Kliatchko fragte:

»Wer kann das ein? Warum ist sie ohne Mantel hinausgegangen? Sie wird sich noch erkälten.«

»Ich weiß es nicht.«

»Ihre Mutter kann es nicht sein. Sie ist eine wirkliche Dame. Es wird das Dienstmädchen sein, Antoscha. Den Namen hat sie gerufen.«

»Warum hat sie die Frau nicht hereingelassen?«, fragte Kliatchko. »Sie sah ganz verfroren aus. Warte, ich bitte sie herein. Die beiden erkälten sich doch da draußen.«

Abraham Kliatchko machte alles langsam. Er legte das Modelliermesser beiseite, mit dem er die Stirn der Skulptur geglättet hatte, ging dann mit bedachtsamen Schritten – um nicht gegen eine der Skulpturen zu prallen, die dort standen – zur Tür.

In diesem Moment kam Solcha wieder, allein. Die andere Frau war offenbar die Treppen hinab zum Ausgang gegangen. Kliatchko bemerkte:

»Ein kurzer Besuch.«

»Kurz, aber wichtig«, antwortete Solcha. »Der Besuch hat mir vielleicht das Leben gerettet.«

»Was ist passiert?«

»Die Polizei hat unser Haus durchsucht. Ein Wunder, dass ich daran gedacht habe, Mama zu sagen, wohin ich gehen würde. Das war Antoscha, unser Mädchen.«

»Wie kommt es, dass die Polizei sie hat gehen lassen?«, fragte Kliatchko. »Gewöhnlich darf während einer Durchsuchung niemand das Haus verlassen.«

»Ich kann nicht mehr zum Schlafen nach Hause gehen«, sagte Solcha. »Jemand hat mich denunziert oder wer weiß was.«

»Ich hoffe, sie suchen dich nicht hier«, sagte Kliatchko. »Wenn es ein Spitzel war, weiß er mit Sicherheit, dass du hierherkommst.«

»Vielleicht hast du recht. Ich gehe lieber.«

»Warte, ich komme mit«, sagte Bunem.

»Was? Wie du willst. Lass uns schnell gehen. Wo ist mein Mantel?«

Solcha und Bunem zogen sich schnell die Mäntel an. Bunem hatte auch noch Galoschen. Kliatchko sagte:

»Es tut mir wirklich sehr leid. Ruf mich an. Ich möchte wissen, was passiert.«

»Mich kriegen sie nicht. Ich weiß, was du sagen willst, Bunem – dass du mich gewarnt hast.«

Solcha lief zu Abraham Kliatchko, umfing seinen Kopf mit beiden Händen und küsste ihn. Gleichzeitig warf sie einen Seitenblick auf die Büste und rief laut:

»Wunderbar! Ein Meisterwerk, wirklich!«

Und sie küsste ihn weiter.

»Wann kommst du wieder?«, fragte Kliatchko Bunem, und dieser antwortete:

»Morgen, wenn ich nicht gehenkt werde.«

»Warum sollten sie dich hängen?«, fragte Solcha. »Zur Strafe für meine Sünden?«

»Das kommt viel zu oft vor.«

»Komm. Warte, ich gehe voraus, falls jemand am Tor steht. Warte fünf Minuten. Dann treffen wir uns am Eingang zu Nummer 6. Versuche zu beobachten, ob mir jemand folgt, und wenn ja, dann lauf weg.«

3.

Bunem kam zur Twarda-Straße 6 und sah, dass Solcha schon am Tor wartete. Sie lächelte und sagte:

»Mir ist niemand gefolgt. Komm, gehen wir irgendwo hinein. In der Grzybow-Straße ist eine Konditorei.«

Bis zur Konditorei mussten sie ein paar Minuten laufen. Bunem suchte in seinen Taschen. Reb Menachem Mendel gab ihm kein Taschengeld, aber seine Mutter steckte ihm manchmal heimlich zwanzig Kopeken zu. Schließlich konnte ein junger Mann nicht ganz ohne Kleingeld leben. Bunem gab auch einmal pro Woche dem Sohn eines reichen Grundbesitzers Nachhilfeunterricht, da der Mann wünschte, dass Lolek, sein Sohn, ein wenig von der Heiligen Schrift, der Mischna und der Gemara lernte. Dafür bezahlte er Bunem einen Rubel und fünfzig Kopeken. Lolek ging aufs Gymnasium, und sein Vater, ein halber Chassid und ein halber Aufklärer in einem kurzen Überrock, steifem Kragen und Krawatte, kam am Sabbat zum Gottesdienst in das Sochaczewer Bethaus.

Solcha merkte, dass Bunem in seiner Tasche kramte und erklärte:

»Ich habe Geld!«

Sie betraten die Konditorei, die zwei Räume hatte – zur Straße hin war die Theke mit Kuchen, Plätzchen und anderen Köstlichkeiten, dahinter ein zweites Zimmer mit Tischen für Kunden, die einen Kaffee und einen Imbiss zu sich nehmen wollten.

Es war die Zeit zwischen Frühstück und Mittagessen, und die Konditorei war leer. Eine Kellnerin kam zu ihnen, und sie bestellten Eierkuchen und Kaffee.

Solcha sagte:

»Wie konnte das nur passieren? Wir waren immer besonders vorsichtig. Im Haus werden sie nichts finden, weil ich dort nichts Verfängliches aufgehoben habe. Papa ist der beste Zensor. Er prüft meine Bücher und Unterlagen ständig, und wenn er den kleinsten Anhaltspunkt dafür findet, dass das russische Volk nicht ganz und gar zufrieden ist mit der Oligarchie und der reaktionären Clique, die in St. Petersburg die Zügel in der Hand hat, dann wirft er den Text sofort in den Ofen. Ich fürchte, jemand hat mich denunziert, aber wer? Wenn das beginnt und einer von uns den anderen verdächtigt, wird es die reinste Hölle. Bis jetzt hatten wir noch keine Provokateure. Jedenfalls nicht, solange ich dabei bin. Vorher gab es jemanden, der als Verbindungsmann des Geheimdienstes Ochrana enttarnt wurde. Einer der Genossen hat ihn auf der Stelle kaltgemacht. Leider haben ihn die Mörder geschnappt und gehenkt.«

»Ein Mörder war er auch, denn er hat jemanden umgebracht.«

»Ach, was für ein Unsinn! Wer einen Provokateur tötet, ist kein Mörder, sondern ein Idealist. Bunem, fang jetzt keine von deinen Diskussionen an. Ich werde dir nie zustimmen, und du wirst kaum je einer Meinung mit mir sein, fürchte ich. Ich habe mich damit abgefunden, dass du politisch unreif bist und wohl auch bleibst. Dein Pazifismus oder wie immer man es nennen will, führt nur zu einem Schluss: dass man die Tyrannen für alle Zeiten an der Macht lassen muss. Sie können das Verderben von Millionen Unschuldiger bewirken, während wir nicht einen einzigen Verräter unschädlich machen dürfen. Ich will dir etwas ganz anderes erzählen, aber ich bitte dich: Benutz es nicht als Argument gegen unsere Bewegung. Denn dass sich ab und zu ein Wurm im Apfel findet, ist kein Grund, mit dem Apfelessen aufzuhören. Da kam ein junger Mann aus Galizien zu uns. Angeblich hat er an der Universität Krakau studiert, er spricht perfekt Deutsch und Polnisch und auch Russisch. Er kommt aus einem Gebiet, in dem überwiegend Ruthenen wohnen, die einen ukrainischen Dialekt sprechen. Außerdem hat er an der Universität Russisch studiert. Warum er nach Warschau gekommen ist, ist mir immer noch nicht klar. Vermutlich wurde er hierhergeschickt. Er hat Arbeit als Buchhalter bei einer Großhandlung gefunden, einer Kombination aus Lampengeschäft und Fabrik.

Er ist klein, schwächlich, und spricht mit dünner Stimme. Er sieht aus, als könnte er nicht bis drei zählen. Aber er predigt eine Gewalt, die weder Bakunin noch Kropotkin noch Stirner gutgeheißen hätten. Er behauptet, dass der Terror, egal, ob er sich gegen die Regierung oder gegen einzelne Bürger richtet, der Sache hilft. In Russland gibt es eine Gruppe – den Namen habe ich schon wieder vergessen –, die zu dieser Art Kampf aufruft. Für mich ist das Unfug. Was hat der Bombenanschlag auf das Hotel Bristol der Sache genützt? Das Hotel ist kein Regierungsgebäude. Ich weiß nicht, warum, aber dieser junge Kerl ist mir verdächtig. Irgendwie hab ich ihm nie getraut. Er hat versucht, sich mir anzunähern – idealistisch natürlich –, und ich habe ihm erklärt, dass ich schon jemanden habe. Aber er versucht es weiter. Normalerweise gebe ich niemandem meine Adresse, nicht mal Leuten, die mir nahestehen, aber einmal hat er mich zufällig auf der Straße getroffen und begleitet. Jetzt frage ich mich, ob er mich vielleicht denunziert hat. Bitte, fang nicht an, über unsere Sache herzuziehen.«

»Nein, nein.«

Die Kellnerin brachte die Eierkuchen und den Kaffee, und Solcha fuhr fort:

»Ich hätte es dir nicht erzählen sollen, aber ich kann es keinem der anderen sagen. Sollte sich zeigen, dass mein Verdacht falsch war, würde das eine Situation schaffen, in der ich entweder aus Warschau fliehen oder mir das Leben nehmen müsste.«

»Aus Warschau weggehen müssen wir in jedem Fall, fürchte ich. In ungefähr eineinhalb Jahren muss ich zur Musterung, und ich habe keine Lust, mir die Finger abzuhacken oder die Zähne ausreißen zu lassen. Ich muss dann das Land verlassen und gehe am besten nach Amerika.«

»Eineinhalb Jahre sind noch lange hin. Und ich habe dir schon gesagt: Wo du hingehst, da will auch ich hingehen, wie es in der Bibel steht. Aber unter einer Bedingung – dass wir verheiratet sind. Ich kann Mama und Papa nicht eröffnen, dass ich weggehe, um mit einem Mann in Sünde zu leben. Das wäre eine Katastrophe für die beiden. Papa geht es gar nicht gut, und so etwas würde ihn umbringen. Du weißt genau, dass ein Heiratsvertrag und ein Ehering für mich keine Bedeutung haben. Falls einer von uns beiden aufhört, den anderen zu lieben, bist du oder bin ich frei, eigene Wege zu gehen. Wegen solcher Lappalien das Leben von Eltern zu zerstören, zahlt sich nicht aus. Eigentlich habe ich dir das schon oft erklärt, aber jedes Mal tust du so, als hättest du es noch nie zuvor gehört.«

»Ich tue überhaupt nicht so als ob, aber ich habe auch Eltern, und für sie wäre eine Schwiegertochter, deren Vater sich rasiert und deren Mutter keine Kopfbedeckung trägt, so schlimm wie eine Schickse. Sie würden ein großes Theater mit Ritualbädern und allem Möglichen aufführen. Ich liebe sie, aber sie sind verrückte Fanatiker.«

»Also was hattest du vor? Wenn dir das Ganze zu kompliziert ist, musst du nur ein Wort sagen, du weißt, wie fern es mir liegt, mich jemandem an den Hals zu werfen.«

»Solcha, ich liebe dich. ›Gott ist mein Zeuge‹, würde ich sagen, aber was bezeugt Er denn? Als ich dich an dem Abend im Ha-Zamir-Theater gesehen habe, habe ich mich sofort in dich verliebt. Ich verstehe nicht, warum wir das gerade jetzt bereden müssen, wo du so viele andere Sorgen hast. Ja, der Grund ist, dass du von einer Flucht aus Warschau gesprochen hast. Wenn du Warschau verlassen musst, kannst du die Flucht nicht eineinhalb Jahre aufschieben. Wenn der russische Geheimdienst dich sucht, hat es keinen Sinn, zu heiraten. Die sind imstande, dich direkt unter dem Hochzeitsbaldachin hervorzuzerren.«

»Was willst du eigentlich? Dein Kaffee wird kalt.«

»Am besten wäre es, jetzt gleich wegzugehen. Legal könnten wir nicht reisen, wir müssten schwarz über die Grenze. Meinen Eltern könnte ich nicht sagen, dass ich nach Amerika gehe. Für sie wäre das wie Selbstmord oder als würde ich konvertieren. Wenn du von der Polizei gesucht wirst, können wir auch keine Pässe für Auslandsreisen beantragen. Zu teuer ist es außerdem, und man muss monatelang warten, bis man den Fetzen Papier schließlich in der Hand hält.«

»Was willst du also – ohne Abschied weglaufen?«

»Das wäre für mich am einfachsten.«

»Bunem, das kann ich meinen Eltern nicht antun. Eher sterbe ich.«

»Allmählich glaube ich, der Anarchist bin ich, nicht du.«

»Wenn Anarchimus das ist, was unsere Feinde behaupten, nämlich Verantwortungslosigkeit, dann bist womöglich du der Anarchist. Aber für mich ist Anarchismus der höchste Grad der Eigenverantwortung, der Verantwortung für deine Nächsten und für die, die dir nicht nahestehen. Für uns gibt es keine Fremden … Alle Menschenwesen sind unsere Verwandten. Selbst wenn ich schon beschlossen hätte, alle und alles zu verlassen und nach Amerika zu fliehen, könnte ich es doch nicht jetzt gleich tun. Da die Ochrana-Hunde meine Spur aufgenommen haben, kann ich nicht nach Hause gehen. Ich muss heute Nacht noch einen Platz zum Schlafen finden. Und nicht nur für diese Nacht, sondern auch für die nächste und vielleicht für immer. Aber was haben sie gegen mich in der Hand? Keine konkreten Beweise, da bin ich sicher.«

»Wenn dieser junge Mensch aus Galizien ein Provokateur ist, kann er Beweismaterial beschaffen.«

»Er könnte nur vor Gericht einen Eid gegen mich schwören, aber bevor es dazu kommt, hat er nichts zu bezeugen. Ich kann nur mit einem einzigen Menschen Kontakt aufnehmen. Aber dabei musst du mir helfen. Wenn du nicht sofort deinen Kaffee trinkst, ist es aus und vorbei mit uns.«

»Ja, ja. Wer ist dieser Mensch? Was kann ich tun?«

»Du musst keine Angst haben. Du würdest nichts riskieren. Er ist Professor an der Universität, mein Biologie-Lehrer. Er geht jeden Abend oder so gut wie jeden Abend in ein Café namens Pod Bilachem an der Długa-Straße, kurz hinter dem Krasiński-Platz. Unsere Genossen gehen nicht dorthin. Wer will sich mit einer Handvoll Ex-Marxisten treffen, denen die Revolution von 1905 solche Angst eingejagt hat, dass sie zu Renegaten wurden? Die haben ihren Frieden gemacht mit dem Regime und sogar mit Gott und dem Papst. Du musst nur hingehen und ihm sagen, dass ich am Theaterplatz beim Operneingang auf ihn warte – sonst nichts.«

»Wie heißt er? Woran erkenne ich ihn?«

»Sein Name ist nicht wichtig. Erkennen kann man ihn leicht. Er ist groß, kahlköpfig und hat einen schwarzen Spitzbart. Sein Tisch ist immer voller Zeitungen. Er liest alle, die er kriegen kann. Sein halbes Einkommen gibt er für Zeitungen aus. Für meinen Geschmack ist er eine Spur zu dogmatisch, aber die Menschen können nicht alle gleich sein. An diese Art Gleichheit glauben wir nicht. Bakunin hat bei jeder Gelegenheit die menschliche Individualität betont!«

»Hör schon auf, Bakunin zu zitieren!«

»Man sollte ihn zitieren. Er hat alles vorausgesehen. Ein Gigant war er. Alexander Herzen hat von ihm gesagt, er sei nicht unter einem Stern geboren, sondern unter einem Kometen – einem Kometen, der den gesamten Horizont erhellt hat. Vor vierzig oder fünfzig Jahren hat Bakunin alles vorhergesehen, sogar die Spaltung der Sozialdemokraten. Verglichen mit ihm war Marx ein Zwerg. Wenn du ins Pod Bilachem kommst, wirst du ihn sofort sehen. Meinen Professor meine ich, nicht Bakunin. Wenn der heute noch lebte – dann würden nicht so viele Absurditäten im Namen des Anarchismus fabriziert.«

»Was soll ich ihm sagen?«

»Sag ihm, dass Stascha ihn am Eingang zum Opernhaus erwartet. Unter diesem Namen kennt er mich. Mehr weiß er nicht, mehr will er auch nicht wissen.«

»Um wie viel Uhr soll ich dort sein?«

»Um sieben. Ich werde um halb acht an der Oper sein.«

»Ist er Jude?«

»Was macht das für einen Unterschied? Er wurde als Jude geboren, aber sein Vater konvertierte und nahm ihn mit. Der Vater war ursprünglich Student am Rabbinerseminar. Fast alle Schüler dieses Seminars sind konvertiert. Ist das nicht komisch?«

»Für mich ist gar nichts mehr komisch.«

4.

»Ich kann sie nicht länger betrügen, ich muss ihr die Wahrheit bekennen«, sagte sich Bunem. »Das war unser Pakt – einander nichts zu verheimlichen.«

Aber jedes Mal, wenn er dazu ansetzte, von Keila zu erzählen, redete er am Ende von etwas anderem. Draußen war es kalt, und sie wussten nicht, wohin. Also blieben sie im Café und bestellten mehr Kaffee und Kekse.

»Jetzt ist nicht die richtige Zeit, mit der Wahrheit herauszurücken«, entschied Bunem. Er saß schweigend da, und Solcha war offensichtlich in ihre eigenen Gedanken versunken.

»Ich will sie nicht verletzen, jetzt, in dieser schwierigen Lage schon gar nicht, dazu liebe ich sie zu sehr«, dachte Bunem. Es drängte ihn, ihr zum x-ten Mal auseinanderzusetzen, dass weder der Sozialismus noch der Anarchismus, noch sonst ein -ismus die menschliche Tragödie abwenden könne, doch sogar das ließ er sein. Seltsam, aber in der Konditorei hatte eine Fliege überlebt, obwohl tiefer Winter war. Eine einzelne Fliege mit einem grüngoldenen Bauch hatte vergessen, dass

Fliegen im Winter sterben müssen. Sie zog Kreise um die Deckenlampe und landete dann neben Bunems Teller vor einem Kekskrümel – für sie ein Berg Essen. Aß sie oder betrachtete sie nur die Konsistenz des Teigs? Sie stand lange Zeit davor und grübelte – falls Fliegen grübeln. Hatte sie ein Gehirn? Ein Gedächtnis? Sehnte sie sich nach Gesellschaft, nach anderen Fliegen? Fühlte sie sich isoliert, vereinsamt? Wie hatte diese eine einzige Fliege überleben können, während der Rest ihrer Art umgekommen war?

Bunem konzentrierte seine Aufmerksamkeit ganz auf dieses Geschöpf, das er – allen Hygienevorschriften gemäß – hätte zerquetschen sollen, da es im Schmutz geboren war und Krankheitskeime trug. Bunem teilte Solchas Interesse an der Biologie. Vor kurzem erst hatte sie ihm ein Buch mit dem Titel »Das Leben einer Amöbe« gebracht. Eine seltsame Vorstellung, dass diese Fliege Vater und Mutter hatte und ein Abkömmling zahlloser Fliegengenerationen war, die herumgeflogen waren, gebrummt, Futter gesucht hatten, gestorben waren und Nachfahren hinterlassen hatten. Wenn Darwin recht hatte, war diese Fliege Ergebnis der Mutation eines anderen Insekts, das Nachkomme von wer weiß wie vielen Generationen seiner Spezies gewesen war. Hatte es irgendwann so etwas wie ein erstes Insekt gegeben? Hatte sich Leben wirklich aus einer Zufallskombination von Molekülen entwickelt? Tja, und wie hatten sich die Moleküle entwickelt? Und die Atome? Kürzlich hatte Bunem im Warschauer Kurier auf der Wissenschaftsseite gelesen, dass nicht mehr feststand, ob das Atom das kleinste Element der Materie war. Die Entdeckung des Radiums hatte eine Revolution in der Physik ausgelöst. Man hatte neuerdings auch Zweifel an der Existenz des Äthers, der angeblich das Medium war, in dem sich elektromagnetische Wellen ausbreiteten.

In seiner, Bunems Zeit hatte man Entdeckungen gemacht, die eine Revolution des Verständnisses von Naturphänomenen zur Folge hatte … Strahlen, deren Vibrationen eine Geschwindigkeit von hundert Millionen pro Sekunde betrugen … ein Spektroskop, mit dessen Hilfe man den Ursprung von Sternen bestimmen konnte. Immer größere Teleskope wurden gebaut, und man hatte erkannt, dass die Milchstraße nur eine von Milliarden derartiger Galaxien war. War der Raum wirklich unendlich, wie Newton behauptet hatte, oder hatte er Grenzen? Aber wie konnte der Raum Grenzen haben? Inmitten all dieser Probleme hatte er, Bunem, der Sohn von Scheba und Menachem Mendel, sich aus Liebe oder Leidenschaft auf Keila eingelassen, eine Hure, die ihrem Zuhälter entflohen war. Die Hure hatte sich als Dienstmädchen in der Niska-Straße verdingt, und er, Bunem, saß hier mit einer Anarchistin, der die Ochrana auf der Spur war. War dies Realität? Oder war es, wie Berkeley behauptet hatte, der Traum oder Albtraum einer Gottheit?

Eines war real und sicher: Er und Solcha konnten nicht den ganzen Tag in diesem Café sitzen. Die Kellnerin warf ihnen schon böse Blicke zu. Die Fliege war weggeflogen und ruhte sich jetzt unter der Decke aus, wo es etwas wärmer war als weiter unten.

Solcha gähnte, wobei ihre blendend weißen Zähne sichtbar wurden. Ihre Augen verrieten die Müdigkeit und Verwirrung eines Menschen in Bedrängnis. Sie sagte:

»Was meinst du? Soll ich zu Hause anrufen? Jemand hat gesagt, die Ochrana hat Spione, die das Telefon abhören.«

»Ich glaube nicht, dass das möglich ist. Sag nicht, von wo aus du anrufst oder wohin du gehst.«

»Wo ich sein werde, weiß ich selbst nicht. Das wird mein Professor entscheiden.«

»Wie erfahre ich, wo du sein wirst?«

»Ich finde schon einen Weg, dir Nachricht zu geben.«

»Bist du wirklich bereit, mit mir nach Amerika zu gehen?«

»Ja, wirklich. Aber das kann ich nicht, ohne meine Eltern einzuweihen. So einfach ist das.«

5.

Als Bunem nach Hause kam, war das Essen noch nicht fertig. Sein Vater war noch nicht vom Abendgebet zurück. Zirele las im Licht der Kerosinlampe einen Roman von Schomer[1]. Über den Autor, seinen Stil und sein deutsches Jiddisch machte sie sich oft lustig, las seine Bücher aber immer weiter. Sie schilderten romantische Liebesgeschichten und Intriganten, die die Liebenden auseinanderbringen wollten. Die Geschichten spielten nicht in Warschau, sondern an der Riviera, in Rom oder auch in der Schweiz. Zirele sagte gern, Schomer zu lesen sei wie eine Reise ins Ausland. Die Mutter saß am Herd, wo der Eintopf köchelte, und warf ab und zu einen Blick in »Verpflichtungen des Herzens«. »Der rechte Weg« lag auf ihrem Schoß. Außer diesen Erbauungsbüchern las sie in so weltlichen Werken wie dem »Bundes-

---

1 Shomer/Schomer ist ein Pseudonym des Autors Nachum (oder auch Nahum M.) Schaikewitsch (1850-1905), Verfasser von Schundromanen (u. a. »Judke Schmerkes Fohrt noch Amerika«) – dieser Eintrag stammt aus der Brooklyn Library.

buch«[2] und Erzählungen von fernen Ländern, wilden Stämmen, sonderbaren Gebräuchen der Chinesen, Japaner und der Bewohner von Inseln im Pazifik.

In einem Spalt in der Wand irgendwo hinter dem Ofen zirpte ein Heimchen und erzählte in seiner Grillensprache eine Geschichte. Von Zeit zu Zeit machte es eine Pause, als markiere es das Ende eines Absatzes, und fuhr dann fort. Auf dem Küchentisch lag die jiddische Zeitung, die Mutter und Tochter schon gelesen hatten und die als Einschlagpapier für die am Freitagabend vorgekochte Sabbatmahlzeit aufbewahrt wurde.

Es hatte Zeiten gegeben, da die Mutter Bunem, wenn er heimkam, fragte, wo er gewesen sei, aber er hatte immer so ausweichend, zögernd und undeutlich geantwortet, dass sie schließlich das Fragen aufgegeben hatte. Der Vater sprach gar nicht mehr mit ihm. Bunem benahm sich im Haus so, als hätte er anderswo schon eine Ehefrau. Zirele starrte ihn halb neidisch, halb verwundert an. Er hatte etwas geschafft, was nur ein Mann konnte: Er ging eigene Wege.

Die Mutter las bis zum Ende der Seite, auf der Rabbi Bachye[3] klarmacht, dass einer, der Gott dient, in einer besseren Lage ist als ein Alchemist, und fragte dann tadelnd:

»Bleibst du hier oder musst du gleich wieder fortrennen?«

»Ich muss bald wieder gehen.«

---

2 Das Bundesbuch ist eine Sammlung von Rechtssätzen und Mahnungen, die im Buch Exodus, dem Zweiten Buch Mose, hinter den Zehn Geboten stehen.

3 Bachja ibn Pakuda, Verfasser der »Verpflichtungen des Herzens« (um 1080), der ersten systematischen jüdischen Ethik

»Das Abendessen ist noch nicht fertig.«

»Ich esse, was da ist.«

»Nichts ist da. Ich versuche, was zusammenzukratzen ... ein rebellischer Sohn.«

»Du wirst nicht in meiner Gehenna sein.«

»Ich fürchte, doch«, antwortete Scheba, die Tochter eines gelehrten Rabbi.

Bunem sah sie von der Seite an.

»Sie hat ein interessantes Gesicht«, dachte er. »Ich könnte ein wunderbares Porträt von ihr malen.«

Sie hatte eine schmale Nase, ein spitzes Kinn, hohle Wangen. Ihre großen grauen Augen drückten Strenge und Gedankentiefe aus. Bei ihr war der Natur ein Fehler unterlaufen. Sie hätte ein Mann sein sollen. Reb Menachem Mendel verirrte sich gelegentlich in die Küche und fragte sie, wo bestimmte Passagen in der Heiligen Schrift zu finden seien. Manchmal beriet er sich mit ihr auch, wenn Hausfrauen wissen wollten, ob ein beschädigtes Hühnchen noch koscher war. Scheba konnte besser als er bestimmen, ob ein Flügel gebrochen oder nur ausgerenkt war. Die falsch liegende Gallenblase eines Geflügels konnte sie finden. Sie verhandelte mit Matronen, die vom Rabbi wissen wollten, wann sie für ihre Männer sexuell verfügbar zu sein hatten.

Scheba sagte jetzt:

»Mach deine Waschung. Zirele, leg das Tischtuch auf.«

»Der kann ohne Tischtuch essen, der feine Herr.«

»Tu, was ich dir sage.«

Zirele breitete das gefaltete Tischtuch so aus, dass nur der halbe Tisch bedeckt war.

Sie war älter als Bunem, fast hatte sie ihn großgezogen. Sie war klein geblieben, aber Bunem war rank und schlank geworden. Die Mädchen in der Krochmalna drehten sich auf der Straße nach ihm um. Anfangs hatten ihm die Nachbarn zahllose Ehen vorgeschlagen. Er hätte leicht tausend oder fünfzehnhundert Rubel Mitgift und sechs, sieben oder gar zehn Jahre lang einen Freitisch haben können, aber es war schon offensichtlich, dass er nicht an die Ehe glaubte. Ein Chassid aus Sochaczew hatte ihn unterwegs in einer kurzen Jacke, mit Filzhut und einer Zeichenmappe unter dem Arm gesehen. Mit dieser Nachricht hatte man Reb Menachem Mendel verschont, denn er hätte seinen Sohn sonst aus dem Haus gejagt.

Die Mutter gab Bunem ein Stück Fleisch aus dem Eintopf und ein paar Löffel Limabohnen, legte eine Scheibe Brot dazu und vertiefte sich wieder in ihr Buch, warf ihm jedoch von Zeit zu Zeit einen fragenden Blick zu. Er war gewachsen wie ein Baum – möge ihn niemals ein böser Blick treffen. Er war vom rechten Pfad abgewichen, aber wenigstens plapperte er nicht wie seine Schwester Zirele, und er jammerte nicht. Zwischen Mutter und Tochter herrschte ein stummer Krieg. Zirele beschuldigte die Mutter, sie habe ihr die Ehe mit Mordechai Zarah vermittelt, um sie ein für alle Mal loszuwerden. Zirele hatte schon verkündet, falls sie sich entschließen sollte, sich wie die Näherin in Nummer 16 das Leben zu nehmen, wäre die Mutter schuld.

Bunem aß hastig. Er musste schon um Punkt sieben Uhr im Pod Bilachem sein. Anschließend musste er ein Haus in der Niska-Straße finden, am anderen Ende von Warschau. Er stand auf, und seine Mutter befahl ihm:

»Sag den Segensspruch. Noch bist du kein Goi.«

Bunem ließ einen Tropfen Wasser auf seine Handfläche fallen und begann zu murmeln. In diesem Haus musste man ständig dem Allmächtigen schöntun, zum Dank für die Leiden, mit denen er das Volk Israel heimgesucht hatte. Sie rühmten ihn immer noch dafür, dass er in seiner Gnade Jerusalem wieder erbauen würde, amen.

Bevor Bunem ging, sagte seine Mutter:

»Zieh deinen Mantel an. Draußen ist es eiskalt.«

»Ich brauche keinen Mantel.«

Und er ging.

Er hastete über den vereisten Bürgersteig. Die Gaslaternen stießen Dunstfahnen aus, die in Regenbogenfarben schillerten. Über den schneebedeckten Dächern hing ein glutroter Streifen Himmel. Ein Schornstein in Nummer 7 spie Funken. Die Bäcker buken Brot und Brötchen. Bunem hatte sich, bevor er das Haus verließ, heimlich vierzig Groschen von Zirele geliehen. Er schuldete ihr schon einen Rubel und fünfzig Kopeken. Sie wiederum hatte das Geld von der Summe genommen, die dem Schneider zustand, der ihre Aussteuer genäht hatte. Der dauernde Geldmangel war für Bunem nicht nur ärgerlich, sondern auch beschämend und ein Symbol einer religiösen Erziehung, die Kinder zu Bettlern und Schmarotzern aufzog. Er plante, nach Amerika zu fliehen, aber woher sollte er das Geld für die Überfahrt nehmen?

Halb rannte, halb rutschte er über die Bürgersteige. Die Zeitungen berichteten, dass die Straßen in Berlin, Paris und anderen europäischen Großstädten vom Schnee freigeräumt wurden, aber in Warschau blieb er den ganzen Winter liegen.

Punkt sieben war Bunem im Restaurant Pod Bilachem.

Er öffnete die Tür und fand Solchas Professor, der genauso aussah, wie sie ihn beschrieben hatte – glatzköpfig, spitzbärtig –, an einem über und über mit Zeitungen und Zeitschriften bedeckten Tisch. Er rauchte eine Zigarette und las. Aus einer Westentasche hing eine Taschenuhr heraus. Bunem beobachtete ihn einen Augenblick lang. Da saß er nun und plante die Herrschaft des Anarchismus. Bunem ging zu seinem Tisch und murmelte:

»Stascha wartet am Theaterplatz vor dem Eingang zur Oper auf Sie. In ihrem Haus hat es eine Razzia gegeben.«

Der andere zuckte nicht mit der Wimper, vielmehr zog er die Uhr aus einer Westentasche und sagte laut:

»Fünf nach sieben.«

Bunem brauchte eine Weile, bis ihm dämmerte, dass dies ein konspiratives Täuschungsmanöver war, damit andere glaubten, er habe nur nach der Uhrzeit gefragt.

Bunem setzte sich und bestellte Tee. Der Professor las noch eine Weile weiter, raffte die Zeitungen dann zusammen und packte sie in seine Mappe. Die Kellnerin kam, und er bezahlte. Kurz danach ging er zum Treffpunkt mit Stascha.

Bunem trank den heißen Tee in kleinen Schlucken und blickte sich um. Obwohl Solcha behauptet hatte, alle, die in dieses Café kämen, hätten ihren Frieden mit dem Regime und mit Gott gemacht, sahen sie alle rebellisch aus – die Männer mit dichtem Haarbusch, manche sogar in schwarzen, mit Schärpen gegürteten Hemden; die Frauen mit Kurzhaarschnitt. Da saßen sie und planten die Weltrevolution, jeder nach seinem Geschmack. Einige der jungen Männer lasen den Mädchen Zeitungsmeldungen oder Ausschnitte aus Artikeln vor. Sie bildeten sich ein, die Regeln der Konspiration zu befolgen, aber in Wahrheit verrieten sie sich mit ihrer Kleidung und ihren Gesten. Die Polizei konnte jederzeit mit der grünen Minna vorfahren und alle ins Gefängnis abtransportieren.

Bunem zahlte und hastete zur Niska-Straße und dem Haus, vor dem er sich mit Keila verabredet hatte. Sie stand am Tor, in einen Schal gewickelt. Nur eine kleine Ecke ihres blassen Gesichts schaute heraus.

In den Wochen, seit sie Jarmy verlassen hatte, war sie abgemagert und verkümmert. Sie war ein Dienstmädchen geworden, und so sah sie auch aus.

Als sie Bunem entdeckte, leuchteten ihre Augen einen Moment auf. Er hatte sich verspätet und entschuldigte sich. Keila sagte:

»Du musst dich nicht entschuldigen, Bunem. Ich würde die ganze Nacht auf dich warten. Wenn du kommst, wird alles wieder hell.«

Sie wanderten lange schweigend durch die Straße. »Soll ich ihr von Solcha erzählen? Soll ich sie täuschen?«, fragte sich Bunem.

Keila hatte all ihre Hoffnungen auf ihn gesetzt. Sie hatte in der Kälte geduldig auf ihn gewartet. Bunem fürchtete, sie würde schreien, weinen, vielleicht ohnmächtig werden.

»Ich sag's ihr später«, beschloss er.

Sie gingen ein paar Schritte, blieben dann stehen. Sie hielt seinen Arm, und ihre Hand zitterte und bebte. Plötzlich sagte sie:

»Lass uns umkehren.«

»Wohin denn?«, fragte er.

»Zu meinem Dienstherrn. In seinem Haus ist eine Abstellkammer, in die nie jemand geht.«

»Aber wir könnten erwischt werden.«

»Nein.«

Keila begann, ihm von dem Bäcker zu erzählen, dessen
Dienstmädchen sie war. In der Kammer wurden nur Back-
schaufeln, Ofengabeln und leere Säcke aufbewahrt. Sie war
warm, weil eine Wand die Wärme des Backofens abgab. Die
Tür konnte man von innen verriegeln. Der Bäcker hatte nur
einen Gehilfen, und jetzt waren die beiden beschäftigt, kne-
teten den Teig für die Brötchen und bereiteten sie für den
Backofen vor; auch die Bäckersfrau half mit. Wochen vergingen, ohne dass einer die Nase in die Abstellkammer steckte.

Keila sagte: »Ich habe die ganze Nacht dagelegen und an
dich gedacht. Ach, Bunem, wer hätte das geglaubt? Ich habe
alles und alle aufgegeben und bin Dienstmädchen geworden.
Die Meister haben mich angestellt, so wie ich bin. Ich bin –
wie man sagt – leer und bloß. Du bist meine einzige Hoffnung.«

Bunem schnürte es die Kehle zu.

»Keila, ich muss dir was sagen.«

»Was?«

Bunem spürte einen Kloß im Hals.

»Ich habe eine Freundin, und ich liebe sie.«

Gott sei Dank weinte und lamentierte sie nicht. Sie blieb
stehen, und beide schwiegen.

Sie fragte: »Was verlangst du von mir? Soll ich zu Jarmy
zurück?«

»Ich will dir keine falschen Hoffnungen machen.«

»Na ja, sei's drum. Verloren bin ich sowieso.«

Sie standen lange schweigend da, dann sagte sie mit zittriger Stimme:

»Bring mich irgendwohin. Ich muss was trinken.«

SECHSTES KAPITEL

1.

Max war es gewohnt, dass alles so kam, wie er es geplant hatte. Aber jetzt häuften sich die Beweise dafür, dass es aus war mit seinem Glück. Erstens war sein Davidowitsch-Plan ein Reinfall. Sergei Davidowitschs Frau, dieses Mannweib, war aus Kiew angereist und hatte ihn geholt. Er lebte immer noch. Zweitens steckte Jarmy in einer tiefen Depression, seit Keila ihn verlassen hatte. Er »verdiente« keinen Pfennig mehr, und was Max ihm gab, setzte er in Wodka um. Max' Kommentare, dass nur ein Idiot an Sex mit Frauen glaube, erreichten ihn nicht. Jarmy sehnte sich nach Keila und suchte sie überall. Jetzt warf er Max vor, er sei schuld, dass Keila geflohen war.

Max war nur Jarmys wegen nach Polen gekommen. Als sie im Arsenal-Gefängnis eine Zelle teilten, hatte er sich, schwul wie er war, in Jarmy verliebt. Aber Jarmy hatte alle Lust an homosexuellen Freuden verloren. Er plapperte nur noch von Keila und Alkohol. Also hatte Max hier in Warschau eigentlich nichts mehr zu tun, aber in den Vereinigten Staaten, Kanada und Buenos Aires wurde er polizeilich gesucht. Überall hatte er Ehefrauen sitzenlassen. Nach Rio de Janeiro konnte er nur mit einer Schiffsladung lebender Ware zurückkommen, da man ihm dort eine hohe Vorauszahlung auf die zu erwartenden Frauen geleistet hatte. Doch auch dieses Projekt ließ sich nicht gut an. Max' Plan war gewesen, zusammen mit Jarmy und Keila durch die Provinz zu fahren, wo es leicht war, Frauen für eine Reise in die Ferne zu gewinnen. Er plante, mehrere Frauen der Oberschicht zu heiraten, und Jarmy sollte es ebenso machen. Keila hätte seine oder Jarmys Schwester spielen und bei der Anbahnung dieser Ehen helfen sollen. Aber Keila war verschwunden, und Jarmy weigerte sich, Warschau zu verlassen. Er hoffte immer noch, Keila würde zurückkehren oder er könnte sie irgendwo finden.

Max war mit einer Menge Geld nach Polen gekommen, aber das Hotel, die Droschken und die Restaurants waren teuer. Jarmy schnorrte dauernd Geld für Alkohol. Auch Jarmys Miete musste Max zahlen. Schlimmer als alles andere aber war, dass Max womöglich seine Liebes- oder Zauberkraft verloren hatte. Er zog zwar Männer vor, war aber trotzdem auch zu Beziehungen mit Frauen in der Lage. Jahrelang hatte er als Schlepper fungiert, Mädchen fachmännisch verführt und aufs Bordell vorbereitet. Er gab häufig damit an, dass er die weibliche Psyche kenne, wisse, wie man Frauen überredete, sie so umgarnte, dass ihnen nichts anderes übrigblieb, als sich verkaufen zu lassen. Er besaß eine magnetische Anziehungskraft – davon war er überzeugt. Dinge geschahen ihm, die mit Logik nicht wegerklärt werden konnten. Er musste nur einen kurzen Blick auf eine Frau werfen, und schon war sie ihm verfallen. Er konnte sie allein durch die Kraft seiner Gedanken hypnotisieren. In seinem Leben hatte er Eroberungen gemacht, von denen er niemandem erzählte, weil jeder ihn für einen Lügner gehalten hätte. Vielleicht hatte seine Macht über Frauen ihren Grund darin, dass er ihnen nichts glaubte, dass er keine Spur Vertrauen zu ihnen hatte und alle ihre Tricks, Winkelzüge und ihr verlogenes Theater kannte. Gleichzeitig hatte er niemals einen Potenzverlust erlitten. Er beherrschte die Kunst, die Lust einer Frau bis an die äußerste Grenze zu treiben, und mutete ihnen nie die Rohheit jener Männer zu, die nur ihre eigene Befriedigung suchten.

Und dann geschah es, und zwar so: Bevor Max damals Warschau hinter sich gelassen und über den Ozean gefahren war, hatte er dort eine Süße – eine von mehreren – ernsthaft als Ehefrau in Betracht gezogen, obwohl er im Innersten schon wusste, dass er niemals wirklich heiraten würde und dass seine wahre Leidenschaft nicht den Frauen galt. Feigele oder Fania Lepkin hieß die Frau. Ihre Bekannten nannten sie die Schwarze Fania.

Sie war braun wie eine Zigeunerin, klein, mandeläugig, hatte hohe Wangenknochen, blendend weiße Zähne und volle Lippen. Ihr rabenschwarzes Haar war zu zwei kurzen dicken Zöpfen geflochten. Fania, etwa so alt wie Max, kam aus einer Stadt in der Provinz Lublin. Seit dem Tod ihrer Mutter lebte sie in Warschau und arbeitete in einem Geschäft für Korsette und Unterwäsche. Sie hatte gelernt, Mieder und Korsette zu schneidern und zu flicken. Ihre Arbeitgeber, Isidor und Ida Goldin, waren damals schon ein kinderloses altes Paar. Die Frau litt an Nieren- und Herzschwäche, deshalb reisten die beiden oft zu Kuren nach Otwock oder Karlsbad und vertrauten Fania das Geschäft an, das sie führte, als wäre es ihr eigenes.

Es war ein kleiner, vom Boden bis an die Decke mit Waren aller Größen und Stile vollgepackter Laden in der Mead-Straße. Kundinnen kamen von überall her, sogar aus der Provinz, vor allem solche, deren Figuren besondere Maßnahmen nötig machten. Fania hatte sich ein derartiges Renommee im Gewerbe verschafft, dass andere Betriebe versuchten, sie abzuwerben, aber sie blieb den Goldins treu und war fabelhaft redlich. Sie hatte mit einem kleinen Lohn angefangen, und Isidor Goldin versuchte bei jeder Gelegenheit, ihr mehr zu zahlen, schlug ihr sogar vor, sie zur Partnerin zu machen, aber Fania erwiderte:

»Wozu? Ich verdiene genug. Ich habe alles, was ich brauche.«

Nach einer Weile nahmen die Eheleute Fania in ihre große Wohnung an der Długa-Straße auf und begannen, sie als Erbin in Erwägung zu ziehen. Isidor Goldin vermachte ihr in seinem Testament das Geschäft. Nachbarinnen und andere Frauen überschütteten Fania mit Ehevorschlägen, aber sie blieb unverheiratet. Sie warf einen Blick auf den potenziellen Bräutigam und sagte immer das Gleiche:

»Nicht mein Typ.«

Oder:

»Der hat keinen Pfeffer.«

Max hatte Fania im jiddischen Theater kennengelernt. Wenn Ida Goldin keine Zeit hatte oder krank war und Isidor nicht begleiten konnte (sie hatte Wasser in den Beinen), nahm er Fania mit. Wenn das Paar zur Kur in Otwock oder Karlsbad war, ging Fania allein.

Zufällig saß Fania bei einem Theaterbesuch an einem Samstagabend neben Max. Fania kaufte immer teure Karten, für einen Rubel oder zehn Gulden, und Max kannte den Direktor und musste nichts bezahlen.

Das Stück war dermaßen miserabel, dass Fania aus Versehen zu ihrem Nachbarn sagte: »So ein Schund!«

»Zertifizierte Scheiße«, erwiderte Max.

Fania sah ihn von der Seite an und dachte: »Der ist mein Typ.«

Sie kamen ins Gespräch und es stellte sich heraus, dass Fania und Max aus benachbarten Städten kamen, sogar entfernt miteinander verwandt waren.

An jenem Abend lud Max sie zu Tee und Kuchen in das Restaurant Hirschfeld ein. Danach nahm sie ihn mit in Isidor Goldins Wohnung. Nach einem langen Gespräch gestand ihm Fania, dass sie nicht mehr Jungfrau war. Sie schlafe heimlich mit ihrem Dienstherrn, dessen Frau seine sexuellen Bedürfnisse nicht mehr befriedigen könne.

Max fragte sie, ob sie Isidor liebe, und Fania antwortete:

»Wie einen Vater, ja, nicht wie einen Ehemann.«

»Mit dem eigenen Vater schläft man nicht«, sagte Max, worauf Fania antwortete:

»Wenn man mit dem Vater nicht verwandt ist, darf man es.«

Prompt begann Max, sie zu küssen, und Fania erwiderte die Küsse und flüsterte:

»Du bist das Salz in meiner Suppe, und Pfeffer hast du auch.«

Fania hatte ein eigenes Zimmer, aber sie ging mit ihm in Isidors Bett.

Sie sagte: »Was man nicht weiß, macht einen nicht heiß.«

»Du hast Worte für alles«, bemerkte Max, und Fania antwortete:

»Ich bin dein, aber einen Bastard brauche ich nicht.«

Diese Fania war die beste Frau, die Max je gehabt hatte, aber sie ließ sich nicht auf seine Pläne ein und ging auch nicht mit ihm nach Argentinien.

»Für mich ist Warschau gut genug.«

Fast hätte er sie geheiratet, aber ehe es dazu kommen konnte, landete er im Gefängnis. Während der Monate in einer Zelle mit Jarmy dachte er nicht mehr an Fania. Er hatte sich vor ihr geschämt, dass er den Ordnungshütern in die Hände gefallen war, umso mehr, als sie das Arsenal-Gefängnis, in dem er einsaß, von ihrem Fenster aus gut sehen konnte. Fania hatte ihn oft ermahnt, seine gesetzeswidrigen Unternehmungen sein zu lassen. Sie hatte ihn im Traum hinter Gittern sitzen sehen. Fania besaß, ganz wie er, verborgene Kräfte. Sie erzählte ihm ein Beispiel dafür und schwor bei der Seele ihrer Mutter, dass sie die Wahrheit sage: Eines Tages, als sie in einem Sessel im Wohnzimmer saß und ihr die Füße eingeschlafen waren, habe sie nach einem kurzen Blick auf die Fußbank an der Wand nur gedacht, wenn sie aufstehen könnte, würde sie die Fußbank holen und ihre Füße darauf legen. In dem Moment habe sich die Fußbank von selbst über die Dielen bis zu ihr hinbewegt, wie von einer unsichtbaren Hand geschoben.

Fania erzählte auch von anderen Wundern, die ihr widerfahren waren. Viele ihrer Träume waren wahr geworden. Max waren solche Vorhersagen unbehaglich – sie hatten immer mit Krankheiten, Tod, Gefängnis zu tun. Nach seiner Entlassung ging er nach Argentinien, ohne jeden Abschied von Fania. Wozu auch? Er hatte nicht vor, jemals wieder in Fanias mieses Land zurückzukehren. Er war entschlossen, nie zu heiraten. Und Fania ließ sich nicht in ein Netz locken. Er hatte ihr weder aus Nord- noch aus Südamerika geschrieben.

Als Max wieder in Warschau war, blätterte er aus Neugier im Telefonbuch und fand den Namen Fania Lepkin. Sie wohnte in Isidor Goldins Wohnung, das hieß, dass Isidor tot und Fania unverheiratet war. Max schrieb sich die Telefonnummer auf und spielte jede Nacht mit dem Gedanken, sie anzurufen, hatte sich dann aber auf Jarmy und Keila eingelassen, und ein Besuch bei Fania, die für seinen Geschmack zu ehrlich war, zu eigensinnig, zu selbstsicher und zu überzeugt von ihren magischen Kräften und Träumen, hätte – so sagte er sich – bedeutet, die Gräber der Toten aufzusuchen, und das wollte er nicht. Er schämte sich einfach zu sehr, sie nach so vielen Jahren anzurufen, als wäre nichts vorgefallen.

Erst als Keila Jarmy verlassen hatte und Jarmy zum Trinker wurde, rief Max eines Abend bei Fania an. Er erwartete, dass sie ihn mit Beschimpfungen überschütten oder den Hörer auflegen würde. Er sagte:

»Hier ist Max.«

Und Fania antwortete mit normaler Stimme: »Ja, Max.«

»Ich lebe noch«, sagte er, und Fania erwiderte: »Ja, ich weiß.«

»Wie das?«, fragte Max, und Fania sagte:

»Ich habe meine Zeichen.«

Alles in einem Ton, als hätten sie sich erst gestern getrennt.

2.

Wenn Max unterwegs zu einer Frau war, sah er dem Treffen normalerweise leichtherzig entgegen. Aber diesmal, auf dem Weg zu Isidor Goldins alter Wohnung und zu Fania, war ihm schwer ums Herz. Draußen ging ein heftiger kalter Novemberregen nieder. Max hatte seine Wintersachen nicht nach Warschau mitgenommen und zögerte, Geld für Kleider auszugeben, die er in Brasilien niemals anziehen würde. In Rio de Janeiro war jetzt Sommer. Schaffellmäntel, Pelzmützen, Galoschen und wollene Unterhosen, das, was Männer in Polen trugen, sah die brasilianische Mode nicht vor. Er hatte sich verrechnet, als er aus Paris gekommen war. Er hatte gemeint, es ließe sich alles so schnell regeln, wie er es gewohnt war. Er würde Jarmy finden, zusammen mit ihm ein halbes Dutzend hübsche Frauen aufgabeln und nach Brasilien verschiffen. Offenbar hatte er schon vergessen, dass sich in Russland und Polen alles gemächlich bewegte und die Dinge auf die lange Bank geschoben wurden.

Auf seine Weise hatte Max sich in die Rote Keila verliebt. Er redete sich häufig ein, dass er mit ihr wie mit Jarmy alle nur möglichen Freuden genießen und außerdem noch Geld machen würde. Aber Keilas Verschwinden und Jarmys Trunksucht hatten Max gezeigt, dass man sich auf die eigenen Stärken nicht unbedingt verlassen konnte. Keila war in Wirklichkeit nicht vor Jarmy, sondern vor ihm, Max, geflohen. Das war Max noch nie passiert.

Er ging in ein Geschäft an der Bielańska-Straße und kaufte Fania eine Schachtel Pralinen. Für sich hatte er einen Regenschirm und eine Wolljacke erworben. Von Zeit zu Zeit warf er einen verstohlenen Blick zurück, um zu prüfen, ob er von einem Geheimagenten verfolgt wurde. Er hatte sich zu lange in Warschau aufgehalten. Die Dienstleute im Hotel Warschawski musterten ihn misstrauisch. Wenn die Polizei wollte, konnte sie ihm allerhand frühere Verbrechen anlasten. Die Ehefrauen, die er verlassen hatte, suchten zweifellos auch nach ihm und hatten alle möglichen schriftlichen Anfragen über seinen Verbleib abgeschickt.

Er hatte geplant, mit Jarmy und Keila durch die Provinz zu reisen, um zu sehen, was dort zu erreichen war, aber er hatte keine Lust, sich allein durch schlammige Kleinstädte zu schleppen.

Obwohl der Weg von der Bielańska zur Długa nicht weit war, nahm Max eine Droschke.

Sie hielt an der angegebenen Adresse, und Max stieg die Treppen zum dritten Stock hoch. In seiner Erinnerung war dies ein elegantes Haus, aber nach New York und Rio de Janeiro sah alles provinziell, ungepflegt, altmodisch aus. Auf jedem Treppenabsatz stand ein mit Sand gefüllter Spucknapf. Die Wohnungstüren waren hoch, breit, schwer, wahre Befestigungen.

An der Tür zu Fanias Wohnung hing immer noch ein Messingschild mit dem Namen des verstorbenen Bewohners. Max klingelte. In früheren Jahren hatte er die Klingel nur berühren müssen, und schon war Fania an der Tür, aber diesmal ließ sie ihn warten. Nach einer ganzen Weile hörte er ihre Schritte, und sie öffnete die Tür einen Spalt breit, ohne die Kette zu lösen. Ihre schrägen schwarzen Augen fixierten ihn eine Zeit lang.

Max sagte: »Ja, ich bin's. Mach auf!«

Sie ließ ihn in den Flur eintreten und sagte:

»So wahr mir Gott helfe, ich hab dich nicht erkannt.«

»Ich bin alt geworden, was?«

»Im Gegenteil, du siehst aus wie ein Strichjunge.«

»Du hast dich kein bisschen verändert«, sagte er und machte ihr damit ein Kompliment.

Fania kam ihm kleiner vor, als er sie in Erinnerung hatte. Ihr Gesicht sah so gelb und flach aus wie das einer Chinesin. Die beiden dicken Zöpfe waren zu einem Nackenknoten geworden.

Er ging an ihrer Seite in das Zimmer, das Fania damals »Salon« genannt hatte. Die Möbel wirkten alt, ungepflegt, klobig. Der Kleiderschrank war noch aus der Zeit von König Sobieski, der Perserteppich verschlissen und abgetreten. Das Zimmer roch nach Insektiziden.

Eingangs hatte Max versucht, Fania zu küssen, aber sie war zurückgewichen. Jetzt ging sie in die Küche, um Erfrischungen zu holen, und blieb lange. Dann brachte sie ihm Tee und Brötchen. Max fragte, wann Isidor Goldin gestorben sei, und Fania antwortete:

»Vor eineinhalb Jahren.«

»Und jetzt gehört alles dir?«

»Ich zahle Miete für die Wohnung und das Geschäft. Vererbt hat er mir die Ware.«

»Was ist mit seinem Geld?«

»Geld hatte er anscheinend nicht mehr. Die Krankheiten seiner Frau haben ein Vermögen verschlungen.«

»Lebst du hier allein?«

»Mit wem soll ich leben? Mit dem Rabbi von Sieniawa[1]? Wenn du eine Frau aufnimmst, schaut sie dir in alle Töpfe und kriecht dir unter die Haut. Ein Mann müsste mein Typ sein. Mir ist nicht jeder recht, wie dir, du Schürzenjäger. Warum haben sie dich eingesperrt, eh?«

»Nicht, weil ich Psalmen aufgesagt hätte.«

»Hast du jemanden vergewaltigt?«

»Ich danke Gott, dass sie nicht mich vergewaltigt haben.«

»Na, immer noch derselbe Max. Ohne Abschied gegangen. Nie ein Brief. Ich habe nicht mal gewusst, ob du überhaupt noch lebst. Wo warst du in all den Jahren?«

Max war entschlossen, so wenig wie möglich von sich preiszugeben, aber dem Drang zu prahlen konnte er nicht widerstehen. Sie fragte ihn aus, und er beichtete ihr wie ein Christ dem Priester. Er erzählte ihr von Schandtaten, die er nicht erst in Amerika begangen hatte, sondern schon vorher, in Piask und anderen Städten.

Fania hatte beim Zuhören manchmal traurige, dann wieder lachende Augen.

1 Rabbi Ezekiel Schraga von Sieniawa (1811-1899), ein halachischer Gelehrter, Sohn des Chassid Chaim Halberstam

Sie musterte ihn spöttisch.

»Dass du so ein schräger Vogel bist, hab ich nicht gewusst …«, sagte sie.

»Ich hab dir noch nicht mal ein Zehntel von meinen Heldentaten erzählt.«

»Was hast du sonst noch angestellt? Deine Eltern umgebracht und im Ofen gebraten?«

»Ich hab kein Blut vergossen.«

»Warum bist du wieder nach Warschau gekommen? Um für deine Sünden zu bezahlen?«

»Ich hatte Sehnsucht nach dir.«

»Was bist du nur für ein Scharlatan, einen größeren gibt's nicht auf der Welt, das schwöre ich. Du kannst alle bescheißen, aber nicht mich. Ich habe von Anfang an gewusst, was du bist.«

»Und geschlafen hast du trotzdem mit mir?«

»Das steht auf einem ganz andern Blatt. Wie kommt es, dass dir die Nase nicht abgefallen ist? Andere wie du verlieren ihre Nasen.«

»Ich bin gesund, Gott sei Dank.«

»Ich werd dich koscher schrubben wie einen verdreckten Topf, vorher lasse ich dich nicht in meine Nähe«, sagte Fania.

»Solange du mich nicht verbrühst, soll's mir recht sein.«

Gewöhnlich machten solche suggestiven Reden Max begehrlich, aber diesmal regte sich aus irgendeinem Grund nichts bei ihm.

»Was ist los mit mir? Hat Keila mich verhext?«, fragte er sich. »Oder bin ich so in Jarmy verliebt?«

All seine Liebeskünste hatten Max nicht vor der Angst bewahrt, impotent zu werden. Wenn er die Zeitungsreklame eines Doktors las, der »männliche Schwäche« heilte, alarmierte ihn schon die Formulierung. All seine Taten, all seine Prahlereien waren eng an die sexuelle Potenz gebunden. Er beschloss oft, sich die Kugel zu geben, falls er je seine Manneskraft verlor.

Fania hatte sich ins Bad zurückgezogen, wo ein Gasherd stand, auf dem man Wasser kochte.

»Hat sie vor, mich zu baden?«, fragte sich Max. Offenbar war ihr Liebeshunger überwältigend, aber er war alles andere als bereit für ein Abenteuer dieser Art.

»Ich bin ja nicht der Gemeindebock, der alle bespringen muss«, dachte er. Er steckte sich eine Zigarette an. Er wollte Fania um einen Drink bitten, obwohl er wusste, dass Wodka ihn schläfrig machte.

Fania kam zurück.

»Weil du ein solches Schwein bist, muss man dich schrubben und koscher machen.«

»Was hast du gemacht?«

»Dir ein Bad eingelassen.«

»Gib mir lieber was, um mich von innen zu wärmen«, sagte Max.

»Was willst du haben? Der Alte, er ruhe in Frieden, hat mir eine ganze Taverne hinterlassen.«

»Hast du Kognak?«

»Ja, und auch was zum Beißen dazu.«

Fania ging den Schnaps holen, und Max stand auf.

»Vielleicht ist es jetzt schon Zeit für die Kugel?«, sinnierte er. »Aber es eilt nicht. Das Grab läuft nicht weg.«

Er stellte sich ans Fenster und schob den Vorhang zur Seite. Von hier aus konnte er das Arsenal sehen, wo er monatelang mit Jarmy eingesessen hatte. Eine Straßenbahn fuhr so dicht an dem Gebäude vorbei, dass man denken konnte, sie würde eine Mauerecke abreißen.

»Na ja, ich hab mein Leben vergeudet«, sagte sich Max. Keila hatte es vielleicht richtig gemacht, als sie versuchte, sich aus dem Sumpf zu retten. Aber wohin konnte er, Max, fliehen? Und was dann? Sollte er in New York Hosen bügeln? Nach Palästina gehen, die steinige Erde pflügen und Rachels Grab besuchen? Menschen wie er mussten dem Leben alles abpressen, was es zu bieten hatte, oder sterben. Fania kam mit einer Flasche Kognak und einer Schale Gebäck.

»Hier, schluck!«

»Lass uns auf etwas anstoßen.«

»Wie? Na, meinetwegen. Ach, ich hab die Gläser vergessen!«

Sie ging wieder hinaus, und in der Zwischenzeit zog Max den Korken aus der Flasche und nahm einen großen Schluck. Er spürte ein Brennen im Inneren. Schnell stöpselte er die Flasche wieder zu, dann kam Fania mit den beiden Gläsern. Sie goss eines randvoll, gab es ihm und schenkte sich selbst nur ein Drittel ein.

Sie fragte:

»Was soll ich dir wünschen? Dass du alle Frauen haben kannst, die du noch willst?«

»Trinken wir auf deine Hochzeit?«, sagte Max.

»Hochzeit? Wer würde mich denn nehmen? Die ich will, wollen mich nicht. Und die mich wollen, will ich nicht haben.«

»Ich will dich«, sagte Max.

»Lügner, Dieb, meinen Leib willst du, aber nicht meine

Seele. Wie die Schauspielerin im Theater sagte – ihren Namen habe ich schon vergessen ...«

»Was hat sie gesagt?«

»Sie hat gesagt, dass – dass, ... ich hab's auch vergessen. Ich hab Stroh im Kopf. Sie hat ein Lied vom Menschenleben gesungen. Du lebst Jahr um Jahr und weißt nicht warum und nicht für wen. Dann kommt der Tod und alles ist vorbei. Und was bleibt? *L'chaim.*«

Fania trank und verzog das Gesicht. Max kippte sein Glas.

»Ein Sack Knochen, das ist alles, was übrigbleibt.«

Max und Fania lagen im Bett. Erst hatte sie ihn gewaschen und gebadet. Sie hatte ihn umsorgt wie eine Mutter. Ihre Hände kitzelten ihn, und er lachte wie ein Kind. Aber als sie dann zu ihm ins Bett kam, verließ ihn plötzlich die Lust. Keilas Haut war weiß, Fanias dagegen gelblich und dunkel. Sie hatte Krampfadern in den Beinen, und ihre Zehen schoben sich übereinander. Warzen hatte sie auch.

Er drehte sie um, und sie waren still.

Er sagte: »Da siehst du's, ich tauge zu gar nichts mehr.«

»Du musst dich nicht entschuldigen. Ich bin zufrieden mit dir, so wie du bist.«

»Wer lag in diesem Bett, der Dienstherr oder seine Frau?«

»Er. Er ist darin gestorben.«

Sie unterhielten sich lange. Fania erzählte ihm von dem Laden. Sie hatte versucht, das Geschäft selbst zu führen und sich gleichzeitig um den Haushalt zu kümmern. Sie hatte angenommen, sie sei aus Stahl, wurde aber so schwach, dass sie zum Arzt gehen musste. Er erklärte ihr, dass sie anämisch sei, und verschrieb ihr Eisen. Sie musste jemanden anstellen, eine verlassene Ehefrau. Man konnte sich nicht allzu sehr auf die

Frau verlassen, aber sie schien ehrlich genug. Fania ließ sie im Geschäft allein. Hatte sie eine Wahl? Man kann nicht dauernd aufpassen und jeden Groschen zählen. Der Alte – möge er im Himmel für sie bitten – hatte so viel Ware angehäuft, dass sie, Fania, nicht wusste, was ganz oben in den Regalen lagerte. Sie musste ständig auf die Leiter steigen und fand immer Zeug, von dem sie vorher nichts gewusst hatte. Er hatte die zwanghafte Angewohnheit gehabt, den gesamten Lagerbestand von Händlern aufzukaufen, die bankrottgegangen waren.

Fania sagte: »In diesem Geschäft brauchst du eine Menge Stile und Formen. Kundinnen kommen mit Figuren, die du nicht für möglich gehalten hättest, hättest du sie nicht mit eigenen Augen gesehen. Manche Frauen haben so gewaltige Busen, dass sie in kein Mieder passen. Andere sind flachbrüstiger als ein Mann. Und was ist mit denen, die eine Operation hinter sich haben? Kommt eine Frau, schön wie ein Bild, und hat nur eine Brust. In der anderen ist ein Knoten gewachsen, der zu einem Krebsgeschwür wurde. All diesen Frauen muss man ein Mieder anpassen. Meine Angestellte tut wenig genug, aber das ist immer noch besser als nichts. Und wenn sie stiehlt, kann ich es auch nicht ändern. Ins Grab nimmt man nichts mit. Der Alte hat immerzu Geld gerafft, aber als seine Stunde kam, ist er gegangen wie all die anderen. Wem soll ich es hinterlassen? Kinder werde ich keine mehr bekommen.«

»Warum denn nicht? Du bist noch jung genug.«

»Na, so jung nicht mehr. Es ist gut, Kinder zu haben, wenn du zwischen zwanzig und dreißig bist, aber danach nicht mehr. Am besten fängst du gleich nach der Hochzeit damit an, mit neunzehn oder zwanzig. In so jungen Jahren denkst du nicht weiter nach. Du lebst und du hast Babys. Was wäre mit meinem Laden, wenn ich schwanger würde und Kinder hätte? Er würde den Bach runtergehen. Ich habe auch keinen Kopf mehr für so was. Man fängt an, sich Sorgen zu machen, aber wozu soll das gut sein? Warum neue Menschen mit neuen Sorgen in die Welt setzen? Und mit wem soll ich denn Kinder haben? Mit dem Engel Gabriel?«

»Kannst du keinen Ehemann finden?«

»Nein, Max, das kann ich nicht. Manchmal kommen Handlungsreisende in meinen Laden, Vertreter von Fabriken und Firmen. Die reden mit mir und zeigen ihre Warenmuster. Die meisten sind verheiratet. Aber selbst wenn einer noch Junggeselle ist, ist er nicht mein Typ. Ihm fehlt der Pfeffer.«

»Du kannst auch ohne den Pfeffer zurechtkommen.«

»Nein, Max. Wenn der Mann dumm oder langweilig ist – manchmal sind sie beides zugleich –, kann ich ihn nicht ertragen. Schon die zehn oder fünfzehn Minuten mit ihm in meinem Laden sind eine Last für mich. Er steht da und redet und faselt, wiederholt alles hundert Mal, und ich will nur eines: dass er so schnell wie möglich verschwindet. Was ist mit dir? Bist du in jemanden verliebt?«

»Verliebt? Nein.«

»Du bist verliebt. Du denkst auch in dieser Minute an sie. Wer ist sie? Mir kannst du's erzählen. Ich bin deine Freundin.«

»Woher willst du wissen, dass es eine Sie ist? Vielleicht ist es ja ein Er?«

Fania schwieg einen Moment.

»Machst du Witze oder was?«

»Man kann sich in jemanden vom gleichen Geschlecht verlieben.«

»Nein, kann man nicht.«

»Ich erzähle ihr nichts«, nahm Max sich vor. Aber gleich danach fing er doch von Jarmy und Keila an.

Fania hörte schweigend zu. Ab und an hüstelte sie. Sie sagte: »Max, das hast du dir nur ausgedacht.«

»Nein, es ist die Wahrheit.«

»Wen willst du – Ihn? Sie?«

»Beide zusammen.«

»Was ist das – Irrsinn?«

»Nenn es, wie du willst.«

»O Max, was für ein Unfug. Ich würde an deiner Stelle den ganzen Blödsinn vergessen und versuchen, wie ein normaler Mensch zu leben.«

»Ich bin kein Mensch.«

»Doch, das bist du. Da du kein Tier bist, musst du ein Mensch sein. Du bist verrückt geworden, was sonst. Das kommt davon, dass man allein ist. Wenn du mich heiratest, bring ich dich wieder zur Vernunft.«

»Du würdest mich immer noch heiraten? Nach allem, was du jetzt weißt?«

»Ja, Maxie.«

»Weil ich genug Pfeffer habe?«

»Einen ganzen Sack voll. Aber wenn du dich nicht zusammennimmst, wenn du dich weiter gehen lässt, dann bist du verloren. Das lass dir gesagt sein.«

Sie redeten noch eine Weile hin und her. Und auf einmal schnarchte Fania. Er lag hinter ihr, hatte eine Hand auf ihrem Bauch. Ihr Fleisch fühlte sich heiß an.

»Vielleicht hat sie recht?«, überlegte er. »Vielleicht ist es höchste Zeit, dass ich mit einem geordneten Leben beginne? Schön und gut, aber was würde ich mit ihr machen? Ihr helfen, Mieder zu sortieren? Lernen, Korsette zu nähen? Und wenn Keila wieder auftauchte und ich mit ihr und Jarmy nach Brasilien ginge, wie wäre das? Man wird nicht jünger, man wird nur älter. Ein junges Flittchen zu sein ist eine Sache, eine alte Schlampe etwas anderes. Dieser Jarmy ist ein kompletter Schlamassel, ein Arsch mit Ohren. Eine Schnapsdrossel, sonst nichts. Ohne Keila geht er ganz kaputt.«

Max gähnte. Seine eigenen Gedanken machten ihn müde, er schlief ein und träumte, dass Jarmy und Keila Held und Heldin des Fortsetzungsromans in der Zeitung waren. Keila wurde Fräulein Helena und Jarmy war Zbigniew Koczinski. Sie hatten sich so verkleidet, dass der Graf sie nicht erkannte. Mehrere Wagenladungen Polizisten als Feuerwehrmänner getarnt tauchten auf. Auf einem der Wagen schaukelte eine Leiter, die in Wahrheit ein Galgen war.

»Ich muss weg von hier, fliehen, sonst hängen sie mich auf!«

Angst packte ihn, und er taumelte. Er erwachte schaudernd und von Lust besessen. Er zog Fania an sich, und es dauerte eine Weile, bis sie begriff, wie ihr geschah.

Lange überließen sich beide wortlos ihrer Fleischeslust. Danach sagte Fania:

»Dafür, dass du nicht mehr begehrst, bist du ganz schön begehrlich.«

»Von Zeit zu Zeit geschieht ein Wunder.«

»Ja, ich habe mich nach dir gesehnt. Ich habe die ganze Zeit an dich gedacht. Das ist die Wahrheit.«

Er wusste genau, dass er ihren Körper benutzte, um seine Gier nach einer anderen Frau zu stillen, aber das war ihm gleichgültig. Statt als Fehlschlag zu enden, hatte die Nacht mit einem Sieg aufgehört. Aber um funktionieren zu können, hatte er die ganze Zeit an Jarmy und Keila denken müssen. Er redete Fania mit spanischen Wörtern an, damit sie nicht verstand, was er sagte, und er trotzdem ausdrücken konnte, was er wollte. Ziemlich kompliziert, aber Liebe und Sex sind keine einfachen Angelegenheiten.

Fania sagte:

»Ich lass dich morgen nicht gehen.«

»Was willst du denn machen?«

»Ich binde dich mit einem Seil am Bett fest, dann wirst du schon hierbleiben. Ich stelle dir was zu essen und zu trinken hin, wie einem Tier.«

»Pack auch eine Zeitung dazu.«

»Du sollst alles haben, was du willst, aber hier bei mir, nirgendwo sonst.«

»Und wenn ich verlange, dass du mir Jarmy und Keila bringst?«

»Niemals!«

»Einmal pro Woche. Tu mir die Liebe!«, bettelte er.

Fania überlegte.

»Na gut. Einmal pro Woche kannst du verrückt sein, aber mehr nicht.«

»Aha, sie gibt schon nach«, dachte Max. »Wenn sie lieben, lassen sie sich zu allem überreden.« Laut sagte er:

»Umgekehrt: Ich binde dich ans Bett und stell dir Futter und Wasser hin, wie einem Hühnchen.«

»Und wer soll sich ums Geschäft kümmern?«

»Geschäfte brauchst du nicht mehr. Ich bohre ein Loch in den Safe der Landauer Bank und hole die ganze Knete raus. Ich lasse dir jeden Morgen eine Flasche Champagner und ein Beefsteak da. Das ist dann dein Frühstück.«

»Ich esse kein Beefsteak zum Frühstück.«

»Oh, dies ist ja Warschau, das hatte ich vergessen. Ich dachte, ich wäre wieder in Buenos Aires.«

3.

Chanukka war gekommen und vergangen. Die alten Männer im Bethaus sagten, was sie jeden Winter sagten – so viel
Schnee und Frost habe es noch nie gegeben, so weit sie zu-
rückdenken könnten. Bunem hatte begonnen, seine Abende
zu Hause zu verbringen. Solcha war irgendwohin verschwunden. Ins Atelier kam sie nicht mehr. Bunem versuchte, sie zu
Hause anzurufen, aber ihre Mutter sagte ihm jedes Mal, sie
sei ausgegangen. An mehreren Abenden suchte Bunem das
Restaurant Pod Bilachem auf, aber der Professor war nicht
da. War Solcha mit ihm durchgebrannt? Waren beide verhaftet worden?

In der Nacht, als Bunem Keila von Solcha erzählte, sagte
Keila, sie werde am nächsten Morgen zu Jarmy und Max zurückgehen. Sie schleppte Bunem zu einer Kneipe an der Po-
wazkowska nicht weit vom katholischen Kirchhof, und als
sie angekommen waren, trank sie eine ganze Flasche Wodka.
Dann führte sie ihn wieder zum Haus des Bäckers, dessen
Dienstmädchen sie war. Sie nahm ihn mit in ein dunkles Zimmer voller Mehlsäcke und schlief mit ihm.

Erst nachdem die Erregung verflogen war und seit er die Abende zu Hause verbrachte, wurde im klar, in welche Gefahr er sich begeben hatte. Keila hatte Jarmy zweifellos erzählt, mit wem sie seit zwei Monaten zusammen war, und Jarmy war fähig, ihn zu erdolchen oder zu erschießen. Es war auch nicht ausgeschlossen, dass Keila ihn, Bunem, mit Syphilis infiziert hatte. Dazu kam, dass er sich mit einer von der Ochrana gesuchten Anarchistin angefreundet und einem ihrer Mitverschwörer, die früher oder später am Galgen enden mussten, eine Nachricht von ihr übermittelt hatte. Abraham Kliatchko hatte Bunem am Telefon geraten, lieber nicht mehr ins Atelier zu kommen. Ein Fremder, sicher ein Geheimagent, sei da gewesen und habe den Hausmeister nach den Leuten ausgefragt, die im Atelier arbeiteten, und nun müsse man jeden Tag mit einer Durchsuchung rechnen.

Abends saß Bunem in der Küche und schaute in eine russische Grammatik oder las naturwissenschaftliche Bücher. Er musste aus Russland fliehen, bevor er Schande und Kummer über seine Familie brachte. Aber woher sollte er das Geld für die Überfahrt nehmen? Die Familie bereitete Zireles Heirat vor, und der Vater hatte für die Hochzeit Geld zu hohen Zinsen aufnehmen müssen. Aber selbst wenn der Vater nicht schon Schulden gehabt hätte, würde er ihm, Bunem, kein Geld für die Reise in ein Land geben, in dem Juden am Sabbat arbeiteten.

Obwohl Nummer 10, wo Reb Menachem Mendel wohnte, nur ein paar Schritte von Nummer 8 und Jarmys Wohnung entfernt war, konnte Bunem nicht herausfinden, ob Keila zu ihm zurückgegangen war. Die Doppelfenster von Reb Menachem Mendels Wohnung waren fast immer so voller Eisblumen, dass man nicht sehen konnte, was draußen vor sich ging. Wegen der Kälte waren die Straßen ausnahmslos verlassen. Die Balkone waren mit Schnee zugedeckt. In einer großen Stadt wusste man nichts von den Nachbarn, die im gleichen Hof oder sogar im gleichen Stockwerk wohnten.

Jeden Abend baute Bunem sich im Arbeitszimmer seines Vaters auf zwei Bänken ein Bett. Aber er schlief wenig.

Immer wenn die Klingel am Hoftor läutete, fürchtete er, sie kämen, um ihn zu verhaften. Seine Angst wie auch sein Verlangen raubten ihm den Schlaf. Er sehnte sich nach der Roten Keila und ihren Geschichten von den Bordellen, den Zuhältern und Jarmy. Er erinnerte sich an jedes Wort, das die betrunkene Keila am letzten gemeinsamen Abend gelallt hatte. Sie hatte abwechselnd gelacht und geweint. Mal hatte sie geprahlt, wie sie mit Max in das »andere« Amerika reisen und die Chefin eines Bordells für Millionäre werden würde, dann wieder hatte sie gedroht, zur Weichsel zu gehen, ein Loch ins Eis zu hacken und sich zu ertränken.

In Wahrheit sehnte er sich nach Keila und nach Solcha. In seinen Fantasievorstellungen lag er bei der einen wie bei der anderen. Aber was waren solche Fantasievorstellungen wert? Er steckte in einem Dilemma. Man hatte sogar aufgehört, ihm Ehekandidatinnen anzupreisen, weil die Heiratsvermittler schon erfahren hatten, dass er vom rechten Pfad abgekommen war.

Als Bunem eines Abends vor die Tür trat, um im Hof ein wenig frische Luft zu schnappen (auf die Straße ging er nicht, aus Angst, Jarmy würde ihn überfallen), fasste ihn im dunklen Torweg jemand am Arm und rief seinen Namen. Einen Moment lang glaubte Bunem, es sei Jarmy. Aber es war Keila, fest in einen Schal gehüllt, so dass nur ein Eckchen von ihrem Gesicht herausschaute. Sie sagte:

»Du bist's! Ich hab dich erwischt!«

Eine starke Alkoholfahne wehte ihm entgegen.

»Ja, ich bin's.«

»Ich habe bestimmt drei Stunden auf dich gewartet. Ich wollte schon wieder gehen. Gott selbst hat dir befohlen, herunterzukommen. Ich bin ganz steif gefroren – ein Eisklumpen.«

Und sie streckte eine kalte Hand aus.

»Wo wohnst du?«, fragte er. »Hier können wir nicht bleiben.«

»Komm mit in meine Wohnung in Nummer 8. Jarmy ist nicht da.«

»Wo ist er?«

»Mit Max weggegangen. Ich gehe vor, du folgst mir. Warte einen Augenblick.«

Und Keila ging durchs Tor hinaus.

Bunem stand da und wartete.

»Vorhersagen kann man nichts – weder Gutes, noch Schlechtes«, sagte er sich.

Er ging durchs Tor, und seine Beine fühlten sich seltsam leicht an. Er blieb einen Moment stehen und beobachtete die Straße. Der Himmel leuchtete violett über den verschneiten Dächern. Es schien, als hätten sich Reste vom Tageslicht in ihm verfangen. Aus allen Schornsteinen driftete weißer Rauch. Einige Geschäfte waren schon geschlossen, andere Ladentüren waren nur angelehnt, und die Kunden schlüpften verstohlen hinein, so dass der Polizist sie nicht sah, auch wenn er Bestechungsgeld annahm. Laut Gesetz mussten die

Läden um sieben Uhr abends geschlossen werden. Der Frost hatte etwas nachgelassen, ein paar Rüpel mit über die Augen gezogenen Mützen bewarfen sich mit Schneebällen. Ein junger Mensch mit Schläfenlocken und einem bis zu den Knöcheln reichenden Mantel trug eine Gemara unter dem Arm. Er war auf dem Heimweg von einem chassidischen Lehrhaus oder dem Bethaus in der Gnojna 5.

Bunem trat durch das Tor zu Nummer 8. Keila wartete. Sie sagte:

»Geheizt ist hier nicht, aber ich wärme dich.«

Allein von diesen Worten wurde es Bunem heiß.

Im unbeleuchteten Treppenhaus blieb Keila stehen und küsste ihn lange. Er war wie berauscht von den Alkoholschwaden, die sie ausdünstete. Sie öffnete die Tür, und ein Windstoß, kalt, wie aus einem Eiskeller kam ihnen entgegen. Sie schloss und verriegelte die Tür von innen und sagte:

»Jetzt bist du mein.«

»Wo bist du gewesen? Seit wann ist Jarmy fort?«

»Ich bin nicht zu ihm zurückgegangen, ich bin bei dem Bäcker geblieben. Ich bin nur hier, weil ich nachsehen wollte, wie die Lage ist, und der Hausmeister hat mir gesagt, dass Jarmy abgereist ist und die Miete im Voraus bezahlt hat. Heute ist mein freier Tag. Jeden Mittwoch. Er ist mit Max gegangen. Das weiß ich, weil er seine Zigarettenschachtel hiergelassen hat. Jarmy hat seine drei Anzüge mitgenommen. Hast du Hunger?«

»Hunger? Nein.«

»Ich habe eine Tüte Brötchen mitgebracht. Geh ins Bett. Zieh dich nicht aus. Wir werden da liegen wie Tiere in ihrem Bau.«

Sie zerrte an ihm, und sie fielen übereinander aufs Bett. Keila warf eine Decke über ihn. Er schaffte es nicht einmal, seine Galoschen abzustreifen. Wieder begann sie, wie in Abraham Kliatchkos Atelier, mit allerlei akrobatischen Verrenkungen, mit Seufzern und unterdrückten Schreien. Erst jetzt merkte er, wie sehr er sie entbehrt hatte. Eine wilde Kraft überkam ihn. Er sah sich selbst als einen wütenden Löwen.

»Woher kommen mir solche Kräfte?«, fragte er sich.

Nach ausgiebigem Ringen riss er sich von ihr los.

»Du bist also nicht zu Jarmy zurückgegangen.«

»Nein, bin ich nicht, das habe ich dir doch gesagt.«

»Warum hast du nichts von dir hören lassen?«

»Ich habe nur einen freien Tag in der Woche. Mehrmals habe ich am Tor gewartet, aber ich hatte Angst, jemand würde mich erkennen. Und was soll's? Du hast doch eine andere. Ich wollte dich vergessen, aber das konnte ich nicht. In der Küche bist du zu mir ins Bett gekommen, und ich habe deine Stimme gehört. Bist du ein Hexenmeister, oder was?«

»Ein Hexenmeister, ja.«

»Ich hab über alles nachgedacht. Ich habe wach gelegen, bis es hell wurde. Der Meister und die Chefin kommen spät aus der Bäckerei. Sie schütten Geld über den ganzen Tisch und zählen ihre Einnahmen bis zwei Uhr früh. Die Küche ist warm wie ein Ofen, aber die Mäuse hüpfen überall herum, obwohl es drei Katzen im Haus gibt. Sie haben mich lange schlafen lassen. Ich habe mit dir geredet, habe gebettelt, dass du zu mir zurückkommst. Meine tote Mutter kam in ihr Leichentuch gewickelt zu mir und hat mit mir gesprochen, so wie ich jetzt mit dir spreche. ›Keila‹, hat sie gesagt, ›wenn er dich nicht als Ehefrau will, sollst du seine Magd werden.

Wasche ihm die Füße und trink das Waschwasser.‹ Das waren ihre Worte. Ich bin aufgestanden und habe nach dir gesucht.«

»Du hattest die ganze Zeit niemanden?«

»Keiner hat mich auch nur mit dem kleinen Finger angerührt. Wer denn auch? Der Meister ist krank. Er hat einen Trommelbauch und Narben von drei Operationen. Sein Gehilfe hat Frau und Kinder. Sie wissen, was ich bin, weil ich ohne Registrierung dort wohne. Mit einem gelben Pass kannst du dich nicht registrieren lassen. Den Pass habe ich ins Klosett geworfen. Ich will mit dir nach Amerika. Ist sie wenigstens hübsch, hm? Ich meine deine Braut.«

»Hübsch und gebildet.«

»Ich will ihr den Einkaufskorb tragen. Ihre Kinder versorgen …«

Nach einer Weile stieg Keila aus dem Bett und machte Feuer. Ein Bündel Holz lag noch da, ein paar Kienspäne und ein Rest Kohle in der Schütte. Auf dem Herd lag eine Schachtel Streichhölzer. Keila zündete auch die Petroleumlampe an. Viele Wohnungen hatten schon Gasleitungen, aber hier – wie in Reb Menachem Mendels Haus – behalf man sich noch mit Petroleum.

Keila füllte Wasser in einen Kessel und goss Tee auf. Während sie so geschäftig durch die Küche ging, hatte Bunem plötzlich den Eindruck, sie sei seine Frau. Er trank den heißen Tee, noch immer in Mantel und Galoschen, und Keila brachte ihm eine Tüte getrocknete Pflaumen, die sie im Haus gefunden hatte. Sie hatte ihren Schal abgenommen und um Bunems Schultern gelegt. Sie sagte:

»Ich wünschte, es wäre immer heute Nacht und du wärst

immer bei mir. Ich würde eine ehrbare jüdische Tochter werden und alles vergessen, was vorher geschehen ist.«

»Das kann man nicht vergessen.«

»Man kann. Ich hatte schon mit dem Vergessen angefangen, aber dann kam der Lahme Max und hat alles auf den Kopf gestellt. Wo treiben sich die zwei bei diesem Wetter herum? Max hat ungefähr ein Dutzend Frauen hier und auf dem Land. Kinder hat er auch. Jarmy hat er so tief in den Sumpf gezerrt, dass keine sechs Ochsen ihn wieder rausziehen könnten. Sowie er mir unter die Augen kam, habe ich zu Jarmy gesagt: ›Jarmy, der ist unser Todesengel.‹ Als ich dich in der Küche sitzen sah, wie du in dem Buch geblättert hast, und vorher, als du hereinkamst und das Tintenfass aufgehoben hast, da dachte ich bei mir: Dies ist ein Engel vom Himmel.«

»Ich bin kein Engel, Keila.«

»In meinen Augen bist du ein Engel. Wenn du ein paar Jahre jünger wärst und ich etwas älter, könnte ich deine Mutter sein. Ich wollte ein Kind mit Jarmy, aber er hat gesagt: ›Wozu? Damit mein Sohn einen Verbrecher zum Vater haben kann?‹«

»Ich habe gesagt: ›Du musst kein Verbrecher sein. Finde Arbeit oder mach ein Geschäft auf.‹ Aber krumme Touren ziehen ihn an wie der Wald den Bären. Ich möchte gern ein Kind mit dir haben, einen kleinen blonden Jungen mit blauen Augen.«

»Wozu? Um noch mehr Kummer in die Welt zu bringen?«

»Ein Kind ist kein Kummer. Meine Tante hat immer gesagt: ›Ein Baum möchte Frucht tragen.‹«

SIEBTES KAPITEL

1.

Abraham Kliatchko brachte Bunem die Nachricht, dass Solcha verhaftet worden war. Sie saß jetzt in der Zitadelle im Gefängnis. Eines Abends, als Bunem von Keila zurückkam, sagte ihm Zirele, ein Polizist habe nach ihm gefragt. Sofort war Bunem alles klar – die Ochrana wusste von seiner Verbindung mit Solcha. Wenn er nicht auf der Stelle floh, würde er noch in dieser Nacht verhaftet. Er hatte nicht einmal Zeit, sich von seinen Eltern zu verabschieden.

Er küsste seine Schwester auf die Stirn und sagte:

»Leb wohl für immer, Zirele!«

»Wo willst du hin?«, fragte sie.

»Wohin mich die Füße tragen.«

Bunem war an jenem Abend mit Keila in ihrer ehemaligen Wohnung in Nummer 8 zusammen gewesen. Die Wohnung war inzwischen verwahrlost. Trotz der Kälte war sie voller Mäuse, und Keila hatte beschlossen, den Fußboden sauber zu schrubben. Purim kam näher, aber die Kälte hatte nicht nachgelassen. Gott sei Dank war das Tor zu Nummer 8 noch auf, und Bunem trat ein. Er stieg die dunklen Treppen hinauf und kam an Keilas Tür. Er hörte sie den Boden mit einer Bürste schrubben. Er hämmerte gegen die Tür und rief:

»Keila, ich bin's! Mach auf, Keila!«

Offenbar hörte sie ihn, denn nach einer Weile ging die Tür auf. Sie stand barfuß da, den Rock bis zu den nackten Knien hochgerafft. Sie sah ihn erschrocken an.

»Was ist denn passiert?«

»Lass mich rein.«

Sie ließ ihn ein, und Bunem keuchte atemlos:

»Keila, ich muss aus Warschau fliehen!«

»Warum denn, um alles in der Welt?«

»Die Ochrana ist mir auf den Fersen. Komm mit mir.«

»Wann? Wohin?«

»Jetzt sofort! Nach Amerika.«

»Du meine Güte! Ach, du meine Güte!«

»Uns bleibt keine Minute mehr! Wie viel Geld hast du?«

»Noch fast 300 Rubel. Meine Dienstherren haben mich im Voraus bezahlt.«

»Wir müssen fliehen.«

»Hast du nichts gepackt?«, fragte Keila.

»Nichts.«

»Wo sollen wir denn jetzt in der Nacht hin? Warten wir lieber bis zum Morgen.«

»Wir müssen noch heute Nacht aus Warschau verschwinden.«

»Meine Dienstherren wissen dann nicht, was aus mir geworden ist.«

»Schreib ihnen einen Brief.«

»Du kannst nicht nur mit dem Hemd weggehen, das du auf dem Leib trägst.«

»Komm. Bevor das Tor abgeschlossen wird.«

Keila schwieg lange. Dann sagte sie:

»So Gott will … Wie spät ist es?«

»Viertel vor zehn.«

»Na dann …«

Sie ließ ihr Kleid herunter und begann, ein Bündel zu packen. Sie hatte etwas zum Essen mitgebracht. Ein paar Teile Unterwäsche lagen herum, ein Stückchen Seife, ein Kamm.

Bunem sagte:

»Ich gehe zuerst. Es ist nicht gut, wenn wir zusammen gesehen werden.«

»Wo wartest du auf mich?«

»An der Ecke Gnojna.«

»Warte. Für mich ist diese Nacht wie Jom Kippur«, sagte Keila.

»Beeil dich. Gleich wird das Tor zugeschlossen.«

»Ja, Bunem. Alles hat Gott geschickt.«

Er ging aus der Wohnung, war bald wieder auf der Straße und machte sich auf den Weg zur Gnojna. Er hatte sich geschworen, nie etwas von Keilas schmutzigem Geld, dem ›Hurenlohn‹, anzurühren, aber das Schicksal hatte verfügt, dass er alle seine Entschlüsse umstoßen musste. Er begriff genau, was es bedeuten würde, auf ihre Kosten zu reisen: eine lebenslängliche Bindung an sie. Und wenn schon, alles war besser, als im Pawiak-Gefängnis oder in der Zitadelle zu sitzen und auf das Todesurteil oder die Verbannung nach Sibirien zu warten. Wie sollte er beweisen, dass er nicht zu Solchas Anarchistenbande gehörte? Hier in Russland wurden Unschuldige gehenkt. Die Russen ließen ihre ganze Wut an den Juden aus.

»Mach, dass ich nicht auf der Straße festgenommen werde«, flehte er die Himmelsmacht an, gegen die er rebellierte. Vor Angst stockte ihm der Atem. Seine Beine zitterten. Am Himmel ging ein neuer Mond auf, ein Zeichen für den Beginn des Monats Adar. In zwei Wochen war Purim und in sechs Wochen Pessach. Dies war der längste Winter, an den er sich erinnern konnte. Genug für ein ganzes Leben hatte sich in den wenigen Monaten ereignet, seit Keila zu seinem Vater gekommen war und er, Bunem, ihr den Weg zur Wohnung des Schneiders Schmerl gezeigt hatte. Er stand da, hatte die Straße im Blick und wusste, es war das letzte Mal, dass er sie sah. Würde er sie in Erinnerung behalten oder schnell vergessen? Er hatte sich nicht einmal von seinen Eltern und seinen Brüdern Schlomo und Haiml verabschiedet.

Er stand da, bestürzt über sein Schicksal und über die Geschwindigkeit, mit der Worte, Gedanken und Pläne zu Taten wurden. Ihn hatte eine Hand geleitet, die Hand der Vorsehung. Aber warum hatte die Vorsehung ein solches Ende für ihn gewählt? Als Strafe für seine Zweifel, seine Sünden? In dem Psalm, den jeder Jude jeden Tag zwei Mal rezitiert, heißt es, der Herr sei barmherzig und gnädig und lasse seine Gnade walten über die, so ihn fürchten. Womit hatten dann seine Mutter und sein Vater solche Strafen verdient? Warum erlitten Gottesfürchtige Hunger, Elend, frühen Tod? Ja, es gab eine Vorsehung, sagte sich Bunem, aber barmherzig war sie nicht. Sie hatte nicht einmal Mitleid mit unschuldigen Kindern. Kriege, Hungersnöte und Seuchen wären nicht ohne den Willen der Vorsehung ausgebrochen. Wenn der Himmel es nicht wollte, würde niemand im Gefängnis vermodern. All die Kreuzigungen, Blutbeschuldigungen, Vertreibungen und

Pogrome hätten sich nicht ereignet, hätte Gott eine andere Wahl getroffen. Die Juden, die während der Inquisition gefoltert wurden, hatten keine Wahlfreiheit mehr. Sie wurden gemartert, bis sie starben. Gott zuliebe Martyrien erdulden? Warum sollte ein Allmächtiger für sich Opfer verlangen? Warum sollte er in seiner Allmacht fordern, dass Kinder seinetwegen ins Feuer springen?

Groll überkam Bunem und erfüllte ihn mit Protest.

»Er existiert, aber ich werde ihm nicht dienen!«, beschloss er bei sich. »Kein einziges seiner Gesetze werde ich befolgen. Nicht zu ihm beten. Wenn er mich zerstören will, soll er nur. Ich werde in Schande und Erniedrigung leben und nichts von ihm erbitten!«

Bunem sah Keila entgegen. Sie trug einen Korb und ein Bündel. Um den Kopf hatte sie sich ein Tuch gewickelt. Jetzt merkte man ihr nicht an, was sie war, sie wirkte wie eine fromme Matrone vom Land.

Ja, und irgendwo in der Zitadelle saß Solcha in einer Zelle und wartete auf die Strafe dafür, dass sie versuchte, die Menschheit zu retten, Gerechtigkeit und Reinheit in einem Schlachthaus einzuführen, das auf einem Dreckhaufen stand.

2.

Einen Moment lang stand Bunem ganz verloren neben Keila und wusste nicht, was er als Nächstes tun sollte. Sollte er mit ihr zum Wiener Bahnhof gehen und versuchen, einen Zug nach Mława und zur Grenze zu erwischen? Sollte er mit ihr die Nacht im Atelier an der Twarda Straße verbringen? Dort hatte er seinen Anzug und seinen Hut deponiert. Es hatte keinen Sinn, in einem Kaftan ins Ausland zu reisen. Selbst fromme Juden zogen weltliche Kleidung an, wenn sie sich nach Amerika aufmachten. Ja, er musste mit ihr ins Atelier. Auf dem Weg malte er sich die Aufregung seiner Familie aus. Wenn sie wenigstens Telefon hätten, so dass er mit den Eltern sprechen und ihnen die Lage erklären konnte. Bunem fiel das Gesetz wieder ein, das von den Eltern eines Wehrpflichtigen, der sich vor dem Militärdienst drückte, dreihundert Rubel Strafe einforderte. Wie würden sie eine solche Summe aufbringen? Aber er konnte nicht in Warschau bleiben, er wollte nicht der Ochrana in die Hände fallen. Die Tore zu den Höfen wurden schon für die Nacht geschlossen. Bunem war noch nie so spät ins Atelier gegangen. Der Hausmeister kannte ihn nicht und würde ihn womöglich nicht einlassen. Schon gar nicht, da er eine fremde Frau bei sich hatte. Müde steckte er eine Hand in die Tasche und grub eine einsame Kopeke aus. Das war sein ganzes Vermögen.

Sie gingen durch die Grzybow zur Twarda-Straße. Alle Läden waren geschlossen. Die Glaskugeln der Straßenlaternen waren beschlagen und mit Schnee und Eis bedeckt. Über der Stadt hing eine Finsternis, die kein Licht durchdringen konnte. Anscheinend ging er zu schnell, denn Keila blieb ab und zu stehen, um wieder zu Atem zu kommen. Erst jetzt erklärte er ihr, warum er zur Flucht gezwungen war. Solcha, sein Mädchen, saß in der Zitadelle gefangen, weil sie Anarchistin war, und er wurde auch gesucht. Keila sagte:

»Ich dachte, die Streikenden wären ausgerottet.«

»Ein paar bleiben immer. 1905 war sie noch ein kleines Mädchen.«

»Was will sie erreichen? Dass alle Menschen gleich sind?«, fragte Keila.

»Ja, mehr oder weniger.«

»Diese Leute sind zu uns in die Tamka gekommen und haben alle zusammengeschlagen. Sie haben das Bettzeug von der Madam auseinandergerissen und die Federn verstreut. Stühle, Kissen und Nachttöpfe haben sie aus den Fenstern geschmissen.«

»Ja, ich weiß, aber das waren die Sozialisten, nicht die Anarchisten.«

»Wie kommt es, dass du dich mit so einer eingelassen hast?«, fragte Keila.

Bunem antwortete nicht. Es würde zu lange dauern, ihr das verständlich zu machen, und ihm war zu kalt zum Sprechen. Mit den Anarchisten war Bunem nie einer Meinung gewesen, aber für ein braves bürgerliches Mädchen, dem der Sinn nur nach einem Ehemann und Kindern stand, konnte er sich auch nicht erwärmen. Mit solchen Frauen hatte er nichts gemeinsam, mit den politisch linksgerichteten Mädchen dagegen konnte er immer Streitgespräche führen und verbale Gefechte austragen. Sie interessierten sich für Literatur, Kunst, manchmal sogar für Naturwissenschaft. Auch jemand wie Keila faszinierte ihn mehr als ein Mädchen aus der Mittelklasse. Sie hatte wenigstens gelebt. Sie redete wie ein Mensch, der in den Abgrund geschaut hatte. Oft sprach sie vom Tod. Sie sagte verstörende Dinge. Jetzt klammerte sie sich an ihn und ging an seiner Seite, ohne auch nur zu fragen, wohin er sie brachte. Wer einmal der Gosse entronnen war, hatte nichts von der Zimperlichkeit und den Launen jener verwöhnten Dämchen, die nur auf Bequemlichkeit und Luxus aus waren.

Plötzlich fragte Keila:

»Weißt du nicht, wann sie entlassen wird?«

»Ich weiß gar nichts.«

»Und was ist, wenn sie entlassen wird und nach Amerika kommt?«

»Wir werden immer Freunde bleiben, ganz gleich, was geschieht.«

Sie waren am Tor der Twarda 1 angekommen, und er klingelte. Ein anderes Paar wartete auch. Die beiden kamen offenbar aus dem Theater. Der Hausmeister öffnete das Tor und ließ alle vier ein. Bunem drückte ihm die Kopeke in die Hand. Er blickte zum Dachfenster hinauf, sah, dass kein Licht brannte, und wusste, das Atelier war leer. Er und Keila stiegen die

Treppe zum fünften Stock hinauf. Er hatte Keila das Bündel abgenommen. Er öffnete die Tür, und ein Schwall kalter Luft wehte ihm entgegen. Kliatchko heizte nur selten. Bunem führte Keila vorbei an den Skulpturen – den falschen Götterbildern, wie sie meinte – zur Nische mit dem Bett. Erst jetzt spürte er, dass er Hunger hatte. Gleich sagte Keila, als hätte sie seine Gedanken gelesen:

»Ich habe was zu essen mitgebracht.«

Er machte kein Licht. Der Hausmeister sollte nicht merken, dass das Atelier bewohnt war. Jetzt, da Solcha im Gefängnis saß, war es kein sicherer Ort mehr. Alle Hausmeister waren bezahlte Polizeispitzel. Sie mussten alles, was in ihren Höfen vor sich ging, auf der nächsten Polizeiwache melden.

Keila holte einen halben Laib Brot, ein paar Brötchen und ein Stück Käse aus ihrem Bündel. Sie saßen und aßen im Dunkeln. Keila strahlte das ruhige Zutrauen einer Ehefrau aus. Dass sie so im Morast gewatet, in Bordellen gearbeitet und Umgang mit Dieben, Mördern, Säufern und Syphiliskranken gehabt hatte, das konnte man sich kaum vorstellen.

Keila sagte:

»Wenn der Bäcker mich nicht mehr sieht, weiß er nicht, was mit mir ist. Er wird denken, dass ich wieder, du weißt schon wohin gegangen bin. Ich schulde ihm auch Geld, er hat mich im Voraus bezahlt. Jetzt sagt er bestimmt: ›einmal Hure, immer Hure‹.«

»Lass ihn doch sagen, was er will.«

»Bunemi, das ist gegen meine Natur.«

»Was willst du denn machen? Du kannst ihm das Geld aus Amerika schicken.«

»Oh, Bunemi, ich bin durch die Hölle gegangen, aber diese

ehrlichen Leute zu betrügen, das fällt mir schwer. Und was wird Jarmy sagen, wenn er wiederkommt und sieht, dass ich in der Wohnung gewesen bin? Wir sind nicht geschieden. Wir sind noch ein Ehepaar.«

»Ja, ich weiß. Wenn dich hier irgendwas hält, sag es mir. Ich möchte dich zu nichts zwingen.«

»Bunemi, mich hält hier nichts. Jarmy ist für mich schon so gut wie tot, aber ich habe Angst, dich in dem fernen Amerika zu verlieren. Man hat mir erzählt, wie es dort ist – Millionen und Abermillionen Leute. Du gehst mit jemandem auf der Straße, und plötzlich ist er weg, als hätte die Erde ihn verschlungen. Wenn du dich da verirrst, ist es schlimmer als der Tod.«

»Keila, ich lasse dich nicht im Stich. Ich reise mit deinem Geld. Ohne dich fiele ich den Russen in die Hände, und die würden mich nie heil und in einem Stück aus den Klauen lassen.«

»Bunemi, ich bleib dir treu. Ich küsse den Boden, auf dem du gehst. Gleich als ich dich zum ersten Mal sah, am Abend vor Sukkot, hat mir mein Herz gesagt, dass du mich irgendwie aus der Gosse holen wirst. Ich will nicht, dass du mich heiratest. Wie denn auch. Ich bin nicht geschieden, und du hast ein Mädchen. Aber deine Dienstmagd möchte ich sein, deine Köchin, Wäscherin, alles. Und noch etwas hätte ich gern – aber das sage ich lieber nicht…«

»Ein Kind, was? So ein Kind würde überall als Bankert gelten, nicht nur bei den Juden, sondern auch bei den Christen.«

»Ein Kind ist ein Kind.«

»So ein Kind bezahlt für die Sünden seiner Eltern.«

»In Amerika achtet kein Mensch darauf. In Amerika wissen sie nicht, was der Nachbar in seinem Topf brodeln lässt«, sagte Keila.

Sie schnürte ihr Bündel auf und holte eine Flasche Wodka heraus.

»Bunem, ich muss was trinken.«

»Wenn's sein muss.«

»Nimm du auch einen Schluck.«

Sie trank in langen Zügen, setzte dann ihm die Flasche an die Lippen. Er schwankte einen Moment, schluckte dann. Sie legten sich in ihren Kleidern auf das schmale Sofa. Es war kalt, und sie deckten sich mit seiner Jacke, ihrem Mantel und ihrem Schal zu. Zuvor waren sie in Nummer 8 schon etliche Stunden zusammen gewesen, aber sein Verlangen regte sich aufs Neue. Ihr Fleisch war heiß und erregte ihn. Sie flüsterte ihm Koseworte ins Ohr, die er noch nie gehört hatte. Sie gab ihm komische Namen, wiederholte, sie würde gern für ihn sterben, wenn sie seinen kleinsten Fingernagel damit retten könnte, sie wolle sein Fußabtreter sein.

Solcha erwähnte sie immer wieder. Solcha solle die Herrin im Hause sein und sie, Keila, die Magd, die ihr den Einkaufskorb zum Markt trüge. Keila versuchte, sich vor ihm zu erniedrigen, rief ihm ins Gedächtnis, wie unbedeutend sie sei, seiner Sorgen nicht wert. Sie sagte:

»Mein Liebster, mein Gott, mein Herr und Meister, spuck mich an … Wirf mich den Hunden vor, wenn ich in Amerika abkratze.«

»Was redest du da?«, fragte Bunem.

»Du bist heilig und rein, und ich ein ekelhafter Schleimklumpen.«

Ihre Worte verstörten ihn und entfachten zugleich wieder seine Lust auf sie. Er hatte alles verloren – Solcha, seine Eltern, Zirele, seine kleinen Brüder, Warschau. Nichts war ihm geblieben, nur diese verstörende Person.

3.

Bunem war in jenen tiefen Schlaf gesunken, den gestilltes Verlangen und Verzweiflung bewirken. Als er die Augen aufschlug, graute schon der Morgen. Sie mussten aufbrechen, bevor Abraham Kliatchko kam. Keila lag neben ihm, und im aschgrauen Licht der Winterdämmerung sah ihr Gesicht älter und fahler aus, wie vorzeitig gealtert.

Er ging in den großen Raum, in dem die Statuen standen, Golems aus Lehm, Stein, Gips, denen eine Meisterhand zu menschlicher Gestalt und Ausdruck verholfen hatte. In einer Ecke lagen seine Zeichnungen, aufgerollt wie eine Schriftrolle. Er hatte kein Bedürfnis, sie noch einmal anzusehen. Er hatte schon entschieden, dass der Malerei die Mittel fehlten, die menschlichen Irrungen und Wirrungen darzustellen. Er bezweifelte auch, dass die Sprache dazu in der Lage wäre. Und selbst wenn sie dargestellt werden könnten? … Selbst wenn ein Leser eines Tages lesen könnte, was er, Bunem, erlebt hatte – wäre das eine Hilfe? Keine Kunst konnte die Angst eines Menschen mildern, seine Pein, seine Demütigung, seine Leidenschaften und seine

Todesfurcht. Ja, aber konnte es der Wissenschaft gelingen? ...

Er, Bunem, hatte von Neurologen verfasste Bücher gelesen und lauter gute Ratschläge gehört, wie man zu geistiger Ruhe kam, aber Substanz hatte er nirgends gefunden. Die Selbstmordrate bei Neurologen und Psychiatern war hoch. Das hatte er in einem Artikel mit Zahlen und Statistiken im Warschauer Kurier gelesen. Die bittere Wahrheit war, dass es für keine Krankheit Heilung gab, so wahr, wie es war, dass kein Mensch Gott übertrumpfen konnte: »Es hilft keine Weisheit, kein Verstand, kein Rat wider den Herrn.«

Bunem drehte sich wieder zum Alkoven um. Keila war wach geworden und saß auf dem Bett, beide Hände in ihrem Haar vergraben. Sie starrte ihn an, stumm wie einen Fremden.

Er sagte: »Wir müssen gehen.«

»Ist das Tor schon offen?«

»Ich glaube, ja.«

»Wohin gehen wir?«

»Zum Wiener Bahnhof. Von dort müsste es einen Zug nach Młowa oder zu einem Ort in der Nähe geben.«

»Bunem, ich möchte das Geld nicht mehr bei mir haben.«

Keila legte die Geldbörse ab, die sie an einer Schnur um den Hals getragen hatte, und schob sie schnell in Bunems Tasche. Der schnöde Mammon schien ihm die Finger zu verbrennen. Zum ersten Mal begriff er, was das Wort »unrein« bedeutet. Solches Geld besudelte einen Menschen für alle Zeiten.

»Mit dem ersten Geld, das ich verdiene, zahle ich ihr alles zurück«, schwor er sich. Keila sagte:

»Lass es nicht in der Hosentasche, da kann es leicht gestohlen werden. Hast du keine Brusttasche? Aber zuerst sollst du es zählen.«

»Später, später.«

Keila hatte in ihren Kleidern geschlafen und machte sich nicht die Mühe, etwas anderes anzuziehen. Aber Bunem zog sich um, trug jetzt Anzug und Hut. Seinen Kaftan und die Tuchkappe ließ er im Atelier. Vielleicht konnte Abraham Kliatchko einen Armen damit erfreuen. Keila sagte:

»Bunem, du siehst wie ein echter Dandy aus. Oh, wie Kleider Leute machen! Ich hätte dich weiß Gott nicht wiedererkannt. Ein echter Graf Potocki!«

»Ich bin noch ich, immer derselbe.«

»Gehen wir wirklich nach Amerika?«

»Wenn ich nicht unterwegs verhaftet werde und wenn man uns ins Land lässt. Manchmal wird man erwischt, wenn man versucht, sich über die Grenze zu mogeln. Damit wir ankommen, müssen noch viele Wunder geschehen.«

»Bunem, ich habe einen heiligen Eid geschworen: nie wieder zu werden, was ich gewesen bin. Nur einen einzigen Gott und einen einzigen Mann soll's für mich geben, und der Mann bist du. Du kannst deine Ehefrau haben, aber ich keinen anderen Mann mehr außer dir. Wenn ich diesen Eid breche, soll mich ein unnatürlicher Tod treffen, und im Grab sei mir keine Ruhe gegönnt. Gott, der Himmel und du, ihr seid meine Zeugen.«

»Beschwör's nicht, nicht schwören.«

»Doch, ich schwöre. Bei Gott, bei den Gebeinen meiner toten Eltern. Wenn du mich nicht mehr kennen willst, werde ich allein leben und dich segnen und jeden Tag, jede Minute meines Lebens für dich beten.«

»Komm, Keila. Du hast eine reine Seele.«

Bunem schloss die Wohnungstür und nahm Keilas Korb. Sie gingen die Treppen hinunter, durch den Hof und auf die Straße hinaus. Da und dort war schon ein Laden geöffnet. Die Stadt wusste nicht, wer kam oder ging. Sie sagte weder ›Leb wohl‹ noch ›Willkommen‹. Die Straßenbahn Nummer 22 war wie üblich überfüllt. Dieser Tag würde milder sein als der Vortag, und die Sonne brach durch den Nebel. In ihrem Licht waren die Schäbigkeit zerschlissener Kleider, die Mattigkeit nach einem langen harten Winter, der abblätternde Mauerputz und die fahlen blassen Gesichter überdeutlich zu sehen. Die Augen der Menschen leuchteten auf, da der Frühling sich ankündigte, auch wenn er noch fern war.

Trübe Fluten aus den Abwasserkanälen stürzten sich rauschend in die Weichsel, die beliebig viel Schmutz und Morast aufnehmen konnte und doch rein und klar blieb, da sie all ihr Wasser ins Meer ergoss.

An der Grzybow trippelten die Tauben schon in verfrühten Prozessionen über die Kirchtürme. Fromme Christinnen versammelten sich mit Gebetbüchern und Rosenkränzen in den Händen zur Messe, jede mit einer Bitte an Jesus, an Gott, an die Heilige Mutter, alle mit der Erinnerung an früheres Scheitern und mit der Hoffnung, dass ihnen vielleicht in den wenigen Lebensjahren, die ihnen noch blieben, Glück und Segen und göttliche Güte beschert würden. Die Kirchenglocken läuteten, und die Polinnen bekreuzigten sich mit gichtigen, vom ewigen Waschen, Schrubben und Kartoffelschälen krummen Fingern.

Bunem meinte nicht nur den Geruch des Qualms aus den Schornsteinen in der Nase zu haben, sondern auch den Duft von frischen Matzen. Hier und da kam ein Jude auf dem Weg zu Aaron Sardiners Bethaus oder vielleicht einem chassidischen Lehrhaus vorbei und trug seinen Gebetsmantel in einer Tasche. Dass er Warschau lieben könnte, war Bunem nie in den Sinn gekommen. Aber jetzt fühlte er eine Bindung an diese Stadt, die er demnächst bis auf wenige fragmentarische Erinnerungen für immer verlieren würde.

Sie kamen in die Marszałkowska und zum Wiener Bahnhof. Bunem erkundigte sich, wann der nächste Zug nach Mława ging, und erfuhr, dass es vier Stunden bis zur Abfahrt dauern würde. Im Wartesaal dritter Klasse war ein Restaurant, und er und Keila wollten dort Kaffee trinken. Keila zögerte einen Augenblick. Sie war es gewohnt, in Kneipen und Ganoventreffs mitgenommen zu werden, aber in einem Bahnhofsrestaurant zu sitzen war zu viel der Ehre für eine von ihrer Sorte. Gut möglich, dass ein Polizist oder einer ihrer früheren Kunden sie erkannte.

Bunem hätte vielleicht gezögert, ein solches Restaurant in einem langen Kaftan zu betreten, aber die weltliche Kleidung machte ihm Mut. Er setzte sich mit Keila an einen Tisch, und sofort kam ein Kellner. Obwohl ihm das Geld nicht gehörte, bestellte Bunem Brötchen mit Butter, Hering und Kaffee. Er war bereit, hart zu arbeiten und nicht nur Solcha, sondern auch seine Schwester Zirele und sogar seine Brüder Schlomo und Haiml nachzuholen. In Russland hatten die Juden keine Zukunft. Wenn ein Jude auch im zwanzigsten Jahrhundert noch eines Ritualmordes beschuldigt werden und wenn Anwälte und Professoren offen erklären konnten, dass Juden Christenblut zum Backen von Matzen benutzten, dann war es Zeit, aus diesem Land zu fliehen.

4.

Während Bunem mit Keila beim Frühstück saß, beobachtete er, wie ein hochgewachsener Mann mit Spitzbart, der eine leichte Jacke und eine Mütze mit Lederschild trug und unter dem Arm eine Aktentasche hatte, stehen blieb, um sie zu betrachten.

»Wer ist das?«, fragte sich Bunem. »Wahrscheinlich einer von Keilas früheren Kunden.«

Er schämte sich vor dem Mann und senkte den Blick.

»In welchen Morast bin ich geraten«, grübelte er.

Nach einer Weile kam der Mann an ihren Tisch und sagte auf Polnisch:

»Sie erkennen mich nicht, aber ich weiß, wer Sie sind. Wir sind uns einmal kurz im Pod Bilachem begegnet.«

Bunem wurde rot und dann schnell blass. Das war Solchas Professor von der Universität. Vor einer Woche hatte Bunem ihn benachrichtigt, dass Solcha (er hatte ihren Decknamen Stascha genannt) an der Oper auf ihn warte. Bunem stammelte:

»Ja, ich erkenne Sie.«

»Sie wissen sicherlich, dass Stascha krank ist«, sagte der Professor. In der Geheimsprache der Verschwörer hieß ›krank‹ ›verhaftet‹.

»Ja, ich weiß.«

»Was machen Sie so früh hier auf dem Bahnhof?«, fragte der andere.

»Wollen Sie verreisen?«

Keila sah Bunem ängstlich an. Er begriff, dass er in der Klemme saß. Man hatte ihn als einen von Solchas Mit-Anarchisten erkannt. Einen Moment war er sprachlos, dann sagte er:

»Ich bin auch nicht ganz gesund.«

»Ach, wirklich? Ich habe zufällig Staschas Mutter getroffen. Sie sagte mir, sie habe nach Ihnen gefahndet. Sie hat die Tochter im Krankenhaus besucht, und Stascha hat ihr eine Nachricht für Sie mitgegeben. Rufen Sie doch die Mutter an. Stascha ist Ihretwegen sehr bestürzt. Ich kann Ihnen die Telefonnummer der Mutter geben.«

»Kann man sie denn anrufen?«, fragte Bunem.

»Ja, das ist möglich, Mr Finkelstein.«

Bunem verstand den Grund für diese Täuschung. Wenn er anrief, sollte er diesen Namen nennen. Es gab Gerüchte, dass die Ochrana Telefongespräche abhören konnte. Nach einer Weile sagte der Professor, halb als Frage, halb als Feststellung:

»Sie werden doch unsere Stadt nicht verlassen.«

»Ich gehe nach Amerika«, platzte Bunem heraus und bedauerte seine Worte sofort. In seiner Verwirrung hatte er sich verraten.

Der Professor sah von Bunem zu Keila.

»Wirklich? Und das haben Sie Staschas Eltern nicht einmal wissen lassen?«

»Als ich gestern nach Hause kam, hat meine Schwester mir berichtet, dass die Polizei nach mir gesucht hat«, sagte Bunem.

Er hatte eine ausgedörrte Kehle und konnte nur mit Mühe sprechen.

Der andere fragte: »Sie haben die Nummer der Mutter?«

»Ja, ja.«

»Rufen Sie sofort an.«

Das klang wie ein Befehl. Bunem war klar, dass er Keila hätte vorstellen müssen, aber er wusste nicht wie und unter welchem Namen. Der Professor musterte ihn tadelnd.

»Tun Sie's sofort!«

Und er verließ das Restaurant in Eile.

Keila fragte: »Wer ist der Herr?«

»Ein Professor.«

Bunem kramte in seiner Brusttasche. Darin hätte ein Adressbuch sein müssen, aber plötzlich fiel ihm ein, dass er sich am Morgen umgezogen hatte und das Adressbuch offenbar in der Brusttasche des Kaftans geblieben war. Er hätte die Nummer im Telefonbuch finden können, aber in seiner Verwirrung hatte er Solchas Nachnamen vergessen. Er erinnerte sich nur noch daran, dass sie irgendwo in der Mead-Straße wohnten. Aber selbst wenn er die Nummer gewusst hätte, was hätte er Solchas Eltern sagen können? Dass er mit einer Hure nach Amerika fliehen wollte?

Keila fragte: »Was ist mit dir? Du bist kreidebleich!«

»Nichts, nichts.«

Bunem stand auf. Er wollte sehen, ob der Professor sich

noch im Bahnhof aufhielt oder schon gegangen war. Er sagte zu Keila:

»Warte hier. Ich bin gleich wieder da.«

»Wo gehst du hin? Lass mich nicht allein!«

Keila schrie die Worte fast heraus. Bunem sagte:

»Führ dich nicht so auf. Ich will nur einen Anruf machen.«

»Bunem, komm sofort zurück!«, sagte Keila angstvoll.

»Sei nicht kindisch. Ich lass dich schon nicht sitzen!«

Er ging in den großen Wartesaal und sah den Professor. Wollte der auch wegfahren? Er stand mitten in der Halle und wartete anscheinend auf jemanden. Sollte er, Bunem, ihn nach der Telefonnummer fragen? Solchas Mutter konnte er ohnehin nicht anrufen. Sie würde ihm nur alle möglichen peinlichen Fragen stellen. Wer weiß? Am Ende kam sie sogar hierher, um ihn zur Rede zu stellen. Bunem wollte schon kehrtmachen und in den Speisesaal zurückgehen, da fing er einen Blick des Professors auf. Der kam mit energischen Schritten auf ihn zu und sagte:

»Sie möchten telefonieren, wie? Hier können Passagiere keine Anrufe tätigen. Aber im Wartesaal zweiter Klasse finden Sie eine Telefonzelle.«

»Ich habe die Nummer nicht.«

»Warten Sie, ich schreibe sie Ihnen auf. Haben Sie einen Stift und Papier?«

»Leider habe ich nichts bei mir.«

»Ich will mich nicht in Ihre Privatangelegenheiten einmischen«, sagte der Professor, »aber wer war diese Frau neben Ihnen? Fahren Sie mit ihr nach Amerika?«

»Das ist meine Kusine«, sagte Bunem und war selbst überrascht, dass er offenbar seine Zunge nicht mehr im Zaum halten konnte, die nun redete, wie es ihr gefiel. Nach einer Weile fügte er hinzu:

»Meine Eltern sind arm, und ich besitze keinen Pfennig. Als meine Schwester mir gestern sagte, dass die Polizei nach mir sucht, hatte ich nicht eine Kopeke bei mir. Ich ging zu dieser Kusine, und sie gibt mir das Geld für die Überfahrt. In Amerika zahle ich ihr alles zurück.«

»So schnell haben Sie sich zu dieser Reise entschlossen?«

»Sie hatte schon lange nach Amerika gehen wollen.«

Der Professor zog die Brauen hoch.

»Die Situation ist folgende: Stascha wird vor Gericht gestellt, und die Verteidigung wird versuchen zu beweisen, dass alle Anklagepunkte gegenstandslos sind. Das weiß ich, weil der Anwalt, der den Fall übernommen hat, ein Freund von mir ist. Man plant, Sie als Zeugen aufzurufen. Da Sie ihr Verlobter sind und, wie ich höre, der Sohn eines Rabbis, wäre Ihre Aussage eine große Hilfe. Damit wäre gesagt, dass Sie beide kurz vor der Hochzeit stehen und so weiter. Wenn Sie aber nach Amerika gehen, dann laufen wir Gefahr, dass sozusagen ein Grundpfeiler der Verteidigung wegbricht.«

»Da die Polizei nach mir sucht, bin ich selbst fast ein Angeklagter. Sie dehnen die Anklagen aus und ziehen Unschuldige hinein.«

»Ja, ja. Woher wollen Sie das wissen? Sie dürfen die Stadt nicht verlassen, bevor Sie sich mit ihren Eltern abgesprochen haben. Stascha ist überzeugt, dass zwischen Ihnen alles wie immer ist. Wenn sich in Ihrer Beziehung etwas geändert hat, müssen Sie ihr das wenigstens sagen, das steht ihr zu.«

»Nichts hat sich geändert.«

»Ihre Kusine – oder was immer sie ist – reist offenbar als Ihre Ehefrau?«

»Nein.«

»Rufen Sie jetzt an.«

Er griff in seine Brusttasche und zog einen Stift und ein Stück Papier heraus, schrieb schnell eine Nummer auf und drückte Bunem den Zettel in die Hand. Kurz danach war er verschwunden.

Bunem wusste nicht, ob er den Bahnhof verlassen oder einfach in der Menge der Passagiere die Orientierung verloren hatte. Er drehte sich um und ging zum Restaurant zurück. Keila saß da und ließ kein Auge von der Tür. In ihrem Gesicht stand eine Angst, wie er sie noch nie an ihr gesehen hatte. Als sie Bunem erblickte, machte sie eine Bewegung, als wolle sie vom Stuhl springen. Sie fing schon an zu reden, bevor er am Tisch angekommen war.

»Wo bist du so lange gewesen? Der Kellner kam und wollte Geld. Wer ist dieser Goi? Der sieht aus wie ein Geheimagent. Ich hab schon gedacht, er hat dich zum Polizeirevier mitgenommen oder wer weiß wohin.«

»Keila, ich will dein Geld nicht mit mir herumtragen!«, platzte Bunem heraus, von seinen eigenen Worten überrascht.

»Warum nicht?«

»Behalt du das Geld. Wenn ich was brauche, nehme ich es von dir.«

»Nein, nein, mir wird es bestimmt gestohlen ... Bunem, was ist los mit dir?«

»Es ist nicht gut, wenn du keinen Groschen bei dir hast.«

Der Kellner kam mit der Rechnung, und Bunem bezahlte

mit einem halben Rubel. Der Kellner gab ihm Wechselgeld heraus und schien Bunem zuzublinzeln.

»Wer ist das? Kennst du ihn?«

»Natürlich nicht. Wie denn?«

»Keila, ich muss telefonieren. Warte hier. Ich will dich nicht ganz ohne Geld lassen. Das macht mir Angst.«

Er zog die Geldbörse aus der Tasche und gab sie ihr in die Hand. Keila sagte: »Alle sehen hin. Sie nehmen es mir bestimmt weg.«

»Bleib hier. Ich bin gleich wieder da.«

5.

Der Professor hatte ihm erklärt, er könne im Restaurant zweiter Klasse telefonieren, aber Bunem scheute sich, hineinzugehen. An solchen Orten hielten sich häufig betuchte Bürger, Offiziere, gelegentlich sogar Polizisten auf. Er, Bunem, sprach Polnisch mit jiddischem Akzent. Mit Solchas Mutter wollte er jiddisch sprechen. Obwohl er bereits europäisch gekleidet war, fühlte er sich immer noch, als trage er einen Kaftan.

Er verließ den Bahnhof und begann nach einem Restaurant oder einer Apotheke zu suchen, von wo aus er telefonieren konnte. Die Begegnung mit dem Professor hatte ihn alarmiert. Solcha sollte nicht erfahren, dass er mit einer fremden Frau unterwegs war. Eine Kusine in Warschau hatte er nie erwähnt. Er würde Solchas Mutter erklären müssen, was mit ihm geschehen war, oder sich eine Lüge ausdenken, die glaubwürdig klang. Der Hinweis des Professors, dass Solchas Anwalt ihn als Zeugen benennen würde, machte ihm besonders viel Sorge. Die Angst vor Behörden und Gerichten, unter der seine jüdischen Vorfahren seit Generationen litten, wirkte in ihm nach. Er blieb eine Weile vor dem Bahnhof stehen und beobachtete die Marszałkowska-Straße. Noch hielt er sich in Warschau auf, aber schon war ihm, als hätte er die Stadt verlassen und mit Mutter und Vater, Brüdern und Schwestern gebrochen.

Die Stadt konnte ihm nur fremd sein, da er sich nie außerhalb des jüdischen Viertels aufgehalten hatte, in dem er aufgewachsen war. Straßenbahnen fuhren klingelnd und ratternd hin und her. Droschken und vornehme Kutschen mischten sich mit Automobilen, die in den Seitenstraßen noch eine Seltenheit waren, im Stadtzentrum aber von Tag zu Tag mehr wurden. Am häufigsten gab es in Warschau noch die von drei Pferden gezogenen Pferdeomnibusse, auch ein paar auf Schienen laufende Pferdebahnen. Wenn hier schon ein solcher Tumult herrschte, wie würde es erst in New York sein, fragte sich Bunem. Dort brausten Züge über Dächer, hatte er sich sagen lassen, und manche Häuser waren zehn Stockwerke hoch.

Am Ende ging Bunem in ein Restaurant und telefonierte von dort aus, aber niemand nahm das Gespräch an. Solchas Vater und Mutter waren wahrscheinlich in ihrer Fabrik und in ihrem Geschäft.

Plötzlich fiel ihm auch ihr Name wieder ein: Buchbinder, Jakob und Irene Buchbinder hießen sie.

Bunem ging zurück ins Bahnhofsgebäude und dort in das Restaurant dritter Klasse, aber Keila war nicht da. Er suchte sie im Wartesaal und fand sie auf einer Bank. Wieder sah er die Angst einer verlorenen Seele in ihren Augen. Sie fragte:

»Wo wanderst du herum? Was hat dich so lange aufgehalten? Ich dachte, du hast mich verlassen und bist schon auf und davon, wer weiß wohin.«

»Keila, rede nicht solchen Unsinn.«

»Ach, ich sitz hier und kann mich gar nicht denken hören bei dem ganzen Krach und Durcheinander. Hier möcht sogar ein erwachsener Mensch verloren gehen. Verrückte Gedanken schwirren mir im Kopf rum...«

»Was denn für Gedanken?«

»Oh, dass du dir's anders überlegt hast und weggegangen bist. Ich verlier dich immer wieder. Jetzt bist du da, dann wieder nicht, wie ein Zauberring. Ein Polizist ist vorbeigegangen und hat mich so finster angesehen, ich dachte, er wird mich gleich abschleppen ins Gefängnis. Und dann kämst du zurück, und ich wäre nicht da. Sie würden mich nach meinem Pass fragen, und ich hätte keinen. Und dann würden sie mich mit dem nächsten Sträflingstransport sonst wohin bringen.«

»Bald bist du in Amerika. Das ist ein freies Land. Dort brauchst du keinen Pass, und keiner wird abgeschoben.«

»Wahrscheinlich lassen sie mich gar nicht rein. Was soll ich dann machen? Ins Meer springen?«

Eine Hure ist sie und zittert doch wie ein ahnungsloses Kind, dachte Bunem. Laut sagte er:

»Sie werden dich reinlassen. Dir steht ja nichts auf die Stirn geschrieben.«

»Oh, manchmal denke ich, alle wissen, was ich bin. Alle Männer sehen mich an, als würden sie mich auslachen. Die Frauen gehen vorbei und spucken vor mir aus. Wie können sie's denn wissen?«

»Du bildest dir das alles nur ein.«

»An Jarmy hatte ich mich schon gewöhnt. Aber du bist wie ein Arzt oder ein Apotheker. Als du den Kaftan anhattest, dachte ich, ich kenne dich, aber jetzt bist du wie ein vornehmer Fremder.«

»In Amerika geht niemand im Kaftan.«

»Was wirst du in Amerika machen?«

»In Amerika muss man arbeiten. Dort drüben sind sie sich für keine Arbeit zu schade.«

»Und was soll ich machen? Brauchen sie dort Dienstmädchen?«

»Dienstmädchen werden überall gebraucht.«

»Ach, Bunem, ich hab solche Angst. Vielleicht ist es nur meine Schuld, dass du jetzt weggehst und alles zurücklässt. Wenn ich nicht wäre, würdest du zu Hause bleiben. Alles, was ich anfasse, mach ich kaputt, mein Pech.«

»Keila, es ist nicht deine Schuld, dass die Polizei hinter mir her ist.«

»Vielleicht hat Max dich irgendwie angezeigt?«

»Was? Max war es nicht.«

Sie verstummten. Keila schloss die Augen. Schwer zu sagen, ob sie eingeschlafen war oder zu schlafen versuchte. Bunem betrachtete sie eine Weile. Wie seltsam: Ihr Gesicht sah vornehm aus. Es war nicht von jener Lebensgier gezeichnet, die alles an sich raffen will. Sie sah bleich, schwach, fast krank aus. Sie erinnerte Bunem an ein totes Mädchen, das er einmal in einem Nachbarhaus gesehen hatte. Das Gesicht dieses Mädchens wirkte zart und fein und strahlte eine Güte aus, wie sie erst hervortritt, wenn der Leib nichts mehr für sich braucht und jenseits von Lohn und Strafe ist.

»Wie konnte sie all das durchleben, ohne Schaden zu nehmen?«, fragte er sich. »Nun ja, Gesichter mögen täuschen.«

Auch ihm fielen fast die Augen zu. In der vergangenen

Nacht hatte er sehr wenig geschlafen. Er hörte noch das Pfeifen, Zischen und Puffen der Dampflok, begann aber auch schon zu träumen.

Er war in Amerika und sah, wie der Zug über die Dächer fuhr. Unten auf der Straße hatten sich Leute versammelt, die irgendetwas hinaufschrien, Grüße oder Warnungen.

Plötzlich schrak er auf. Hatte er den Zug verpasst? Jemand stand über ihm und zog ihn hoch – eine Frau im Pelzmantel und mit Pelzkappe. Sie sagte irgendwas zu ihm, aber was, erfasste er nicht. Er tauchte langsam wie aus tiefer Benommenheit auf.

Nach einer Weile verstand er:

»Sind Sie Bunem? Bunem Tomaszower?«

»Ja, der bin ich.«

»Ich bin Irene Buchbinder, Solchas Mutter. Ich habe Sie nach einem Foto erkannt. Solchas Professor hat mich angerufen und mir gesagt, dass Sie im Aufbruch nach Amerika sind.«

Es dauerte eine Weile, bis Bunem begriff, was hier vorging. Erst jetzt betrachtete er die Frau genauer – sie war klein wie Solcha und ähnelte ihr, aber alles, was an Solcha so anziehend wirkte, sah bei ihr fett, schlampig, alt aus. Sie hatte einen großen Busen und einen Mund voller Goldkronen. Sie wies auf die schlafende Keila und fragte:

»Ist das Ihre Kusine?«

Im selben Augenblick öffnete Keila die Augen.

»Ja, meine Kusine«, sagte Bunem sehr laut. Gleichzeitig stieß er Keila mit dem Knie an, damit sie nicht gegen die Lüge protestierte.

Die Frau musterte Keila und ihr Gepäck und fragte dann:

»Ist das alles, was Sie mitnehmen nach Amerika?«

»Madame Buchbinder, die Polizei ist hinter mir her. Ich konnte mich nicht einmal von meinen Eltern verabschieden.«

»Wann haben Sie beschlossen, wegzugehen?«

»Gestern Abend.«

»Und Ihre Kusine war auf der Stelle bereit, mitzukommen? Bitte, begleiten Sie mich doch hinaus. Hier drinnen ist es so laut, dass ich meine eigene Stimme nicht hören kann.«

»Wie spät ist es?«, fragte Bunem die Frau und sich selbst. Sie sah auf die große Uhr über dem Eingang zu den Bahnsteigen. Bis zur Abfahrt seines Zuges war noch Zeit, noch fast eineinhalb Stunden. Er sagte:

»Keila, bleib du hier. Wir gehen in das Restaurant dritter Klasse und kommen gleich wieder.«

»Willst du schon wieder weg? Dann verlier ich dich nochmal.«

»Keila, wir werden den Bahnhof nicht verlassen. Wir gehen in das Restaurant, wo wir vorhin gefrühstückt haben.«

»Komm zurück. Der Zug fährt gleich ab.«

Keila warf Frau Buchbinder einen halb ängstlichen, halb hasserfüllten Blick zu. Die Dame schien eine Grimasse zu schneiden. Bunem sagte:

»Bleib hier sitzen. Geh nicht weg.«

»Warte, ich muss aufs Klo«, sagte Keila drucksend.

»Gut, dann geh. Wir warten hier so lange.«

»Wo ist es denn?«

Bunem wusste es nicht, aber Frau Buchbinder, eine gebürtige Warschauerin, fing an, Keila zu erklären, wohin sie gehen müsse. Keila sagte:

»Da verlaufe ich mich bestimmt. Ich finde nicht wieder zurück.«

»Merk dir ein Zeichen. Wir werden hier gegenüber der Tür sitzen.«

Keila brauchte lange, bis sie sich entschied, den Gang zur Frauentoilette auf eigene Faust zu wagen. Sie lief ein paar Schritte, blickte dann zurück. Frau Buchbinder setzte sich auf Keilas Platz, schwieg einen Moment und sagte dann:

»Verzeihen Sie die Störung. Als Solchas Professor anrief und mir mitteilte, dass Sie ohne Abschied nach Amerika aufbrechen, traute ich meinen Ohren nicht. Es ist wahr, Sie haben uns nie besucht, obwohl wir Sie mehrere Male eingeladen haben, sich vorzustellen. Solcha hat Sie in Schutz genommen, Sie seien schüchtern und alles, ein junger Chassid geradenwegs aus dem Lehrhaus. Aber wie ein Chassid sehen Sie in meinen Augen nicht aus und schüchtern schon gar nicht. Wer ist dieses Frauenzimmer? Nicht Ihre Kusine. Sie stammen von Rabbinern ab, von frommen Juden, und sie ist ein ganz gewöhnliches Weibsstück. Solcha erzählte mir, Sie hätten in Warschau keine Familie. Alle würden auf dem Land wohnen, weit weg von hier. Hören Sie zu«, sagte Frau Buchbinder in einem anderen Ton, »ich bin nicht gekommen, um Ihnen Vorwürfe zu machen. Solcha sprach von Ihnen wie von einem engen Vertrauten, ihrem Verlobten, ihrem zukünftigen Ehemann. Ihre Begabungen, Ihr Talent zum Malen und Ihren Charakter pries sie über die Maßen. Aber irgendwie füllen Sie diese Rolle nicht aus. Sie wissen, dass Solcha sich in der Hand von Mördern befindet und dass ihr Leben in Gefahr ist. Wir wollen Sie zu nichts zwingen. Solcha muss nur freikommen, dann wird sie den Mann schon finden, der ihr vorbestimmt ist. Zweimal hab ich sie besucht, und beide Male hat sie nur von Ihnen gesprochen. Ich wollte Sie im Atelier aufsuchen, aber Sie gehen offenbar nicht mehr hin.«

»Madame Buchbinder, als ich gestern nach Hause kam, hat meine Schwester mir gesagt, dass die Russkis mich suchen. Ich bin auf der Stelle umgekehrt und immer weitergelaufen, ich habe mich nicht einmal von meinen Eltern verabschiedet.«

»Woher haben Sie das Geld für die Überfahrt? Soviel ich weiß, tragen Sie nicht mehrere hundert Rubel mit sich herum.«

Bunem schwieg einen Moment und sagte dann:

»Meine Kusine leiht mir das Geld.«

»Hören Sie doch auf damit. Sie ist so wenig Ihre Kusine, wie ich die Gräfin Potocka bin. Ihr Bettschatz ist sie – das ist es. Schöne Zustände sind angebrochen, wenn ein junger Mann aus frommer Familie, der Sohn eines Rabbis, sich mit einer Schlampe einlässt. Ich bin nicht Solcha. Mich können Sie nicht hinters Licht führen. Ich sehe die Wahrheit sofort. Wozu soll es gut sein, den anderen zum Narren zu halten? Solchas Anwalt wollte Sie als Zeugen aufrufen, aber da Sie nach Amerika verschwinden, sogar mit einer anderen Frau, kommt das nicht mehr in Frage. Ich bitte Sie jetzt nur um eines: Schreiben Sie Solcha, dass Sie sie betrogen haben, ihr eine andere vorziehen und dass zwischen Ihnen jetzt alles aus ist. Ich will nicht, dass meine Tochter in ihrem Elend dasitzt und sich allen möglichen Unsinn einredet. Man muss die Wahrheit kennen, auch wenn sie weh tut. Mein Gatte weiß von alldem nichts. Er ist in der Fabrik. Wenn er wüsste, wie Sie seine Tochter behandeln, wäre er im Nu hier, und was er dann täte, weiß man nicht. Sie ist sein Augapfel. Ihretwegen schläft er nicht mehr, und mich lässt er auch keine Ruhe finden. Wie wollen Sie denn nach Amerika kommen? Haben Sie überhaupt einen Reisepass?«

»Gar nichts habe ich.«

»Ein Habenichts, und führt sich auf wie ein Herr. Wenn mein Gatte statt meiner hier wäre, würde er Sie auf der Stelle verhaften lassen, und recht hätte er. Aber ich möchte mit solchen Provokationen nichts zu tun haben. Es reicht, dass mein Kind ins Netz gegangen ist. Ohne Zweifel ist es Ihre Schuld, dass sie sich so in Gefahr begeben hat.«

Bunem setzte zu einer Antwort an, sah aber im selben Moment Keila. Sie stand mitten im Bahnhof und blickte sich nach allen Seiten um. Offensichtlich hatte sie vergessen, wo die beiden anderen saßen. Bunem sagte:

»Entschuldigen Sie mich, ich bin gleich wieder da.«

Und er lief zu Keila.

6.

Als Bunem Keila aus der Nähe sah, war er bestürzt, wie verändert sie jetzt aussah. In den wenigen Minuten ihrer Abwe-
senheit hatte ihr Gesicht alle Farbe verloren und wirkte so
verzagt, als sei ihr gerade eine tragische Nachricht zugetra-
gen worden. Ihr Haar war wirr und zerzaust. Was hat sie denn?
Ist sie krank?, fragte sich Bunem. Er bemerkte, dass ihr Kleid
nass war und aus den Ärmeln Wasser tropfte. Eine Weile stand
er sprachlos da. Dann fragte er sie:

»Was ist los? Was ist passiert?«

Keila brach so laut in Klagen und Jammern aus, dass sie
den Bahnhofslärm übertönte und Leute von überall zu ihr
hinschauten.

»Mein Geld! Es ist weg!«

Sie schrie Worte heraus, die er nicht richtig verstehen
konnte, kreischte gellend und begann, wild um sich zu schlagen, als wollte sie sich auf ihn stürzen. So heulten die Huren
in der Krochmalna-Straße, wenn ihre Luden sie brutal schlugen.

Bunem versuchte, sie zu beruhigen, aber sie wurde nur

noch lauter. Ein Polizist tauchte auf, alsbald von Frau Buchbinder gefolgt. Keila warf die Hände hoch, trat um sich, zerkratzte sich das Gesicht. Plötzlich fiel sie zu Boden und krallte sich am Koffer eines Fremden fest. Bunem wollte ihr auf die Füße helfen, aber sie wehrte sich.

Frau Buchbinder fragte: »Was ist denn passiert? Gütiger Gott!«

»Alles hab ich verloren, meinen letzten Groschen! Mame, meine Mame, wollte Gott, ich läge da, wo du jetzt liegst. Diebe! Mörder! Lass mich, Bunem ... Lass mich gehen! Ich will nicht mehr leben! ... Mörder!«

»Was ist passiert – wurde sie bestohlen?«, fragte der Polizist.

Er zückte Notizbuch und Stift, zum Schreiben bereit. Zahlreiche Zuschauer umringten sie. Frau Buchbinder sagte:

»Es sieht so aus. Sie wollte nach Amerika, und sie haben ihr alles genommen.«

»Haben sie ihr die Handtasche weggerissen?«, fragte der Polizist.

»Ich weiß nicht mehr, ob sie eine Handtasche hatte«, antwortete Frau Buchbinder.

»Wo ist es passiert – hier mitten im Wartesaal?«

»Auf dem Klosett«, kreischte Keila. »Ich habe ihn gebeten, das Geld zu verwahren, aber er wollte nicht, ich musste es zurücknehmen, und deshalb –«

Keila wies anklagend mit dem Finger auf Bunem. Schaum stand ihr vor dem Mund, als hätte sie einen epileptischen Anfall. Sie hatte den Blick einer Wahnsinnigen, verdrehte die Augen so, dass man nur noch das Weiße sah. Manche Zuschauer lachten, andere hatten offenbar Mitleid. Keilas Kleid war nach oben gerutscht, und Bunem bückte sich, um es wieder herunterzuziehen.

Der Polizist fragte Frau Buchbinder: »Wie heißt sie? Kennen Sie sie?«

»Ich kenne nur diesen jungen Mann. Ich habe keine Ahnung, wer oder was sie ist.«

»Meine Sachen! Wo sind meine Sachen?«, kreischte Keila wieder. »Die werden sie mir auch noch stehlen. Hol sie die Pest! Verfaulen sollen sie! Verbrennen! In der Hölle schmoren!«

»Keila, komm. Hör auf!«

»Du bist schuld! Du, du, du! ...«

Ein unmenschlicher, tierischer Schrei drang aus Keilas Kehle. Der Polizist fragte:

»Wie heißen Sie? Was sind Sie – ein Dienstmädchen? Wo wohnen Sie?«

»Meine Sachen! Die sind jetzt auch gleich weg!«, brüllte Keila von Neuem.

Bunem drängte sich durch die Menge und näherte sich der Bank, auf der sie gesessen hatten. Keilas Geld war gestohlen. Jetzt hatten sie nur noch die Fahrkarten nach Mława.

»Der Himmel wollte nicht, dass ich die Reise mit diesem schmutzigen Mammon bezahle«, sagte seine immer noch gläubige Seele.

Er hatte jetzt Angst, zurück zu dem Polizisten zu gehen. Wozu? Womöglich brachte man ihn zusammen mit Keila zum Polizeipräsidium. »Heute haben sich alle bösen Mächte gegen mich verschworen! ....«

Selbst wenn es einen Gott gab, konnte es doch keine individuelle, auf Einzelne zugeschnittene Vorsehung geben, das hatte Bunem seiner Schwester Zirele, Kliatchko und sich selbst oft gesagt. Der Allmächtige hätte es wohl kaum nötig, mit jedem Lebewesen einzeln abzurechnen. Wenn er wirklich omnipotent war, konnte er Gesetze und Kräfte schaffen, die für alle möglichen Fälle galten und anwendbar waren. Nicht einmal im Himmel konnten sie über jede Person, jede Mikrobe, jeden Grashalm im Einzelnen Buch führen. Hatte die Natur nicht jedem Baum, jeder Frucht mehr Samen mitgegeben, als zum Hervorbringen neuer Bäume nötig waren? Hatten Männer und Frauen nicht unendlich viel mehr Samen- und Eizellen, als zur Gründung neuer Generationen gebraucht wurden?

Aber jetzt spürte Bunem buchstäblich, wie eine unsichtbare Hand sein Schicksal lenkte, ihm Hindernisse in den Weg legte, alle seine Pläne zunichtemachte. Zuerst war es die Begegnung mit Solchas Professor, dann – mit ihrer Mutter. Und jetzt die Katastrophe mit Keila. Wer weiß? Vielleicht hatte sein Vater mit Gebeten den Himmel bewegt, ihn nicht fortzulassen. Vielleicht war Solcha von verborgenen Mächten besessen? Nicht nur Schmerz und Scham litt Bunem an diesem Morgen, sondern auch eine Art Reue überkam ihn. Aber was sollte er jetzt tun? Fliehen, Keila im Stich lassen? Am meisten schämte er sich vor Solchas Mutter.

Bunem hatte vor kurzem in Dr. Schlomo Rubins Übersetzung von Spinozas »Ethik« geblättert. In dem Teil über die Affekte wurde beschrieben, wie zwei zugleich empfundene gegensätzliche Affekte sich so auswirken können, dass sie das Denkvermögen lähmen und jede Entscheidung zum Handeln unmöglich machen. Er, Bunem, befand sich in dem beschriebenen Zustand. Ihm schwindelte, er musste sich auf den leeren Platz neben Keilas Sachen setzen.

»Was immer geschieht, ich habe mein Schicksal nicht mehr in der Hand«, sinnierte er.

Ein unglücklicher Zufall? Nein, das nicht. Er schloss einen Moment die Augen. So wie Keila vorher, wünschte er sich jetzt den Tod. »Ich kann es nicht mehr ertragen«, dachte er, wie um sich vor jenen zu rechtfertigen, die menschlichen Gedanken lauschten.

Bunem wartete darauf, dass der Polizist wieder auftauchte und ihn festnahm. Aber Minute um Minute verging, und niemand kam. Mitten im Tumult spürte er so etwas wie Ruhe. Die Ruhe, die einen Schiffbrüchigen überkommt, wenn er sich im tosenden Meer an eine rettende Planke klammern kann.

Bunem erinnerte sich an den Ausspruch: Wenn Pläne zunichtewerden und Hoffnung eine Spinnwebe ist, kann man nur noch glauben, dass alles, was auf Erden geschieht, im Himmel verfügt wurde.

Er hörte einen Laut und schlug die Augen auf. Frau Buchbinder näherte sich der Bank, und an ihrem Arm hing Keila wie eine schwerkranke Patientin, die sie zum Notarzt führte.

Frau Buchbinder fragte ärgerlich tadelnd:

»Was denken Sie sich denn, mitten im Chaos einfach zu träumen? Seht ihn euch an – sitzt da und döst, als wäre nichts passiert. Sie ist gar nicht bestohlen worden!«, schrie Frau Buchbinder beinahe. »Der Geldbeutel ist in die Klosettschüssel gefallen. So was habe ich in meinem ganzen Leben noch nicht gehört!«

»Wie ist das passiert?«

»Fragen Sie sie. Ich schau sie an und sehe, dass ihre Ärmel nass sind. Sie hat ihr ganzes Vermögen an ein dünnes Bändchen gehängt, das ist gerissen und alles ist mitten im Kot gelandet. Im Nu ist es abgerauscht in die Tiefe, unwiederbringlich.«

»Wie kann das sein? Sie hat doch gesagt, sie sei bestohlen worden!«

»Bestohlen wurde sie nicht.«

»Ich hab ihn angefleht: Heb das Geld für mich auf! Jahrelang hatte ich den Beutel um den Hals, und er war sicher. Plötzlich ist er mitten in das Loch gefallen. Mehrere Goldstücke waren drin. Ohne die wäre er nicht untergegangen.«

Keilas Stimme klang müde und heiser, sie war vollkommen erschöpft und konnte nur noch die nüchternen Tatsachen aufzählen. Bunem stand auf, und sie ließ sich auf die Bank sinken.

»Was soll ich denn jetzt machen – außer mich in der Weichsel ertränken?«, fragte sie.

»Es lohnt nicht, wegen dreihundert Rubel ins Wasser zu gehen«, sagte Frau Buchbinder zu Keila, zu Bunem und zu sich selbst. »Gott hat gewollt, dass ihr hier in Warschau bleibt, anders kann's nicht sein. Amerika läuft euch nicht weg, das Grab auch nicht. Inzwischen könnt ihr mir schon die Wahrheit sagen. Was seid ihr – Verwandte, Liebesleute? Man läuft nicht weg nach Amerika, ohne wenigstens den Eltern Lebewohl zu sagen. Das ist ungefähr das Schäbigste, Mieseste, was man tun kann. Ich habe jetzt nur noch eine Hoffnung: dass Solcha aus den Klauen der Gojim befreit wird. Mein Gatte wird bald zum Essen kommen, und wenn ich nicht da bin, wird er sich wer weiß wie aufregen. In fünfundzwanzig Ehejahren habe ich keine einzige Mahlzeit mit ihm verpasst, außer in den Stunden, da ich mit Solcha in den Wehen lag.

Bring sie, wohin sie gehört«, sagte Frau Buchbinder und redete Bunem plötzlich mit Du an, »und geh du zurück zu Mutter und Vater. Da du nichts verbrochen hast, wirst du nicht gehenkt. Wenn du als Zeuge aufgerufen wirst, tritt vor und sage, dass mein Kind unschuldig ist. Wenn du pleite bist, kann ich dir vierzig Groschen für die Droschke leihen. Zu Fuß gehen kann sie in ihrem Zustand nicht, und in die Pferdebahn wird man sie nicht einsteigen lassen.«

Frau Buchbinder schaute Bunem wütend an und hastete aus dem Bahnhof. Bunem warf einen Blick auf die große Uhr über dem Bahnsteig.

»Komm, Keila!«

»Wohin denn?«, fragte sie mit matter Stimme.

»Nach Mława. Der Zug geht in fünfzehn Minuten.«

»So, wie ich bin? Ohne eine Kopeke?«, fragte Keila. »Und ganz verdreckt bin ich auch.«

»Umziehen kannst du dich in der Bahn. Jetzt heißt es Amerika oder Tod.«

ZWEITER TEIL

ACHTES KAPITEL

1.

Ein Jahr und etliche Monate waren vergangen. Bunem und Keila hatten bereits alles überstanden – die Zugfahrt nach Mława, den Grenzübergang nach Deutschland mit Hilfe von Schmugglern, die Reise nach Hamburg mit dem Geld aus dem Verkauf von Keilas letzten beiden Schmuckstücken, die zwei Wochen Schiffsreise über den Atlantik im Zwischendeck eines deutschen Dampfers. Die Fahrkarten hatte ihnen ein Reisebüro ausgestellt, sie mussten später, nach der Ankunft in New York, in Raten zu fünf Dollar pro Monat abgezahlt werden. Außerdem hatten die beiden, die als Ehepaar auftraten, auch dreißig Mark von einer deutsch-jüdischen Organisation erhalten, die Emigranten aus Russland unterstützte.

Nachdem Bunem und Keila Ellis Island hatten verlassen dürfen, fand Keila Arbeit als Dienstmädchen bei einem alten Arzt, einem Witwer, der am East Broadway wohnte. Bunem versuchte, Bügler zu werden, später nahm er Arbeit in einer Fabrik an, wo er zehn Stunden täglich Etiketten auf Papierschachteln kleben musste. Er verdiente zwei Dollar pro Woche. Dann wurde er Lehrer in einem privaten Talmud-Tora-

Lehrhaus, wohin Jungen nach der Schule gingen, um Gebete und ein Kapitel aus dem Pentateuch als Vorbereitung auf ihre Bar Mitzwa zu lernen. Die Kinder konnten nur wenig Jiddisch, und Bunem hatte noch nicht gelernt, die englischen Wörter richtig auszusprechen. Außerdem hatten die Schüler nicht das geringste Bedürfnis, von einem *Greenhorn* Dinge zu lernen, die nicht die geringste Verbindung zu ihrem Leben hier in Amerika hatten. Wen kümmerte es, dass Jakob vor Jahrtausenden von Beerscheba nach Haran gegangen war, dass er sich einen Stein unter den Kopf gelegt und von einer Leiter geträumt hatte, die auf der Erde stand und angeblich bis in den Himmel reichte?

Die Kinder lernten, kauten Kaugummi und äfften Bunems Englisch nach. Noch langweiliger als der Pentateuch waren die Abschnitte aus dem Talmud, die in einem Singsang vorgetragen werden mussten. Eine Passage beschrieb bis in alle Einzelheiten den Tempel, den König Salomo hatte bauen lassen, eine andere tröstete die Juden und versprach, dass sie nach Jerusalem zurückkehren würden, eine dritte verlangte von den Kindern Israels, den Götzendienst aufzugeben, ihre Kinder nicht mehr dem Gott Baal zu opfern und sich wieder Jehova zuzuwenden. Wenn sie das Gebot nicht befolgten, würde Gott ihnen Pestbeulen, Seuchen und wilde Tiere schicken, und sie würden von den Heeren Ägyptens, Syriens, Arams und Babylons überfallen werden. Die Schüler konnten die schwierigen hebräischen Wörter und Namen nicht aussprechen. Manche wurden so müde, dass sie dauernd gähnten. Andere schliefen sogar mitten in einem Satz ein.

Bunem sah deutlich, dass dies schierer Unsinn war. Mehr als einmal legten die Kinder ihre Gebetsriemen nicht an und sprachen den Segen über die Tora nicht. Die Mütter und Väter arbeiteten am Sabbat. Ganz Amerika war ein Schmelztiegel, in dem Immigranten die alte Heimat, ihre Überzeugungen und ihren fanatischen Glauben mehr und mehr vergaßen. Warum sollten diese Kinder lernen, wie groß das Tempelbecken und wie breit die Flügel der beiden Cherubim über der Bundeslade waren? Was nützte es ihnen, sich in einer Sprache zu üben, die schon seit zweitausend Jahren tot war? Anscheinend hatten die Juden hier in Amerika von ihrem gesamten Judentum nur eine einzige Zeremonie behalten: die Feier der Bar Mitzwa. Er, Bunem, brauchte die vier Dollar pro Woche, die ihm der Unterricht eintrug. Er hatte dauernd Angst, die Schüler würden ihm weglaufen, denn dann bliebe ihm wieder nur die Arbeit in der Fabrik, wo ihn der Lärm und das Rattern fast taub machten. Außerdem mokierten sich die italienischen und spanischen Arbeiter über ihn und spielten ihm alle möglichen Streiche.

Er unterrichtete in einer an ehemalige Einwohner irgendeiner bessarabischen Stadt vermieteten Wohnung. Jeden Samstagabend fand dort eine Versammlung statt. Bunem nahm einmal an einem Treffen dieser Männer und Frauen teil. Er führte Protokoll für sie. Der Vorsitzende schlug mit dem Hammer auf den Tisch und rief zur Ordnung. Stundenlang redeten sie über Friedhöfe und die Kosten für Bestattungen. Sie flochten viele englische Vokabeln in ihr Jiddisch ein. Eine stämmige Frau, eine Witwe, beklagte sich, dass ihr Ehemann neben seiner ersten Frau begraben lag. Nach der Sitzung gingen alle gemeinsam in ein russisches Restaurant, aßen heiße Würste und tranken Bier.

Erst beschimpften, dann küssten sie einander. Erst hatten

sie vom Tod geredet, jetzt besprachen sie, wo man günstig Schuhe, Kleider, Unterwäsche kaufen und wie man die Haare an den Beinen mittels Elektrolyse entfernen konnte. Ein Mann erzählte eine längere Geschichte von seinem Boss, der die eigene Fabrik angezündet hatte, um die Versicherungssumme einzustreichen, aber von einem Konkurrenten angezeigt worden und im Gefängnis gelandet war.

Dann liefen die Leute plötzlich auseinander, gingen nach Hause und ließen Bunem allein. Er schaffte es kaum, sich den Weg zur Attorney Street beschreiben zu lassen, wo er und Keila eine Wohnung im vierten Stock mit Toilette auf dem Treppenabsatz gemietet hatten. Die größeren Wohnungen hatten eine eigene Badewanne, aber Keila und Bunem gingen einmal pro Woche zu einem Barbier, der nebenbei Badewannen vermietete.

Die Wohnung war eng, hatte nur eine fensterlose Küche und ein Zimmer, in dem sie aßen und schliefen. Das einzige Fenster war mit der Feuerleiter verbunden. Auf der gegenüberliegenden Straßenseite war in einer Art Keller ein Bordell. Die Huren saßen barfuß und halbnackt auf den Stufen vor der Haustür und lockten die Passanten mit Rufen an. Die Fenster standen offen, so hörte man den ganzen Tag lang, wie sie redeten und sangen und Grammophonmusik abspielten. Die meisten Mieter hatten Kostgänger, und die Hausfrauen kochten für sie und wuschen ihre Kleider, die dann zum Trocknen an quer über die Flachdächer gespannten Leinen hingen.

Bunem sah sich in eine Art Krochmalna-Straße zurückversetzt, aber in ein Leben unter erschwerten Bedingungen. In Warschau hatten die Häuser Höfe und Synagogen, chassidische Lehrhäuser und Chederim. In den Vorderhäusern wohnten reiche Leute, achtbare Juden, und die Frauen trugen Perücken und Hauben. Die leichten Mädchen und die Diebe blieben unter sich und gaben sich nicht mit den anständigen und gottesfürchtigen jungen Menschen ab. Jeder hatte seinen Status, seinen Platz. Hier war es schwer, zwischen denen aus achtbaren und jenen aus gewöhnlichen Häusern zu unterscheiden. Sie redeten in einer Sprache, die weder Jiddisch noch Englisch war. Die Kinder spielten in der Gosse und kreischten mit erwachsenen Stimmen. Sie trugen übergroße Lederhandschuhe und schlugen mit dicken Stöcken Bälle, die, wenn sie einen Menschen trafen, ernsthaft verletzen oder Augen ausschlagen konnten.

Man konnte nicht wissen, wer ein Goi und wer ein Jude war.

Vor den Haustüren standen riesige Tonnen voller Müll und Asche. Vom Morgengrauen an ratterten überfüllte Pferdebahnen und Fuhrwerke quietschend durch die Straßen, zuerst die Milchwagen, dann Laster mit Fleisch, Obst und Gemüse und gewaltigen Eisblöcken für die Eiskästen. Keila ließ den ganzen Tag lang den Vorhang vor dem Fenster, weil sie die liederlichen Personen nicht sehen wollte, die sie an ihre eigene Schande erinnerten.

Gott sei Dank wusste hier in dem fremden Land, in der großen Stadt New York, niemand von Bunems und Keilas Schande und ihrer illegitimen Verbindung. Die Mitbewohner nannten sie Mrs Tomaszower, andere kürzten ab und sagten Mrs Tomasz. Sie wussten, dass ihr Ehemann ein Melamud war, ein Lehrer. Frauen kamen zu ihm mit der Bitte, für sie einen jiddischen Brief an die Verwandten in der alten

Heimat zu schreiben. Sie versuchten, ihn für seine Mühen zu bezahlen, aber er nahm kein Geld.

In dem Mietshaus wohnten auch ältere Frauen, deren Väter ihnen heilige und jiddische Bücher hinterlassen hatten, mit denen weder sie noch ihre Männer etwas anfangen konnten, und sie schenkten Bunem diese Bücher, Gemaras, Mischnas, englisch-jiddische und englisch-hebräische Lexika, außerdem ganze Zeitschriftenreihen und Zeitungsausschnitte. Keila hatte ein gebrauchtes Regal für Bunem gekauft. Sie hatte großen Respekt für alles Geschriebene und Gedruckte. Dass sie nicht Hebräisch lesen konnte, bedauerte sie oft. Wenn Bunem las oder schrieb, ging sie auf Zehenspitzen durchs Zimmer. Allerdings schnappte sie mehr englische Wörter auf als Bunem. Sie hörte die Sprache auf der Straße, beim Einkaufen, von den Kindern in ihrer Umgebung. Bunem dagegen schrieb Vokabeln in Druckbuchstaben auf Zettel, die er in einer ausrangierten Zigarrenkiste aufbewahrte.

Gelegentlich hörte Keila ihn die englischen Wörter wiederholen:

»Tisch – Decke – Wand – Bild ...« Oft benutzte er schwierige Wörter, die ihr in den Läden oder bei den Handkarren nie zu Ohren gekommen waren: »Substantiv – Verb – Adverb –«

Manchmal sagte er diese Wörter spätabends vor sich hin, wenn er schon im Bett lag und Keila sich die Haare wusch, die Zähne putzte – das hatte sie in Amerika gelernt – oder das Geschirr vom Abendessen spülte.

Alle paar Tage streute Keila ein Pulver in der Küche aus, um die Schaben zu vernichten.

Ins Bett zu gehen war für Keila und Bunem eine ganz neue

nächtliche Erfahrung. Sie mussten sich nicht mehr in irgendeiner dubiosen Abstellkammer oder einem kalten Atelier verstecken oder sich auch nicht auf dem Schiffsdeck lieben wie während der Überfahrt. Nachdem sie Ellis Island hinter sich hatten, verlangte niemand eine Heiratsurkunde von ihnen. Die Amerikaner glaubten, was man ihnen erzählte. Nachweise und Zeugnisse fanden sie überflüssig. Pässe brauchte man hier nicht, weder gelbe noch schwarze. Sobald Keila die Tür schloss und die Gaslampe ausschaltete, brach ein besonderer Feierabend für sie und Bunem an.

Sie gingen früh zu Bett. Jede Nacht berichtete Keila Bunem von ihrem Tag bei Dr. Welcher, einem vielleicht siebzigjährigen hustenden kranken Junggesellen, einem Pessimisten, der weder Fisch noch Fleisch aß. Seine Patienten waren sämtlich alt und arm. Die Wohnung war so mit Büchern überladen, dass man sie unmöglich putzen konnte. Keila kaufte für ihn ein und kochte ihm seine vegetarischen Mahlzeiten. Die Arbeit war leicht, und der Doktor ließ sie oft vorzeitig gehen.

2.

Tagsüber hatte Keila häufig das Gefühl, noch auf dem Schiff zu sein. Die Stadt rauschte wie ein Ozean. Wenn die Laster und die schwer beladenen Lieferwagen durch die Straße ratterten, klirrte das Fenster. Wände, Fußboden und Zimmerdecke vibrierten. Geschrei hallte von der Straße und den nahen Märkten wider. Oft hörte man das Klingeln der Feuerwehrautos oder die Sirene eines Rettungswagens, Töne und Laute, die für Keilas Ohren von Menschen oder auch von Maschinen kommen konnten.

Aber in der Nacht war alles still. Sie lag neben Bunem, schmiegte sich so eng wie möglich an ihn und doch nicht nahe genug für ihr Gefühl. Er liebte sie mit einer Leidenschaft, die sie noch nie erfahren hatte. Alles, was ihr zuvor geschehen war, wollte sie nicht mehr gelten lassen. Sie wusste wohl, dass sie noch Jarmys Ehefrau war – sie hatte keinen Scheidebrief von ihm, sie hatte nicht mit Bunem unter dem Hochzeitsbaldachin gestanden, aber jetzt war er ihr Ehemann vor den Menschen und vielleicht sogar vor Gott.

In der Dunkelheit war Warschau kein Traum, keine bloße

Fantasievorstellung mehr. Die Stadt wurde wieder lebendig. Das Paar sah sich zurückversetzt in die vertrauten jüdischen Straßen. Keila erinnerte sich an vieles, was sie dort hinter sich gelassen hatte. Selbst ihr Geburtsort tauchte in ihren Gedanken wieder auf. Irgendwo hatte sie Schwestern, Brüder, vielleicht sogar noch eine Mutter. Auch andere Verwandte würden sich an ihren Namen erinnern, selbst wenn sie ausspuckten, sobald sie ihn hörten. Die Hälfte ihrer restlichen Jahre hätte Keila dafür hergegeben, diese Menschen wissen zu lassen, dass es vorbei war mit ihrem alten Lotterleben, dass sie ein neues, anständiges begonnen hatte und die Frau eines gebildeten Mannes geworden war, eines Rabbinersohnes, eines Gelehrten, der Maler und Lehrer war.

Er liebte sie in den Nächten nicht einmal, sondern viele Male. In den Pausen redeten sie miteinander. Keila hatte Bunem gebeten, ihre Vergangenheit ruhen zu lassen, das hatte er ihr auch versprochen, aber er hielt sich nicht daran. Sie selbst platzte gelegentlich mit Wörtern heraus, die sie nicht hätte in den Mund nehmen sollen. Aber schließlich konnte man so viele Jahre doch nicht verleugnen. Der gute Vorsatz kam gegen das Mundwerk nicht an.

Bunem wollte viel von ihrem früheren Leben erfahren. Nach und nach entlockte er ihr die Namen aller Liebhaber, die ihren Hurenlohn eingestrichen hatten. Bunem verlangte sogar, dass sie ihm von den Sünden erzählte, die sie begangen hatte, bevor sie nach Warschau gekommen und eine Hure geworden war. Wer war ihr Erster, Zweiter, Dritter gewesen? Er zwang sie, ihre Erinnerungen aufzufrischen. Nach und nach glitten sie mit diesen verfänglichen Reden in einen Morast aus Lust, der sie zwar nicht verschlang, aber auch nicht freigab. Irgendwo in Keilas Hirn vergraben lagen all ihre Sünden, Abenteuer, Triebe.

Dr. Welcher hatte einen Schrank mit Alkoholika aller Arten. Er selbst durfte nicht trinken, aber Keila schenkte sich von Zeit zu Zeit ein Glas ein oder nahm einen Schluck aus der Flasche. Sie hatte Angst, Bunem würde sie schelten, wenn er merkte, dass ihr Atem nach Alkohol roch, aber er mahnte sie nur, nicht zu viel zu trinken. Ab und zu genehmigte er sich ebenfalls ein Glas Whiskey. Hier in Amerika tranken nicht nur Trunkenbolde, sondern auch achtbare Leute. Alle Nachbarn Keilas hielten sich einen Vorrat an Whiskey, Kognak, Scotch und wie immer die verschiedenen Schnäpse hießen. Das Leben in diesem Land war hart, voller Aufregung und rasant, und gelegentlich musste man sich entspannen oder Mut antrinken.

Keila und Bunem berauschten sich geradezu an ihren Geschichten aus Warschau und der Vergangenheit. Bunem hatte nicht viel zu berichten. Er hatte außer Keila keine Frau gehabt, aber er gestand ihr seine Fantasien. Er erzählte ihr, was er in Büchern, Illustrierten, Zeitungen gelesen hatte. Er schilderte seine Begegnungen mit Solcha bis in alle Einzelheiten. An Solchas Mutter hatte er geschrieben, aber nie eine Antwort erhalten.

Solcha saß ihre Zeit in der Zitadelle ab. Wer weiß? Vielleicht war sie sogar zum Tode verurteilt worden. Vielleicht verelendete sie irgendwo in Sibirien. Manchmal kam das Gespräch auf Jarmy. Vielleicht war er zusammen mit Max verhaftet worden, und womöglich saßen sie jetzt gemeinsam in einer Zelle und freuten sich wieder an ihrem homosexuellen Treiben.

Bunem hatte aus Hamburg und später auch aus New York an seine Eltern geschrieben, aber sie hatten nicht geantwortet. Nur Zirele hatte einen Brief geschickt. Als die Eltern ihres Verlobten Mordechai Zorah erfuhren, dass Bunem nach Amerika geflohen war, hatten sie die Verlobung gelöst. Sie hatten Zirele und ihre Eltern vor ein Din Tora zitiert, ein Schiedsgericht nach dem Recht der Tora, und Zirele hatte Mordechai Zorah eine schriftliche Entschuldigung gegeben. Sie, Zirele, war nicht mehr verlobt und wieder ungebunden.

Der Brief klang mokant, aber Zirele machte auch deutlich, wie verzweifelt die Eltern waren, als sie hörten, dass Bunem in Amerika lebte. Wieder war die Polizei ins Haus gekommen. Jemand sagte, die Eltern müssten dreihundert Rubel Schadensersatz zahlen, weil Bunem das Land vor seinem Militärdienst verlassen hatte. Das war eine der üblen judenfeindlichen Verordnungen aus Russland. Zirele schrieb, sie habe nur eine Hoffnung: dass sie nach Amerika gehen könne, bevor ihre Eltern sie mit einem anderen Waschlappen verheirateten. Lieber würde sie in einer Fabrik malochen oder Dienstmädchen sein, als sich wieder auf einen Schmarotzer einzulassen. Zirele schrieb auch davon, dass der Vater ihn, Bunem, verstoßen habe.

Bald nach dem ersten Brief kam ein zweiter. Darin schrieb Zirele:

Mein lieber Bunem, Gesundheit und ein langes Leben wünsche ich Dir.

Vor ein paar Tagen erst habe ich Dir geschrieben, aber inzwischen ist ein Brief in polnischer Sprache von Frau Buchbinder eingetroffen, deshalb muss ich Dir wieder schreiben. In dem Brief steht, Du seist mit ihrer Tochter verlobt gewesen und dann mit einer anderen Frau vor ihr geflohen. Frau Buchbinder hat Dich angeblich auf dem Wiener Bahnhof mit einer ordinären Person getroffen, die im Wartesaal ihr Geld verloren hat oder bestohlen wurde. Bunem, Du weißt, dass ich nicht genug Polnisch kann, und ihre Handschrift ist auch dermaßen kompliziert, dass ich beim Entziffern Blut und Wasser geschwitzt habe. Es ist ein Wunder, dass Mutter nicht zu Hause war, als der Postbote kam. Ich will die ganze Geschichte nicht glauben. Aber irgendwie kann ich mir auch nicht vorstellen, dass diese Frau sich alles nur ausgedacht hat. Bis jetzt habe ich Mutter den Brief noch nicht gezeigt, weil ihre Nerven seit Deiner Flucht nach Amerika so schwach sind, dass sie in Tränen ausbricht, wenn sie nur Deinen Namen hört. Eine solche Verleumdung hätte ihr jetzt gerade noch gefehlt. Auf der Straße verbreiten sie alle möglichen absurden Geschichten über Dich, und der Gabbai, der das Geld für Vater einsammelt, erzählt, dass Leute sich weigern, ihm einen Groschen zu geben, weil der Rabbi ketzerische Kinder großgezogen habe. Sogar Schlomele und Haiml werden im Cheder gequält. Man erzählt sich auch, nicht die zukünftigen Schwiegereltern hätten die Verlobung gelöst, sondern wir. Ich habe Angst, dass Vater aus der Krochmalna wegziehen muss. Aber wohin soll er gehen?

Bunem, noch mehr solche Verleumdungen und Intrigen kann ich nicht aushalten, und was soll in Warschau aus mir werden? Offenbar hat Gott meine Gebete erhört und mich von Mordechai Zorah befreit, und vielleicht hast Du in Amerika den gleichen Auftrag wie Joseph in Ägypten: die Brüder nachzuholen, wie der Pentateuch sagt? Ich kann hier nicht mehr bleiben. Ich ersticke. Wenn Du mir das Geld für die Überfahrt schicken kannst, lasse ich alles stehen und liegen und fliehe aus dieser Gehenna. Vater, möge es ihm wohl ergehen, kann nur eines, den ganzen Tag lang studieren. Ich sitze hier mit einer Aussteuer, die ich nicht mehr brauche, und Vaters Schulden wachsen ihm über den Kopf. Gläubiger von allen Seiten mahnen ihn, und sie drohen, uns unser Bettzeug und alle Möbel wegzunehmen. Es ist nicht zum Lachen.

Deine treue Schwester, Zirele

Es gab ein Postskriptum:

Schreibe bald! Ich warte ungeduldig auf ein Wort von Dir. Ich werde den Postboten jeden Tag abpassen, damit ich Deinen Brief selbst in die Hand bekomme. Leicht wird das nicht für mich, aber es könnte schlimmer kommen. Alles Gute. Wenn Du dort jemanden hast, richte ihr meine besten Grüße aus.

In Liebe,

Deine Schwester.

3.

Im Juli reisten Bunems Schüler mit ihren Eltern in die Cat-skills, und Bunem war bis September arbeitslos.

Dr. Welcher schloss seine Wohnung und ging für den Sommer zu Verwandten nach England. Bunem und Keila hatten keine Möglichkeit mehr, Geld zu verdienen. Allein für die Miete mussten sie monatlich zwölf Dollar aufbringen. Bunem durchsuchte die Anzeigen in der jiddischen Zeitung nach einem Job, aber um diese Zeit brauchte offenbar kein Mensch einen Lehrer. Auch Dienstmädchen wurden nicht gesucht. Jeden Tag ging Bunem zu einem englischen Sprach-kurs in die Eductional Alliance. Dort stellten Maler ihre Ar-beiten aus, meist waren sie Amateure. Ein Maler, mit dem Bunem sich anfreundete, erzählte ihm, dass hin und wieder reiche Damen aus Uptown kämen und gelegentlich ein Bild kauften, das ihnen gefiel. Bunem dachte daran, wieder mit dem Malen anzufangen, konnte sich aber nicht überwinden, seine letzten Dollars für Farbe, Leinwand und eine Palette auszugeben. Außerdem eignete sich das Licht in seiner Woh-nung nicht zum Malen.

Da Bunem jetzt eine Menge Zeit hatte, las er die Zeitung jeden Tag von vorn bis hinten durch. Die Artikel handelten meist von Russland und den Kämpfen der Liberalen und Sozialisten gegen das Regime. Immer häufiger wurden Streiks organisiert. Man druckte illegale Zeitungen und Flugblätter. Von Zeit zu Zeit warfen die Anarchisten eine Bombe. Nach der Ermordung des Ministerpräsidenten Stolypin gab es überall in Russland Massenverhaftungen. Redner aus Russland, Deutschland und England kamen nach Amerika, um das Los der Arbeiterklassen auf der Welt zu schildern. Zahlreiche dieser Redner waren Juden. Manche sprachen Russisch, andere Jiddisch. Sie prophezeiten, dass die Revolution unmittelbar bevorstehe.

Die jüdischen Redner und die sozialistischen Artikelschreiber in den Zeitungen versicherten, dass nach dem Sieg der Revolution in Russland alle Restriktionen gegen Juden aufgehoben würden. Es werde keinen Ansiedlungsrayon mehr geben. Juden dürften sich in St. Petersburg, in Moskau niederlassen. Die jüdischen Revolutionsführer würden Teil der russischen Regierung werden. Viele jüdische Sozialisten in New York und in ganz Amerika bereiteten sich auf die Rückkehr nach Russland vor. Es stimmte, Amerika war ein sozusagen freies Land. Am 1. Mai marschierten die Linken verschiedener Parteien gemeinsam in einer Demonstration, trugen rote Fahnen, hielten Reden und verfluchten und beschimpften die Rockefellers, die Morgans, die Carnegies und den Präsidenten Taft, und niemand schritt dagegen ein. Aber die Redner und Schreiber erinnerten daran, dass Amerika eine Bastion des Kapitalismus war und die Reaktionäre in diesem Land sich nicht grundsätzlich von denen in Russland, Deutschland oder England unterschieden. Nach Russlands Niederlage im Russisch-Japanischen Krieg hatte sich das Land mit den Kriegstreibern in England und Frankreich verbündet und zur Verschärfung der Krise auf dem Balkan beigetragen, den die Zeitungsschreiber in New York, genau wie die in Polen, ein »Pulverfass« nannten.

Hier in New York konnte Bunem Solcha besser verstehen. Zwar hatte Reb Menachem Mendel in Armut gelebt, aber er, Bunem, hatte nie Hunger leiden müssen. Irgendwie hatte die Familie sich immer durchschlagen können. Solcha hatte dauernd von der hungernden Arbeiterklasse geredet, aber Bunem hatte das als Rhetorik, als Übertreibung abgetan. Die Arbeiter in der Krochmalna, die Schneider, Schuster, Schreiner, Kutscher und Portiers sahen nicht hungrig aus. Auch die Bauern, die Wagenladungen mit Kartoffeln, Rüben, Karotten, Hühnern, Gänsen, Käse und Pilzen aus den Dörfern in die Stadt brachten, waren keine Hungerleider.

Aber jetzt erfuhr Bunem zum ersten Mal am eigenen Leibe, was Hunger ist. Die paar Dollars, die Keila und er besaßen, schmolzen dahin, und es kam der Tag, da Keila nichts mehr zum Frühstück auftreiben konnte. In der Nacht danach redeten Bunem und Keila nicht von Liebe, sondern von Selbstmord. Der Hunger ließ sie nicht schlafen.

In den besseren Straßen – der Grand, Delancy und Clinton Street – warfen die Hausfrauen immer trockenes Brot und alte Brötchen weg, und Keila fischte beides aus den Mülltonnen. In der Orchard Street und auf den nahe gelegenen Märkten konnte man manchmal eine Kartoffel, eine Gurke, einen Rettich, auch einen Apfel oder eine halb verfaulte Apfelsine finden. Keila sammelte diese Reste auf und brachte sie nach

Hause. Beim Stromern durch die Straßen fand sie ab und zu einen Penny oder gar einen Nickel, den jemand verloren hatte.

Keila wusste, dass die Straßenmädchen in der Attorney Street keine Not litten. Männer kamen zu ihnen. Auch wenn das Land in einer Depression steckte und die Geschäfte Flaute hatten, bestand doch kein Mangel an Kunden für Freuden-mädchen. Keila sagte oft, sie würde lieber sterben, als wieder in Sünde zu fallen. Aber Bunem fürchtete doch, dass sie eines Tages – heimlich und ohne sein Wissen – wieder in das Netz der Prostitution geraten könne.

An einem heißen Sommertag, als Bunem in Unterwäsche dasaß und Regeln aus einer englischen Grammatik abschrieb, ging die Tür auf, und Keila kam mit einem Korb voller Le-bensmittel herein. Sie sah fröhlich und erhitzt aus. Eilig lief sie zu Bunem, küsste ihn auf den Kopf und öffnete den Korb weit.

»Schau, was ich hier habe.«

Bunem zögerte lange.

»Wo hast du das her? Das sieht nicht aus wie Essen, das man findet.«

»Auf den Märkten fällt Zeug von den Schubkarren, das habe ich nur aufgehoben.«

Bunem dachte nach.

»Keila, das ist Diebstahl.«

»Nein, Bunem, es fällt runter und –«

»Wenn es herunterfällt, wird der Verkäufer es früher oder später aufheben. Fremde haben kein Recht, es zu nehmen.«

»Hätte ich es nicht genommen, hätten es andere aufge-sammelt.«

»Lass andere machen, was sie wollen. Ich esse keine ge-
stohlenen Lebensmittel.«

»Was isst du dann? Wir haben keinen Pfennig mehr.«

»Lieber betteln oder Selbstmord begehen.«

Keilas Miene trübte sich.

»Bunem, was soll werden?«

»Wir müssen irgendeine Arbeit finden.«

»Bunem, du hast seit gestern nichts mehr gegessen.«

»Ich habe keinen Hunger.«

»Du bist totenbleich. Du sagst selbst, dass in der Zeitung
keiner mehr Arbeiter sucht. Sind wir deshalb nach Amerika
gekommen – damit wir verhungern? Weh mir!«

Und Keila brach in Tränen aus – wie ein kleines Mädchen.

»Keila, wir sind nicht nach Amerika gekommen, um Diebe
zu werden.«

»Alle sind reich hier. Eine ganze Stadt könnte von dem leben, was die Leute wegschmeißen. Im Müll kann man Schuhe
finden, Kleider, Brötchen, alles, was du willst. Bunem, ich
hab sogar Geld gefunden.«

»Wie viel Geld?«

»Einen Penny und zwei Fünf-Cent-Stücke.«

»Gefunden oder gestohlen?«

»Wenn ich stehlen wollte, würde ich nicht elf Cent nehmen. Bunem, Lieber, ich bin ehrlich, und ich bin dir treu.
Die Männer laufen mir nach, aber ein Blick von mir, und
sie verdrücken sich. Gestohlen habe ich nie, auch in jener
Zeit nicht, du weißt schon. Säufer sind gekommen und haben ihre Geldbeutel liegen lassen. Manchmal sind sie ihnen
aus der Tasche gefallen. Aber ich habe immer alles zurückgegeben. Alle Huren haben gestohlen. Sie haben den Freier be-

trunken gemacht und ihm dann seine paar Rubel geklaut. Sie haben das Geld vor den Luden versteckt und dafür die übelsten Schläge kassiert. Aber ich habe das nie gemacht. Wenn ich lüge, soll mir ein anständiges jüdisches Begräbnis verwehrt sein.«

Diese Redewendung hatte Bunem noch nie von Keila gehört. Trotz seiner Sorgen schmunzelte er. Er sagte:

»Wenn du noch nie gestohlen hast, fang jetzt nicht damit an. Vielleicht hilft uns Gott.«

»Du hast mal gesagt, Gott gibt es nicht.«

»Es gibt ihn, es gibt ihn. Womöglich ist er nicht so gut wie die Leute meinen, aber er existiert.«

»Warum straft er uns?«

»Weil wir beide keinen Beruf, kein Handwerk gelernt haben. Wir sind Schmarotzer«, sagte Bunem und wunderte sich selbst über seine Worte.

»Was mache ich jetzt mit dem Essen? Ich weiß nicht mal, wem ich es wiederbringen soll. Ein Laib Brot ist hier runtergefallen, ein Plätzchen da, ein Apfel dort. Hier bückt sich keiner und sammelt Zeug auf. Wenn ich anfinge, Zeug dorthin zurückzutragen, würden sie mich ins Kittchen werfen.«

»Iss jetzt!«

»Allein? Und du?«

»Gib mir die elf Cent.«

Keila gab ihm die Münzen. Sie fing wieder an zu weinen.

»Weine nicht, iss!«

»Ohne dich esse ich nichts.«

»Geh hinunter und kauf mit den elf Cent Brot und vielleicht einen Liter Milch. Oder Butter, wenn du keine Milch bekommen kannst.«

»Aber ich habe einen ganzen Korb voll Brot.«

»Kauf ehrliches Brot. Lass den Korb hier.«

Keila zögerte kurz.

»Na gut, sei's drum.«

Bunem gab ihr die elf Cent zurück. Sie lehnte ihren Kopf an seine Schulter.

»Ich hab all das nur für dich geschleppt!«

Und sie nahm das Jammern und Klagen wieder auf.

4.

Nach langwierigem Suchen fand Bunem Arbeit: Er las einem Blinden täglich außer freitags und samstags sechs Stunden lang aus Zeitungen, Zeitschriften und Büchern vor. Der über achtzigjährige alte Mann wohnte mit seiner Tochter in der Nineteenth Street nahe der Fourth Avenue. Bunem war von zehn Uhr morgens bis vier Uhr nachmittags dort beschäftigt.

Unter anderem diktierte der alte Mann, ein wohlhabender ehemaliger Pelzhändler, Bunem seine Memoiren, die seine Kinder und Enkel ins Englische übersetzen und auf eigene Kosten drucken lassen wollten. Bunem verdiente acht Dollar pro Woche. Obwohl er nicht an Wunder glaubte, hielt er diese Arbeit für ein kleines Mirakel. Er hatte die Anzeige nicht in der Zeitung gefunden, die er regelmäßig las, sondern in einem orthodoxen jiddischen Blatt, das ein Nachbar in den Müll geworfen hatte. Das Blatt war vier Tage alt, und Bunem glaubte, die Stelle sei bestimmt inzwischen besetzt, aber er rief trotzdem an und wurde aufgefordert, vorbeizukommen. Wie er erfuhr, hatten sich schon etliche Bewerber vorgestellt, aber

keiner hatte dem Blinden gefallen, einem Mr Morris Zucker-
mann oder Sugarman, wie er in Amerika registriert worden
war. In der Anzeige wurde ausdrücklich verlangt, nur solche
Kandidaten sollten sich bewerben, die über Kenntnisse des
Hebräischen, Jiddischen, des Talmud und der Entscheidungen der Poskim[1] verfügten, eine leserliche Handschrift und
einen »anständigen Charakter« hatten.

Als Bunem bei seinem Anruf jiddisch sprach, bat man ihn,
zu warten. Nach einer Weile kam Mr Sugarman persönlich
an den Apparat. Er befragte Bunem ausführlich und lud ihn
anschließend zu sich ein.

Noch ein anderes »Wunder« war geschehen. Einen Tag zuvor hatte Keila Arbeit in einer Bäckerei direkt an der Attorney Street gefunden – sie ging durch die Straßen und bot
Brötchen feil. Der Bäcker – ein Mann aus Warschau – buk
Brötchen, die anders waren als die amerikanischen. Sie waren weich, auf einer Seite dünn wie Seide, auf der anderen
zu einer Art Spirale gedreht. Polnische Landsleute klagten,
dass man sich an den amerikanischen Brötchen die Zähne
ausbiss, so hart seien sie. Sie schmeckten altbacken, auch wenn
sie frisch aus dem Ofen kamen. Die polnischen Juden behaupteten, dass die amerikanischen Brötchen nicht jüdisch
schmeckten, von Litwaks gebacken würden und kein wahres
jüdisches Aroma hätten. Hätte Keila diesen Job nicht ergat-
tert, hätte Bunem nicht einmal die paar Cent für die Third
Avenue El gehabt.

1 Poskim, Dezisoren: Gelehrte, die Entscheidungen bei der Ausle-
gung von Regeln zur jüdisch-orthodoxen Lebensführung (Halacha) treffen

Nun sah er zum ersten Mal in Amerika die Wohnung eines wohlhabenden Juden – komplett ausgestattet mit Teppichen, eleganten Möbeln, Gemälden, Dienern. Morris Sugarman wohnte zusammen mit einer Tochter, die verwitwet war und selbst schon erwachsene Enkel hatte. Der alte Mann besaß ein Büro mit Regalen voller religiöser Bücher und Werken in englischer, russischer, polnischer und deutscher Sprache.

Er war nicht vollständig blind. Er hatte Katarakte, die operabel waren, aber er lehnte es ab, sich »unters Messer zu legen«, wie er sagte. Er war kurz und breit und trug einen weißen gestutzten Bart. Er mischte englische Wörter in sein Jiddisch, aber auch Zitate aus der Gemara und dem Midrasch. Er erinnerte sich an das alte Warschau – an die Zeiten von Reb Isajahle Prager, Reb Yukele Gesundheit, Heim Selig Slonimski[2]. Solange seine Augen noch mitspielten, hatte er die »Haftzira« gelesen, die hebräische Zeitung, die ihm immer mit mehreren Monaten Verspätung aus Warschau geschickt wurde.

Morris Sugarman hatte früher mit den Großindustriellen und Millionären Amerikas Geschäfte gemacht. Er hatte mit Finanzriesen wie Vanderbilt oder dessen Repräsentanten verhandelt. Er sagte zu Bunem:

»Nicht den Mut verlieren, junger Mann. Als ich nach Amerika kam, war ich genauso arm wie Sie jetzt. Geduld und Fleiß erringt den Preis ...«

Morris Sugarman hatte bereits einen Vorleser, aber der benahm sich schlecht. Er benutzte kein Taschentuch und spuckte

---

2 Chaim Selig Slonimski (1810-1904): Gründer der hebräischen Zeitung Ha-Zefira. Rabbi Jaakov Gesundheit (1816-1878), von 1870 bis 1874 Oberrabbiner von Warschau

auf den Fußboden. Seine Schrift war unleserlich. Mrs Wollman, Sugarmans Tochter, ergänzte, dass der Mann auch nicht mit Messer und Gabel umgehen konnte. Er war nicht aus gutem Haus. An Bunem fanden Morris Sugarman und seine Tochter sofort Gefallen. Alles wäre recht gewesen, wenn Bunem diese freundlichen Leute nicht hätte täuschen müssen. Er musste ihnen Keila verschweigen. Sie hätten ihn sofort aufgefordert, seine Frau mitzubringen, und Bunem wollte und konnte jemanden wie Keila nicht in diese aristokratische Umgebung führen. Also log er, er lebe allein. Er habe seine Verlobte in Warschau zurückgelassen, würde sie aber nach Amerika holen, sobald er dazu in der Lage sei. Dass dieses Mädchen eine Anarchistin war und in der Zitadelle einsaß, konnte er ihnen auch nicht erzählen. Gott im Himmel, sein Leben hatte eine solche Wendung genommen, dass er niemandem mehr die Wahrheit sagen konnte …

Im August wurde New York von einer Hitzewelle überrollt, wie Bunem sie noch nie erlebt hatte. Die Männer liefen in Hemden mit aufgekrempelten Ärmeln und offenem Kragen ohne Krawatte herum. Manche trugen Sandalen ohne Strümpfe. Die jungen Mädchen und die leichtlebigen Frauen waren barfuß und halbnackt. Kinder zogen sich ganz aus. Jeden Tag öffnete irgendjemand den Hydranten in der Attorney Street und setzte das Pflaster unter Wasser. Das kleine Gemüse versammelte sich in den trüben Fluten, quiekte laut und bespritzte die Leute auf dem Bürgersteig. Aber Bunem ging nicht in Hemdsärmeln auf die Straße. Er ließ nicht einmal Hut oder Krawatte weg. Er schwitzte und stillte seinen Durst mit Sodawasser oder Wasser aus den Zapfhähnen über den Pferdetränken für die Zugtiere.

Keila versuchte, sich wie die anderen Frauen zu kleiden, luftiger, nicht ganz hochgeschlossen, aber Bunem verbot ihr, sich in irgendeiner Weise zu entblößen. Was immer sie früher gewesen sein mochte, jetzt habe sie sich ehrbar zu benehmen. Die Nachbarn machten sich über Bunem lustig, wenn sie sahen, dass er das Haus in Jackett, Weste und Krawatte verließ. Sie warnten ihn vor einem Hitzschlag. Aber Gott sei Dank litten er und Keila keinen Hunger mehr. Er hatte die Miete bezahlt, und Keila hatte in ihrem Eisschrank eine Kanne Limonade stehen. Nachts wehte gelegentlich eine Brise vom East River durch das offene Fenster.

Keila verdiente jetzt mit dem Brötchenverkauf ein paar Dollar pro Woche. Ihre Backwaren bekam sie gratis. Nur jemand, der Hunger gelitten hatte und fürchten musste, mit seiner Habe auf die Straße gesetzt zu werden, wusste den Geschmack einer Brotkruste und einen Schlafplatz zur Nacht wirklich zu schätzen. Nur jemand, der sich jahrelang nach dem Körper einer Frau gesehnt hatte – er, Bunem, hatte schon mit zwölf weibliche Wesen begehrt –, konnte voller Freude und Genuss jede Nacht das Bett mit einer Geliebten teilen, die selbst voller Freude und Begehren war und ihrem Mann jeden Wunsch erfüllen konnte. Er kam Nacht für Nacht mit neuer Leidenschaft zu ihr, und sie zeigte ihm alle Geheimnisse und Kapricen des Körpers, oder vielleicht waren auch Leib und Seele ein und dasselbe.

Die Geschichten, die sie Bunem erzählte, erregten zugleich Widerwillen und Begehren in ihm, Wut und Scham ebenso wie die Lust, mehr zu hören. Wenn Spinoza und die Kabbalisten recht mit ihrer Annahme hatten, dass alles, was existiert, ein Teil Gottes ist, Fleisch von seinem Fleisch und Geist von seinem Geist, dann konnte es keine Verderbnis geben. Wenn alle Affekte Modi der Substanz sind, dann muss in jeder Leidenschaft Vernunft sein, so niedrig sie auch erscheinen mag. So ahnungslos auf intellektuellem Gebiet diese Keila auch sein mochte, von menschlichen Gefühlen (oder Affekten) in allen Spielarten wusste und verstand sie viel. Triebe, die für ihn, Bunem, krankhafte Fantastereien waren – und er schämte sich zu gestehen, dass er ihnen verfallen war –, hatten schon andere vor ihm gespürt. Menschen hatten beides, den Willen zu Höherem und den Hang zum üblen Bodensatz. Dort, wo Keila herkam, entblößte man nicht nur den Leib, sondern auch die Seele, oder wie immer man das Phänomen nannte. Der Mensch war ewig hin- und hergerissen zwischen Erhöhung und Erniedrigung. Eine Kraft zerrte ständig an ihm, und wenn er nicht Widerstand leistete, sank er die neunundvierzig Stufen hinab in die Unreinheit[3], und in seinen Ohren wisperte ein Teufel, ein Kobold, der Wonnen versprach, die nie wahr wurden.

3 »Der Midrasch spricht von 49 Toren der Unreinheit Israels in Mizrajim (Ägypten), in welche das Volk bereits eingetreten war. Hätten sie das 50. Tor erreicht, so wäre keine Rettung mehr möglich gewesen. Der Auszug aus Ägypten geschah im allerletzten Moment und verhinderte die totale geistige Assimilation des Volkes.
Menschen, die Tiere als Götter verehren, müssen bis zum Tiere herabsinken, und wie Tiere wurde das Volk auch von den Königen und den höheren Ständen, der Priester- und Kriegerkaste, behandelt: Keine Achtung vor dem Menschen, keine Anerkennung der Freiheit der Eingeborenen, geschweige der Fremden.« (Quelle: Heinrich Graetz, »Geschichte der Juden«, zitiert in: www.hagalil.com/ judentum)

Keila gab zu, dass sie tief im Sumpf gewatet und jeder Lust nachgegeben hatte, aber trotzdem sei ihr Leben voller Kummer und Sorgen gewesen. Der böse Geist verspreche immer nur alles Mögliche. Nie halte er Wort.

Ihre größte Freude sei es, mit ihm, Bunem, in der Attorney Street zusammen zu sein. Aber diese Freude sei auch getrübt, weil sie nicht mit Bunem, sondern mit Jarmy verheiratet war. Schon morgen konnte jemand sie auf der Straße erkennen und den Nachbarn weitersagen, was sie getrieben hatte. Jeder Tag brachte polnische Immigranten, Leute aus Warschau zu Tausenden. Jedes Mal, wenn sie ausging, lauerte womöglich eine Katastrophe. Und was, wenn Solcha freigelassen wurde und nach Amerika kam? Bunem hatte ihr, Keila, nie versprochen, bei ihr zu bleiben. Er wollte auch kein Kind mit ihr haben. Nach dem Gesetz wäre dieses Kind ein Bastard.

5.

Die folgenden Wochen waren eine relativ ruhige und erfreu-
liche Zeit für Bunem und Keila. Dr. Welcher kam aus England zurück, und Keila nahm ihre Arbeit als Dienstmädchen wieder auf. Zusätzlich verkaufte sie abends Brötchen.
Bunem ging jeden Tag zu Mr Morris Sugarman. Vater und
Tochter hatten sich mit ihm angefreundet. Sie luden ihn nicht
nur zum Mittag- und sogar zum Abendessen ein, sie vertrauten ihm auch mehr und mehr von ihren Familiensorgen und
-geheimnissen an.

Morris Sugarman und seine Tochter begannen, ihm vor
Augen zu führen, dass es keinen Sinn für ihn habe, jeden Tag
in die Nineteenth Street und wieder zurück fahren zu müssen. Ihre Wohnung habe viele Zimmer, mehr als Vater und
Tochter brauchten. Bunem könne zu ihnen ziehen. Er würde
für Zimmer und Kost nichts zahlen müssen. Die Familie be-
schäftigte ein Dienstmädchen und einen Butler. Mrs Wollman hielt auf eine koschere Küche und bereitete das Essen
für sich und ihren Vater selbst zu. Für eine Person mehr zu kochen wäre keine Mühe. Die Familie hatte etliche Tragödien

erlebt. Eine Tochter – die jüngste – war zum Christentum übergetreten und hatte einen dänischen Immigranten, einen Ingenieur, geheiratet. Sie wohnte mit ihrem Mann in Boston, und Morris Sugarman hatte sie verstoßen. Von seinen christlichen Enkeln wollte er nichts wissen. Eine zweite Tochter hatte zwar einen Juden geheiratet, aber der war, wie sich zeigte, ein Abenteurer, ein Schwindler, der jahrelang im Gefängnis gesessen hatte. Sugarmans Frau war an Krebs gestorben (womöglich hatte ihr Kummer sie krank gemacht, vielleicht aber auch nicht), ihr Sohn hatte etwas Unjüdisches getan – er war zur Armee gegangen. Er war schon Offizier, aber welchen Sinn hatte es für einen jungen Juden, lebenslang Soldat zu sein? Vom jüdischen Leben wusste er wenig. Er war irgendwo in Texas stationiert, nicht weit von der mexikanischen Grenze. Bessie Wollman, die älteste Tochter, die bei ihrem Vater lebte, war vor gut sechs Jahren Witwe geworden. Sie hatte eine Tochter in Philadelphia, die selbst schon Mutter mehrerer erwachsener Kinder und ebenfalls Witwe war.

Morris Sugarman hatte wenig Freude an seinen Kindern und Enkeln gehabt, aber das war seine eigene Schuld. In jüngeren Jahren hatte er seinen Geschäften zu viel und seinen Töchtern zu wenig Zeit gewidmet. Eine ordentliche jüdische Erziehung hatte er ihnen nicht zukommen lassen, sondern sie in nichtjüdische Schulen geschickt, und so war ihnen das jüdische Leben und Denken fremd geworden. Nur die älteste, Bessie (Beila Brocha war ihr jüdischer Name), sprach jiddisch und führte einen koscheren Haushalt.

Insgeheim gab Morris Sugarman seiner verstorbenen Frau Hilda die Schuld, einer in Amerika geborenen Tochter eines deutschen Juden, der Partner in einer Bank in Brooklyn war.

Wie ihre Eltern verachtete sie vor allem osteuropäische Juden. Sie konnte ihrem Ehemann nicht verzeihen, dass er Englisch mit einem Akzent sprach. Ständig korrigierte sie ihn. Morris Sugarman vertraute Bunem an, dass er seine jüdischen heiligen Bücher zu Lebzeiten seiner Frau nicht im Glasschrank hatte aufstellen dürfen, sonst hätten Gäste am Ende die Titel gesehen. Seine hebräischen Zeitungen und Hefte warf sie bei jeder Gelegenheit in den Müll. Die jüdischen Immigranten beschimpfte sie mit antisemitischen Namen wie Itzig, Jid, Anarchist. Bessie hatte erst ordentliches Jiddisch gelernt, als sie nach dem Tod ihres Mannes zu ihrem Vater gezogen war.

Als sie und Morris Sugarman Bunem vorschlugen, mit ihnen zusammenzuziehen, war er zunächst sprachlos. Aber bald fand er einen Vorwand: Er würde lieber in seinem eigenen Milieu leben als in einem nichtjüdischen Viertel. Er wolle auch den Unterricht nicht ganz aufgeben, damit jüdische Kinder in Amerika ihr Judentum nicht völlig vergaßen.

Er spielte Vater und Tochter den idealistischen orthodoxen Juden vor, aber er kannte schon Lincolns Bemerkung, dass man nicht alle Menschen alle Zeit an der Nase herumführen kann. Früher oder später musste die Lüge ans Licht kommen. Problematisch war auch, dass sein Job alles andere als gesichert war. Morris Sugarman hatte nicht nur den grauen Star, sondern auch ein schwaches Herz. Er bitte den Allmächtigen nur um eines: dass er noch lange genug leben möge, um seine Memoiren abzuschließen, sagte er.

Bald zeichneten sich neue Komplikationen ab.

Kurz nach seiner Ankunft in New York hatte Bunem einen Brief mit seiner neuen Adresse an Solchas Mutter, Frau Buchbinder in der Mead-Straße, Warschau, geschickt. Aber eine

Antwort war nicht gekommen. Bunem verstand, dass Solchas Eltern nichts mit ihm zu tun haben wollten.

Er hatte nie aufgehört, an Solcha zu denken, aber auf eine Nachricht von ihr hoffte er nicht mehr. Wie auch? Wer in der Zitadelle in Haft saß, durfte keine Briefe schreiben. Solchas Mutter hatte ihrer Tochter bei einem Besuch bestimmt von Bunems Flucht nach Amerika mit einem leichten Mädchen erzählt. Bunem hatte Solcha verloren und sich allmählich an den Gedanken gewöhnt, dass er seine Jahre in Amerika schon bis zum bitteren Ende mit Keila, Jarmys Frau, überdauern müsse.

Ja, jetzt wollte er nur noch überleben, sich selbst so gut wie möglich durchs Leben mogeln. Er machte keinen Versuch mehr, zu malen. Lust zum Schreiben hatte er auch nicht mehr. »Ich stelle mir vor, ich bin Robinson Crusoe, schiffbrüchig auf einer einsamen Insel, oder Captain Scott« (von dessen tragischem Tod auf dem Weg zum Südpol alle Zeitungen schrieben).

Aber eines Morgens brachte der Postbote einen Brief aus Warschau. Zuerst dachte Bunem, seine Schwester Zirele habe ihm geschrieben, aber dann sah er den Namen Irene Buchbinder. Der Brief war von Solchas Mutter und in polnischer Sprache.

Bunem las:

Lieber Herr Bunem Tomaszower,
hier schreibt Ihnen Staschas Mutter. Ich habe Ihren Brief aus New York erhalten, aber Stascha lag so schwerkrank im Hospital, dass ich keine Chance hatte, ihr auszurichten, was Sie geschrieben hatten. Auch hatte ich kein

Bedürfnis, Ihnen zu antworten. Ich habe gesehen, wie und mit wem Sie nach Amerika aufbrachen, und ich hatte das Gefühl, das Kapitel zwischen Ihnen und meiner Tochter sei ein für alle Mal beendet. Aber Gott half uns, und Staschas Zustand besserte sich. Der Arzt hat sie in eine Gegend Russlands geschickt, in der die Luft frischer ist. Jetzt bestürmt Stascha mich in ihren Briefen, ich solle Kontakt zu Ihnen aufnehmen, da eine gewisse Hoffnung besteht, dass sie wieder ganz gesund wird, und sich eine Chance für sie auftut, ins Goldene Land zu gehen. Sie schreibt mit so viel Gefühl und Sehnsucht, dass ich beschlossen habe, Ihnen ihre Adresse zu geben. Sie finden sie unten auf der Seite. Aber ich warne Sie, schreiben Sie ihr nur, wenn Ihre Gefühle für sie nicht erkaltet und wenn Sie frei sind, nicht mehr an diese Frau gebunden. Ich bin überzeugt, dass Sie die große Liebe, die meine Tochter für Sie hegt, nicht verdient haben, aber wer Liebe am wenigsten verdient, wird am meisten geliebt.

Ich wünsche Ihnen Glück in der Neuen Welt und bin mit freundlichen Grüßen,
Ihre Irene Buchbinder

Der Brief sagte Bunem alles. Solcha war nicht verurteilt, sondern in den Norden Russlands verbannt worden. Das Dorf, in dem sie lebte, lag in der Nähe von Archangelsk. Bunem konnte sich vorstellen, wie die Verbannten dort lebten – in einer gottverlassenen Öde unter primitivsten Bauern, ständig von der Polizei bewacht.

Die jiddische Zeitung in New York brachte häufig Berichte von Menschen, die ihre Zeit in der Verbannung abgedient hatten oder fliehen konnten und nach Amerika gekommen waren. Alle, die das Leben in diesen Gegenden beschrieben, sagten das Gleiche: Im Gefängnis sei es ihnen viel besser gegangen. Die Gefängnisse waren nicht so schmutzig, das Essen war besser, und die politischen Häftlinge bekamen auch Bücher aus der Gefängnisbücherei, manchmal sogar von der Zensur verbotene. Die Gefängnisbibliotheken bestanden zum Teil aus Werken, die man bei Verdächtigen konfisziert hatte.

Keila war nicht da gewesen, als Bunem den Brief aus Polen in Empfang genommen hatte, und er beschloss, ihr kein Wort von Solchas Exil zu sagen. Warum ihr unnötig Kummer machen? Aber Irene Buchbinders Worte hatten Bunems Liebe zu Solcha wieder geweckt. Er dachte die ganze Zeit an sie. Die Nächte mit Keila waren schön, aber eine Lebensgefährtin für ihn war sie nicht und würde sie nie werden. Er konnte sich bei keiner Versammlung mit ihr sehen lassen. Er konnte sie nicht zu einem Vortrag oder ins Theater mitnehmen, da immer die Gefahr bestand, dass dort jemand war, der sie aus Warschau kannte. Außerdem verstand Keila keinen der Vortragenden und hatte kein Interesse an ernsthaften Theaterstücken.

Durch die Straßen gehen und Brötchen verkaufen genügte ihr. Sie interessierte sich nur für zwei Dinge: für den Haushalt und für ihn, Bunem, seine Wäsche, seine Gesundheit, seine sexuellen Bedürfnisse. Er hatte ihr das Trinken verboten, aber da sie nun selbst Geld verdiente, kaufte sie sich oft eine Flasche Whiskey oder sogar aus Russland importierten Branntwein. Wenn Keila getrunken hatte, wurde sie nicht nur lebhaft, sondern oft zügellos. Sie verfiel dann wieder in den Jargon der Unterwelt.

Manchmal versprach sie sich sogar und nannte Bunem »Jarmy«. Sie wurde schrankenlos redselig und erzählte ohne jede Scham von ihren Abenteuern mit Itsche Einauge, Feifele Klau und anderen der gleichen Sorte. Keila sagte oft, dass sie Kinder mit Bunem haben wolle, aber ihm schauderte bei der Vorstellung, mit Keila eine eigene Brut großzuziehen. Kinder in die Welt zu setzen, die menschliche Tragödie zu perpetuieren, hielt er ganz generell für Wahnsinn.

Häufig sinnierte er, ob er früher oder später den Mut finden würde, mit allem ein Ende zu machen, seinem Leben, seinen Wirrungen, seiner Rebellion gegen die grausamen Gesetze, die das Dasein prägten: blinder Sexhunger, Existenzkampf, die Ungerechtigkeiten der Machthaber, der Wahnsinn, die Verbrechen, die falschen Hoffnungen derer, die immer noch glaubten, man könne am Ende die Natur doch überwinden und ihr Prinzip, dass Macht vor Recht geht, außer Kraft setzen.

Nun ja, aber das Hirn war ein Diktator, und Bunem sah sich gezwungen, an Solcha zu denken. Er stellte sich vor, wie sie in ihrem Baumwollwams durch die Eiseskälte wanderte und sich nach einem Brief, einer Zeitung, einem Buch, einem Menschen, mit dem sie ein Wort wechseln konnte, einem Kaffee, einer Theateraufführung sehnte – und nach ihm, Bunem.

Er zahlte immer noch Raten für seine und Keilas Schiffspassage ab, aber er hatte Zirele schon versprochen, ihr eine Fahrkarte zu schicken. Er selbst schwankte wie ein Rohr im Wind, aber andere suchten Halt bei ihm, hatten ihre Zukunft auf ihn gegründet.

Der Monat Elul hatte begonnen, und die Frauen in der Attorney Street, ihre Nachbarinnen, legten Keila immer deutlicher nahe, dass eine jüdische Frau für die Hohen Feiertage einen Platz in der Synagoge kaufen, an den Gottesdiensten teilnehmen, dem Kantor zuhören, der Predigt des Rabbis und dem Ton des Schofars lauschen müsse. Einige dieser Frauen konnten das hebräische Gebetbuch lesen und benutzen, die anderen nahmen die englische Übersetzung. Keila sprach davon, dass sie an Rosch Haschana und Jom Kippur in die Synagoge gehen wolle. Sie hatte sich ein Kleid für die Feiertage gekauft. Sie forderte Bunem auf, mitzukommen, aber Bunem hatte keine Neigung, zu einem Gott zu beten, der immer schwieg und alle Sünden und alles Leid seiner Geschöpfe übersah. Warum sollte man sich die Mühe machen, zu ihm zu beten und ihn um seine Gunst bitten, wenn er doch stumm blieb und ohnehin nur tat, was ihm gefiel? Bunem versuchte, Keila seinen Standpunkt zu erklären, aber sie hielt dagegen:

»Alle beten und ich möchte auch beten. Sonst lassen die Frauen kein gutes Haar an mir.«

Morris Sugarman und seine Tochter hatten Bunem lange im Voraus eingeladen, die Feiertage mit ihnen zu verbringen. Morris Sugarman war Mitglied einer modernen Synagoge, zu der wohlhabende Pensionäre und Geschäftsleute gehörten. Er wünschte sich, dass Bunem ihn zu den Gottesdiensten an den Hohen Feiertagen begleite, aber das musste Bunem ihm abschlagen. Gegen seinen Willen musste er sich als einen Atheisten darstellen, obwohl er an Gottes Existenz und sogar an die Vorsehung glaubte. Diesem alten Mann, der schlecht hörte und halb blind war, konnte er seine Glaubensprobleme nicht bis in alle Einzelheiten auseinandersetzen. Dass man an Gott glaubte, sich aber gleichzeitig wegen Seines Umgangs mit

Seiner Schöpfung von ihm distanzierte, war ohnehin schwer begreiflich zu machen.

Bunem hatte Solcha einen langen polnisch geschriebenen Brief in die Verbannung geschickt, aber er glaubte nicht, dass der Brief sie erreichen würde. Er schrieb, er liebe sie und träume davon, immer mit ihr zusammen zu sein. Dass er mit einer anderen Frau lebte, erwähnte er mit keinem Wort.

Aber hatte er richtig gehandelt? Hatte er damit nicht Solcha, Keila und sich selbst getäuscht? Mag sein, aber er konnte Solcha nicht einfach schonungslos erklären, was er tat. Die Gesetzesschreiber kümmerten sich wenig um die hohen Wellen, die menschliche Gefühle schlugen. Für sie war alles entweder richtig oder falsch. Die Christen hatten der Menschheit eine Sexualmoral aufgezwungen, die nicht in Einklang mit der menschlichen Natur war. Er, Bunem, brauchte beide, Solcha wie Keila, aber das hätte Solcha bei allem Einsatz für Aufklärung und revolutionäre Befreiung nicht verstanden. Keila hätte es eher begriffen.

Die Hohen Feiertage kamen, Keila kaufte sich einen Platz in einer Synagoge, wo eine Frau ihren Schwestern die Gebete vorlas. Aber Bunem blieb zu Hause. Auf dem East Broadway gab es eine Bibliothek, die nicht nur englische, sondern auch jiddische, hebräische, russische, polnische und deutsche Bücher enthielt. Bunem hatte sich eine Benutzerkarte für diese Bibliothek verschafft. Philosophische Werke las er selten. Die Spekulationen der Philosophen waren auch nicht erhellender als die Interpretationen der Rabbiner.

Aber er las Reiseberichte, Memoiren, Biographien und gelegentlich populärwissenschaftliche Physik-, Chemie-, Biologiebücher und sogar Abhandlungen über Astronomie. Er fand Übersetzungen der Werke des französischen Astronomen Flammarion, der sich in seinen späteren Jahren mit dem Okkultismus befasste.

Der Ozon, der als Puffer zwischen selbstleuchtenden und beleuchteten Körpern diente, um ultraviolette und andere elektromagnetische Strahlungen zu absorbieren, war fast verschwunden. Das Universum war größer, älter, verblüffender geworden. Immer wieder wurden neue Galaxien und Sternhaufen entdeckt. Die naturwissenschaftlichen Journale erwähnten ständig Forscher, von denen Bunem noch nie gehört hatte. Nicht nur Radium, sondern auch andere Elemente waren Strahlenquellen gewesen, die im Verlauf von Jahrhunderten oder Jahrtausenden versiegt waren. Das Spektroskop zeigte, dass im Universum die gleichen Materialien vorkamen wie auf der Erde. Das Phänomen Natur wurde von Tag zu Tag wunderbarer und rätselhafter. Immer mehr Menschen erforschten diese Natur und ihre Gesetze. Das Atom hörte auf, das kleinste Materieteilchen zu sein. Es bestand selbst aus Materie und Energie. Neue Studien zu Hysterie und anderen Nervenkrankheiten erschienen. Werke über Sexualität und sexuelle Perversion wurden publiziert.

Bunem las alles, was er finden und begreifen konnte. Er notierte sich weiterhin englische Vokabeln. Die Naturwissenschaften konnte er nicht wirklich verstehen, weil ihm die Mathematik fehlte, die Sprache, in der laut Galilei »das Buch der Natur« geschrieben war. Er hatte sich Lehrbücher der Algebra und Geometrie gekauft und versuchte, sich Dinge anzueignen, die seit Jahrhunderten und Jahrtausenden bekannt waren. Im zwanzigsten Jahrhundert entdeckte Bunem Euklid und Archimedes.

NEUNTES KAPITEL

1.

Als Keila an einem der Halbfeiertage während des Laubhüt-
tenfestes von ihrer Arbeit bei Dr. Welcher zurückkam und
ins Haus gehen wollte, rief jemand ihren Namen. Keila zitterte. Da stand ausgerechnet Max, Jarmys Kumpel. Er trug
einen karierten Anzug, eine Melone und weiße Schuhe. Er
stützte sich mit einer Hand auf seinen Stock mit dem silbernen Knauf und hielt in der anderen eine brennende Zigarette. Über seinem steifen Kragen trug er einen Binder, in
dessen Knoten eine Krawattennadel mit einer Perle steckte.

Keila war stumm vor Angst. Max sagte gönnerhaft:

»Siehst du, alles kommt von selbst zu dem, der warten
kann.«

Keila machte eine Bewegung, als wollte sie fliehen, sah
dann aber, dass Max ihr den Fluchtweg versperrte. Er stand
direkt vor dem Haus. Offenbar hatte er herausgefunden, wo
sie wohnte. Keila sagte:

»Was willst du von mir? Ich habe einen Ehemann.«

»Ach ja? Ich dachte, Jarmy wäre dein Ehemann«, sagte Max.
Die Worte platzten ihm aus dem Mund wie Kichererbsen.

Keilas Gesicht verzerrte sich.

»Warum verfolgst du mich? Dies ist Amerika, nicht Warschau.«

»Dass dies Amerika ist, weiß ich«, gab Max frech zurück. »Hast du dir eingebildet, du könntest in das Land von Kolumbus fliehen, und keiner wüsste, wo du bist? Aber ich habe überall meine Spione. Sieh an, du bist mit einem Rabbi-Sohn weggelaufen, wie? Und was bist du jetzt, eine Rebbizin?«

»Max, ihn liebe ich, nicht Jarmy. Wenn er eine Scheidung möchte, kann er sie haben. Mehr als das kann er doch nicht aus mir rausholen.«

»Eine Scheidung, wie? Was ist schon eine Scheidung? Ein Stück Papier. Jarmy will keine Scheidung, er will dich.«

»Mir egal.«

»Du spielst hier wohl die brave Ehefrau, die reine Seele«, sagte Max. »Aber was du bist und in welchem Dreck du dich gesuhlt hast, das kommt bald ans Licht. Wenn er der Sohn von einem Rabbi und ein Lehrer ist, warum ist er dann mit einer Nutte weggelaufen, die außerdem verheiratet ist?«, fragte er in anderem Ton. »Offenbar ist er selbst ein falscher Heiliger.«

»Er liebt mich, und ich liebe ihn«, sagte Keila. »Ich habe in all den Jahren genug ausgehalten. Jetzt geh du deiner Wege und lass mich in Ruhe.«

»Ich gehe meiner Wege. Da brauchst du dir keine Sorgen zu machen. Aber überspann den Bogen nicht. Ich hatte keine Angst vor der Polente in Warschau, und vor den New Yorker Cops erst recht nicht. Antworte, wenn ich mit dir spreche! Ist dein Kerl zu Hause?«

»Ich weiß nicht, ich komme gerade vom Doktor.«

»Bist du krank?«

»Ich arbeite für ihn.«

»Was machst du bei einem Doktor? Einläufe?«

»Ich bin Hausmädchen, halbtags.«

»Halbtags? Ach ja? Und was tust du in der anderen Hälfte? Psalmen aufsagen?«

»Ich verkaufe Brötchen und mache den Haushalt.«

»Sieh an, hast dich im Goldenen Land hochgearbeitet. Oha! Ich stehe hier schon seit einer Stunde, und gegenüber ist ein Bordell, ein Puff. Kleiner Nebenverdienst für dich, wie?«

»Max, hau ab!«

»Und wenn ich nicht will, was machst du dann? Streust du mir Salz auf den Schwanz? Hör zu, Keila. Ich will hier keine Geschäfte machen. Obwohl: Diese Straße ist ein Abklatsch der Krochmalna. Ich rede Tacheles mit dir. Du hast Jarmy verlassen und zum Narren gemacht. Und mich auch. Jarmy trinkt – und du bist schuld. Er war so am Ende, er wollte sich umbringen. Du hast gedacht, wenn du nach Amerika fliehst, findet dich keiner mehr, aber wie heißt es doch: ›Ehefrauen und Schuldscheine gehen nicht verloren.‹ Warum hast du dich ausgerechnet mit dem Sohn von einem Rabbi, so einem Hampelmann, eingelassen? Er hat eine Schwester, Zirele, und die hat es ausgeplaudert. Großes Theater wegen einer jungen Anarchistin, die in der Zitadelle eingesperrt ist und wer weiß was. Ich bin zu ihr gegangen, hab ihr Bescheid gestochen und sie hat alles ausgespuckt. Jarmy ist hier.«

»Was? Wo?«

»Hier in New York. Du hast ihn krank gemacht. Du würdest ihn nicht wiedererkennen, wenn du ihn siehst. Vergiss nicht, dass er dein Ehemann ist.«

»Das ist er nicht. Schwul ist er, und er braucht keine Frau.«

»Er braucht eine, und wie. Wir können nicht in dieser Hitze herumstehen. Es ist Sukkot, aber so heiß wie an Schawuot. Komm mit. Wir gehen was essen und trinken.«

»Wohin denn? Bunem wartet auf mich.«

»Keila, du kommst jetzt mit. Ich werde dich nicht einsacken. Komm mit in eine Kneipe. Saloon sagt man hier.«

»Wohin? Lass mich in Ruhe.«

»Komm schon, Keila.«

Max packte sie am Arm und drückte so fest zu, dass sie fast geschrien hätte.

»Nimm die Pfoten weg!«

»Komm lieber mit, sonst –«

»Wo soll die Kneipe denn sein?«

»Nicht weit von hier. In der Grand Street.«

»Bunem weiß dann nicht, wo ich bin.«

»Komm jetzt auf der Stelle mit, sage ich, oder es gibt ein Unglück.«

»Ich muss Bunem Bescheid sagen.«

»Nein!«

Einen Moment standen beide wie erstarrt. Dann fragte Keila:

»Wie lange willst du mich hier festhalten?«

»Schlotter nicht so, ich rühr dich schon nicht an. Wenn du mir keinen von deinen miesen Streichen spielst, bring ich dich wieder heim.«

»Die Leute schauen schon!«

»Komm. Los jetzt!«

Max schnippte seine Zigarette weg und steckte die Hand in die Tasche. Er sagte:

»Schöne Grüße von Itsche Einauge.«

»Er weiß, dass ich hier bin?«

»Das wissen jetzt alle.«

Keila sah zu ihrem Fenster hinauf. Sie sagte:

»Max, mit Gewalt kannst du bei mir nichts erreichen. Wenn du mich umbringen willst, mach es jetzt. Der Tod ist tausendmal besser als so ein Leben.«

»Ich bringe dich nicht um. Wir sind wie Bruder und Schwester. In Amerika bist du hübscher geworden. Und jünger. Der Lümmel tut dir anscheinend gut. Na los, auf geht's!«

2.

Sie kamen zur Delancey Street und gingen in eine Kneipe. Sie war wie Eliezers Taverne in der Krochmalna 16, und doch anders. Männer saßen auf hohen Hockern an der Bar und tranken Bier oder Whiskey. Alle sprachen auf einmal, als redeten sie gegen die Wand mit den aufgereihten Schnäpsen aller Arten. Die Vielfalt der Flaschen mit den verschiedenen Etiketten erinnerte Keila an eine Apotheke. Auf Tischen mit roten Tischdecken standen Schalen mit Kichererbsen, dicken Bohnen, Sauerkraut und Essiggurken, sowie Körbe mit Brötchen und geschälten hartgekochten Eiern.

Aufgeputzte Frauen, die Keila sogleich als ihresgleichen erkannte, strichen umher. Die Augen waren mit Wimperntusche, die Wangen mit Rouge betont. Die Huren umkreisten die Männer wie lästige Fliegen. Als sie Max mit einem weiblichen Wesen hereinkommen sahen, zwinkerten sie ihm zu und feixten.

Max führte Keila zu einem Stuhl und setzte sich nach einer Weile selbst, so wie immer, auf die Stuhlkante. Er steckte sich eine Zigarette an.

Keila schwieg abwartend. In ihrer Zeit als Nutte hatte man sie auch in Bars mitgenommen, aber alles, was sie hier sah und hörte, die Stimmen der volltrunkenen und angetrunkenen Kunden, die herumlungernden Huren, dazu die Gerüche, alles weckte in ihr einen solchen Widerwillen, dass sie das Würgen kaum unterdrücken konnte.

Max suchte sich umständlich ein Ei aus und biss hinein. Er sagte zu Keila:

»Iss. Das Essen ist umsonst hier.«

»Umsonst?«

»Oh, ich sehe, du hast keine Ahnung. Ja, umsonst. Wir sind in New York, nicht in Warschau.«

Ein Kellner kam, und Max bestellte für sich und Keila etwas zu trinken. Er sprach Englisch. Keila wurde nicht gefragt, was sie haben wollte.

»Wie bist du denn an diesen Waschlappen, den Rabbi-Sohn, gekommen? Ich will die Wahrheit«, sagte Max.

»Ich bin ihm begegnet, Max, und er hat mich aus dem Morast gezogen. Lebendig will ich nicht wieder dahin zurück.«

»Morast, wie? Du redest ja schon wie eine Gebildete. Das ist eindeutig seine Sprache. Hör mir zu –«, sagte Max in anderem Ton. »Jarmy ist hier, und er ist dein Mann. Selbst bei den Heiligen hat der Ehemann das Recht auf seine Frau. Dein Vogel ist ein Gelehrter, ein Bücherwurm, aber ganz blöd bin ich auch nicht. In den heiligen Büchern steht, dass ein Ehemann mit seiner Frau das Gleiche tun kann wie mit dem Fleisch, das er beim Metzger kauft. Hier in Amerika bilden sich die Frauen wer weiß was ein. Jede Vogelscheuche hält sich für eine Dame, aber das Ganze ist keine Prise wert. Wenn du mit einem Mann in Sünde lebst, kannst du leicht im Kittchen landen. Ich kenne die richtigen Leute hier. Keila, ich bringe dich zu Jarmy. Er wollte mit mir kommen und dir geben, was du verdient hast, aber ich habe ihn gebremst. Ich will keinen Skandal. Er ist immer bereit, zuzuschlagen, aber ich möchte, dass alles glattgeht.«

»Max, ich gehe nicht zu Jarmy. Darüber zu reden hat keinen Zweck. Wenn er mit der Scheidung einverstanden ist –«

»Keila, wenn du nicht freiwillig gehst, brauch ich Gewalt.«

»Du kannst mich gleich hier umbringen. Aber Bunem ist mein Mann, und ich bin seine Frau, vor Gott und den Menschen.«

»Vor den Menschen vielleicht, aber nicht vor Gott. Gott weiß, dass du Jarmy geheiratet hast.«

»Ich gehe nicht zu ihm. Du kannst mich gleich jetzt umbringen. Ich hab keine Angst vor dem Sterben.«

»Na, na, verliebt, wie? Keila, überleg dir das nochmal. Was Liebe ist, weiß ich so gut wie du, aber der Mensch muss auch auf seinen Kopf hören, nicht nur auf das Herz. Dieser Bunem wird nicht lange bei dir bleiben. Er hat eine Verlobte, und die wird früher oder später hierherkommen. Bei dir bleibt er so lange, wie es ihm gefällt, aber wenn die andere erscheint, wird er dich fallenlassen. Wenn ich dir nicht die schlichte Wahrheit sage, will ich nicht Max heißen. Ich habe überall herumgefragt, sogar mit ihrer Mutter habe ich geredet. Sie weiß schon, wer du bist und alles. Wo willst du hin, wenn er dich verstößt? Jarmy will dein Ehemann sein, nicht dein Lude. Wir halten uns hier nur ein paar Wochen lang auf, ich möchte, dass du das weißt. Wir sind unterwegs nach Brasilien, Argentinien. Und das nicht mit leeren Taschen. Wenn Jarmy nicht so vernagelt wäre, würde er sich die hübscheste Frau angeln und wirklich anfangen zu leben. Aber er sehnt sich nach dir. Wir drei zusammen könnten es mit der Welt aufnehmen. Ich habe das Haus gesehen, in dem du wohnst. Ein Loch. Wir sind in einem großen Hotel am Times Square. Wenn du den Unsinn aufgibst, wirst du's leicht und bequem haben.«

»Nein, Max, nein.«

»Ist das dein letztes Wort?«

»Mein letztes. Und wenn ich morgen sterben müsste.«

»Ich könnte dich hier auf der Stelle einsacken und mitnehmen. Aber ich möchte kein Blut vergießen, wie man so sagt. Doch Jarmy wird dich besuchen kommen, und der ist ein Hitzkopf. Ich an seiner Stelle würde dich vergessen, aber wenn ihn die Wut packt, rollen Köpfe.«

»Ich hab nur einen Kopf, und den kann er mir abhacken.«

»Nu, nu, er wird schon machen, was er will. Ich bin nur der Bote. Trink was.«

»Will ich nicht.«

»Eine wahre Heilige. Sarah Nummer zwei. Iss wenigstens was.«

»Hab keinen Hunger.«

»Nimm ein Ei. Das ist koscher. Wenn es keinen Blutfleck hat. Und der ist auf dem Eiweiß, nicht dem Eigelb.«

»Ich mag nichts.«

»Nein ist nein. Eine harte Nuss. Weiß dein Liebhaber wenigstens, wer du bist und in welchem Sumpf du dich gesuhlt hast?«

»Er weiß alles.«

»Wenn nicht, will ich mich mal mit ihm unterhalten und ihm alles erzählen.«

»Lass Bunem in Frieden, er spuckt auf deinesgleichen.«

»Auf dich vielleicht, auf mich nicht. Wer mich anspeit, fängt gleich danach an, Blut und Eiter zu spucken.«

»Lass ihn in Ruhe.«

»Ich mache, was mir gefällt, nicht, was du mir befiehlst. Gut. Ich bin ja nur der Laufbursche. Jarmy hat deine Adresse, und ich bin nicht für ihn verantwortlich. Wenn er sich rächen will, ist das Blödsinn, aber seine Sache. Du hast die Wahl, könntest glücklich sein, auf Reisen gehen, dich wie eine Prinzessin kleiden, Champagner trinken und das schöne Leben genießen. Jarmy ist verrückt nach dir, und ich hasse dich auch nicht gerade. Wir könnten weitermachen ohne Ende. Wenn Jarmy dir was antut, komm nicht heulend zu mir. Ich kann euch beide fallenlassen und allein meiner Wege gehen. Irre!«

Und Max schnippte mit Daumen und Mittelfinger, dass es klang wie ein Schuss.

»Ja, Max, das geht nur ihn und mich was an. Misch du dich nicht ein.«

»Nein. Was ist er eigentlich, dein Bunem – ist er so gut im Bett?«

»Er ist ein Mensch.«

»Wenn dir eine Kugel im Schädel platzt, bist du kein Mensch mehr.«

»Max, raus hier!«

»Ist nicht deine Kneipe. Wenn du gehen willst, geh. Was du jetzt machst, wird dir noch leidtun, aber dann bin ich schon über alle Berge, in Rio oder Buenos Aires. New York ist nur ein Zwischenhalt für mich. Wir bringen ein paar Schönheiten mit. Jung und hübsch, Pfirsich und Sahne. Geplant hatte ich, die Ware zu behalten und dich zur Puffmutter zu machen. Aber jetzt bist du ja eine Heilige geworden, also liefern wir die Ware bei anderen ab, oder ich finde Ersatz. Die Frauen werfen sich mir an den Hals. Was sie an mir finden, werde ich wohl nie wissen.«

»Was für Frauen – solche von deiner Sorte?«

»Alle Sorten. Ich muss sie nicht mal überreden. Alle wollen sie weg aus den Kleinstädten, sogar aus Warschau. Nikolai, unser kleiner Zar aus Russland, hat sich den Rasputin angeheuert, einen Bauern, der ihn in allen Fragen berät und dazu noch mit der Zarina schläft. Vielleicht auch mit ihm. In Russland geht's drunter und drüber. Da braut sich ein Aufruhr zusammen, gegen den die Unruhen von 1905 wie ein Kinderspiel aussehen. Blut wird in Strömen fließen. Die Juden stiften die Christen an, aber wenn's zur Sache geht, werden sie die ersten Opfer sein. Dein Dingsda liest wohl keine Zeitung?«

»Er liest und weiß alles. Er liest die dicksten Wälzer.«

»Was wissen Bücher schon? Immer kommt das Gegenteil von dem heraus, was sie sagen. Die Schriftsteller haben Köpfe, aber ich habe Augen. Sie stolpern wie ein blindes Pferd in einen Graben. Ich nehme einen Schluck.«

Er goss sich ein Glas voll, schluckte die Hälfte und kaute ein Ei dazu. Er setzte das Glas ab.

»Das Essen hier ist umsonst, aber die Kichererbsen sind gesalzen und gepfeffert, und wenn du ein Ei isst, macht es dich durstig, so kommen sie zu ihrem Profit. Das muss man Amerika lassen. Die sind Spezialisten darin, Leuten den letzten Dollar aus der Tasche zu ziehen. Jedermann auf der Welt ist sich selbst der Nächste. Jeder will den anderen betrügen, und am Ende sind alle betrogen. Wenn die Könige niemanden mehr mit ihrem falschen Gerede hinters Licht führen können, fangen sie einen Krieg an und schicken Soldaten aus, um ihr Reich auszudehnen. Nur Dummköpfe lassen sich schicken, aber Gott hat viele Dummköpfe geschaffen. Ist doch wahr, oder?«

»Max, ich muss …«

»Geh, und gute Fahrt …«

3.

Keila wusste den Weg von der Delancy zur Attorney Street immer noch nicht und musste mehrere Male um Auskunft bitten. Die Straße war so laut, dass sie nicht richtig verstehen konnte, was man ihr sagte. Zeitungsverkäufer priesen die jiddischen Zeitungen mit dröhnender Lautstärke an. Männer standen in Gruppen zusammen, stritten laut und übertönten sich dabei gegenseitig. Keila hörte nur das Wort »Streik«.

»Ach, jetzt fangen die Unruhen hier auch schon an«, sagte sie sich.

Sie blieb kurz stehen, um ihre Lage zu überdenken. Jarmy war in New York. Er hatte ihre Adresse. Heute oder morgen kam er womöglich mit einem Gewehr. Gott im Himmel, mach, dass er Bunem nicht verletzt.

Keila hob die Augen zum Himmel.

»Lass mich sein Retter sein! Lass zu, dass ich die Strafe auf mich nehme, und mach, dass ihm kein Haar gekrümmt wird!«

Die Angst trieb ihr einen Schauder über den Rücken. Sollte

sie Bunem erzählen, was passiert war? Dann konnte es sein, dass er, Gott behüte, krank vor Schreck wurde! Womöglich floh er und ließ sie allein.

»Barmherziger Gott, lass seine Hände verdorren!«, verfluchte sie Jarmy. »Wenn er daran denkt, mein Leben kaputt zu machen, soll er alle Plagen Pharaos erleiden, so wie der Lahme Max, dieser Dieb, Mörder, Irre!«

Keila gelobte im Stillen, achtzehn Cent für die Armen zu spenden, wenn Gott sie verschonte. Ihr Hass auf Jarmy war so heftig wie ihre Liebe zu Bunem.

»Wie kann das sein? Erst habe ich ihn doch so geliebt«, fragte sie sich.

Sie schaute hinüber zur Brooklyn Bridge, die es noch nicht lange gab und über die ihre Nachbarn in der Attorney Street Wunderdinge erzählten. In den felsigen Boden waren Löcher gebohrt worden, und dort fuhren Züge. Hochhäuser hatte man gebaut, zwanzig Stock hoch und höher. Aber auch diese reiche Stadt war nicht ohne Bettler und Krüppel, die vor Häusern saßen und um Pennys baten. Die Straßenmädchen an der Attorney Street verkauften sich für einen Vierteldollar oder noch weniger. Sie, Keila, war zufrieden, wenn sie mit ihren Brötchen fünfzig Cent verdiente. Dafür musste sie viele, viele Brötchen loswerden.

Die Juden in Amerika hatten Gott nicht vergessen. Überall standen Sukkes, auf Dächern, Balkonen, sogar auf Feuerleitern, aber sie waren so klein und brüchig, dass die Hütten auf der Krochmalna im Vergleich geradezu wie Paläste wirkten. Hier nahm man nicht wie in Warschau gewundene Tannenzweige, sondern eine Art Baumaterial. Aus diesen Sukkes drangen keine Gesänge, vielmehr schien es so, als hätten sich die Leute, die in ihnen saßen, hineingeschlichen, um das Bankett stumm zu feiern.

In anderen Straßen, etwas weiter nördlich, warfen irische Jungen Steine auf die Sukkes und auch auf die Synagogen und die zum Beten Versammelten. Wenn ein bärtiger Jude vorbeiging, riefen sie »Itzig!« und »Langbart!«, und mehr als einmal versuchten sie, einem Juden den Bart auszureißen. Jede Straße hatte ihre Gang. Junge Gojim und auch jüdische Jungen kämpften mit Stöcken und Rohren. Andere hatten Messer und Schusswaffen. Nachbarn erklärten Keila, dass die Leute von der Tammany Hall[1], die New York City kontrollierten, auf gutem Fuß mit den Gangstern und Schutzgelderpressern standen, die Zahlungen von Bordellbesitzern, fliegenden Händlern und allen Laden- und Kioskbesitzern eintrieben. Wenn die wöchentlichen Zahlungen nicht geleistet wurden, übergossen die Kriminellen die Waren mit Kerosin oder Benzin. Es kam auch vor, dass sie jemanden erstachen, und die »Cops« stellten sich dumm, da sie einer wie der andere Schmiergelder nahmen, so wie die Richter auch. Vor Wahlen kauften die von der Tammany aufgestellten Kandidaten ungeniert Stimmen zum Preis von zehn Cent oder einem Bier.

Bunem hatte Keila bitter erklärt: »Überall auf der Welt ist es das Gleiche. Die Mächtigen tun, was ihnen gefällt. Alle

---

1 Tammany Hall war ursprünglich Sitz der Demokratischen Partei in New York, dann die Bezeichnung der demokratischen »Parteimaschine«, die einerseits Einwanderern und Unterprivilegierten half, andererseits Macht und Einfluss vor allem im Wahlkampf skrupellos bis zur Korruption nutzte.

ihre Gesetze und Gerichte sind nur dazu da, den Verbrechern zu helfen.«

Jetzt sah Keila das auch. Max redete mit der Arroganz eines Menschen, der keine Angst hat. So frech wie die Kriminellen hier waren nicht mal die Diebe und Schutzgeldeintreiber in der Krochmalna gewesen.

Als Keila nach Hause kam, fand sie Bunem in ein Buch vertieft. Wie gewöhnlich notierte er englische Vokabeln auf kleine Karten und steckte sie in Zigarrenkisten. Er hatte schon ein halbes Dutzend solcher Kisten zusammen. Auch hatte er begonnen, ein wenig Englisch zu sprechen, aber nicht das Englisch, das Keila auf der Attorney Street hörte. Er sprach die Wörter anders aus. Wenn Keila englische Wörter und Redewendungen für ihn wiederholte, korrigierte er manchmal ihre Fehler. In seinem Englischkurs an der Educational Alliance lernten Neulinge grammatikalisch korrektes Englisch.

»Warum kommst du heute so spät?«, fragte er.

Keila hatte einen Kloß im Hals und konnte zuerst kein Wort herausbringen. Dann stieß sie plötzlich hervor:

»Wir sind verloren, Bunem! Lass uns fliehen!«

»Was ist passiert?«

Keila versuchte zu sprechen, brachte aber nur Angstlaute heraus. Ihr Gesicht war heiß und tränenüberströmt. Dann stieß sie mühsam einzelne Wörter hervor. Nach einer Weile reimte sich Bunem zusammen, was passiert war – Jarmy, Keilas angetrauter Ehemann, war hier. Das hatte Bunem zwar insgeheim für möglich gehalten, diese Vermutung aber als eine seiner nächtlichen Fantasien abgetan. Doch manchmal werden Fantasien in Windeseile wahr.

Als er hörte, dass Max Keila vor Jarmys Suff und vor seiner Flinte gewarnt hatte, verschlug es ihm vor Schreck die Sprache.

Keila fragte: »Was machen wir denn jetzt? Wir müssen weg, irgendwohin.«

»Wohin denn? Wir können uns kaum einen Tag über Wasser halten.«

»Du hast mal gesagt, es gibt so ein Dorf, in dem jüdische Bauern arbeiten.«

»Eine Kommune meinst du? Ach ja, die gab es mal, aber sie konnte sich nicht halten. Für mich wäre so ein Dorf auch nichts. Die Kommunarden waren lauter Weltverbesserer. Mit Zähnen und Klauen haben sie gekämpft. In der Zeitung stand mal ein Artikel über sie.«

»Was sollen wir machen?«

»Vor allem hör auf zu weinen. Das hilft uns nicht weiter.«

»Ich hab dich in diesen Schlamassel reingeritten. Ich weiß schon, was ich tun muss.«

»Was weißt du? Sag's mir.«

»Nein, das sage ich nicht. Ich verlass dich. Wenn er kommt, sag ihm, dass ich weg bin. Ich will dein Leben nicht in Gefahr bringen. Du hast mich nach Amerika mitgenommen, und das ist genug. Ich gehe jetzt, wohin mich die Füße tragen. Niemand wird wissen, wo ich geblieben bin. Deine Solcha wird schon bald kommen, und sie wird dir eine gute Frau sein. Sie ist gebildet. Hinter ihr ist niemand her. Ich bin wie eine Hündin, die alle Rüden hetzen.«

»Wo willst du hin? Was stimmt nicht mit dir?«

»Ich weiß nicht, wohin. Ich will bloß eines – dass du mit Liebe an mich denkst. Ich packe jetzt meine Tasche.«

»Das wirst du nicht tun! Helfen würde es ohnehin nicht.

Wenn er kommt und sieht, dass du nicht da bist, wird er denken, ich hätte dich irgendwo versteckt. Dann verlangt er, dass ich ihm sage, wo du bist, und er wird –«

»Was soll ich denn machen? Bunemi, du hast mir doch erzählt, dass der alte Mann und seine Tochter – wie heißen sie noch? – wollen, dass du zu ihnen ziehst. Tu das. Ich schlag mich schon irgendwie durch.«

»Wahrscheinlich tut er dir was zu Leide.«

»Ich werd ihn mit einem langen Messer empfangen. So ein Messer habe ich auf einem Handkarren gesehen. Der Händler hat es wahrscheinlich noch. Wenn er mir mit Gewalt kommt, mach ich es genauso. Ich bin nicht aus Zucker. Ich spring ihm einfach an die Gurgel!«

»Oh, Keila!

»Geh jetzt gleich zu ihnen!«

»Sie werden sich wundern, woher ich so plötzlich komme.«

»Sollen sie sich wundern. Ich will nicht warten, bis er mit seinen miesen Tricks anfängt. Bunem, so was hab ich schon mal erlebt. Einer ist mitten in der Nacht bei mir eingebrochen und wollte mich vergewaltigen. Ich hatte einen Eichenprügel griffbereit unter meinem Kissen. Bevor ihm die Kinnlade aufklappen konnte, hab ich ihm mit dem Stock eins aufs Maul gegeben. Da ist er zurückgezuckt, über und über voll Blut. Das hat er sich gemerkt und er hat's nie wieder bei mir versucht. Bunem, wo hast du den Whiskey versteckt? Ich muss was trinken –«

»Jetzt nicht, er wird ja nicht gleich kommen. Ich kann nicht so ohne Vorwarnung bei den Leuten auftauchen. Ich muss bis morgen warten.«

»Der Kerl kann noch heute vor der Tür stehen. Und wenn

schon. Ich gehe und kaufe das Messer. Ich habe es in der Attorney Street gesehen. Da war auch ein Hammer. Ich bin
gleich wieder da, Bunem.«

»Tu nichts, was du nachher bereust.«

»Er wird's bereuen, nicht ich. Gib mir was zu trinken.«

Bunem zögerte, gab ihr dann aber die Flasche. Sie griff danach und begann gierig zu schlürfen. Man hörte es gluckern.
Bunem sah sie an, traurig, erstaunt und fast so, als müsste er
ein Lachen unterdrücken. Tagelang, wochenlang konnte er
vergessen, dass er mit einem Menschen aus der Unterwelt zusammenlebte. Sie wirkte bieder, ruhig, unterwürfig – wie
eine hingebungsvolle Ehefrau. Und dann plötzlich kam das
Wilde in ihr zum Vorschein. Schon während sie trank, veränderte sich ihr Gesicht. Es wurde rot. Ihre grünen Augen strahl-
ten Entschlossenheit und Kampflust aus. Sie leerte die Flasche bis zur Neige und schleuderte sie dann von sich wie ein
Bauer in einem Wirtshaus. Sie landete auf dem Bett. Keila
sagte:

»Warte hier, ich bin gleich wieder da. Schließ die Tür ab
und lass keinen rein.«

Und Bunem hörte, wie sie die Treppe hinunterrannte. Er
verriegelte die Tür und wandte sich nach einer Weile wieder
seinem Buch zu. Er stieß auf ein englisches Wort, das er nicht
kannte, und schlug es in Harkavys englisch-jiddischem Lexi-
kon nach, notierte Wort und Bedeutung auf einen Zettel,
den er in eine Zigarrenkiste steckte. Trotz Kummer und Not
bewunderte er die englische Sprache, ihre Vielfalt und Präzi-
sion. Er, Bunem, war bereits für beide Welten verloren.

4.

Der Tag war vergangen, und Jarmy war nicht gekommen. Keila hatte Messer und Hammer auf den Tisch gelegt. Bunem hatte zwar schon längst beschlossen, den Allmächtigen um nichts mehr zu bitten, betete aber trotzdem stumm zum Herrn des Universums, ihn, Bunem, die Nacht ohne Skandal überleben zu lassen und Keila von Gewalttaten abzuhalten. Keila wusch sich und bürstete sich das Haar wie immer vor dem Schlafengehen, und Bunem versuchte, im Schein der Gaslampe zu lesen, aber die Buchstaben tanzten ihm vor den Augen, und er legte das Buch beiseite. Er lebte mit einer Hure. Ein Zuhälter und Mörder plante, mit einer Flinte auf ihn loszugehen. Wie viel tiefer konnte ein Mensch sinken? Keila drehte die Gaslampe aus und kam zu ihm ins Bett. Sie kippte geradezu hinein. Er bemerkte sofort, dass ihr Atem nach Alkohol roch. Der Whiskey hatte sie erregt, und sie überfiel ihn mit trunkener Lust. Ihr Gesicht glühte. Ihr Fleisch war sengend heiß. Sie hing an seinen Lippen und schrie voller Leidenschaft:

»Mein Herr, du mein Einziger! Ich will sterben für dich.

Morden will ich für dich, Blut vergießen, im Gefängnis verrotten. Ich bin dein, dein, nur dein! Kein anderer soll es noch einmal wagen, mich anzurühren. Nimm mich! Nimm mich! Reiß mich in Stücke! …«

Sie schrie so laut, dass Bunem ihr den Mund zuhielt. Man hörte sie womöglich bis auf die Straße. Am Ende würden die Nachbarn angerannt kommen. Je mehr sie trank, desto mehr verfiel sie in ihren Bordelljargon. Sie spuckte Wörter aus, die er noch nie gehört hatte. Als Keila liebessatt und befriedigt war, fiel sie in tiefen Schlaf. Sie schnarchte einmal auf und war dann still. Aber Bunem lag noch lange wach. Ihr wildes, farbiges Jiddisch hallte in ihm nach. Die Aufklärer, denen er sich angeschlossen hatte, lehnten das Jiddische ab. Es wurde verächtlich als Jargon, Slang, Argot bezeichnet. Die Aufgeklärten machten es in jeder Weise schlecht, nannten es die Dienstmagd der Sprachen. Für die Zionisten war Jiddisch die Sprache der Diaspora. Sie versicherten, sobald Herzls Traum wahr geworden sei, würden Juden diesen Makel des Gettos und der Diaspora tilgen und Hebräisch sprechen. (Herzl selbst hatte Deutsch als Amtssprache des jüdischen Staates in Palästina vorgeschlagen). Für die ganz oder teilweise Assimilierten sowie für die polnischen Nichtjuden war Jiddisch ein Kauderwelsch, das Babel eines halb zivilisierten Stammes.

Sogar Peretz[1], den Bunem mehrmals im Ha-Zamir-Thea-

---

1 Jizchok Leib Peretz (1852-1915), neben Scholem Alejchem und Mendele Moicher der dritte der jiddischsprachigen Schriftsteller in Polen; schrieb Romane und Theaterstücke, auch in polnischer und hebräischer Sprache, schilderte die Probleme osteuropäischer

ter (wo er Solcha kennengelernt hatte) gehört hatte, klagte in einem seiner Gedichte, dass dem Jiddischen die Würze fehle, und verglich es mit Mäusespeck. Jetzt ging Bunem auf, dass das Jiddische war wie Keila – es weckte Verachtung, aber auch Begehren. Alle Gegner hielten Jiddisch für vulgär. Aber hatte man nicht in früheren Jahrhunderten das Gleiche über Italienisch, Französisch, Englisch, Russisch und Deutsch gesagt? Hatte der polnische Adel nicht die polnische Sprache verachtet und seine Kinder dazu erzogen, nur Französisch zu parlieren?

Bunem überlegte jetzt, dass er sich noch etliche Zigarrenkisten besorgen und auch mit dem Sammeln seltener jiddischer Wörter, Wendungen und Idiome beginnen sollte. Keila konnte ihm Material für diese Sammlung liefern. Bunem wurde müde, aber der Schlaf kam nicht. Jedes Mal, wenn er gerade eingedämmert war, fuhr er auf und war wieder hellwach. Zu den Sugermans ziehen? Keila sich selbst überlassen? Menschen ihrer Art waren fähig zu einem Mord. Oder womöglich erschoss Jarmy sie in seiner Wohnung.

Bunem erinnerte sich jetzt daran, dass seine erste Begegnung mit Keila ein Jahr her war, genau genommen ein Jahr und ein paar Tage. Keila war am Vorabend des Sukkot zu seinem Vater gekommen. Was wäre jetzt, wenn er, Bunem, damals zufällig nicht zu Hause gewesen wäre? Er wäre noch in Warschau, würde in Kliatchkos Atelier zeichnen oder malen, gezwungenermaßen mit seinem Vater in der Laubhütte sitzen, ihn zum Sochaczewer Bethaus begleiten und an den

Juden, vertrat einen »milden« Sozialismus und leitete ab 1910 die Warschauer Jüdisch-Literarische Gesellschaft

Prozessionen teilnehmen. In diesem einen Jahr war so viel passiert! Eine ganze Ewigkeit war seitdem vergangen.

Erst im Morgengrauen schlief Bunem endlich ein. Er stand spät auf. Keila war nicht zu Hause. Sie war schon zur Arbeit bei Dr. Welcher gegangen. Auf dem Tisch lagen frische Brötchen, und eine Kanne Kaffee stand auf dem Gasherd. So tief hatte er noch nie geschlafen. Er hatte nicht einmal Gelegenheit gehabt, sich von Keila zu verabschieden.

Jemand klopfte an der Tür. Jarmy? Bunem sah Hammer und Messer auf dem Tisch liegen, konnte sich aber nicht dazu überwinden, mit diesen Werkzeugen bewaffnet zur Tür zu gehen. Vielleicht sollte er gar nicht öffnen? Aber das Klopfen wurde lauter. Er ging zur Tür und fragte, wer da sei. Ein Mann antwortete, aber Bunem verstand nicht, was er sagte.

»Na schön, es kommt, wie's kommt. Ich bin sowieso erledigt.«

Bunem öffnete, aber nicht Jarmy stand draußen, sondern ein Goi, ein Bote. Er händigte Bunem etwas aus, das wie ein Brief aussah, aber keiner war, sondern ein Telegramm. Es kam von Solcha und lautete:

Mir geht es besser. Ich komme sehr bald zu dir. In Liebe, Stascha.

Das Telegramm war in Archangelsk abgeschickt worden. Solcha hatte es offenbar geschafft, zu fliehen und sich einen falschen Pass zu besorgen. Bunem wollte dem Boten ein Trinkgeld geben, aber der war schon wieder weg.

Nun wusste Bunem nicht: Sollte er sich freuen, dass Solcha kam, oder bedauern, dass er sie in sein unglaublich verworrenes Leben voller Probleme und Komplikationen hineinzog? Eines beschloss er sofort: Keila kein Wort von Solchas Telegramm zu sagen. Im Laufe des Jahres hatte er sich offenbar an allerhand überraschende Drehungen und Wendungen gewöhnt, denn er war weniger in Unruhe, als er seiner Natur nach hätte sein müssen.

Er war hungrig aufgestanden, aß die Brötchen und goss sich Kaffee ein. Er fragte sich, wie sie die Flucht geschafft hatte. Zweifellos hatten die Anarchisten ihr geholfen. Heimliche Anarchisten, Sozialisten und Radikale gab es überall. Keine Woche verging, ohne dass die jiddische Zeitung über Menschen berichtete, die aus Verbannung und Gefängnis geflohen und in Amerika angekommen waren. Viele von ihnen waren Juden. Sie hielten in allen möglichen Sälen Reden, immer vor Massen von Zuhörern. Jedes Mal meldete die Zeitung, der Saal sei zu klein gewesen, und viele Leute hätten draußen bleiben müssen.

Auch er war zu solchen Versammlungen oder Vorträgen gegangen. Die Redner brachten immer Nachrichten aus Russland mit. Das Volk war unruhig, verlangte Freiheit und Gleichheit. Die Bauern wollten besseres Essen, bessere Wohnungen, bessere Kleidung. Manche forderten Schulen für ihre Kinder. Mehr und mehr junge Leute gingen »unters Volk« und versuchten zu erklären, dass die Verfassung und die Duma, die der Zar ihnen zugestanden hatte, bloß Betrugsmanöver zur Täuschung der Arbeiter und Bauern waren und dass nur ein bewaffneter Aufstand eine lichtere Zukunft bringen würde.

Manchmal kamen deutsche Sozialisten zu diesen Versammlungen und sogar Amerikaner, die darauf hinwiesen, dass Onkel Sam den Arbeiterklassen zwar Zuckerbrot gebe, Amerika sich aber im Wesentlichen kaum von Russland und den anderen imperialistischen Mächten unterscheide. Früher oder später müsse man auch hier in den Kampf für eine bessere Zukunft eintreten. Alle Redner wurden begeistert empfangen. Alle jiddischen Redner erklärten, die Kapitalisten seien nur daran interessiert, die Juden zu isolieren, damit sie sich mit zionistischen Träumen und religiösen Resten aus der Vergangenheit zufriedengaben. Die Revolution würde ein Ende machen mit den Trennungen nach Rasse, Religion, Klasse und Stand. Jeder Einzelne würde zu der einen ungeteilten Menschheit gehören.

Bunem aß und ging dann zu den Sugarmans. War Hoschana Rabba morgen oder übermorgen? Hier in Amerika hatte er den Überblick über die Feiertage verloren. Abgesehen von Jom Kippur und Rosch Haschana besuchten die Leute hier selten Gottesdienste. Fast alle Immigranten arbeiteten am Sabbat und an den Feiertagen, obwohl Bunem an Vorabenden von Festen Kerzen in manchen Fenstern sah. Die meisten Geschäfte blieben geöffnet. Ältere Kinder ließen ihre jüdische Herkunft völlig außer Acht.

Auf dem Weg zu den Sugarmans hatte Bunem sich noch nicht entschieden, ob er ihnen sagen sollte, er würde zu ihnen ziehen – wenigstens über die Feiertage –, oder ob er die Begegnung mit Jarmy riskieren sollte. Der alte Vater und seine verwitwete, selbst schon ältliche Tochter waren, abgesehen von ihren Dienstboten, ganz allein in der großen Wohnung, und Bunem fürchtete, wenn er erst einmal eingezogen wäre, würden sie ihn nicht mehr gehen lassen.

Mit Keila wollte und konnte er nicht brechen, aber einen Plan, was er mit Solcha anfangen sollte, wenn sie da war, hatte er auch nicht. Er überlegte hin und her und konnte sich nicht entscheiden. Dass es für ihn – und vielleicht für alle Menschen – die schwerste Aufgabe war, Entscheidungen zu treffen und dabei zu bleiben, wusste er längst. Er hatte in seinem Leben schon beliebig viele Entschlüsse gefasst und sich an keinen einzigen gehalten.

»Irgendwas wird sich schon ergeben«, sagte er sich. ›Kommt Zeit, kommt Rat‹, hieß es. Die Zeit und die Lebensumstände hatten ihre je eigene Logik. Für Hegel war sogar die Philosophie »ihre Zeit in Gedanken erfasst«.

5.

Keila verlassen und bei den Sugarmans einziehen, das konnte Bunem nicht, aber er hatte Morris Sugarman versprochen, ihn am achten Tag des Sukkot zu den Umgängen zu begleiten und das Festmahl mit ihm in seinem Haus einzunehmen. In der Synagoge, in der Sugarman betete, feierte man den zweiten Tag des Sukkot nicht mehr. Bunem hatte sozusagen einen Kompromiss mit sich geschlossen. Er würde die Nächte zu Hause mit Keila verbringen, aber tagsüber die Wohnung so weit wie möglich meiden. Falls Jarmy zu Keila kam, dann wahrscheinlich nicht mitten in der Nacht.

Tagsüber war Bunem mit Morris Sugarman beschäftigt. Nach den Feiertagen wollte er seine Stelle als Lehrer in der Rumanian Hometown Society wieder aufnehmen. Seine Freistunden konnte er in der Bibliothek am East Broadway oder der Educational Alliance verbringen. Bunem schimpfte sich selbst einen Feigling, aber er hatte einfach nicht die Energie, sich mit einem rüpelhaften Zuhälter zu schlagen, der ein Messer bei sich trug.

Außerdem hatte Keila seit ihrer Begegnung mit Max wieder angefangen zu trinken. Gleich nach dem Aufstehen nahm sie den ersten Schluck Whiskey. Sie war seltsam redselig geworden und wiederholte immer wieder, dass sie allein mit Jarmy fertig werden würde oder sogar mit Max und Jarmy, und sie verlangte, Bunem solle sich von der Wohnung fernhalten und ihr auch nicht zur Hilfe kommen. Hartnäckig betonte sie, dass sie vor keinem Menschen Angst habe und dass sie ohne Hilfe auskommen konnte.

Die Synagoge, die Morris Sugarman besuchte, lag in einem wohlhabenden nichtjüdischen Viertel. Zu Ehren des Feiertags trug Morris Zylinder und Gehrock. Er fuhr in einer Kutsche zur Synagoge. Seine Tochter und Bunem begleiteten ihn. Verglichen mit diesem Tempel war die »Große« Synagoge in der Warschauer Tłomackie-Straße klein und ärmlich. Bunem hatte seinen guten Anzug und ein sauberes Hemd angezogen, aber neben den anderen jungen Männern kam er sich irgendwie kümmerlich vor. In Warschau hatte er als groß und schlank gegolten, aber hier waren die meisten jungen Männer und sogar die jungen Frauen, die neben den Männern beteten und englische Gebetbücher benutzten wie die Christen in ihren Kirchen, so hochgewachsen, dass Bunem sich zu kurz geraten fand. Er hatte das sonderbare Gefühl, dass sein Anzug sich plötzlich in einen Kaftan verwandelt hatte und dass ihm wie durch Zauberei Schläfenlocken gewachsen waren. Die anderen musterten ihn mit Verwunderung. Mehrere Frauen lächelten ihn an.

Bunem hatte schon englische Bücher gelesen und viele Vokabeln in sein Notizheft geschrieben, aber wenn man ihn auf Englisch ansprach, verstand er immer noch nichts, und er fürchtete, jemand würde eine englische Unterhaltung mit ihm anfangen. Ein untersetzter Mann mit Kugelbauch und einem Zylinder, der zu hoch für seine kurze Gestalt war, kam zu Morris Sugarman und reichte ihm zur Begrüßung die mit einem Diamantring geschmückte Hand. Er wünschte ihm einen schönen Feiertag, und Sugarman stellte ihm Bunem nicht auf Englisch, sondern auf Deutsch vor. Genau genommen war es ein jiddisch gefärbtes Deutsch. Dieser Fremde war, wie Bunem erfuhr, der Vorsteher der Synagoge persönlich. Als er hörte, dass Bunem der Sohn eines polnischen Rabbis war und dass Morris Sugarman ihm seine Memoiren diktierte, überzog ein Netz aus lächelnden Falten sein feistes Gesicht. Aus den braunen Augen strahlte verschmitzte Liebenswürdigkeit. Er begann genau das gleiche Deutsch zu sprechen wie Moris Sugarman:

»Wunderbar! Studieren Sie den Talmud? Oh, wie er uns mit Weisheit beschenkt! Ein Jammer, dass meine Eltern mir das Talmudstudium nicht erlaubt haben ... Mein ehrbarer Vater war Kaufmann und hat mich zu einem praktischen Burschen erzogen, ha, ha, ha ...«

Das Gebet auf Englisch zusammen mit den Frauen, die Orgel, der gemischte Chor, die bunten Glasfenster, all das erinnerte Bunem an eine Kirche. Zu beiden Seiten des Toraschreins standen üppige Blumengebinde. Dieser Tempel war so weit entfernt vom Sochaczewer Bethaus, wie New York fern von Warschau war. Der Kantor trug eine Kippa mit einem sechszackigen Stern und eine Tunika, die aussah wie das Chorhemd eines Priesters. Er war auch der Chorleiter. Aber wo stand geschrieben, dass Gott das Sochaczewer Bethaus diesem Reformtempel vorzog?

Und was verband ihn, Bunem, noch mit Gott? Er hatte

alle Seine Gesetze gebrochen. Er hielt nicht einmal die Zehn Gebote. Kritik stand einem wie ihm nicht zu.

Er starrte in das englische Gebetbuch, das ihm jemand in die Hand gedrückt hatte, und versuchte die Worte ins Jiddische oder Hebräische zu übersetzen. Von Zeit zu Zeit warf er einen Blick auf die jungen Frauen im Chor. Mit ihren blonden Haaren und Stupsnasen sahen sie gojisch aus. Die Töne, die ihnen von den Lippen flossen, klangen nach Selbstsicherheit, Stolz und Chuzpe. Sie priesen nicht Gott, sondern sie stellten ihre Schönheit zur Schau, ihre Gesundheit, ihre satte Selbstzufriedenheit, ihre Anziehungskraft. Die Luft roch nach Parfüm und – so schien es Bunem – nach Weihrauch. Gott ließ das zu – Er schwieg. Bunem erinnerte sich, dass sein Vater ihm, Chosem Soyfer[1] paraphrasierend, gesagt hatte: Wenn ein Jude zwischen einer Kirche und einem Tempel von dieser Sorte zu wählen hat, ist er in einer Kirche besser aufgehoben. Gut, aber was war im Himmel gewesen? In seiner Familie waren etliche der Jüngeren assimiliert und andere waren konvertiert. Einer von Akiba Eigers[2] Nachfahren war Konsul in Warschau gewesen....

Auf dem Heimweg in der Kutsche erklärte Morris Sugarman Bunem, dass die deutschen Juden die jüdischen Einwanderer aus Russland und Osteuropa viele Jahre lang verachtet und von oben herab behandelt hätten, dass man sich jetzt

1 Rabbi Moshe Chassam Soifer (Schreiber; 1762-1839), einflussreicher Rabbi von Pressburg, Gegner des frühen Reformjudentums
2 Rabbi Akiba Eger (1761-1837), talmudische Autorität, jüdisch orthodoxer Gelehrter, trat für eine Reform der jüdischen Schulen und eine bessere Stellung der Juden gegenüber der Obrigkeit ein.

aber um einen Waffenstillstand bemühe. Seit 1905 seien russische und polnische Juden zu Hunderttausenden ins Land gekommen und hätten New York, Chicago, Detroit, Philadelphia und andere Großstädte überflutet. Sie hätten sich ihre eigenen Synagogen gebaut und ihre eigene weltliche Kultur geschaffen – eine Mischung aus jiddischen Lebensregeln, Sozialismus, Zionismus und Gott weiß welchen Zutaten noch. Sie beherrschten die Berufsvereinigungen. Die deutschen Juden seien praktisch ausnahmslos reich geworden, aber zahlreich seien sie nicht. Viele seien vollständig assimiliert und in die nichtjüdische Gesellschaft integriert. Der Rest könne die sogenannten »Ostjuden« nicht mehr ignorieren und bemühe sich um ein Bündnis mit ihnen.

Als Morris Sugarman und seine Tochter Bessie sich zum Festmahl setzten, war es schon spät. Die nichtjüdische Köchin hatte Fisch vorbereitet, eine unjüdische Kreplach-Variante, Gemüse, sogar eine Kohlsuppe, wie man sie in der alten Heimat auf den Tisch brachte. Trotzdem war es nicht das Mahl, das Bunem immer an diesem Tag zu Hause gegessen hatte, wenn der Vater ein wenig beschwipst aus dem Sochaczewer Bethaus zurückgekommen war. Jeder dritte Chassid hatte ihm einen Schluck Wein oder Met und Nüsse angeboten. Die Frauen zu Hause buken Strudel, Torten und Blechkuchen aller Art und kochten riesige Töpfe Kohlsuppe mit Rosinen und Äpfeln. In den Häusern der Reichen tanzte man nicht nur auf den Teppichen, sondern auch auf den Tischen.

An Simchat Tora feierten die Frauen teilweise mit den Männern. Die Chassidim tranken sich einen Rausch an und sagten oft Dinge, die zu jeder anderen Zeit im Jahr obszön geklungen hätten. Reb Menachem Mendel erinnerte die Chassidim Jahr für Jahr daran, dass der Festtag zur Feier der Tora gedacht war und nicht als Vorwand, sich zu betrinken und – Gott behüte – das Gesetz zu brechen, aber sogar er musste wegsehen, wenn Juden an diesem Tag berauscht waren. All die frommen Juden, besonders die vom Kotzker Hof, betonten bei jeder Gelegenheit, dass der Chassidismus in der Freude an der Religion gründe und dass Melancholie Götzendienst sei.

Hier ging alles in der Stille vonstatten. Morris Sugarman saß an einem Ende des langen Tisches und Bessie am anderen. Da Morris schwerhörig war, unterhielten Vater und Tochter sich nicht miteinander. Die Köchin servierte schweigend. Es war so still in diesem Raum, dass man die alte Wanduhr ticken hörte, eine Antiquität aus Deutschland. Alles hier war üppig und von bester Qualität, das Essen, das Porzellan auf dem kostbaren Tischtuch, das Silberbesteck. Morris Sugarman besaß sogar ein goldenes Service und benutzte Teile davon zu Ehren des Feiertags.

Morris schenkte sich einen kleinen Becher Cherry-Brandy aus einer Kristallkaraffe ein und bot auch Bunem etwas an.

Freude, den Glauben an Gott, an das Judentum, den Messias gab es hier allerdings nicht. Damals im Sochaczewer Bethaus galt Alter nicht als Schmach. Alte Chassidim dachten an Reb Mendele Kotzker und wiederholten seine weisen Worte. Einige sehr alte Männer erinnerten sich womöglich noch an Rabbi Bunem Przycher[3], nach dem er, Bunem, be-

---

3 Rabbi Simcha Bunem von Peschischa (Przysucha oder Przycher;
   1765-1827), Schlüsselfigur des polnischen Chassidismus; Menachem

nannt worden war. Jungen und junge Männer verstanden es als ein Privileg, mit diesen alten Chassidim ein Wort wechseln zu dürfen.

Hier in Amerika schämte man sich des Alters. Die Anzeigen in Zeitungen zielten nur auf die jüngere Generation. Die Alten hatten ihren Anteil an dieser Welt schon verbraucht, und die jenseitige Welt hatte keinen Handelswert.

Morris Sugarman sprach mit Bunem, aber was er sagte, kreiste um seine Memoiren, er erzählte von seinen Erlebnissen – von Reisen durch Europa und Amerika, Begegnungen mit Millionären, Politikern und allen möglichen berühmten Leuten; von politischen Streitigkeiten in New York und Washington, von den Eisenbahnen, die dort gebaut wurden, von den ersten Wolkenkratzern. Das alles war interessant, aber nicht erhebend. Im Gegenteil. Der Kern von Sugarmans Rede war, dass die Zeit alles auslöscht und dass alles eitel ist, ganz eitel, und der Mensch keinen Gewinn von seiner Mühe hat.

Es war Abend geworden. Der alte Mann begann zu gähnen, und seine Augen tränten vor Müdigkeit. Bunem sagte, er werde nun aufbrechen, aber Bessie rief:

»Nichts dergleichen werden Sie tun. Sie werden hier schlafen. Ich habe schon ein Bett für Sie bezogen und sogar einen Schlafanzug bereitgelegt. Sie werden doch jetzt nicht noch nach einer El zur East Side Ausschau halten. Auf Sie warten ja weder Weib noch Kind.«

Mendel von Kotzk (1787-1859), der Kotzker Rebbe, war sein Schüler und Nachfolger.

ZEHNTES KAPITEL

1.

Ein paar Wochen waren vergangen, und Jarmy war noch nicht
aufgetaucht. Keila nahm an, dass er mit Max nach Buenos
Aires abgereist war oder in die anderen Länder, deren Namen
Keila sich nicht merken oder nicht aussprechen konnte.

Bald nach Sukkot wurde es kalt, aber der Vermieter ließ
sich mit dem Heizen Zeit. Eines Nachmittags – Keila hatte
in der Küche zu tun, und Bunem unterrichtete die Kinder von
Mitgliedern der Rumanian Hometown Society – ging die Tür
auf, und Jarmy kam herein. Keila hatte vergessen, den Riegel
vorzuschieben. Messer und Hammer waren in einer Schublade verstaut.

Keila erkannte ihn kaum. Er war alt geworden, sah struppig und schmuddelig aus. Er trug eine Art amerikanischer
Sportjacke und ein offenes kragenloses Hemd, keinen Hut, und
sein Haar war von grauen Strähnen durchzogen. Keila schrie
auf und wollte schon die Schublade mit ihren Waffen öffnen,
ließ es dann aber. Er sah nicht aus wie einer, der sie erschießen
oder erdolchen wollte. Er roch nach Alkohol. Stammelnd und
mit einer irgendwie veränderten Stimme begann er:

»Du erkennst mich wohl nicht mehr, wie?«

»O ja, ich erkenne dich. Wie einen falschen Fuffziger. Was willst du? Warum bist du gekommen?«

Jarmy wankte.

»Du bist meine Ehefrau, und ich bin dein Mann.«

»Nichts bist du. Du hast mich an diesen perversen Max weitergeben wollen. Du bist, was du immer schon warst, ein Dieb, Schnorrer, Penner. Jarmy, zwischen uns ist es aus, ganz und gar. Ich will mein Leben leben, und du leb deins. Was war, ist tot und begraben.«

»Meine Frau bist du, Keila, dem Gimpel aus dem Lehrhaus gehörst du nicht. Wir haben einen Vertrag, der bindet uns.«

»Nichts bindet uns. Ein Ehevertrag ist nur ein Stück Papier, hast du selbst gesagt.«

»Stimmt, aber ein Stück Papier kann manchmal eine große Rolle spielen. Einen Ehering habe ich dir auch gegeben, der war von meiner Mutter.«

»Den habe ich längst weggeschmissen.«

Jetzt waren beide eine Weile stumm. Jarmy sah Keila ganz bestürzt von der Seite an. In seinem Blick lag die Frage: »Wie kann Liebe dermaßen in Hass umschlagen?«

Keila konnte ihre eigenen Worte kaum glauben. »Was habe ich denn gegen ihn?«, fragte sie sich. »Ist es seine Schuld, dass ich jetzt einen anderen liebe? Er sieht abgehärmt, bleich, krank aus.« Sie sagte:

»Jarmy, ich habe nichts gegen dich. Du bist wie du bist, und so wirst du schon auch bleiben. Aber lass mich in Ruhe. Bunem ist für mich wie ein Ehemann, ein Bruder, mein ein und alles. Wo ist Max? Noch in New York?«

»Max ist in Brasilien.«

»Warum bist du nicht mit ihm gegangen? Ich hab ihm gesagt, zwischen uns ist alles aus.«

»Keila, ohne dich kann ich nicht gehen.«

Jarmy strauchelte, als würden ihm seine Beine nicht gehorchen. Einen Moment lang war er fast wieder der Alte. Er sah sie scharf an und gab sich ironisch und selbstsicher wie der Stärkere, gegen den ein Schwächerer aufbegehrt. Keilas Augen wanderten wieder zu der Schublade, in der sie Hammer und Messer versteckt hatte. Er tat ihr leid, aber sie war entschlossen, ihn zu erstechen oder ihm den Schädel zu zertrümmern, wenn er versuchen sollte, ihr Gewalt anzutun. Der Whiskeygeruch, den er ausdünstete, berauschte sie fast, aber gleichzeitig erregte er in ihr einen Widerwillen, wie sie ihn früher nie empfunden hatte, wenn sie mit Betrunkenen umging. Sie spürte einen Würgereiz und hatte einen üblen Geschmack im Mund. Jarmy schlug den halb herrischen, halb unterwürfigen Ton eines Ehemanns an, dessen Frau ihm die Stirn bietet.

»Was ist mit dir los, Keila? Ich bin krank.«

Keila stutzte.

»Was fehlt dir denn?«

»Alles. Der Kopf, das Herz, die Beine, alles schwach. Ich kann nicht mehr stehen. Darf ich mich setzen?«

Keila fühlte ein Stechen in ihrer linken Brust.

»Da, setz dich hin.«

Und sie zog einen Stuhl in seine Nähe.

»Ich bin den ganzen Weg gelaufen«, sagte Jarmy, halb zu Keila, halb zu sich selbst. »Von der Bowery. Das ist so weit wie von der Muranow zur Krochmalna.«

»Warum hast du nicht die – wie heißt sie nochmal – genommen?«

»Ich hab keinen Penny.«

»Hat Max dir nichts dagelassen?«

»Ein Vermögen hat er mir dagelassen, aber ich habe alles verloren.«

Keila brauste auf, entrüstet wie eine typische Ehefrau.

»Verloren, was? Wie, beim Kartenspiel?«

»Karten, Pferde. Versoffen hab ich's auch. Ohne dich kann ich nicht weitermachen.«

»Ach, du mein Verhängnis, was soll ich für dich tun?«, fragte Keila. »Warum bist du nicht mit Max gefahren?«

»Ich wollte sein, wo du bist. Gib mir ein Glas Tee. Hunger habe ich auch.«

»Ja. Eins lass dir gesagt sein: Für dich bin ich tot. Stell dir einfach vor, ich bin tot und liege zwei Meter tief in der Erde.«

»Das kann ich mir nicht vorstellen. Ich hab mir tausend Mal vorgenommen, dir nicht nahe zu kommen. Aber du hast mich angezogen wie ein Magnet.«

»Warte, ich hol dir was zum Essen.«

Keila gab ihm ein Brötchen. Sie strich Butter auf ein anderes und legte eine Scheibe Käse darauf. Sie setzte Wasser auf, hastete hin und her und verfluchte gleichzeitig Jarmy und sich selbst. »Abschaum, Pest, Hurensohn, Aussätziger, wäre ich doch nie geboren. Im Mutterleib krepiert. Mieses Pech für mich, was soll ich denn jetzt machen? Einen Strick nehmen und mich aufhängen.«

Jarmy kaute und redete:

»Ich weiß alles. Diese Frau – wie heißt sie? –, die Mutter seiner Verlobten, hat seiner Schwester Zirele alles erzählt, und die hat alles ausgespuckt, als Max ihr die Knarre zeigte. Hat sogar die Adresse verraten. Seine Verlobte gehört zu dieser Genossen-Bande. Sie hat in der Zitadelle gesessen. Sie wäre am Galgen gelandet, aber sie haben einen Anwalt angeheuert. Jetzt ist sie wohl in Sibirien oder der Teufel weiß wo. Warum kam er zu dir gekrochen, wo er doch ein Mädchen hat? Lehrer und Hurenbock. Sein Vater, der heilige Jude, hat getrauert, als wäre der Sohn tot. Für diese Leute ist Amerika schlimmer als Konvertieren. Er wird hier nicht lange rumhängen. Seine Verlobte muss nur freikommen, und schon zeigt er dir, wo die Tür ist. Na und, was hast du denn hier? Besser als in der Krochmalna-Straße ist es nicht. Eher schlechter. Bei mir musstest du kein Dienstmädchen sein. Herrin in deinem eigenen Haus warst du. Die Füße geküsst hab ich dir. Du hast für dich eingekauft, nicht die Körbe für irgendeine Herrschaft getragen.«

»Ich trage keinen Korb für niemanden. Das Teewasser kocht.«

»Brötchen auf der Straße verkaufen musstest du nicht. Ich weiß alles, jeden Dreck. Max hat mir alles erzählt. Er wird dich ausnutzen, dann wegwerfen wie einen Lappen. Einen Bankert anhängen wird er dir auch.«

»Halt den Mund oder du kannst dir die Tür von der anderen Seite ansehen«, schrie Keila auf. »Ich liebe ihn und er liebt mich. Er ist ein gebildeter Mensch, er schreibt und ist ein Gelehrter, und du bist ein Penner, Säufer, Stinktier. Sein Name ist zu gut für deine miese Zunge.«

»Was ganz Besonderes, wie? Ein Prinz, hä? Und so ein Schatz soll gut für dich sein? Der vergisst nie, was du bist. Für ihn bist du wie Schorf auf der Haut. Max sagt, der Mann nimmt dich nirgendwohin mit.«

»Woher will Max das wissen?«

»Du hast es ihm selbst erzählt.«

»Nichts habe ich ihm erzählt. Ersticken soll er an seiner Zunge. An dem Abend im Kaminski-Theater habe ich mit einem Blick gesehen: Der ist der Todesengel. An Jom Kippur ist er zu mir gekommen und hat sich auf mich geworfen wie ein Wahnsinniger, und du hast es genau gewusst. Du hast ihn geschickt.«

»Ich habe ihn nicht geschickt.«

»Und ob du das gemacht hast, du räudiges perverses Dreckschwein. Hast es doch selbst zugegeben. Brennen sollt ihr beide wie Zunder! Nach dem Tag war ich nicht mehr dieselbe Keila. Ich konnte sehen, wie tief ich im Sumpf versackt war. Ich bin in das Bethaus geronnt und hab angefangen, vor der heiligen Tora zu beten. Meine Füße haben von selbst den Weg zu diesem frommen Juden gefunden, und Bunem war da. Das alles ist von Gott gekommen. Erst als ich ihm begegnet bin, habe ich verstanden, was Liebe ist.«

»Du liebst ihn und bist ihm keinen Pfifferling wert.«

»Doch, er liebt mich auch. Er behandelt mich von Gleich zu Gleich. Er lernt Englisch mit mir. Wir liegen im Bett und er spricht von Sachen, die mit Gott zu tun haben – von der Sonne, dem Mond, den Sternen, er erzählt, was vor langer Zeit gewesen ist.«

»So was brauchst du wie der Hund ein fünftes Bein.«

»Hier ist dein Tee. Trink und dann verschwinde.«

»Keila, wirf mich nicht raus! …«

2.

Jarmy fragte, ob Keila einen Whiskey für ihn hätte, und nach einigem Hin und Her stellte sie eine Flasche auf den Tisch. Nach einer Weile nahm sie selbst auch einen kleinen Schluck. Jarmy hatte Keila versprochen, er würde nur ein Glas trinken, aber es wurden drei. Er wurde redselig und beschrieb, was am ›Platz‹ und im Ganovennest in Nummer 6 los war, wie es Itsche Einauge, Schmul Schmand, dem Wirt Eliezer ging, und er erzählte von seinen Reisen mit Max. Zuerst erklärte Keila beharrlich, von der Krochmalna und dem Abschaum dort wolle sie nichts mehr hören. Aber Jarmys Geschichten weckten Heimweh in ihr. Hier kannte sie niemanden, außer ein paar Nachbarn und Dr. Welcher, den alten Junggesellen, der nur selten ein Wort mit ihr wechselte. Dort in der Krochmalna redeten die Leute über sie, erinnerten sich, beneideten sie, weil sie an einen anständigen jungen Mann, den Sohn eines Rabbis, geraten war und sich ehrlich gemacht hatte. Jarmy sagte, in der Krochmalna redeten alle von ihr. Alle Nutten seien stolz auf sie, weil sie sich von dem Leben in Schande befreit hatte.

Es dauerte nicht lange, bis Jarmy von seinen Reisen mit

Max anfing. Er redete wirr, aber je mehr er erzählte, desto neugieriger wurde Keila. Jarmy und Max waren in Lublin gewesen, in Zamość, Krasnystaw, Izbica und in Piaski, der Stadt der Diebe. In einer dieser Städte hatte Max eine Ehefrau wiedergesehen, die viele Jahre als verlassene Frau gegolten hatte. Er gab ihr einen Scheidebrief und machte damit ein altes Unrecht wieder gut. Er traf sich auch mit seinen Kindern, die im Säuglingsalter von ihm im Stich gelassen worden waren und ihrem Vater jetzt zum ersten Mal begegneten.

Jarmy fuhr fort:

»Keila, was ich durchgemacht habe, reicht für ein ganzes Buch. Ich hab in meinem Leben allerhand Schlawiner gesehen, aber so einen wie Max gibt es auf der ganzen Welt nicht nochmal. Verrückt ist er auch. Er hat so viel Dreck am Stecken, dass man ihn für seine Schandtaten nicht einmal, sondern x-mal hätte hängen können. Er hat immer den Kopf aus der Schlinge gezogen. Wenn er will, kann er reden wie ein Rechtsanwalt, aus der Zeitung zitieren oder weiß der Teufel, was noch. Wenn es Russisch sein soll, redet er Russisch, und wenn Deutsch, dann Deutsch. Die Frauen, die er verlassen hat, haben sich kreischend auf ihn gestürzt, und ich dachte, sie kratzen ihm die Augen aus. Eine ist mit einem Hackebeil auf ihn losgegangen. Aber im Handumdrehen haben sie wieder mit ihm geschmust, und er hat ihnen das Blaue vom Himmel versprochen. Der könnte einen Stein zum Sündigen überreden, so wahr ich Jarmy heiße. Erst sagt er, er ist pleite, und dann hat er plötzlich einen zum Platzen vollen Geldbeutel. Ein Hexer ist er oder weiß der Teufel was. Vielleicht hat er so eine Maschine zum Gelddrucken? Zweimal wollten sie ihn in den Knast stecken, aber er hat die Bullen so verrückt gemacht, dass sie anfingen, sich bei ihm zu entschuldigen und ihn wie einen General zu behandeln. Er hat vielleicht zehn Pässe und kann sich all die Namen merken. Einmal ist es ein jüdischer Name, einmal ein christlicher, einmal ein russischer. In der Bahn hat er so ein Heft gezückt, mit dem du ohne Fahrschein reisen kannst. Ich wäre im siebten Himmel gewesen, aber ich musste immer an dich denken. Ich musste trinken, sonst wäre ich meschugge geworden. Er ist alles zugleich, ein Homosexueller, ja, und auch wieder nicht. Er mag Jungen und Mädchen. In Izbica ist eine Tante von ihm aufgetaucht, stocktaub, halb verrückt, eine Hexe oder so. Erst hat sie ihn gesegnet, dann mit den wüstesten Flüchen verwünscht. Sie ist vor ihm auf und ab gehüpft, hat wie ein Dibbuk geheult und gezischt wie eine Schlange. Sie muss hoch in den Neunzigern gewesen sein oder gar hundert. Ein Gesicht voller Warzen, runzlig wie ein Kohlkopf. Gespuckt hat sie wie eine Katze, wenn ein Hund hinter ihr her ist. Ihre Spucke hat mich erwischt und wie Feuer gebrannt. Es war Freitag, und sie hat, verrußt wie ein Kaminfeger, am Herd gestanden und Pfannkuchen mit einem Topfdeckel und einer Schaufel gewendet. Wofür hat sie so viele Pfannkuchen gebraucht, wo sie doch keinen Zahn mehr im Mund hatte? Sie wollte mich einen kosten lassen, aber ich hatte Angst, dass sie mich vergiftet.

Der Herd war voll mit glühenden Kohlen, aber sie hat die nackten Finger reingesteckt. Wie kann das gehen? Wie Baba Jaga, die Hexe im Theater. Sie wollte, dass wir zum Schabbes bleiben, aber draußen wartete schon ein Schlitten auf uns. Max hat ihr ein paar Groschen gegeben, aber sie lief hinter uns her und warf mit einem Stock nach uns.«

»Vielleicht war sie wirklich verrückt«, sagte Keila.

»Ich weiß nicht, nichts weiß ich. Manchmal hab ich gedacht, er ist ein heimlicher Zauberer oder ein Mondkalb. Dauernd hat er Telegramme geschickt, nach Warschau, nach Übersee, hierhin und dahin. Er ist ins Postamt marschiert, und alle sind um ihn herumscharwenzelt. Er braucht kein Essen. Gehen wir in ein Lokal, bestellt er sich ein Mahl mit vielleicht zehn Gängen, isst aber nur einen Krümel von dem Ganzen. Was immer man ihm serviert, mag er nicht. Da war so eine Kellnerin, ein scharfes Luder, und die fragte: ›Was willst du – den Mond und die Sterne?‹ Und er sagt: ›Deinen Schenkel, den würde ich nehmen, wenn du ihn hergibst.‹ Sie hat sich totgelacht. Dann sagte sie: ›Mein Schenkel ist für den, der mit mir unter dem Hochzeitsbaldachin steht.‹

In dem Wirtshaus hatten wir ein Zimmer zusammen, aber mitten in der Nacht sagt er zu mir: ›Da drüben ist ein eigenes Zimmer für dich.‹ Ich wusste schon, dass er jemanden am Haken hatte. Spät in der Nacht hab ich leise Schritte gehört. Ich riskiere ein Auge und sehe das kleine Luder mit dem Schenkel, barfuß und im Bademantel. Sie hat mir zugezwinkert und einen Finger an die Lippen gelegt: ›Schsch!‹«

»Was sehen die Frauen in ihm?«, fragte Keila.

»Irgendwas werden sie schon sehen. Er wollte unbedingt, dass ich mit ihm gehe, aber ich habe ihm gesagt: ›Ohne Keila bin ich so gut wie nutzlos.‹«

»Jarmy, ich gehöre zu Bunem. Ich möchte ein anständiges Leben.«

»Anständig, sagst du? In Wysoka habe ich mit einem frommen Juden geredet, der die heiligen Bücher liest, und der hat gesagt, solange ich dir keinen Scheidebrief gebe, ist jede Minute, die du mit diesem fiesen Kerl zusammen bist, eine schwere Sünde. Für solche Sünden kommst du nicht mehr aus der Gehenna raus. Genau das hat er gesagt. Außerdem muss eine ehrbare Frau ins Ritualbad gehen, sonst ist sie immer unrein.«

»Ins Ritualbad gehe ich, wenn Bunem mir sagt, ich soll gehen.«

»Er sagt es aber nicht, das heißt, er ist nicht besser als ich. Max wollte dich zur Puffmutter machen, zur großen Herrin. In Diamanten würdest du baden. Unrein bist du sowieso schon, also genieß es wenigstens. Mit uns hättest du Stil, hier bist du wie eine Bettlerin. Komm, darauf trinken wir.«

»Nein, Jarmy. Geh!«

»Ich gehe und komme nie wieder. Er hat mir deine Adresse gegeben. Und du bist und bleibst – wie sagt man? – die Frau eines anderen. Ohne Scheidung bist du meine Frau, und die Sünde begehst du.«

»Wenn du mir keinen Scheidebrief gibst, bist du der Sünder.«

»Ich hab keine Angst zu sündigen. Es gibt keinen Gott. Jetzt gibt es so eine Maschine, die über den Wolken in der Luft fliegt, und da oben ist kein Gott, nur Luft.«

»Geh, Jarmy.«

»Leicht wird's nicht für dich werden, Keila.«

Jarmy tat so, als wollte er gehen. In diesem Moment ging die Tür auf, und Bunem kam herein. Keila hatte nicht einmal seine Schritte auf der Treppe gehört. Es war Abend geworden.

Bunem trug die Aktentasche, die Keila ihm bei einem fliegenden Händler in der Orchard Street gekauft hatte, und zwei Bücher, die er in der Bibliothek am East Broadway ausgeliehen hatte. Er blieb auf der Schwelle stehen und starrte Keila und ihren Besucher an. Er wusste, dass es Jarmy war, er erkannte ihn wieder. Auf dem Tisch stand eine Flasche Schnaps, die Keila offenbar ohne Bunems Wissen gekauft und vor ihm versteckt hatte. Mehrere Brötchen lagen dort auch.

Jarmy lächelte spöttisch.

»Das ist er also, der große Held?«

»Jarmy, geh.«

»Und wenn nicht, was willst du machen? Mir Salz auf den Schwanz streuen?«, fragte Jarmy. »Du bist meine Frau, und wo du wohnst, bin ich zu Hause. In der Hölle soll er brennen. Er hat mir die Frau gestohlen, nicht ich ihm.«

Bunem wollte sagen, dass dies seine Wohnung sei, da er die Miete zahle, aber irgendwie kamen ihm die Worte nicht über die Lippen. Er war voller Wut und Angst zugleich.

»Sie richtet ihm immer noch ein Gelage aus«, dachte er. »Whiskey kauft sie ihm.«

Ekel über sich und sein Schicksal überkam ihn. Er hörte sich sagen:

»Wenn Sie hier zu Hause sind, bleiben Sie doch bei ihr. Ich gehe.«

»Bunem, geh nicht! Was hast du denn?«, schrie Keila auf.

Sie lief zur Kommode und zog das Messer heraus, das sie für diese Gelegenheit bereitgehalten hatte.

»Jarmy geh!«, kreischte sie. »Oder gleich fließt Blut.«

»Na los, stich zu!«

Und Jarmy reckte ihr die Brust entgegen.

»Ich gehe!«, rief Bunem und rannte hinaus.

Noch auf der Treppe hörte er Keilas Schreie. Auch Jarmy brüllte laut. Bunem war wie gelähmt vor Angst. Funken und

Lichtblitze tanzten ihm vor den Augen und blendeten ihn für einen Moment. Auf tauben Beinen lief er weiter, und die Erde schien unter seinen Füßen zu schwanken.

»Ist das ein Erdbeben oder was?«, fragte er sich.

Die Straße war voller Passanten, vor den Türen und auf den Stufen saßen und standen Leute. Gesichter konnte Bunem nicht erkennen, nur Flecken.

»Das ist das Ende, das Ende!«, sagte er sich.

Sein Mund wurde trocken, und seine Kehle war wie zugeschnürt. Nach einer Weile konnte er die Füße wieder leichter heben.

»Sie können mich immer noch zu Polizei schleppen. Da werde ich eingesperrt und dann abgeschoben ...«

Er war ein ganzes Stück gelaufen. Erst jetzt bemerkte er, dass er sich auf einer der Avenues befand und Richtung Uptown unterwegs, schon fast an der Fourteenth Street angekommen war. Er lief weiter zur Nineteenth Street, wo Morris Sugarman wohnte.

3.

Bunem kam bis zum Union Square, machte dann kehrt und ging zurück. Er brachte es nicht über sich, Keila mit diesem Lumpen allein zu lassen. Ihre Schreie, als er die Treppe hinuntergegangen war, klangen ihm noch in den Ohren. Auch wenn der Mistkerl sie nicht heute umgebracht hatte, war ihm zuzutrauen, dass er es ein andermal tun würde. Bunem hatte gelesen, dass in Amerika jedermann Waffen haben durfte. Man konnte einfach in einen Laden gehen und eine Flinte oder eine Pistole kaufen. Aber konnte er, Bunem, mit Waffen herumlaufen? Konnte er gegen einen Menschen angehen, der alles aufgegeben hatte, sogar sein Leben?

»Ich muss mich aus dieser Falle herauswinden«, sagte sich Bunem. Jetzt freute er sich auf Solcha, gestand sich aber auch ein, dass die Lage noch schwieriger würde, sobald sie da war.

»Ich bringe mich um und mache ein Ende mit dem ganzen Durcheinander ...«

Es fing an zu regnen, und von irgendwoher wehte ein kalter Wind. Bunem näherte sich wieder den jüdischen Straßen. Hier roch es nach Knisches und heißen Würstchen. Aus den

Türen jüdischer Restaurants drangen Fleisch-, Senf- und Kuchengerüche.

Trotz Regen boten die Straßenverkäufer jiddische und englische Zeitungen feil. Karbidlampen beleuchteten die Zeitungsstände. Hier und da hörte man Gesang aus einem Restaurant, keine Grammophonmusik, sondern die Stimmen von Sängern oder Gästen, die jidddische, russische, sogar ungarische Lieder sangen. Hier und da zwinkerte ein Straßenmädchen einem möglichen Kunden zu. Alles wie in Warschau, und doch ganz anders. Dort hätte Bunem die Passanten nach ihrem Aussehen, ihren Kleidern einordnen können. Jede Straße hatte ihren eigenen Charakter. In der alten Heimat hatte Bunem sich sogar in der Illusion gewiegt, dass er mit einem Blick auf Mauern und Fenster erkennen konnte, welche Mieter dort wohnten, welche Berufe sie hatten, wie sie lebten, sogar, wie sie dachten. Aber hier erschien ihm alles fremd und abweisend. Es war, als ob man sich in New York nur vorübergehend aufhielt, als ob die ganze Stadt nur ein einziger Bahnhof für Durchreisende war. Aber wohin reisten sie weiter? Nach Japan? Nach China? Auf einen anderen Planeten?

»Alles nur meine Fantasie«, sagte er sich. Er erinnerte sich an einen Spruch aus der Gemara: ›Die Welt, die du hinter dir lässt, ist wie ein Hochzeitsfest. Du tanzt deinen Tanz und gehst dann wieder nach Hause.‹ Aber wo war zu Hause? Im Grab?

Er lief weiter und konnte seine Verzweiflung kaum beherrschen.

»Vielleicht zurück nach Warschau fliehen? Vielleicht etwas Geld ansparen und nach Eretz Israel gehen wie die Mitglieder von BILU (›Beit Ja'akov Lekhu Ve-nelkha: Haus Jakob, geht, lasst uns aufbrechen‹)? Vielleicht ist die jüdische Seele von der Art, dass sie sich für alle Zeiten unter Nichtjuden im Exil fühlen muss?«

Er konnte nichts entscheiden, bevor Solcha kam. Er wusste genau, dass Solcha die Zionisten verspottete und sie für Schwärmer und Reaktionäre hielt.

Heimweh überwältigte Bunem. Wie es wohl seinem Vater, seiner Mutter, Zirele, Schlomele, Haiml ging? Es fiel ihm schwer, zu glauben, dass zu Hause alles wie immer war – der Vater die Gemara samt Kommentaren, Ergänzungen und Erläuterungen von Raschi und Akiba Eiger studierte, die Mutter in ihr Buch »Verpflichtungen des Herzens« blickte, die Jungen in den Cheder gingen und Zirele den Fortsetzungsroman las, der sich wahrscheinlich über Jahre hinzog.

Bunem erreichte die Attorney Street und das Haus, in dem er wohnte. Er sah zu den Fenstern seiner Wohnung hinauf, aber kein Licht brannte. Hatte Jarmy sie umgebracht? Bunem war wie gelähmt vor Angst. Er fürchtete sich, die drei Treppen hinaufzusteigen. Plötzlich fiel ihm ein, dass er den Wohnungsschlüssel nicht bei sich trug. Er hatte ihn zu Hause liegen lassen. Vielleicht hatten die beiden beieinander gelegen und waren eingeschlafen. Vielleicht hatte sie ihn und sich erstochen?

Nach langem Zögern überwand Bunem sich und ging die schwach beleuchtete Treppe nach oben. Er klopfte an der Tür, aber niemand antwortete. Er klopfte lauter und rief:

»Keila! Keila!«

»Bestimmt liegt sie tot da drin«, sagte er sich. Man konnte ihn leicht des Mordes an ihr beschuldigen.

Bunem klopfte an die Tür der Nachbarwohnung auf der

anderen Seite, aber niemand antwortete. Ein älteres kinderloses Paar wohnte dort. Vielleicht waren sie ins Theater an der Second Avenue gegangen.

Bunem klopfte wieder an seine Wohnungstür, wieder vergeblich. Vielleicht sollte er die Polizei einschalten? Das hätte er sofort tun müssen. Jetzt war es zu spät, zu spät. Seine Därme krampften vor Angst, er lief wieder treppab. Der Regen hatte aufgehört, und ein kalter Wind wehte. Ob er jetzt zu den Sugarmans gehen sollte?

»Jetzt ist es an der Zeit, sich das Leben zu nehmen«, sagte ihm eine innere Stimme. »Zeit, mit dieser ganzen Sklaverei und Erniedrigung, die sich Leben nennt, ein Ende zu machen.«

Nur, dass er Mitgefühl hatte mit seinem Vater, seiner Mutter, Zirele und Keila, falls sie noch am Leben war. Und was war mit Solcha? Wenn sie nun kam und herausfand, dass er tot war?

Er ging an einem kleinen Park mit ein paar Bäumen vorbei in eine Straße, die tagsüber ein Basar war. Die Warentische waren jetzt leergeräumt. Auf der anderen Straßenseite standen die abgeschirrten Fuhrwerke, mit denen die Großhändler Waren für die Standbesitzer und die fliegenden Händler anlieferten. Bunem hatte gehört, manche Landstreicher – Tramps wurden sie hier genannt – würden in diesen Fuhrwerken schlafen.

»Vielleicht kann ich hier für die Nacht unterkriechen?«

Bunem hatte aber auch gehört, dass die Polizei die Landstreicher verjagte. Die Wagen waren leer, rochen aber immer noch nach Obst, Gemüse, Zwiebeln und Knoblauch. Auch nach Pferdemist.

In den von Gaslampen beleuchteten Fenstern der Miethäuser mit ihren Feuerleitern konnte man die Silhouetten von Männern und Frauen erkennen. Bunem wusste nicht mehr, ob er nord- oder südwärts ging. Er lief durch halb verdunkelte Straßen und kam zum East River. Schiffe, Schlepp- und Lastkähne (mit Obstwagen an Deck) lagen vor Anker. Über dem Fluss sah man den Himmel, und hier und da schimmerte ein Stern durch die Wolken. Aus den Schornsteinen quoll Rauch. Alles hier kam Bunem vertraut vor. Seltsam. Es war die gleiche Erde, der gleiche Himmel, das gleiche Wasser, aber die Handvoll Materie und der Funken Seele, die den Namen Bunem trugen, irrten verloren, verängstigt, hungrig und obdachlos umher.

Er wanderte zurück zur Attorney Street und fand seine Fenster nach wie vor dunkel und seine Tür verschlossen. War Keila womöglich mit Jarmy weggegangen? Oder hatte er sie mit Gewalt aus dem Haus gezerrt? Zu spät, um noch zu den Sugarmans zu gehen, zu kalt, um auf der Straße zu schlafen.

Jemand kam die Treppe herauf – seine Nachbarn, das ältere Ehepaar.

Bunem begann sich zu entschuldigen und den alten Leuten zu erklären, was ihm passiert war. Zuerst verstanden sie ihn nicht. Sie waren schon seit langem im Land, aber er redete noch wie ein Neuling und dazu mit polnischem Akzent.

Nach einer Weile begriff die Frau, was passiert war. Das Haus hatte einen Hausmeister, aber der hing betrunken irgendwo in einer Bar herum. Nach einer umständlichen Diskussion sagte die Frau:

»Vielleicht passt unser Schlüssel für seine Tür. Versuchen wir's.«

»Unser Schlüssel passt in kein fremdes Schloss«, sagte ihr Mann fast verärgert.

»Ein Versuch kostet nichts«, antwortete seine Frau.

Zuerst schlossen die beiden ihre eigene Tür auf. Dann machte der Mann sich im Halbdunkel an Bunems Schloss zu schaffen. Dabei brummte er, von Neulingen könne man immer Ärger erwarten.

»Was hab ich dir gesagt?«, grummelte er. »Schlüssel passen nur zu einer bestimmten Tür, so sind sie gemacht.«

Er ächzte, und knarrend ging die Tür auf. Die Frau sagte: »Na, siehst du?«

»Was soll ich sehen? Ich habe das Schloss kaputt gemacht, oder vielleicht war es schon vorher nicht mehr in Ordnung. Na ja, gute Nacht.«

Bunem wollte um Streichhölzer bitten, aber der Nachbar hatte die Tür zugeknallt.

Bunem stand im Dunkeln, voller Angst, was er sehen würde, wenn seine Augen sich an die Dunkelheit gewöhnt hätten. Einen Moment bildete er sich tatsächlich ein, er sehe jemanden am Boden liegen. Fast hätte er die Flucht ergriffen. Aber bald lichtete sich die nächtliche Dunkelheit.

Nein, am Boden lag niemand. Es war nur ein Lichtfleck von einer Straßenlaterne. Er ging in die Küche und tastete oben auf dem Gasherd nach den Streichhölzern, dort bewahrte Keila sie auf, aber er konnte sie nicht finden.

»Mit Jarmy auf und davon«, murmelte er. Seine Verwunderung war noch größer als sein Ärger. »Wenn das möglich ist, dann verstehe ich nichts von Menschen. All ihr Gerede von Liebe und der ganze Rest, das war eine einzige Lüge.«

Nach langem Suchen fand er die Streichhölzer doch noch.

Er zündete die Gaslampe an und sah den Whiskey auf dem Tisch.

»Aha ... hat sich betrunken und ist dann mit ihm auf und davon. Wo hat sie den Whiskey her?«, fragte er sich. Offensichtlich trank sie ohne sein Wissen.

»Nu, Hure bleibt Hure«, sagte er sich. »Ist auch besser so. Dass ich nach Amerika kommen sollte, war mir vorbestimmt. Gott sei Dank habe ich die Überfahrt nicht mit ihrem schmutzigen Geld bezahlt.«

Bunem wunderte sich selbst über seine plötzliche Frömmigkeit. So ging es ihm immer, wenn er in Schwierigkeiten geriet.

Jetzt blieb ihm nichts anderes übrig, als sich auszuziehen und ins Bett zu gehen. Er war es nicht mehr gewohnt, allein zu schlafen. Dazuliegen und zuzusehen, wie Keila sich wusch, kämmte und bereit machte, zu ihm zu kommen, war immer ein Vergnügen gewesen. Sie hatte sich ein schwarzes Nachthemd aus Tüll und Spitzen gekauft. Ihr Fleisch war immer heiß. Lust überkam ihn schon, noch ehe er sie berührte. Sie unterhielt ihn mit Geschichten vom Tage, von früher, von den Patienten, die Dr. Welcher aufsuchten, von den Lehrlingen des Bäckers, für den sie die Brötchen verkaufte. Alle Männer begehrten sie, versprachen ihr den Himmel auf Erden. Jüdische und christliche Jungen pfiffen, wenn sie vorbeiging. Nun lag er allein im leeren Bett.

»Ich ziehe zu den Sugarmans«, beschloss er. »Alleine kann ich hier nicht bleiben.«

Aber er musste bleiben, damit Solcha ihn unter der richtigen Adresse fand.

Bunem versuchte zu schlafen, aber kaum war er eingedämmert, schrak er zitternd auf und war wieder hellwach.

»Wie kann ein Mensch so verlogen sein?«, fragte er sich. Wenn die Lüge so viel Macht hatte, dann war sie vielleicht manchmal die Wahrheit? …

Über diese Vorstellung war er selbst erstaunt. Steckte darin vielleicht die Macht des Götzendienstes?

Bunem erinnerte sich an die Worte des Psalms:

»Ich sprach in meinem Zagen: Alle Menschen sind Lügner.« Ja, ja, schon damals war jemand zu diesem Schluss gekommen. Aber nur ein Mensch. Tiere kannten keine Lügen. Die Natur war durch und durch ehrlich.

4.

Was für eine unruhige Nacht! Bunem warf sich im Bett hin und her, und ihm war, als stehe sein Körper in Brand. Er kam um vor Durst. Er trank Wasser aus der Leitung und ging ständig auf die Toilette in der Diele, um zu urinieren. Er wollte es nicht zugeben, aber er konnte nicht anders: Er sehnte sich nach dem Luder, dem Miststück, das ihn so zum Narren gehalten hatte.

»Wenn das so ist, dann bin ich selbst eine Lüge«, sagte er sich.

Wieder und wieder führte er sich vor Augen, was im letzten Jahr mit ihm geschehen war, und konnte nicht recht glauben, dass es nicht nur eine Geschichte aus einem Buch oder ein Gleichnis des Predigers aus Dubno[1] war. Er war von Gott abgefallen und prompt in den Abgrund gestürzt, die neunundvierzig Stufen der Unreinheit hinunter. Offenbar kam man mit einem einzigen Schritt von Gott zu Satan. Aber

1 Der Prediger aus Dubno: Jacob Kranz (1740-1804), ein Maggid, volkstümlicher jüdischer Prediger, bekannt für seine Gleichnisse

konnte er zu Gott zurückkehren? Zu welchem Gott? Dem Gott der Heiligen Schrift, dem Gott Schulchan Aruchs, Spinozas?

Als es dämmerte, kam Bunem der Gedanke, dass Keila womöglich unschuldig war. Vielleicht hatte Jarmy sie mit Gewalt aus der Wohnung gezerrt? Er erinnerte sich an das Messer, das Keila in der Schublade bereitgelegt hatte, falls Jarmy versuchen würde, sie zu überwältigen.

Er stand auf, zündete die Gaslampe an und zog die Schublade heraus. Der Hammer lag noch darin, das Messer jedoch nicht.

»Ich muss die Polizei benachrichtigen! Sofort!«, entschied er.

Sie war mit Gewalt an irgendeinen Ort verschleppt worden. Er suchte in der Wohnung nach Blutspuren oder Anzeichen für einen Kampf. Aber nein, keine Hinweise. Außerdem hatte sie Jarmy mit Whiskey traktiert. Zwei Gläser standen neben der Flasche. Keila hatte sie für den Haushalt gekauft.

Bunem hatte Angst, die Polizei würde ihn festhalten, ihn beschuldigen, wessen auch immer. Gojim bleiben Gojim, selbst in Amerika.

Bunem fiel wieder ein Zitat ein: »Wo Stätten der Gerechtigkeit sind, sind Gottlose.«

Die Polizei, die Richter, die Rechtsanwälte, alle waren auf Seiten der Schuldigen. Das ganze Rechtssystem war so ausgerichtet, dass es den Kriminellen alle Privilegien und den Opfern kein einziges zugestand.

Aber was sollte er den Nachbarn erzählen und Dr. Welcher oder dem Bäcker, wenn sie nach Keila fragten?

Bunem hatte zwar beschlossen, Keila ein für alle Mal aus

seinem Leben zu streichen, aber etwas in ihm hoffte immer noch, sie werde zurückkommen. Doch die Tage gingen dahin, und alles blieb, wie es war. Die Kälte kam, und eines Nachts fiel Schnee. Am nächsten Morgen schneite es weiter. Der Schnee war anders als der in Warschau, dicht und trocken wie Salz. In der Attorney Street häuften sich graue Schneehügel. Der Schnee lag auf den Dächern und den Feuerleitern.

Seit Keila fort war, aß Bunem nicht mehr zu Hause. Er fand ein billiges Café, in dem er frühstücken konnte. Jeden Morgen kaufte er sich jetzt außer der jiddischen auch eine englische Zeitung und sah zu seiner Überraschung, dass sie auf der ersten Seite und in großen Schlagzeilen über den Schnee berichtete. War Schnee in New York etwas ganz Neues?

Die amerikanischen Zeitungen berichteten seitenweise über Hochzeitsfeiern, Predigten von Pfarrern, gelegentlich sogar von Rabbinern, Europareisen reicher Leute. Verbrecher wurden abgelichtet und in Bildunterschriften wie Helden glorifiziert. Nachrufe beschrieben ausführlich Beruf und Jahreseinkommen des Verstorbenen. Der Sportteil der Zeitung umfasste viele Seiten, vor allem mit Nachrichten von Pferderennen. Eine Neuheit war das Kino, eine Art Theater mit bewegten Fotografien.

Die jiddische Zeitung war voller Berichte über Revolution, Streik und Auseinandersetzungen, aber in der amerikanischen Presse herrschte sonntägliche Ruhe. Gleich nebenan verteilten Missionare auf den Straßen Flugblätter über Jesus. Die Heilsarmee sang fromme Lieder. Die Zeitung machte Reklame für besonderes Hunde-, Katzen- und Papageienfutter und gab Ratschläge, wie Frauen Haare an Beinen und im Gesicht loswerden konnten.

Bunem hatte häufig das Gefühl, dass Amerika nicht nur ein anderer Kontinent war, sondern ein anderer Planet. Manchmal schrieben die Zeitungen von Geistern, die in Häuser einfielen, von Medien, die Tische schweben ließen, Trompeten dazu brachten, dass sie von allein tönten, aus dem Jenseits Leichen heraufbeschworen, die sich materialisierten und ihre Erfahrungen im Jenseits schilderten.

In New York gab es Viertel für Schwarze, Juden, Deutsche, Italiener. In Warschau hatte Bunem noch nie von Irland gehört, aber hier waren die Polizisten, die Feuerwehrmänner, die Bosse im Rathaus Iren. In diesem Amerika lebten Indianer, Mexikaner, Chinesen, Eskimos. Jedes Revier hatte seine eigenen Politiker, die ihren Wählern Vorteile verschafften. Gangster, Schieber und Mafiosi kontrollierten ganze Organisationen. Atheisten, Anarchisten, Anhänger verschiedener Sekten und Tierschützer hielten sonntags Reden im Freien und verteilten Flugblätter. Suffragetten demonstrierten für die Gleichberechtigung der Frauen.

»Oh, dieses Land werde ich wohl nie verstehen«, sagte sich Bunem. »Hier denkt man in anderen Begriffen.«

Wochen vergingen, und Bunem hörte nichts von Keila. Sie war für immer verschwunden. Auch von Solcha hörte er nichts. War sie wieder im Gefängnis? Hatte sie sich in einen anderen verliebt?

Er ging regelmäßig zu den Sugarmans, aber eines Tages sagte ihm Bessie, die Tochter, ihr Vater sei krank. Er habe plötzlich Fieber bekommen und liege im Bett. Der Arzt habe ihm verboten, seine Memoiren zu diktieren, auch Besucher dürfe er nicht empfangen. Der Patient brauche vollständige Bettruhe. Bessie wirkte besorgt. Sie riet Bunem, ein paar Tage später wiederzukommen und nachzufragen oder anzurufen.

Bunem hatte oft gehört, dass tiefe Vereinsamung den Geist belastet, aber wie schmerzhaft das sein kann, war ihm nie klar gewesen. Er verglich sich mit jenen Leichnamen, die durch das Chaos irren – in einem Geschichtenbuch hatte er davon gelesen. Jetzt lebte er ohne Hoffnung, ohne Ziel unter Fremden, Menschen, die er nicht kannte und mit denen er keine Verbindung aufnehmen konnte und wollte. Er war einundzwanzig und zog sich bereits zurück in die Vergangenheit wie ein alter Mann.

Wegen der Stürme auf See verzögerte sich die Post aus Europa, und Bunem erhielt keinen neuen Brief von Zirele. Die Kinder, mit denen er im Pentateuch las, kamen wegen des Schnees und der bitteren Kälte nicht mehr zum Unterricht. Die jiddische Zeitung berichtete, dass man viele Fabriken geschlossen hatte und dass in anderen die Löhne so niedrig und die Arbeitszeiten so lang waren, dass die Arbeiter streikten.

Die Armen suchten in den Mülltonnen nach Nahrung. Krankheiten brachen aus. Aus dem Totenhaus am East Broadway kamen unablässig Trauerzüge. Wohlhabende Damen organisierten Tänze und Bälle und spendeten die Einnahmen zu wohltätigen Zwecken, aber das linderte die Not nicht. Die reichen New Yorker Juden, die Schiffs und die Warburgs, versuchten den armen Juden aus Osteuropa zu helfen, aber die Anzahl der Magnaten war so klein und die der Arbeitslosen so groß, dass diese Hilfe nur ein Tropfen auf den heißen Stein war.

Baron de Hirsch hatte versucht, Juden in den kalten Regionen Kanadas anzusiedeln, aber ein Zeitungskorrespondent, der diese Dörfer und Kolonien besichtigt hatte, schrieb, der Boden sei sumpfig, und die jüdischen Bauern würden nach Winnipeg fliehen oder, wenn sie das Geld dafür hatten, weiter nach Toronto, Montreal, Quebec. Die Nachrichten von Baron de Hirschs Siedlungen in Argentinien waren nicht besser. Auch die Siedler in Palästina litten Mangel. Dort war sogar das Wasser knapp.

5.

Keila war nicht wiedergekommen, und Bunem hatte zwar beschlossen, die Polizei zu benachrichtigen, tat es aber nicht. Er erkundigte sich auch nicht nach Morris Sugarmans Zustand. Er wusste sehr gut, was es bedeutete, wenn ein alter Mann an Lungenentzündung litt.

Furcht und eine Passivität oder Trägheit, die er selbst nicht verstand, lähmten Bunem. Er war wie geistig paralysiert. Auf den Winter und den Frost hatte er sich nicht vorbereitet. Seine Wohnung war nicht geheizt. Einer seiner Nachbarn hatte erwähnt, dass das Haus für den Abriss vorgesehen sei. Die Vermieterin war eine alte, taube Witwe, die sich irgendwo verborgen hielt und nicht aufzufinden war. Die Mieter konnten nichts tun, nur fluchen. Manche zogen mitten im Winter aus. Sobald die Wohnungen leer waren, warfen die jugendlichen Randalierer die Fensterscheiben ein.

Nachts deckte Bunem sich mit seinem Mantel zu. Keila hatte etliche Jacken und eine Weste dagelassen, und diese Sachen wickelte er sich um die Füße. Er rechnete damit, dass auch er sich eine Lungenentzündung zuziehen würde, aber vorläufig hatte er nur Husten. Seine Nase war verstopft, der Kopf tat ihm weh, aber Fieber hatte er nicht.

Er unterrichtete immer noch die Jungen in der Rumanian Hometown Society. Einige Schüler blieben aus, aber andere waren zurückgekommen, weil sie sich auf ihre Bar Mitzwa vorbereiteten und Bunem mit ihnen die Segenssprüche und die Lesungen der wöchentlichen Abschnitte übte.

Die Jungen gähnten und spielten unter dem Tisch Karten. Was kümmerte sie irgendein Tempel, der vor 3000 Jahren erbaut und schon seit über 2000 Jahren eine Ruine war? Warum sollten sie sich für die düsteren Prophezeiungen der Plagen interessieren, die Ägypten, Babylon und Aram heimsuchten, oder für die über die Israeliten verhängten Strafen? Kein einziger Schüler hatte die Absicht, Gebetsriemen zu tragen oder die anderen Gesetze der Tora zu befolgen. Ihnen stand der Sinn nach Baseball und Football. Manche Jungen schlichen sich heimlich in die Varieté-Theater oder sogar in die Vergnügungshäuser an der Bowery.

Gott sei Dank war die Bibliothek geheizt, und Bunem konnte viele Stunden dort verbringen. Er las meist wissenschaftliche Abhandlungen zur Physik, Zoologie, Biologie, Astronomie und Geschichte, außerdem Reiseberichte. Er blätterte in den philosophischen Werken von Platon, Aristoteles, Spinoza, Kant und Schopenhauer. Die Bibliothek besaß Leibniz und Descartes in Übersetzungen und Hume, Locke und Hobbes in Originalausgaben, die jemand gespendet hatte. Jetzt konnte Bunem Malthus schon in der Originalsprache lesen. Dieser Denker sagte bittere Wahrheiten über die Welt und das Leben. Alles beruhe auf Kriegen, Epidemien, Hungersnöten, Morden. Dschingis Khan, Chmelnyzkyj, Napoleon und Bismarck hätten

Gott geholfen, die Menschenrasse in einer Art biologischem Gleichgewicht zu halten. Übeltäter und Tyrannen hatten wie Löwen und Tiger eine wichtige Mission hier auf Erden.

Darwin hatte all das in vielen Untersuchungen bis in Einzelheiten bestätigt. Das Gebot »Du sollst nicht töten« hatte ein Jude formuliert, nicht der Schöpfer hungriger Wölfe und zerfleischter Schafe. Alle Kommentare über Grundlagen der Ethik waren genau das – nur Kommentare –, denn solche Grundlagen gab es nicht und konnte es nicht geben.

Wenn es sich so verhielt, warum irrte er, Bunem, dann durch diesen Dschungel aus Raffgier, Fressen und Gefressenwerden? Was durfte er hoffen? Welchen Sinn hatte all sein Sehnen und Suchen?

Keila war zu ihrem Luden zurückgegangen. Solcha würde wahrscheinlich nach Amerika kommen, um weiter zu kämpfen für Gerechtigkeit, Freiheit, Gleichheit und andere derartige Ideale, die alle niemals Wirklichkeit werden konnten. Sie würde ohne Zweifel mit ihm Kinder haben wollen, um die Qual des Daseins zu verlängern und zu vermehren.

Aber er hatte kein Bedürfnis, neue Generationen von Wölfen und Schafen in die Welt zu setzen. Sollen doch die Diebe und Mörder sich gegenseitig in Stücke reißen, so wie die Narren, die unerschütterlich an jedes leere Schlagwort, jede falsche Theorie glauben.

Nun ja, aber wer oder was waren der Gott oder die Natur, die all dies zusammengebracht hatten? Welche Kräfte sicherten diese Ordnung? Was waren die Strahlen, die das Element Radium über Jahrhunderte emittierte? Wohin verschwanden all diese Sterne, Galaxien und Nebel? Wer und was war sein, Bunems, Hirn? Wie funktionierte es?

Und so passierte es dann:

Am Morgen eines milden Wintertags fiel nasser Schnee, der schnell schmolz. Später lösten sich die Wolken auf, und die Sonne kam durch – hell und blendend. Bunem hatte schon fast vergessen, dass es sie gab. Er hatte zu lange über den Büchern gesessen, und jetzt tanzten ihm schwarze Flecken vor den Augen. Seine Beine fühlten sich steif und kraftlos an. Am Abend machte er einen Spaziergang. Er wanderte ziellos umher und las Schilder. Sie erinnerten ihn an das Englisch, das er lernte: Hier und da entdeckte er auch ein jiddisches, meist fehlerhaft geschriebenes Schild.

Er fand sich in irgendeiner Straße wieder und sah Keila. Er war so in Gedanken versunken, dass er im ersten Moment gar nicht wahrnahm, was sich vor seinen Augen abspielte. Sie stand neben einem Korb mit Brötchen, in dem eine Frau herumkramte. Aber dann wurde ihm bewusst, was er sah. War es eine Halluzination? Sein Herz tat einen Sprung und schien dann auszusetzen.

Er stand da und schnappte nach Luft. Er war sicher gewesen, dass sie sich wieder als Prostituierte durchschlug. Doch sie sah irgendwie anders aus. Sie trug ein Kleid, das er nicht kannte, aber sie war es. »Oder ich träume«, sagte er sich.

Die Frau war offenbar zu wählerisch, denn Keila verlor die Geduld und riss ihr das Brötchen aus der Hand. Bunem lachte in sich hinein, und zugleich liefen ihm Tränen über die Wangen. Gott im Himmel, geweint hatte er schon seit Jahren nicht mehr. Das Heulen war ihm überhaupt nicht gegeben. Aber plötzlich wurde sein Gesicht nass und heiß. Schnell griff er sich ein Taschentuch und wischte sich Augen und Wangen.

Er näherte sich dem Korb auf zittrigen Beinen und fragte mit erstickter Stimme:

»Was kostet ein Brötchen?«

Keila sah auf und stieß einen Schrei aus:

»Bunem?«

Sie schlug die Hände zusammen, und ihr Gesicht verzerrte sich. Auch in all seinem Elend schämte sich Bunem noch, weil die Leute stehen geblieben waren und ihnen zusahen.

Nebel oder Knoblauchdünste trübten seine Augen. Er hörte sich sagen:

»Mach keine Szene. Komm, wir gehen irgendwohin.«

»Meine Güte, meine Güte!«

Sie standen auf einer Straße irgendwo in Downtown New York, aber in Keilas Stimme war pure Krochmalna-Straße. Auch der Geruch der Brötchen war wie zu Hause in Warschau. Der Tag war vorbei, aber es war noch nicht Nacht. Eine blaue Dämmerung hüllte alles und alle ein. Lastwagen und Droschken rollten durch den Schneematsch. Von Zeit zu Zeit kam ein Automobil vorbei. Die Straßenlaternen schalteten sich von selbst ein. Die Geschäfte in dieser Straße verkauften Woll- und Baumwolldocken, Stoffreste, Schuhe, Kurzwaren aller Art. Es roch nach Pferdemist und Benzin. Ein gelblicher Himmel hing über den flachen, schneebedeckten oder regennassen Dächern. Irgendwo brummte eine Maschine. Jemand spielte eine Melodie auf einer amerikanischen Drehorgel. Ein Hund, der an einem Schlammklumpen oder einem Hundehaufen schnuppern wollte, wurde von seinem Herrn an einer Leine weggezerrt.

Keila lief mit ihrem Brötchenkorb los, und Bunem lief hinterher. An der Ecke röstete jemand Maronen über qualmenden Kohlen. In einem Metzgerladen zersägte ein Schlachter einen Knochen mit einer Säge, die in Warschau ganz unbekannt war. Dort zerhackte man die Knochen mit einem Beil. Bei einem Barbier ruhte ein Mann mit einem weißen Tuch bedeckt in einem Stuhl und ließ sich rasieren. Ein Junge fegte die abgeschnittenen Haare mit einem Strohbesen zusammen. Keila blieb vor einer Kneipe stehen und sagte:

»Hier rein. Komm.«

Sie öffnete die Tür, und er betrat eine Kneipe, in der Musik zu hören war und Betrunkene grölten. Jemand spielte Klavier. Kellner mit weißen Schürzen hasteten hin und her und verteilten riesige Krüge mit Bier. Stämmige, deutschsprechende Männer und Frauen saßen an langen Tischen, tranken Bier, kauten auf dicken weißen senfbeschmierten Würsten herum und sangen deutsche Lieder. Neben den Tischen standen große Hunde und warteten auf Essensreste.

An den Wänden hingen Hirschgeweihe, Kaiserporträts, Bilder von Berglandschaften, Heuwagen und Rindern sowie Jagdszenen. Ein Kellner kam und erklärte Keila in gebrochenem Englisch, dass Hausierer hier nicht geduldet würden, aber sie antwortete auf Jiddisch:

»Ich will hier nichts verkaufen, ich möchte was trinken.«

Sie deutete auf Bunem, und nach einigem Zögern führte der Kellner sie zu einem mit einem roten Tuch gedeckten Ecktisch. In einem Aschenbecher lag eine halb gerauchte Zigarre.

Bunem fragte:

»Was war los? Wohin bist du gegangen?«

Er klang, als würde er sich an seinen eigenen Worten verschlucken.

Keila saß lange Zeit stumm da. Es war so dunkel, dass er ihr Gesicht nicht richtig sehen konnte. Der Raum, in dem sie saßen, oder vielleicht auch andere Räume hallten wider von einer Mischung aus Rufen, Singen, dröhnenden Männer- und schrillen Frauenstimmen. Hier wurde ein Gelage abgehalten oder eine deutsche Festivität gefeiert.

Bunem hörte Keila sagen:

»Bunem, ich bin unrein.«

»Was meinst du damit?«

»Er hat sich auf mich geworfen und mich vergewaltigt. Du hättest nicht weggehen und mich mit ihm allein lassen dürfen.«

Bunem ließ den Kopf hängen.

»Du hast Whiskey mit ihm getrunken.«

»Er hat mich abgefüllt und besprungen wie ein Vieh. Ich bin – wie sagt man – besudelt.«

»Du bist mit ihm gegangen, oder?«

»Bei dir konnte ich nicht mehr bleiben. Ich hatte dir geschworen, dass mich nie mehr ein anderer Mann berühren würde.«

»Bist du mit ihm zusammen?«

»Er ist im Spital. Jemand hat ihn niedergestochen.«

»Wer?«

»Ein anderer Lude.«

»Hast du dein altes Leben wieder angefangen?«

»Er hat das so gewollt.«

»Warum bist du mit ihm gegangen?«

»Bunem, es ist aus. Meine Mutter hat immer gesagt: ›Aus einem Schweinsohr kann man kein Seidentäschchen machen.‹«

»Du hast mit ihm gelebt, was?«

»Nein. Ja.«

»Auch mit anderen?«

»Nein.«

»Nu –«

»Bunem, ich bin kein Mensch,« sagte Keila.

»Was denn sonst?«

»Eine Hure, eine Schlampe und alles. Schwanger bin ich auch.«

Bunem sagte lange kein Wort.

»Woher weißt du das?«

»Meine Periode ist ausgeblieben.«

Bunems Kehle war so trocken, dass er die Worte kaum herausbrachte.

»Von ihm, was?«

»Von ihm oder von dir. Überfällig war ich schon vorher.«

6.

Keila trank den Whiskey, den der Kellner ihr gebracht hatte. Sie schluckte, ohne abzusetzen. Nach einer Weile leerte sie auch das Glas, das Bunem sich bestellt hatte. Sie sagte:

»Bunem, ich trink nicht mehr, ich traue mich nicht. Wenn ich saufe, werde ich wie ein Vieh, ich vergesse alles. Ich hatte immer eine Flasche in Reserve und hab heimlich dran genippt. Aber als er kam und anfing, über Warschau und dies und das zu reden, über Itsche Einauge und Schmuel Schmand, den Platz und den Ganoventreff, da ist mir so wehmütig geworden, dass ich die Flache rausgeholt habe.«

»Andere Männer hattest du auch, oder?«

»Nein, nur ihn. Ich hab so viel getrunken, ich konnte mich nicht mehr auf den Beinen halten. Darauf hatte er bloß gewartet. Ich hab mir das Messer geschnappt, aber er hat's mir weggenommen. Hat mich auf den Boden geworfen und mich geschändet. Darum bin ich unrein. Als mir das klargeworden ist, bin ich mit ihm gegangen. Er hat mich weggezerrt wie die Kuh zum Schlachter.«

»Wollte er, dass du's auch mit anderen treibst?«

»Versucht hat er's, aber das konnte ich nicht. Er hat eine andere angemacht, aber die gehörte dem andern Luden. Der hat's ihm mit dem Messer heimgezahlt.«

»Du hast recht – du bist ein Unmensch.«

»Bunem, ich sterbe bald.«

Bunem zuckte zusammen.

»Bist du krank?«

»Nein, aber ich will nicht mehr leben. Ich will das Kind nicht. So eine wie ich hat kein Recht, Mutter zu sein. Ich will keinen Bankert zur Welt bringen. Ich hab an dich gedacht. Jede Minute hab ich an dich gedacht. Aber ich habe mir befohlen: ›Keila, lass ihn in Ruhe.‹ Ist Solcha schon da?«

»Nein, nein.«

»Schreibt sie dir?«

»Ich habe nichts von ihr gehört.«

»Sie wird schon kommen. Früher wollte ich mal euer Dienstmädchen sein und ihr die Tasche tragen, aber das hier ist ein komisches Land. Ich gehe auf die Straße, und es ist keine Straße. Ich gehe in eine Kneipe, und es ist keine Kneipe. Dieses Englisch kann ich nicht lernen. Sie sprechen ja nicht, sie bewegen nur den Mund wie Fische. Der Whiskey ist kein Schnaps. Er gibt mir keinen Kick. Ich laufe rum wie im Traum. Das Essen hat keine Würze. Hier will ich nicht begraben sein. Eine Beerdigung hier ist keine. Wenn ich Geld hätte, würde ich wieder nach Warschau zurück und mir da eine Grabstatt kaufen. Könnte ruhig hinter dem Zaun sein. Besser dort hinter dem Zaun als hier in der ersten Reihe. Hier ist kein Gott.«

»Wenn Er existiert, muss Er auch hier sein.«

»Nein, hier ist der Himmel anders. Die Juden hier sind keine Juden. Nicht mal die Christen sind Christen. Irgendwie ist alles anders hier, wie aus einem Märchenbuch. Manchmal wache ich in der Nacht auf und kriege keine Luft. Jarmy ist ein Säufer geworden. Er steht morgens auf und sagt: ›Keila, ich geh mir den Mund spülen.‹ Er gießt sich ein Glas voll Whiskey und trinkt aus. Er spricht nicht mehr, sondern schnattert wie ein Affe, stellt die Worte auf den Kopf.

Ich hätte längst Schluss gemacht mit dem ganzen Elend, bloß will ich nicht, dass meine Knochen hier verrotten. Ich will mir das Fahrgeld zusammensparen, deshalb verkaufe ich Brötchen auf der Straße. Jeder Tag zieht sich hin wie ein ganzes Jahr. Ich gehe ihn im Krankenhaus besuchen, und er liegt da, von Kopf bis Fuß in Verbände gewickelt. Nur ein Auge guckt raus. Das Zimmer ist groß wie ein Wartesaal im Bahnhof, voller Betten, und überall Stöhnen und Schreien. Einer hat so einen Rabatz gemacht, dass man nicht mehr hören konnte, was die Patienten sagen. Sie holen sie weg, um was an ihnen zu operieren. Sie stecken ihnen Schläuche in die Nase. Es ist schlimmer als das Swiętokrzyska-Spital. Einmal bin ich hingegangen und hab eine Hure besucht, der das Fleisch in Fetzen von den Knochen fiel. Die Schwester hat ihr ein Brötchen gegeben, und als sie reinbiss, sind zwei Zähne drin steckengeblieben. Bunem, ich kann nicht glauben, dass ich wirklich mit dir hier sitze. Wie hast du mich bloß gefunden?«

»Ich bin nur spazieren gegangen, und auf einmal hab ich dich gesehen.«

»Das muss Gott so eingerichtet haben. Ich wollte immerfort zu dir kommen, aber ich wusste den Weg nicht. Ich hab vergessen, wie die Straße heißt. Nachts habe ich wach gelegen und wollte mich unbedingt erinnern. Mir ist fast der

Kopf geplatzt. Ich habe Jarmy gefragt, aber er hat's mir nicht verraten. Das ist wirklich wahr.«

»Attorney Street.«

»Meine Güte! Ach du meine Güte! Schreib's mir auf. Wenn ich das Stück Papier vorzeige, werden's die Leute schon wissen. Ich wollte noch mal zum Abschied zu dir kommen, bevor ich abkratze oder verschwinde. In Warschau habe ich nie einen Straßennamen vergessen. Ach, jetzt weiß ich ihn schon wieder nicht mehr. Wie war der Name, was hast du gesagt?«

»Attorney Street.«

»Das kann ich nicht nachsagen, nicht, um mein Leben zu retten. Solche Namen gehen mir zum einen Ohr rein und zum anderen raus. Schreib es mir auf.«

»Ich habe nichts zum Schreiben bei mir.«

»Wenn wir hier weggehen, kaufen wir einen Stift und ein Notizbuch, und du schreibst alles auf. Wohin geht man hier, wenn man eine Fahrkarte nach Warschau kaufen will?«

»Es gibt Geschäfte, die Fahrkarten verkaufen, Reisebüros nennt man sie.«

»Was? Wo sind die? Hier muss man lesen können. Wenn du das nicht kannst, weißt du nicht, was wo ist. Hier sehen alle Straßen gleich aus. Den Weg zum Bäcker und wieder nach Hause zurück hab ich gelernt. Ich habe mir Wegmarken gemerkt – hier war eine Pferdetränke und da ein Tor, hinter dem die Feuerwehrwagen stehen. Innen im Hof ist eine Art Stange, und wenn irgendwo ein Feuer ist, rutschen sie an der Stange von oben runter. Ach, hier ist alles so anders! Seit ich dich verlassen habe, ist in meinem Kopf alles durcheinander. Deinen Nachnamen habe ich auch vergessen. Ich weiß nur noch, dass du Bunem heißt.«

»Tomaszower.«

»Du meine Güte, wie konnte ich das bloß vergessen? Ich habe sogar einen Onkel in Tomaszow, den Onkel Getzel. Alles hab ich vergessen. Als Jarmy gekommen ist, hat er mich an die Namen erinnert. Hier bin ich wie benebelt. Ich liege im Bett und alles dreht sich. Ist das eine Krankheit? Dreh ich vielleicht durch? Ja, ich bin meschugge.«

»Nein, Keila.«

»Was bin ich denn dann?«

»Verwirrt.«

»Was? Mit dem Geld kenn ich mich auch nicht aus. Ich gebe Wechselgeld raus, und der Kunde sagt, das reicht nicht. Manchmal, wenn einer ehrlich ist, gibt er mir auch einen Penny oder zwei zurück. Ich wollte Leute nach dem Weg zu dir fragen, aber wie kann irgendeiner in dieser riesengroßen Stadt wissen, wo jemand mit Namen Bunem wohnt? Ach, es ist zum Lachen. Irgendwie ist es wie die Geschichte von Herschele Ostropoler[1]. Nein, das war Joseph Noodle. Er ist auf die Straße gegangen und hat seinen eigenen Namen vergessen. Die Geschichte hat mir jemand vorgelesen, als ich noch klein war. Jarmy ist besoffen wie Lot, aber er vergisst nichts. Das kommt alles von der Angst und der Sehnsucht. Drüben in Warschau war ich eine erwachsene Frau. Hier bin ich wieder ein Kind. Wie ist das möglich?«

»Alles ist möglich.«

»Du liest Bücher und du weißt alles, aber ich weiß nichts. In Warschau habe ich jeden Kieselstein gekannt. Hier ist es,

---

1 Herschele Ostropoler, ein jüdischer Till Eulenspiegel, lebte in der zweiten Hälfte des 18. Jahrhunderts

als wäre alles ins Meer gefallen. Solange ich mit dir zusammen war, habe ich mich irgendwie durchgeschlagen, Aber seit Jarmy mich weggeschleppt hat, ist mein Kopf ganz leer. Den Weg ins Spital würde ich auch nicht finden, aber bei uns im Haus wohnt eine Frau, deren Mann schon seit Monaten dort liegt. Er ist gelähmt, und bald werden sie ihn wohin bringen, wo kein Doktor und keine Medizin mehr helfen können. Sie nimmt mich mit ins Spital und ich gehe auch mit ihr zurück. Sie liegen da in dem Spital, und jeder schreit und jammert in seiner eigenen Sprache. Der eine Englisch, andere Italienisch, Russisch, Polnisch. Ein Schlitzauge war auch da. Hier haben die Schlitzaugen keine Zöpfe. Gelb sind sie immer, und wenn sie krank werden, doppelt so gelb. Die Augen sind schräg wie zwei schiefe Schlitze. Seine Frau hat ihn besucht, und sie haben sich in ihrer Sprache unterhalten, immer nur durch die Nase geschnieft. Dass die sich verstehen können, ist ein Wunder. Bunem, du hast mir mal versprochen, dass du Kaddisch für mich sagst, wenn ich tot bin.«

»Ich will auch nicht mehr leben.«

»Was? Warum nicht? Bald kommt Solcha zu dir, und dann fängst du erst an zu leben!«

»Nein, Keila.«

»Warum nicht?«

»Ach, es hat keinen Sinn.«

»Was willst du denn machen?«

»Mit dir zusammen sterben.«

7.

Sie saßen stumm da und lauschten dem Lärm der Deutschen an den langen Tischen. Keila fragte:

»Bunem, warum sagst du das? Du bist jung. Du fängst gerade an zu leben.«

»Keila, ich bin alles so leid.«

»Was willst du tun?«

»Ein Ende machen.«

»Bunem, dann will ich, dass du mich zuerst umbringst.«

»Ja, vielleicht.«

»Oh, die Brötchen! Wenn ich hier noch lange sitze, werden sie kalt, und keiner kauft sie mehr. Ruf den Kellner. Draußen ist es schon dunkel.«

Keila begann, nach dem Kellner zu rufen. Sie versuchte, für die Getränke zu bezahlen, aber Bunem fischte schnell ein paar Münzen aus seiner Tasche. Der Kellner grinste höhnisch und behandelte die beiden unbedarften Neulinge mit ihrem Jiddisch verächtlich. Er bedankte sich nicht mal für das Trinkgeld. Keila nahm ihren Korb, und Bunem folgte ihr auf die Straße.

Nasser Schnee fiel, und die schweren Flocken schmolzen, sobald sie auf das Pflaster trafen. Warme Luft mischte sich mit kalten Böen, die durch die engen Straßen fegten und nach Meer und Fischen rochen.

Bunem versuchte, den Straßennamen zu lesen, aber seine Augen sahen nur verschwommene, körnige Bilder. Er fragte Keila nach ihrer Adresse, und sie sagte einen Namen, der in seinen Ohren wie zwei in gebrochenem Englisch artikulierte Wörter klang. Keila sagte:

»Ich bleib schon hier mit den Brötchen. Die sind meine Buße. Was willst du von mir?«

»Komm mit zu mir.«

»Morgen muss ich zu ihm ins Spital. Wenn ich nicht komme, geht er in die Luft. Ich habe Angst, dass er ein Auge verliert.«

»Wie heißt das Spital?«

»Wie? Ich hab's gewusst, aber ich kann's mir nicht merken. Es ist ein jüdisches Spital. Warte, irgendwo hab ich ein Stück Papier. Ein Polizist ist gekommen und hat alles aufgeschrieben. Er braucht mich als Zeugin. Die Leute im Spital haben mir so was wie eine Karte gegeben. Alles auf Englisch. Wenn du hier nicht lesen kannst, wärst du besser tot.«

»Ich lese dir alles vor, aber nicht auf der Straße.«

»Weißt du denn den Weg zu mir? Ich habe es irgendwo auf Papier – die Vermieterin hat es mir aufgeschrieben. Die Brötchen müssen wir jetzt selber essen.«

Aber als Keila das sagte, kam eine Frau und kaufte ihr ein paar Brötchen ab. Bald stellten sich auch andere Kunden ein. Keila setzte den Korb auf dem Bürgersteig ab, und Bunem ging ein wenig beiseite.

»Sterben werde ich ohnehin, was macht es jetzt noch für

einen Unterschied?«, dachte er und rückte sich seine lächerliche Situation im Kopf zurecht. Alkohol war er nicht gewohnt, und obwohl er nur einen Tropfen Whiskey probiert hatte, schwindelte ihm, als wäre er betrunken.

Den Weg zur Attorney Street wusste er auch nicht mehr. Er hielt einen Mann an, der eine jiddische Zeitung trug, und der sagte:

»Ein Neuer, was? Frisch vom Schiff? Nach rechts, dann nach links in die Grand Street, und von da …«

»Von da find ich mich schon zurecht. Danke.«

»Wo kommen Sie her, aus Polen?«

»Aus Polen, ja.«

»Die Russkis, die Diebe, quälen die Juden weiter, wie?«

»Ja, wie immer.«

»Hier gibt es keine Antisemiten. Hier sind alle gleich. Wenn hier der Präsident was sagt, was nicht recht ist, dann schicken sie ihn zur Hölle und suchen sich einen anderen. Hier kann ein Jude mit erhobenem Haupt gehen.«

»Ja, mag sein.«

»Ist das Ihre Frau?«

»Ja.«

»Wo haben Sie so eine Hübsche gefunden? Noch in der alten Heimat?«

»Ja.«

»Sie ist der Verdiener, wie? Ich kaufe ihr ein paar Brötchen ab.«

Der Schnee wurde trockener und fiel dichter. Als Keila weiterging, kauften die Leute ihre Brötchen. Bunem hatte den Eindruck, dass die Männer sie unverhohlen lüstern anschauten. Keilas ganzes Elend hatte ihr Aussehen nicht verändert. Das rote Haar, die grünen Augen und die blendend weiße Haut waren wie Farben auf einem Gemälde.

Keila redete laut, um den Wind zu übertönen.

»Was sagst du dazu? Sie schnappen mir die Ware weg. Der Korb ist schon ganz leicht. An Tagen wie heute werden die Leute hungrig. Ich verrat dir was: Manchmal kommen Leute zu mir, die keine Arbeit haben und nicht zahlen können. ›Flaute‹ nennt man das hier. Ich gebe ihnen ein Brötchen umsonst. Mein Leben ist schon für alle Zeiten kaputt. Nach Amerika nachgekommen ist es mir, mein elendes Pech. Und es hört nicht auf. Ich wollte gut zu Jarmy sein, damit er mir vielleicht doch den Scheidebrief gibt, aber er ist so mies geblieben, wie er war. Hat mir das Messer aus der Hand gerissen, und ich dachte, das ist mein Ende. Hätte Gott es gewollt, dann hätte er mich erstochen. Dann wäre ich besser dran. Den Scheidebrief wird er mir nie geben. Er erzählt immerfort, wie sehr er mich liebt. Was für eine Liebe soll das sein? Er wollte mich auf die Straße stellen, zu all den Pennern und Säufern. Ein Zuhälter ist er. Ein Schwein. Hätte der andere ihn doch um Gottes willen kaltgemacht. Dann wäre ich frei. Bunem, ich möchte nicht mit dir gehen. Ich bin unrein, besudelt.«

»Wenn er dir Gewalt angetan hat, dann bist du nicht unrein. Außerdem bist du nach dem Gesetz seine Ehefrau.«

»Was? Du weißt alles, und ich weiß nichts. Ich will sein Kind nicht. Wenn es ein Bankert ist, will ich lieber eine Fehlgeburt haben.«

Sie waren in der Attorney Street angekommen, und Keila sagte:

»Es war gar nicht so weit. Wenn mir bestimmt ist, noch

ein paar Jahre zu leben, dann würde ich gern Lesen lernen. Aber es ist schon zu spät, zu spät.«

Sie gingen die Treppe hinauf. Keila sagte:

»Der Korb ist fast leer. Nur drei Brötchen hab ich noch.«

Bunem schloss die Tür auf, und ein Schwall kalter Luft kam ihnen entgegen. Keila blieb einen Moment stehen und betrachtete die Wohnung.

»Kalt wie ein Eishaus. Ach, Bunem, ich hab gedacht, dieses Haus würde ich nie wiedersehen!«

»Mach die Tür zu. Die Nachbarn müssen nicht alles hören.«

»Hier ist es schlechter als in Nummer 8!«

»Ja, es ist kalt.«

»Warte, ich zünde das Gas an.«

Bunem hatte beschlossen, sie nie wieder anzurühren, aber plötzlich war er überwältigt von heftiger Leidenschaft und begann, sie zum Bett zu drängen. Sie sagte:

»Lass mich los, ich bin unrein.«

»Nein, ich liebe dich.«

ELFTES KAPITEL

1 .

Nach dem Purimfest telegrafierte Solcha, sie sei in Hamburg und auf dem Weg nach Amerika. Am Kai traf Bunem Solchas Großonkel Sam Buchbinder, den jüngeren Bruder ihres Großvaters, der vor gut vierzig Jahren nach Amerika ausgewandert war.

Solchas Großvater lebte nicht mehr. Sein Vater, Solchas Urgroßvater, Reb Ezekiel, hatte als älterer Mann wieder geheiratet, ein achtzehnjähriges Mädchen, und mit dieser zweiten Frau einen Sohn bekommen, Schmul Feivel, der in Amerika Sam genannt wurde. Sam hatte kein Torastudent werden wollen und war in Warschau Zimmermann geworden. In New York hatte er ein Möbelgeschäft aufgemacht, das Möbel auf Kredit verkaufte. Er war auch ins Antiquitätengeschäft eingestiegen und Fachmann für die Restaurierung alter Tische, Stühle, Schränke, Kommoden, Betten, sogar für Klaviere und Flügel.

Noch in Warschau hatte er ein Mädchen geheiratet, das in der polnischen sozialistischen Partei, dem *Proletariat*, aktiv gewesen war. Die Russen henkten die Mitglieder dieser Partei (der ersten wie der zweiten, die beide *Proletariat* hießen), und Fräulein Tamara, die Tochter reicher Eltern, musste aus Warschau fliehen. Zu jener Zeit kam es selten vor, dass ein Mädchen sich einer sozialistischen Gruppe anschloss, und so gut wie nie, dass eine junge Jüdin aus einem chassidischen Elternhaus Sozialistin wurde. Tamaras richtiger Name war Reitze Termerl. In New York gebar sie Sam drei Töchter und starb dann an einer Grippe oder vielleicht auch an einer Lungenentzündung. Mittlerweile hatten die drei Töchter selbst schon Ehemänner und Kinder.

All das erzählte Sam Bunem, während sie beide am Kai darauf warteten, dass Solchas Schiff anlegte. Als Sam nach Amerika ging, war Solchas Vater Jakob noch ein Schuljunge. Jonkele hatte man ihn genannt. Er, Sam, habe vor wenigen Wochen zum ersten Mal von Solcha gehört. Mit seiner Familie in Polen habe er nie Briefe gewechselt.

Es stellte sich heraus, dass Sam Buchbinder in derselben Gegend ein Haus besaß wie der inzwischen verstorbene Morris Sugarman. Er kannte sogar dessen Tochter Bessie.

Sam Buchbinder hatte das Möbelgeschäft seinem ältesten Schwiegersohn übergeben. Von den anderen beiden war der eine Ingenieur geworden, der andere Zahnarzt. Er selbst, Sam Buchbinder, hatte nach dem Tod seiner Frau nicht wieder geheiratet. Wie er Bunem anvertraute, hatte er in den letzten zwanzig Jahren mit seinem Dienstmädchen gelebt, einer Nichtjüdin mit Namen Patricia, Tochter eines armen Farmers in New Jersey.

Die jiddische Zeitung las er trotzdem, und von Zeit zu Zeit ging er auch zu jüdischen Zusammenkünften und Maskenbällen, die jüdische Wohltätigkeitsvereine veranstalteten. Er hatte Kontakt mit den Anarchisten in New York aufgenommen und nahm an ihren Jom-Kippur-Bällen teil.

Sam Buchbinder war klein. Er war schon beinahe siebzig, sah aber jünger aus. Obwohl er sich bereits aus seinen Geschäften zurückgezogen hatte, restaurierte er ab und zu noch altes Mobiliar für wohlhabende Haushalte. Er erzählte Bunem, dass er in den Häusern von Amerikas größten Millionären gearbeitet habe. Er tat es weniger um des Geldes willen als aus Liebe zu seinem Handwerk, das sehr viel Geduld und die Kenntnis verschiedenster Hölzer und Lacke verlangte. Sogar ins Weiße Haus hatte man ihn eingeladen.

Sam Buchbinder hatte in seiner Brusttasche einen Packen Briefe von berühmten Amerikanern oder ihren Frauen. Er erzählte Bunem, er sei ein eingefleischter Atheist. Er gebe sich zwar mit Radikalen ab und unterstütze ihre Sache, aber er glaube weder, dass den Armen zu helfen, noch dass Freiheit und Gleichheit erreichbar seien. Er sagte:

»Ich kenne die Menschen, und ob ich sie kenne. Was sie aufbringt, ist der Neid. Wenn man sie ließe, würden sie sich gegenseitig die Augen auskratzen. So, wie es der Text sagt, aber wo oder was genau, habe ich schon vergessen.«

»Einer will den andern lebendig verschlingen«, zitierte Bunem.

»Wie? Du hast die Heilige Schrift noch im Kopf. Wir hier in Amerika haben schon alles vergessen. Wir hatten keine Zeit und keine Geduld dafür. Ich gehe manchmal zu den Anarchisten. Ich spende ein paar Dollar. Ein Goi ist dabei, der besser Jiddisch gelernt hat als jeder Jude. Sie geben eine Zeitung heraus, die hole ich mir jede Woche. Ihr Anführer,

Kropotkin, lebt in London. Ein kluger Kopf, aber er macht die Rechnung ohne den Wirt, wie man so sagt.

Ich gehe zu den wichtigsten Leuten, um ihr Mobiliar zu restaurieren. Ich esse auch bei ihnen, und wenn es sich so ergibt, bleibe ich sogar über Nacht. Sie reden mit mir wie mit ihresgleichen. Über dies und das. Jesus habe die Antwort gefunden, aber wir Juden seien halsstarrig. Ich erkläre ihnen ganz offen: Die Wahrheit hat keiner gefunden. Moses nicht und Jesus nicht und dieser – wie heißt er noch? – Karl Marx auch nicht. Wie ist diese Solcha eigentlich?«

»Sie ist eine von deiner Art.«

»Von meiner?«

»Sie wünscht sich eine bessere Welt.«

»Wünsche – weiter wird sie es nicht schaffen. All die Neuen, die rüberkommen, machen zuerst große Worte. Hier in Amerika ist der Dollar Gott. Hier ändern sich die Leute. Kaum drei Monate vergehen, und sie jagen dem allmächtigen Zaster gieriger nach als alle Alteingesessenen. Sie vergessen ihre ganzen schönen Reden. Sobald sie ein paar Dollar in der Hand haben, ziehen sie nach Uptown, wo die Gojim und die deutschen Juden wohnen. Ihre Kinder wachsen ganz unjüdisch auf. So dreht sich Fortunas Rad. Womit verdienst du denn hier dein Geld?«

Bunem sagte es ihm.

»Und damit willst du eine Frau ernähren? Hier ist ein Hebräisch-Lehrer schlechter dran als in der alten Heimat. Mit der Arbeit steht es auch mies. Du kannst zwanzig Jahre in einer Fabrik arbeiten, danach schmeißen sie dich raus und erzählen dir, du sollst deinen Lebensabend in Ruhe genießen. Wenn du's hier zu was bringen willst, musst du Unternehmer werden. Auch wenn du klein anfängst. Aus kleinen werden große Unternehmen, aber wenn du für andere arbeitest, bleibst du arm.

Und wie sind sie alle reich geworden? Jeder packte sich seine Kiepe auf und ging hausieren. Ein Hausierer verdoppelt sein Geld. Nicht weit von hier ist eine Straße, die Schweinemarkt heißt. Dort stehen Arbeitsuchende herum. Ein Schneider mit seiner Nähmaschine. Ein Zimmermann mit seiner Säge, ein Schuster mit seinem Leisten.

Arbeitsvermittler kommen und schleppen die Neulinge ab in die Fabriken. Solange die Geschäfte gut gehen, können sie sich ihre paar Dollar verdienen. In den Sweatshops, wie das hier heißt, den Ausbeuterbetrieben, arbeiten sie Tag und Nacht. Die Frauen nehmen Kostgänger auf. Wer zu weit entfernt wohnt, schläft im Betrieb. Wenn Flaute herrscht, können sie sich bald kein Stück Brot mehr von ihrem Lohn kaufen. Jetzt gibt es Gewerkschaften, die wollen die Lage verbessern, aber helfen wird das nicht. Die Arbeiter bleiben immer die Armen. Deshalb sage ich: Mach ein Geschäft auf.«

»Was für ein Geschäft?«

»Versuch's mit Hausieren. Wohl wahr, es gibt schon mehr Hausierer als Kunden, aber früher oder später verdienen sie alle genug zum Leben. In Staten Island kann man noch mit der Kiepe gehen. Oder du kannst nach New Jersey fahren oder was weiß ich wohin. Hier musst du dich nicht schämen. Wenn du nach Amerika kommst, musst du dir als Erstes alle Scham abgewöhnen. Ah, jetzt gehen die ersten Passagiere von Bord! ...«

2.

Bunem hatte geplant, Solcha in seine Wohnung an der Attorney Street mitzunehmen, aber Sam Buchbinder fand, es sei nicht recht, dass Verlobte zusammenlebten. Er mietete eine Droschke und fuhr mit Bunem und Solcha zu seiner Wohnung.

Solcha sah wirklich aus wie jemand, der aus Sibirien geflohen war – eingepackt in einen schweren Mantel mit Schaffellkragen, eine Art Mütze und Stiefel. Sie wirkte kleiner, als Bunem sie in Erinnerung hatte, und älter.

Sie trug einen schweren Koffer, der den Zollbeamten, hätten sie ihn geöffnet, Grund genug geliefert hätte, sie auf der Stelle nach Russland zurückzuschicken. Im Koffer waren Bücher von Proudhon, Bakunin, Kropotkin und Max Stirner, außerdem alle möglichen Flugblätter in russischer, polnischer und deutscher Sprache.

Kaum saß Solcha in der Droschke, begann sie, Amerika zu kritisieren. Solcha war zweiter Klasse gereist. Ihre Mutter war zum Abschied von Warschau nach Hamburg gekommen und hatte die Ausgaben übernommen. Außer dem Koffer, den sie trug, waren noch Kartons mit Kleidung, Bettzeug und allen möglichen Kleinigkeiten zu transportieren, die die Mutter als Gepäck mitgeschickt hatte.

Es war ein weiter Weg vom Kai der Hamburg-Amerika-Linie bis zur Ecke Twentieth Street und Madison Avenue, wo Sam Buchbinder wohnte, und Solcha redete die ganze Zeit, erzählte alle möglichen Episoden und predigte Anarchismus.

In dem Dorf in Nordrussland, wohin man sie verbannt hatte, konnte kein Bauer lesen und schreiben. Alle waren verlaust. Schwärme von Wanzen verbargen sich in den Strohdächern der Hütten und überfielen die Bauern nachts in Heerscharen. Fußböden und Öfen waren voller Kakerlaken, und die Bauern versuchten gar nicht erst, sie auszurotten. Nach jedem Attentat, jeder Andeutung eines Aufruhrs wurden Unschuldige zu Tausenden und Abertausenden inhaftiert. Die Gefängnisse waren überfüllt. Die Verbannten mussten auf dem Weg zu ihrem Bestimmungsort bewacht werden, und da es nicht genug Polizisten dafür gab, wurden mit Stöcken bewaffnete Alte als Bewacher eingesetzt.

Solcha erinnerte sich mit Entrüstung an die neue Spielart der Sklaverei, die Marxisten des rechten wie des linken Flügels in Russland einführen wollten. Sie verfluchte Amerika, weil in Chicago vor einigen Jahren mehrere Anarchisten am Galgen geendet hatten. Sie erklärte diese Männer zu Märtyrern für die Freiheit.

Sam meinte, da Bunem und Solcha verlobt seien, sollten sie doch am besten so bald wie möglich heiraten, aber Solcha sagte:

»Was nennst du heiraten, Onkel? Dass ein Rabbi, einer von diesen Parasiten, einen Segen spricht? An solche Dinge glaube ich nicht. Segenssprüche und Geistlichkeit brauche ich nicht.«

»Und was willst du? Freie Liebe?«

»Ja, freie Liebe. Aber ich stelle mir Liebe so vor, dass Mann und Frau ehrlich miteinander sind und eindeutige Verantwortung für alle Kinder übernehmen, die sie in die Welt setzen.«

»Hier in diesem Land bekommen die Eltern keine Geburtsurkunde für das Baby, wenn sie nicht verheiratet sind.«

»Wir brauchen keine Dokumente. Wir pfeifen auf solche Papiere.«

Sam Buchbinder bewohnte ein ganzes Haus, aber sämtliche Zimmer waren so vollgepackt mit Möbelstücken, Büchern, alten Zeitungen und Zeitschriften und allem möglichen Kram, dass man sich kaum umdrehen konnte.

Sam Buchbinders Haushälterin Patricia war genauso klein wie er und dünn wie eine Schwindsüchtige. Sie versuchte, mit Solcha Englisch zu sprechen, aber Solcha verstand sie nicht. Sogar Bunem hatte Mühe, sie zu verstehen, weil sie ihre Wörter fast verschluckte.

Sie jammerte, Sam Buchbinder habe das Haus dermaßen vollgestopft, dass man es unmöglich putzen könne. Teppiche lagen übereinandergestapelt. Sobald sie versuchte, den Staub von einem Möbelstück wegzuwischen, brüllte Sam sie an, aus Angst, sie könnte es zerbrechen. Alles müsse genauso stehen- oder liegenbleiben, wie Sam es gelagert hatte. Wanzen wie in Sibirien gebe es hier nicht, aber Kakerlaken in Mengen. Gift und Sprays halfen nichts.

Setsam war nur, dass die Küche, Patricias Domäne, genauso überfüllt war: Hier häuften sich Töpfe, Pfannen, Porzellan, Silber und alle möglichen Utensilien, die Bunem noch nie gesehen hatte. Ein riesiger Eisschrank war da und Regale voller Nahrungsmittel in Kisten, Säcken, Krügen, Flaschen. Dazu ein gewaltiger Samowar, der nie benutzt wurde. Es roch nach Käse, Eingemachtem, Räucherfleisch sowie nach Pfeffer, Zimt, Ingwer und anderen Gewürzen. Heiß war es wie mitten im Sommer. Das Haus hatte Zentralheizung.

Solcha sagte:

»Überproduktion ist ein Produkt des Kapitalismus. Eine freie Gesellschaft würde nur genau so viel produzieren, wie gebraucht wird. Die Arbeiter würden ihre Freizeit nutzen, um sich kulturell zu bereichern.«

Patricia gab dem Paar etwas zu essen – nichts Gekochtes, nur kalte Gerichte aus Büchsen und Krügen.

Nach einer Weile brachen die beiden auf zu einem Gang über die Madison Avenue. Die Straße erinnerte Bunem an die Marszałkowska, nur dass sie wohlhabender und eleganter war und von Kutschen und Automobilen wimmelte. Obwohl noch Winter herrschte, waren viele Passanten schon nach der Frühjahrsmode gekleidet. Manche Damen trugen mit künstlichen Blumen, Kirschen oder Trauben verzierte Hüte.

Die Hupen der Automobile tuteten und blökten. Die Geschäfte waren gerammelt voll mit Kunden. Jedes dritte Gebäude war eine Bank. Bunem war noch nie so weit Uptown gewesen. Die Passanten musterten Solcha und ihre Kleidung neugierig und nicht ohne Verachtung. Solcha sagte:

»Das ist alles Ausbeutung und Raub. Die Rockefellers, die Morgans, die Carnegies, die Astors – die sind schlicht Diebe und Banditen. Ausgemerzt werden sie wie Mäuse, wenn die Massen zur Vernunft kommen.«

»Könntest du vielleicht mal eine Minute mit der Politik aufhören?«, fragte Bunem.

»Gerechtigkeit ist nicht Politik.«

Allmählich begann Solcha ihn nach seinem Leben hier zu fragen. Plötzlich hielt sie inne.

»Oh, das Wichtigste hab ich vergessen. Wer ist die Person, mit der du weggegangen bist? Mama hat so viel über sie geredet, dass mir der Kopf weh tat. Mein Professor an der Universität hat dich mit einer liederlichen Person im Wiener Bahnhof gesehen. Sie hat ihr Geld verloren oder irgendwas sonst. Dass du dich auf eine andere eingelassen haben könntest, ist mir nie in den Sinn gekommen.«

Bunem antwortete nicht sofort.

»Komm, gehen wir irgendwohin, wo wir uns setzen können.«

»Wohin denn? Konditoreien sehe ich hier nicht. Warte, ich glaube, auf dem Weg habe ich einen Garten oder einen Park gesehen.«

Bunem und Solcha kehrten um. Sie kamen zu einer Art offenem Park ohne Zaun. Die Bäume waren wegen des Winters noch kahl, aber die Sonne schien, und die Bänke waren trocken. Ein alter Mann führte einen Hund an der Leine. Das Tier versuchte, stehen zu bleiben, aber sein Herr zerrte es ärgerlich weiter. Ein junger Mann mit Melone und einem dünnen Sommermantel flanierte mit einem Mädchen, das gar keinen Mantel anhatte, sondern nur ein Kostüm mit Pelzkragen und einen Federhut. Es trug eine Handtasche mit silbernen Fransen.

Bunem und Solcha setzten sich auf eine Bank, und Solcha sagte:

»Du musst es mir nicht erzählen, wenn du nicht willst.«

Sie sprach mal Jiddisch, mal Polnisch und flocht von Zeit zu Zeit ein russisches Wort ein.

Bunem sagte:

»Ich habe mich entschieden, dir alles zu erzählen. Die ganze Wahrheit.«

»Wer ist sie?«

»Eine ehemalige Prostituierte.«

Solcha warf einen Blick über die Schulter zurück, als habe sie den Verdacht, belauscht zu werden.

»Mit solchen Frauen gibst du dich ab?«

Bunem begann, ihr die Geschichte von Anfang an zu erzählen. Wie Keila am Vorabend von Sukkot zu seinem Vater gekommen war, um Buße zu tun. Wie er, Bunem, sie zur Wohnung des Schneiders Schmerl geführt hatte. Wie dieser sie hinausgeworfen und er, Bunem, sie ins Atelier mitgenommen hatte. Er erwähnte auch Jarmy und Max.

Solcha saß stumm da. Die Sonne schien, und sie nahm ihre Fellmütze ab. Der Wind zerzauste ihr das Haar. Ab und zu sah sie ihn von der Seite an, als könne sie nicht glauben, dass der Mann, der da redete, noch Bunem war. Dies war nicht einfach eine Geschichte, sondern eine Beichte.

Nach einer Weile sah sie ihn nicht mehr an. Sie senkte den Kopf und blickte auf ihre Russenstiefel.

Sie sagte:

»So viele Dinge sind uns beiden zugestoßen, dass mir alles wie ein einziger langer Traum vorkommt.«

»Solcha, es ist die Wirklichkeit.«

»Ja, ja. Sie könnte dich mit einer furchtbaren Krankheit angesteckt haben. Man sagt, Nietzsche sei daran gestorben.«

»Ja.«

»Du bist doch nicht krank?«

»Ich hoffe nicht.«

»Bist du schon beim Arzt gewesen?«

»In Hamburg hat ein Arzt uns beide untersucht. Ich hatte keine Symptome.«

»Wie sehen die Symptome aus? Ach, ist ja egal. Liebst du sie, oder was?«

»Was ist Liebe? Das ganze Konzept ist mir nicht klar.«

»Ach, nein? Früher war es dir klar. Du hast mir gesagt, du würdest mich lieben.«

»Ja, aber jetzt weiß ich nicht mehr genau, was Liebe ist.«

»Wenn du es nicht weißt, wie soll ich's dann wissen? Na ja, anscheinend ist zwischen uns alles aus. Was planst du? Willst du dein restliches Leben lang Kinder unterrichten, die nichts lernen möchten?«

»Ich habe keine Pläne. Warte, du hast noch nicht alles gehört.«

Und Bunem fing an, ihr von Jarmys Ankunft in New York und Keilas Schwangerschaft zu berichten.

Solcha schien in sich zusammenzusinken.

»Bunem, dass ein Mensch so schnell so tief sinken kann, hätte ich nicht geglaubt.«

»Du musst nur einen Anfang machen.«

»Soll das ein Witz sein? Ich habe gehört, dass deine Schwester auf dem Sprung hierher ist. Was wird sie zu dieser Geschichte sagen? Meine Mutter hat sogar erwähnt, dass deine Eltern überlegen, ob sie kommen sollen.«

»Dann wird schon alles vorbei sein.«

»Was soll das heißen? Mir bleibt nichts mehr, als für unsere Sache zu arbeiten. Aber erst muss ich irgendeine Beschäftigung finden. Pläne habe ich während der ganzen Überfahrt geschmiedet, aber ein solches Ende habe ich mir nicht vorgestellt. Du möchtest nicht mehr malen?«

»Ich will überhaupt nichts mehr.«

»Dies ist unsere letzte Begegnung, hoffe ich.«

3.

In der Attorney Street ließen die frommen Juden das unge-
säuerte Brot von einem Matzenbäcker backen, die weniger
Frommen kauften maschinell hergestellte Matzen. Ein Rabbi
annoncierte in der jiddischen Zeitung, dass er Mazza schmura
verkaufe, »bewachte Matze«, deren Herstellung Rabbiner vom
Ernten und Mahlen des Weizens an überwacht hatten. Pes-
sach-Wein wurde in allen Weinhandlungen, auch den nichtjüdischen, verkauft.

Am Vorabend des Pessachfestes begann die Attorney Street
nach Rettich, bitteren Kräutern und nach Charosset zu duf-
ten, dem besonderen Apfelmus, dessen Aroma nur jüdische
Nasen kennen. Der Präsident der Rumanian Hometown Society, lud Bunem zu einem Seder ein, aber er lehnte ab und entschuldigte sich damit, dass er schon anderswo eingeladen sei.

Er ging nicht zu Gottesdiensten und hatte in seiner Wohnung auch nichts, was zu Pessach gehörte, außer Matzen, da
die Geschäfte in der Attorney Street und Umgebung während der Feiertage kein Brot verkauften. Er, der als streng-
gläubiger Jude aufgewachsen war und alle Gebote und Re-

geln kannte, ließ nichts mehr gelten, weder den Schulchan Aruch noch die Zehn Gebote. An Gott glaubte er noch, aber an einen vollständig verborgenen Gott. Einen, der sich keinem Menschen jemals offenbarte und von dem niemand wusste, wer Er war oder was Er wollte.

In Bunems Vorstellung war dieser Gott so etwas wie ein Universalgelehrter und Meistertechniker, aber durch und durch amoralisch. Ihn kümmerten weder die Ängste und Leiden der Menschen noch die Qualen der Tiere. Der Mensch war wahrlich nach Seinem Bilde geschaffen – auch ihm waren die Sorgen und Schmerzen seiner Mitmenschen gleichgültig. Denkmäler errichtete er meist zum Ruhm von Übeltätern. Selbst so große Dichter wie Goethe, Puschkin und Mickiewicz verherrlichten den Massenmörder Napoleon. Hegel nannte ihn den »Weltgeist zu Pferde«. Dichter sangen Oden auf alle möglichen Revolutionäre, sogar auf die Anführer von Verbrecherbanden. Und mit Tieren hatten die Menschen keine Spur Mitleid.

In den anderen Wohnungen feierte man den Seder. Juden saßen mit ihren Frauen und Kindern zusammen, rezitierten und sangen die Haggada, aßen Matzen und das bittere Kraut, tranken die vier Becher Wein, zählten die Plagen auf, die der Pharao in Ägypten erleiden musste, und die Segnungen, die Gott seinem Auserwählten Volk Israel damals wie heute zuteilwerden lässt.

Aber Bunem las am Sederabend über das Leben der Insekten. Ab und zu schaute er in sein Wörterbuch und schrieb sich das Wort auf eine Karte in seinem Zettelkasten. Zoologie, Biologie, sämtliche -ologien widerlegten alles, was die Haggada predigte.

Bunem hörte Schritte. Keila kam zu Besuch. Seit dem Tag, da Jarmy Keila mit Gewalt zurückgeholt hatte, arbeitete sie nicht mehr bei Dr. Welcher. Sie wusste den Weg zum East Broadway nicht genau. Es war ihr zu weit, von Jarmys Unterkunft zu Fuß dorthin zu gehen.

Später, nach der Zufallsbegegnung mit Bunem, kam sie hin und wieder zu ihm, blieb aber selten über Nacht. Jarmy schlug Alarm, wenn sie die ganze Nacht wegblieb.

Allmählich schwoll ihr Bauch an, und sie schämte sich wegen dieser Schwangerschaft, als wäre es die Krätze. Sie trug ein Kind und wusste nicht, wer der Vater war. Das war auch für jemanden von ihrer Art eine unerträgliche Schande.

Zu Bunem schlich sie sich erst, wenn es dunkel war, und sie ging wieder, wenn die Nachbarn schon schliefen und die Straße leer und verlassen war. Sie lief schnell an den paar Häusern vorbei zur Grand Street und ging von dort aus zur Verbindung zwischen Rivington und Stanton Street. Jarmy wohnte genau wie Bunem in einem Haus, dessen Abriss bevorstand.

Diesmal kam Keila mit Päckchen beladen. Im Keller des Hauses, in dem sie wohnte, hatte sie Pessach-Gerichte für Bunem zubereitet: Gefilte Fisch und Kneidlach. Sogar eine Flasche Wein hatte sie mitgebracht.

Anders als Bunem konnte Keila sich nicht ganz vom jüdischen Leben abkehren. Sie hob oft hervor, dass sie, egal wie tief sie gesunken war, immer noch eine jüdische Tochter sei, keine Schickse. Sie wünschte Bunem einen schönen Feiertag und breitete die mitgebrachten Pessach-Speisen auf dem Tisch aus. In der Attorney Street hatte sie sich ein Kleid gekauft, das ihren vorgewölbten Bauch kaschierte. Sie hatte eine Haggada besorgt, damit Bunem ein paar jüdische Worte daraus vorlesen konnte, aber er schüttelte abwehrend den Kopf. Miteinander reden konnten oder wollten die beiden nicht mehr, außer wenn sie nachts zusammen im Bett waren. Jetzt servierte Keila ihm die Fischklößchen, und er aß. Dann brachte sie ihm die kalten Matzeknödel.

Keila hatte Arbeit als Aushilfe bei einem alten Junggesellen in der Chrystie Street angenommen, einem Nichtjuden, der Pfleger in einem Spital war. In der Hauptsache musste er sich dort um die Leichen kümmern. Er half Keila dabei, sich für die Entbindung ein Bett in der Klinik frei zu halten. Er hatte ihr auch vorgeschlagen, sich mit einer Gesellschaft in Verbindung zu setzen, die Adoptionen vermittelte, aber Keila hatte ihm erklärt, sie würde das Kind selbst großziehen.

Nach der Mahlzeit zog Bunem sich sofort aus und stieg ins Bett. Keila wusch und kämmte sich wie immer, bevor sie sich zu ihm legte, aber als sie kam, drehte Bunem sich weg von ihr zur Wand. Er schlief ein, ohne ein Wort mit ihr zu wechseln. Nach einer ganzen Weile schlief auch Keila ein. Mitten in der Nacht rüttelte sie ihn wach.

Bunem öffnete die Augen.

»Was ist denn?«

»Bunem, ich will nicht mehr leben«, sagte sie.

»Ich auch nicht, aber du trägst schließlich ein Kind.«

»Das Kind will ich nicht. Du hast mir mal versprochen, wenn du dich umbringst, machst du es zusammen mit mir.«

»Ja, wenn du das willst.«

»Bunem, ich bin bereit.«

»Na gut.«

»Wann?«

»Ich will es nicht hier machen. Meine Schwester Zirele kennt diese Adresse, und ich möchte nicht, dass sie weiß, was ich getan habe.«

»Wo dann? Wann?«

Bunem antwortete nicht. Seltsam, der Gedanke an den Tod belebte ihn. Er umarmte Keila, und sie klammerte sich an ihn. Ihr Fleisch war immer noch heiß. Sie küssten sich lange und schweigend. Das fast erloschene Verlangen flammte wieder auf. Keila sagte:

»Bunem, du hast gesagt, wenn wir uns einig sind, dass wir es machen, dann gehen wir irgendwohin fort und bleiben drei Tage zusammen. Das wird dann unser Abschied von der Welt.«

»Das habe ich gesagt?«

»Genau das waren deine Worte.«

»Wohin sollen wir gehen? Ich habe keinen Penny mehr.«

»Ich hab ein paar Dollar. Du hast gesagt, wir gehen ans Meer und machen da ein Ende.«

»Gut, mal sehen. Ich möchte so gehen, dass niemand weiß, wohin ich gegangen bin.«

»Das wird keiner wissen«, sagte Keila. »Wir sind schon im Leben verloren gegangen und nach dem Tod erst recht.«

»Was ist mit Jarmy?«

»Der ist mir egal.«

Sie lagen aneinandergeklammert und schienen der eigenen Verzweiflung und der des anderen nachzuhorchen.

Bunem erinnerte sich an einen Satz aus dem Buch der Sprüche. Vor Jahrtausenden hatte König Salomon, oder wer immer das Buch geschrieben hatte, vor dem ›törichten, wilden Weib‹ gewarnt: Wer der Verlockung nachgegeben habe, werde sein, wo »nur die Schatten wohnen und ihre Gäste in der Tiefe des Todes hausen«.

Er dachte an Zirele. Sie würde nach Amerika kommen und ihn nicht finden. Seine Mutter würde nicht wissen, wo seine Knochen abgeblieben waren.

Und wem würde er sein Leben opfern? Einer Hure, die jeder für zehn Kopeken kaufen konnte. »Vielleicht ist es noch nicht zu spät, vor ihr zu fliehen und neu anzufangen?«, fragte Bunem sich.

Er horchte in sich hinein und wartete auf eine Antwort, aber keine kam. Sein Lebenswille hatte sich verflüchtigt, war erloschen wie eine Kerze.

Plötzlich dachte er an Solcha. Was für ein absurdes Ende! Sie war zu ihm gekommen, den ganzen Weg von Sibirien zu ihm geeilt, und kaum war sie da, hatten sie sich getrennt. War sie bei ihrem Großonkel? Oder hatten die Anarchisten vor Ort sie in ihren Kreis aufgenommen? Glaubte sie wirklich, man könne die Natur der Menschen mit einem Dogma ändern, das dieser oder jener Theoretiker aufgeschrieben hatte?

Eine ganze Weile stellte sein Hirn das Denken ein. Er war weder wach noch schlief er. Irgendwann tauchte er aus diesem Zwischenzustand wieder auf.

»Warum will Keila sterben?«, fragte er sich. »Warum kann sie das Kind nicht auf die Welt bringen und es dann in einem Waisenhaus abgeben oder verlassen? Warum kann sie nicht zu Jarmy zurückgehen oder zu einem anderen Mann von der gleichen Sorte?« War sie wirklich so bezaubert von ihm? Hatte er sie hypnotisiert? Als hätte sie seine Gedanken gelesen, fragte sie:

»Vielleicht ist noch nicht alles verloren? Vielleicht können wir noch irgendwohin?«

»Wohin denn?«, hielt er dagegen. »Wir sind schon einmal davongelaufen.«

»Wir können es so machen, dass Jarmy uns nie wieder findet. Max ist wahrscheinlich im Knast. Jarmy ist halb blind. Er sieht nicht mehr genug, um nach uns zu suchen. Wir gehen irgendwohin und sagen, wir sind verheiratet. Das Grab kann warten.«

»Du musst nicht sterben, Keila. Für dich ist es besser, wenn du zu Jarmy zurückgehst. Mich hält nichts mehr.«

»Ohne dich kann ich nicht weiterleben.«

Er wollte ihr antworten, aber er hatte kein Verlangen mehr zu sprechen. Er gab ihr keine Antwort, und sie fragte nicht weiter.

Nach einer Weile hörte er, wie sie einschlief.

»Begehen Leute so Selbstmord?«, fragte er sich. Seit seiner Kindheit hatte er von Selbstmorden gehört. Sie kamen sogar in der Krochmalna-Straße vor. Einmal hatte sich ein Gamaschenmacher vergiftet, weil seine Braut die Verlobung gelöst hatte. Ein anderes Mal sprang ein Mädchen aus dem vierten Stock, weil ihr Geliebter ohne Abschied nach Amerika gegangen war. Nicht selten nahmen sich Straßenmädchen das Leben. Die Zeitungen berichteten jeden Tag von Selbstmordfällen. Bunem hatte auch von Doppelselbstmorden gelesen. Er war immer überzeugt gewesen, dass solche Fälle Wochen im Voraus geplant worden waren.

Aber hier standen sie nun an der Schwelle zu ihrem Freitod, und ganz entschlossen waren sie beide nicht. Keila hatte sogar vorgeschlagen, sie sollten zusammen die Flucht ergreifen. Aber wohin konnte er sie bringen? Und was für ein Leben konnte er mit ihr führen, falls das Kind von Jarmy war? Und wenn sich herausstellte, dass es einen Gott gab, der die Seelen derer bestrafte, die sich das Leben genommen hatten? Was wussten die jämmerlichen Menschen denn von Gott, Seinen Plänen, Seinem Verhalten?

Bunem dämmerte ein. Er wachte auf, und schon graute der Tag. Ihm lag nichts am Leben und nichts am Sterben. Es war, als hätte er die Eigenliebe verloren, jenen Egoismus, den man für den Kampf ums Überleben braucht. Ihn lähmte eine Apathie, wie er sie noch nie erlebt hatte. Er sah die Vergeblichkeit aller Mühen, die Sinnlosigkeit des Kampfes um einen Leib, der ohnehin im Grab enden würde.

Keila lag neben ihm, aber er empfand nicht das mindeste Verlangen nach ihr. War dies das Nirwana, von dem die indischen Weisen sprachen, oder setzte der Tod bereits ein?

Keila wachte auf.

»Bunem!«

»Ja.«

»Schläfst du nicht?«

»Ja. Nein.«

»Bunem, was willst du tun?«

»Das weißt du doch.«

»Bunem, ich möchte noch leben.«

Keila sprach diese Worte mit einem gewissen Trotz in der Stimme aus.

Bunem lächelte.

»Wenn du leben möchtest, dann lebe.«

»Mit dir, Bunem! Nur mit dir!«

»Ich habe hier nichts mehr zu suchen.«

»Du hast noch alles Mögliche zu suchen. Du bist jung und, Gott behüte, nicht krank. Warum musst du mir, deinen Eltern, deiner Schwester Zirele, deinen kleinen Brüdern solchen Kummer machen? Deine Mutter könnte das nicht ertragen, Gott behüte.«

Bunem dachte darüber nach. Keilas Worte waren ihm so unverständlich, als hätte sie in einer fremden Sprache gesprochen. Er musste sich anstrengen, sie zu begreifen.

»Keila, wir müssen uns trennen.«

»Warum, Bunem, warum denn? Es ist dein Kind, das weiß ich ganz sicher.«

Wieder musste Bunem ihren Worten nachsinnen. Die Begriffe ›mein‹ und ›dein‹ hatten keine Bedeutung mehr für ihn. Gleichzeitig begann alles in ihm mit etwas anderem zu verschmelzen – eine ganz neue Empfindung. Alle Ängste, alle Sorgen vergingen. So fühlte sich wahrscheinlich ein Baby im Bauch seiner Mutter, dachte er.

»Tod? Was ist das?«, fragte er sich. Und er gab sich selbst die Antwort: »Eine Erfindung, eine Lüge.«

Keila sagte:

»Komm mit mir, Bunemi. Stell dir vor, du wärst blind und ich deine Führerin. Ich sorge für dich. Du wirst deine Bücher lesen, und sonst nichts. Ich führe ein anständiges Leben mit dir. Kein anderer Mann wird mich auch nur mit dem kleinen Finger anrühren. Ich will nur für dich leben.«

Er wollte sagen, dass ihm das nicht mehr möglich sei, aber er war zu lethargisch, zu träge für Reden oder Widerreden. Deshalb sagte er:

»Ja, ja.«

»Bunemi, ich rede mit Jarmy. Ein letztes Mal. Ich sag ihm,

dass ich ihn verlasse. Vielleicht kann ich erreichen, dass er mir den Scheidebrief gibt. Wenn nicht, ist's auch keine Tragödie. So fromm bist du nicht. Was du bis jetzt geschafft hast, kannst du auch weiter tun.«

»Ja, ja.«

»Du siehst müde aus. Bleib im Bett. Ich komme später wieder. Für mich fängt ein neues Leben an. Ich lebe jetzt nur noch für dich, nur für dich.«

»Ja.«

»Du wirst glücklich mit mir.«

Bunem lächelte. Er wollte fragen: Wie denn? Aber er fragte nicht. Keila stand auf. Sie begann sich anzuziehen, zu waschen, zu kämmen. Sie gab Bunem eine halbe Matze, aber er sagte:

»Ich habe keinen Hunger.«

»Nachher mache ich dir Matzeknödel und Pfannkuchen. Warte auf mich, geh nicht weg!«

Das sagte sie in einem mahnenden Ton. Sie zog sich schnell und energisch an. Von Zeit zu Zeit sah sie ihn mit ihren grünen Augen an. Ihr Blick war liebevoll und misstrauisch zugleich. Bevor sie ging, küsste sie ihn lange. Sie sagte:

»Bis jetzt hab ich gedacht, noch mehr lieben könnte ich dich nicht. Aber diese Nacht hat irgendwas in mir verändert. Für dich könnte ich die ganze Welt auf den Kopf stellen. Nur eins verlange ich: Verlass mich nicht. Ohne dich will ich nicht leben. Denk an meine Worte.«

Sie ging und knallte die Tür zu. Langsam begann er, sich anzuziehen. Er ging auf die Straße hinaus und hielt einen Passanten an. Er fragte:

»Wo geht's zum Meer?«

»Wohin wollen Sie, nach Staten Island oder Coney Island?«

Bunem wusste nicht, was er antworten sollte, aber »Coney Island« konnte er leichter sagen, denn den Namen hatte er schon mal gehört.

Der andere fing an zu erklären. Man könne mit der U-Bahn oder mit der Fähre hinkommen. Er erklärte ausführlich. Nach einer Weile machte Bunem sich auf den Weg, den der Fremde ihm beschrieben hatte.

GLOSSAR

Adar: Sechster Monat des jüdischen Kalenders, in Schaltjahren verdoppelt (1. und 2. Adar), um die Differenz zwischen dem an Mondphasen ausgerichteten jüdischen Kalender und dem Sonnenjahr auszugleichen

Aw: Elfter Monat im jüdischen Kalender. 9. Aw: Trauer- und Fasttag zur Erinnerung an die Zerstörung des Jerusalemer Tempels

Bagel: Ringförmiges Brötchen

Bar Mitzwa: Die religiöse Mündigkeit im Judentum; bei Jungen im Alter von dreizehn Jahren, bei Mädchen als *Bat Mitzwa* im Alter von zwölf Jahren

Chanukka: Achttägiges Lichter- und Dankesfest mit Beginn am 25. Tag des Monats Kislew (November/Dezember)

Charosset: Gewürztes Apfelmus oder Fruchtbrei zur Erinnerung an den Lehm, der als Fron in Ägypten verarbeitet werden musste

Chassid: 1. Frommer; 2. Anhänger des Chassidismus, einer im 18. Jahrhundert gegründeten ostjüdischen Bewegung, die Freude an der Religion, Lachen und Tanzen, Geschichten und Gleichnisse gegen allzu strenge Orthodoxie setzt

Cheder: »Lehrstube«, Grundschule orthodoxer Juden

Ehrfuchtsvolle Tage: Die zehn Tage vom Neujahrsfest bis Jom Kippur

Elul: 12. Monat des jüdischen Kalenders (August/September)

Etrog: Zitronatzitrone; gehört zum festlichen Vier-Kräuter-Strauß mit Palm-, Bachweiden-, Myrtenzweigen und Paradiesapfel (Etrog) während des *Sukkot*; der Etrog wird auch Paradiesapfel (oder Adamsapfel) genannt, weil er traditonell mit dem Apfel identifiziert wird, von dem Adam im Paradies genommen hat

Farfel: Kleine Pellet- oder Flockenpasta

Gefilte Fisch: traditionelles jüdisches Fischgericht

Gehenna: 1.Tal bei Jerusalem; 2.Schauplatz von Götzendiensten, Hölle

Gemara: Erläuterungen der *Mischna*, der mündlich überlieferten Lehrsätze der *Tora*

Haggada: Die Erzählung vom Auszug aus Ägypten, die am Vorabend des Pessach vorgelesen wird. Zum Abschluss der Lesung wird das Lied *Chad gadja*, kleines Lämmchen, gesungen.

Halacha: Gesetz, der rechtliche Teil der in der *Mischna* und der *Gemara* festgehaltenen Überlieferung

Hoschana Rabba: Der 7. Tag während des *Sukkot* (Laubhüttenfest), ein Halbfeiertag

Jeschiwa: Talmudhochschule

Jom Kippur: Versöhnungstag, höchster jüdischer Feiertag, begangen am 10.Tischri (Anfang Oktober)

Kaddisch: Teil des täglichen Gebets; Gebet für die Toten

Kneidlach: Knödel aus Matzemehl

Knisches: Pasteten

Kol Nidre: Gelübde, am Vorabend von Jom Kippur vor dem Eingangsgebet rezitiert

Koscher: rein; Essen, das gemäß der Speisegesetze ausgewählt und zubereitet ist

Kreplach: gefüllte Teigtaschen

L'chaim: Hebräisch: »aufs Leben«, Prost!

Matze: ungesäuertes Brot

Mesusa: Metall- oder Holzhülse, in der ein Pergamentröll-chen mit einem Zitat aus dem 5. Buch Mose steckt; wird am rechten Türpfosten befestigt

Midrasch: Bibelauslegung

Mikwe: Ritualbad für Frauen, besonders nach Niederkunft oder Menstruation

Pessach: siebentägiges Fest zur Erinnerung an den Auszug aus Ägypten

Purim: am 14. Adar begangen (Februar/März); Fest zur Erin-nerung an die Rettung der Juden in der persischen Diaspora vor dem Anschlag Hammans

Rosch Haschana: Jüdisches Neujahrsfest, begangen am 1. und 2. Tischri (September/Oktober)

Schammes: Gemeindediener

Schiwe: sieben; die sieben Trauertage und Riten nach dem Tod eines Angehörigen

Schofar: Widderhorn; erinnert an Abrahams Bereitschaft, Isaac zu opfern, und an den Widder, den er schließlich stattdessen opfern durfte. Der Schofar wird zu Beginn besonderer Feste geblasen.

Schawuot: Wochenfest, wird fünfzig Tage nach Pessach gefeiert

Schemini Atzeret: Achter und letzter Tag des *Sukkot* (Laubhüttenfest)

Seder: Vorabend und Auftakt des Pessachfestes

Simchat Tora: der letzte der mit *Rosch Haschana* beginnenden Feiertage

Sukka: Laubhütte

Sukkot: Laubhüttenfest, vom 15. bis 21. Tischri (Oktober)

Sukkot-Gemara: Anweisungen und Regeln zum *Sukkot*

Talmud: besteht aus zwei Teilen, der Gemara (jünger) und der Mischna (älter); Lehrsätze und Erläuterungen zum Verständnis der *Tora*

Tora: auch: Pentateuch; der erste Teil der hebräischen Bibel, entspricht im Christentum den fünf Büchern Mose

Tref: unrein, nicht koscher; Essen oder Stoffe, die gegen die Reinheitsgesetze verstoßen

Tscholent: Eintopf, der vor dem *Sabbat/Schabbes* gekocht und am *Sabbat* warmgehalten wird (am *Sabbat* darf kein Feuer angezündet werden)

NACHWORT

Die Krochmalna-Straße im ärmsten jüdischen Viertel Warschaus vor dem Ersten Weltkrieg war der wichtigste Schauplatz von Isaac Bashevis Singers (1902-1991) Schriften. Die Straße war im jüdischen Viertel einmalig wegen ihrer Tavernen, in denen sich die Unterwelt versammelte. Singers Familie wohnte von 1908 bis 1911 in der Krochmalna-Straße 10 und von 1911 bis 1917 in Nummer 12. Von Singers erster Autobiographie, »Warschau 1914-1918« (1936 in Fortsetzungen in einer Warschauer Tageszeitung veröffentlicht), über die autobiographischen Vignetten in *My Father's Court* (1966; deutsch: *Mein Vater der Rabbi*, 1991) bis zu Romanen, etwa *Yarme and Kayle* (1976-1977; deutsch: *Jarmy und Keila*, 2019) und *Shosha* (1978; deutsch: *Schoscha*, 1980), schildert Singer eine reiche Vielfalt von Juden der Krochmalna-Straße.

Jarme un Kayle erschien vom 9. Dezember 1976 bis 7. Oktober 1977 in Fortsetzungen im *Forverts*. Paul Kresh, Singers erster Biograph, erwähnt, dass Singers amerikanischer Verlag »Farrar, Straus und Giroux die Publikation von Isaacs Roman über die Warschauer Unterwelt ... *Yarme and Kayle* ankündigte«.[1]

---

1   Paul Kresh, *Isaac Bashevis Singer: The Magician of West 86th Street*. New York, The Dial Press: S. 399.

Warum entschieden sich Singer und/oder sein Verlag 1979 gegen eine Veröffentlichung der englischen Fassung? Um diese Frage beantworten zu können, muss man den Roman im Kontext der in den entscheidenden Jahren kurz vor und nach der Verleihung des Nobelpreises (1978) entstandenen Schriften Singers betrachten.

In zwei Punkten unterscheidet sich Singer von seinen Zeitgenossen unter den jiddischen Schriftstellern nach 1945. Erstens widerstand er dem Drang, die ausgelöschten jiddischen Gemeinden Osteuropas zu verherrlichen. Zugleich wurde die Proust'sche Wiedergewinnung der verlorenen Zeit, der Versuch, die Toten in der Literatur weiterleben zu lassen, für seine Nachkriegsbücher zentral. Im Vorwort zu *Mentshn af mayn veg*, einer Reihe autobiographischer Vignetten, die zwischen 1958 und 1960 im *Forverts* veröffentlicht wurden, stellt Singer die lebendige Erinnerung durch Literatur als sein künstlerisches Credo vor:

»In der Zeit der Hitler-Katastrophe hegten viele Juden alle möglichen fantastischen Wunschträume von der Rache an den Deutschen und der Rettung der Juden. Ich träumte von einem Weg, die Toten wiederzubeleben. Ich fantasierte von einem Trank oder einem Kraut, die Tote wieder lebendig machen würden …

Leider kann kein Mensch Tote wiederbeleben. Aber ich wollte wenigstens in der Literatur diejenigen ins Leben zurückholen, die ausgelöscht worden waren, ich wollte jiddischen Lesern Bilder von individuellen Männern und Frauen mit all den Zügen und Eigenheiten zeichnen, die für ein Individuum charakteristisch sind. Das ist in der Tat der wahre Zweck aller meiner Geschichten.«[2]

2 Chone Shmeruk, »A Childhood on the Krochmalne Gas«. In: Hugh Denman (Hg.), *Isaac Bashevis Singer: His Work and His World*. Leiden: Brill 2002, S. 156.

Zweitens brachte Singer viel mehr Bücher auf Englisch heraus als in seiner jiddischen Muttersprache, in der er alle seine Werke schrieb. An den Romanen, die Singer für eine Übersetzung ins Englische auswählte, arbeiteten viele verschiedene Übersetzer unter seiner Aufsicht.

In Romanen und autobiographischen Schriften konnte er seine Lebensgeschichte in immer anderen Variationen neu gestalten. In seinen Memoiren wies er darauf hin, dass »mein Leben mehr und mehr den Romanen glich, die ich in der Zeitung veröffentlichte, so dass ich selbst nicht mehr wusste, wer wen nachahmte«.[3] Wie Jarmy und Keila, die Dreigroschenfortsetzungsromane in der jiddischen Zeitung lesen und schmalzige Stücke im Warschauer jiddischen Theater sehen, so bettete auch Singer seine Lebens- und Familiengeschichte in das erfundene Melodrama des Romans ein.

In der Autobiographie *A Young Man in Search of Love* (1978) schildert Singer seine Begegnung mit einer Keila ähnlichen rothaarigen jüdischen Prostituierten in einem nicht benannten Viertel in Warschau. (*Keyla la Rossa* beziehungsweise *Keila la rouge* lauten die Titel der 2017 erschienenen italienischen und der französischen Übersetzungen). Singer schildert, dass er eine Beziehung mit der deutlich älteren Gina hat, sich aber von der Prostituierten magnetisch angezogen fühlt. Er kommt in einen engen Hausflur und steht plötzlich einem Zuhälter gegenüber:

»Ich drehte mich um, und die Treppen tauchten auf. Ich raste sie hinauf und war im nächsten Moment wieder draußen. Die rothaarige Hure kreischte Wörter, die ich erst später verstehen konnte:

›Blödmann, Schwindler, Schnorrer! …‹

Das Ganze war wie ein Albtraum oder eine der Heimsuchun-

---

3 *Fun der alter un nayer heym* (From the Old and New Home). Forverts, 5. September 1964.

gen durch Satan, die in heiligen Büchern oder weltlichen Geschichten beschrieben werden. Ich hatte mich der Macht des Bösen überlassen wollen, aber die Kräfte, die die Welt regieren, waren eingeschritten.«[4]

Eine Quelle des Romans *Jarmy und Keila* ist diese besonders erschreckende Erfahrung des zwanzigjährigen Singer, die Ängste aus seiner Kinderzeit wieder anfachte. Aufgewachsen in einer ultraorthodoxen Familie, in der die Vorstellung satanischer und dämonischer Kräfte ganz selbstverständlich zum Leben gehörte, wurde er zum eifrigen Leser populärer jüdischer Erzählungen und Chroniken über Dämonen und Dibbuks. Sie vermittelten ihm ein vormodernes religiöses Vokabular, das er verdichtet zum Einsatz brachte, wenn er seine »Heimsuchungen durch Satan« in Worte fasste. Mit dem Lahmen Max und dessen unersättlichem sexuellen Hunger auf Männer und Frauen schuf Singer eine überlebensgroße Gestalt voller primitiver satanischer Kraft.

Jarmy und Keila ist der dritte von drei Romanen über die jüdische Unterwelt der Zuhälter und Huren in der Krochmalna-Straße, die Singer in Forsetzungen im *Forverts* veröffentlichte.[5] Der erste, *Shoym* (1967), wurde in Singers Todesjahr 1991 unter dem Titel *Scum* auf Englisch publiziert, wörtlich *Abschaum*, (deutsch: *Max, der Schlawiner*, 1995). Es ist die Geschichte von der Verlobung Zireles mit einem Besucher aus dem Ausland, einem ehemaligen Zu-

---

4 Isaac Bashevis Singer, *Love and Exile: An Autobiographical Trilogy*. New York, Doubleday 1984, S. 104.

5 Joseph Sherman, »A Background Note on the Translation of *Yarme and Kayle*«. In: *The Hidden Isaac Bashevis Singer*. Hg. von Seth L. Wolitz. University of Texas Press 2001, S. 185-192. Shermans Übersetzung des zweiten Kapitels von *Yarme and Kayle* ist in diesem Sammelband auf S. 192-217 abgedruckt. *Jarmy und Keila* gehört zum Genre der »Unterweltromane« in der modernen jiddischen Literatur.

hälter. Singers Modell für Zirele war seine Schwester Ester Kreyt-man(1891-1954), eine jiddische Schriftstellerin. Die Handlung des zweiten Fortsetzungsromans, *Di gest* (1972), hat keinen Bezug zur Familie Singers. Den drei Romanen gemeinsam ist eine gewisse Melodramatik, ein charakteristisches Merkmal der Trivialromane, die in den jüdischen Zeitungen für ein größeres Publikum abge-druckt wurden. Der Jiddist Chone Shmeruk erinnert sich:

»In einem Gespräch im Juni 1982 sagte er [Singer] mir, alle drei seien ›Versionen‹ eines Romans über die jüdische Unterwelt in der Krochmalna *gas* in Warschau vor 1914. Er habe die Absicht, eine vierte und endgültige Version des Romans zu schreiben, die auf seinen beim Schreiben der ersten drei gesammelten Er-fahrungen aufbauen und einen Teil desselben Materials enthal-ten werde. Leider hat er diesen Plan nie umgesetzt.«[6]

In *Jarmy und Keila* wird ein Bogen von Warschau nach New York gespannt, der Roman beginnt 1911 in der Krochmalna-Straße und schildert im zweiten Teil das gemeinsame Leben der neu ein-getroffenen Immigranten Keila und Bunem im jüdischen Viertel an der Lower East Side New Yorks. Vorbild für den Protagonisten Bunem ist Singers älterer Bruder, der jiddische Romanautor I. J. Sin-ger (1893-1944).

Dass *Jarmy und Keila*, anders als andere Werke Singers im un-erschöpflichen Archiv seiner jiddischen Fortsetzungsromane, un-veröffentlicht in Texas liegen blieb, hatte einen Grund darin, dass *Schoscha* in der Zeit, da Singer als jiddisch schreibender Nobelpreis-träger große Aufmerksamkeit auf sich zog, eine beinahe perfekte Memorialisierung der zerstörten polnisch-jüdischen Gemeinde war. Schoscha ist die Verkörperung der Reinheit und Unschuld, die nur so lange lebt, wie die Krochmalna besteht. Die geplante Publikation von *Jarmy und Keila* wurde abgeblasen, und Singer gab schließlich

6 Chone Shmeruk, ebd., S. 149.

die Idee auf, eine ›endgültige‹ Version seines Unterweltromans zu schreiben.

Der Roman hat die Kraft zu schockieren, das Reich des Bösen aufzubrechen, der rechtschaffene Seelen wie Bunem dazu verführt, sich der rothaarigen Keila auszuliefern. Menachem Mendel, wie Singers Vater Rabbi in der Krochmalna-Straße, ist im Roman der gerechte Exponent der orthodoxen religiösen Gesetze, die hier der einzige Weg sind, die chaotischen Kräfte der Sexualität zu zügeln. Als Keila an Jom Kippur, dem höchsten jüdischen Feiertag, vom Lahmen Max vergewaltigt wird, ist sie vollkommen verstört und sucht Rat beim Rabbi, der ihr den Weg der Sühne weist. Unklar ist, ob Bunem sie vor dem Lahmen Max und Jarmy retten kann, der sie auf der Lower East Side ausfindig machen wird. Der Roman hat ein offenes Ende: Bunem macht sich auf den Weg nach Coney Island, einem typischen amerikanischen Vergnügungspark.[7] Er bleibt in der Schwebe zwischen Warschau und New York, Vergangenheit und Gegenwart, Leben und Tod.

Jan Schwarz

---

7 1935 wohnte Singer zuerst bei seinem Bruder und dessen Familie in Coney Island. Dann zog er in ein Zimmer in der Kolonie der jiddischen Schriftsteller am Ort. Siehe die Erzählung »A Day in Coney Island«. *The Collected Stories*, 1982, S. 372-380.